LA PEQUEÑA LIBRERÍA
DE LOS CORAZONES SOLITARIOS

Annie Darling vive en Londres en un apartamento lleno hasta los topes de tambaleantes pilas de libros.

Sus dos grandes pasiones en la vida son las novelas románticas y *Mr. Mackenzie*, su gato británico de pelo corto.

La pequeña librería de los corazones solitarios es su primera novela de una serie ambientada en una pequeña librería de Bloomsbury...

La pequeña librería de los corazones solitarios

Annie Darling

TITANIA
Argentina • Chile • Colombia • España
Estados Unidos • México • Perú • Uruguay

Título original: *The Little Bookshop Of Lonely Hearts*
Editor original: HarperCollins *Publishers*, Londres
Traducción: Helena Álvarez de la Miyar

1.ª edición Junio 2018

ISBN: 978-84-16327-52-2
E-ISBN: 978-84-17312-13-8
Depósito legal: B-12.662-2018

Fotocomposición: Ediciones Urano, S.A.U.
Impreso por Romanyà Valls, S.A. – Verdaguer, 1 – 08786 Capellades (Barcelona)

Impreso en España – *Printed in Spain*

Publicado en la *Gaceta de Londres*

NECROLÓGICAS

Lavinia Thorndyke, Dama de la Orden del Imperio Británico, 1 de abril de 1930 – 14 de febrero de 2015

Lavinia Thorndyke, librera, mentora y defensora incansable de la literatura, ha fallecido a los 84 años. Lavinia Rosamund Melisande Thorndyke, nacida el 1 de abril de 1930, era la menor y única hija mujer de Sebastian Marjoribanks, tercer lord Drysdale, y su esposa Agatha, hija de los vizcondes de Cavanagh.

El hermano mayor de Lavinia, Percy, murió en 1937, luchando en las filas republicanas en la Guerra Civil española. Los gemelos Edgar y Tom sirvieron en la RAF y murieron con una semana de diferencia en la Batalla de Inglaterra. Lord Drysdale falleció en 1947, siendo un primo suyo quien heredó el título y las posesiones familiares en el norte de Yorkshire.

Lavinia y su madre se instalaron en Bloomsbury, justo a la vuelta de la esquina de Marcapáginas, la librería que los padres de Agatha le regalaron en 1912, por su veintiún cumpleaños, con la esperanza de que el negocio la distrajera de sus actividades de sufragista.

En una columna que escribió en 1963 para la revista *The Bookseller*, Lavinia recordaba: «Mi madre y yo encontramos consuelo en las estanterías de la librería. En cierto modo, para compensar la falta de familia propia adoptamos a los Bennet de *Orgullo y prejuicio*, los Mortmain de *El castillo soñado*, los March de *Mujercitas*, los Pocket de *Grandes esperanzas*. Encontramos lo que estábamos buscando en las páginas de nuestros libros favoritos».

Lavinia estudió en la Escuela para señoritas de Camden y posteriormente se licenció en Filosofía en la Universidad de Oxford, donde conoció a Peregrine Thorndyke, benjamín de los duques de Maltby.

La pareja contrajo matrimonio en la iglesia de Saint Paul de Covent Garden el 17 de mayo de 1952 y comenzaron su vida de casados en el piso situado justo encima de Marcapáginas. Tras la muerte de la madre de Lavinia, Agatha, en 1963, los Thorndyke se mudaron a la casa de esta en la plaza Bloomsbury. En la mesa de la cocina de esa casa, muchos escritores noveles recibieron consejo, apoyo y alimento tanto intelectual como físico.

Lavinia fue nombrada Dama de la Orden del Imperio Británico en 1982 por los servicios prestados al gremio de los libreros.

Peregrine murió en 2010 tras una breve batalla contra el cáncer.

Lavinia continuó siendo una figura habitual en la vida cotidiana de Bloomsbury, pedaleando en su bicicleta entre su casa y Marcapáginas. Hace una semana, tras una reciente colisión con otro ciclista en la que tan solo sufrió algún que otro ligero rasguño y el ocasional moretón, Lavinia moría de manera repentina en su residencia.

La sobrevive su única hija, Mariana, Contessa di Regio d'Este, y su nieto Sebastian Castillo Thorndyke, emprendedor del sector digital.

La recepción posterior al funeral de Lavinia Thorndyke se celebró en un club privado para damas con inquietudes literarias situado en la calle Endell en Covent Garden, del que Lavinia fue miembro durante cincuenta años.

En un salón de la segunda planta con paredes forradas en madera y grandes ventanales desde los que se podían contemplar las ajetreadas calles del centro de Londres, la gente se había reunido a recordar. Pese a que los atribulados asistentes venían directamente del funeral, sus atuendos de vivos colores cubrían toda la gama cromática. Había damas ataviadas con veraniegos vestidos de flores, caballeros luciendo trajes blancos e impolutas camisas almidonadas en tonos sorbete, e incluso uno en concreto que lucía un bléiser de color amarillo yema de huevo, como si se hubiera atribuido en solitario la misión de compensar con su vestimenta la falta de sol en aquel día gris del mes de febrero.

Claro que las instrucciones de Lavinia habían sido bien claras en la carta que había dejado especificando con todo lujo de detalle cómo deseaba que fuera su funeral: «Nada de negro. Solo colores alegres». Tal vez por eso el ambiente, más que de funeral, era de fiesta campestre. Y una fiesta campestre bien animada, para más señas.

Posy Morland lucía el mismo tono de rosa pálido de las rosas favoritas de Lavinia. Había rescatado el vestido del fondo del armario, donde llevaba colgando lánguidamente de una percha casi una década, escondido tras un abrigo de piel sintética de leopardo que Posy no había vuelto a ponerse desde sus días de estudiante.

Desde entonces, por su vida había pasado un montón de pizza, muchos pasteles y una gran cantidad de vino, por lo que no era de extrañar que el vestido le apretara bastante en la zona del pecho y en las caderas, pero era lo que Lavinia hubiera querido que se pusiera, así que Posy dio otro inútil tironcito a la tela de algodón rosa en un vano intento de estirarla y tomó otro sorbo de champán, que se había servido también por orden expresa de Lavinia.

Con el champán corriendo de manera generosa, el nivel de ruido en el salón había ido *in crescendo*. «Cualquier idiota puede montar una producción de *El sueño de una noche de verano*, pero hace falta echarle agallas de verdad para hacerlo con el elenco luciendo toga», había oído poco menos que rebuznar a alguien con estruendosa voz de actorcillo de quinta. Nina, que estaba sentada junto a Posy, dejó escapar una risita, para luego tratar de disimularla con una delicada tosecilla.

—No pasa nada, creo que tenemos permiso para reírnos —la había tranquilizado Posy, porque en la esquina de detrás, sin ir más lejos, había dos hombres profiriendo unas risotadas tan escandalosas que uno tuvo que dejar de hablar un momento para reírse a sus anchas, inclinándose hacia delante mientras se agarraba las rodillas—. Lavinia siempre decía que los mejores funerales acababan convirtiéndose en las mejores fiestas.

Nina lanzó un suspiro. Se había puesto un vestido de algodón a cuadros en tonos azules a juego con sus cabellos, que esa temporada llevaba de un vibrante tono azul Prusia.

—¡Cómo la voy a echar de menos!

—La tienda no será lo mismo sin Lavinia —dijo Verity, que estaba sentada al otro lado de Posy y llevaba un traje gris, argumentando que el gris no era negro y que no tenía ni tono de piel ni predisposición para los colores alegres—. Todavía sigo esperando a que aparezca por la puerta a la carrera, loca de emoción con algún libro que ha estado leyendo hasta altas horas de la madrugada.

—Siempre se refería a los viernes, a las cinco de la tarde en punto, como la hora del champán —intervino Tom—. Nunca tuve valor para confesarle que no me gusta el champán.

Las tres mujeres y Tom, que formaban el personal de Marcapáginas, chocaron sus copas, y Posy no tuvo la menor duda de que, al hacerlo, todos estaban aprovechando para repasar mentalmente sus recuerdos favoritos de Lavinia.

La vocecita aniñada y un tanto entrecortada, su inglés perfecto típico de la década de 1930, como si saliera de una novela de Nancy Mitford.

Cómo lo había leído todo y conocía a todo el mundo, pero se seguía emocionando ante la perspectiva de leer libros nuevos y conocer personas nuevas.

Las rosas en el mismo tono del vestido de Posy que compraba los lunes y los jueves por la mañana y colocaba —de un modo aparentemente despreocupado, pero con mucho estilo— en un jarrón de plástico desportillado que había comprado en Woolworths en los sesenta.

La manera en que los llamaba a todos «cariño» y cómo ese *cariño* podía adoptar un tono afectuoso, de reproche o burlón.

¡Ay, Lavinia! La dulce y divertida Lavinia y los cientos de gestos cariñosos que había tenido con Posy. Cuando sus padres fallecieron en un accidente de tráfico, siete años atrás, Lavinia no solo le había dado trabajo, sino que también había permitido que ella y su hermano pequeño, Sam, se quedaran en el piso que había encima de la librería y que siempre había sido el hogar de los dos hermanos. Así que Posy estaba muy triste de que Lavinia se hubiera ido, verdaderamente triste. Y era el tipo de tristeza que impregnaba los huesos y oprimía el corazón.

Y además, estaba preocupada. Sentía una ansiedad persistente que se había apoderado de sus entrañas y les propinaba un tirón cada pocos minutos. Ahora que Lavinia ya no estaba, ¿qué iba a ser de Marcapáginas? Era poco probable, por no decir imposible, que un nuevo propietario dejara que Posy y Sam continuasen viviendo en el piso sin pagar alquiler. Sencillamente, no tenía el menor sentido si se atendía solo a consideraciones económicas.

No obstante, con el modesto sueldo de librera de Posy, desde luego no se podrían permitir más que el alquiler de una diminuta caja de zapatos muy muy lejos de Bloomsbury. Y entonces Sam tendría que cambiar de colegio y, si el dinero no les alcanzaba, hasta podía ser que no les quedara más remedio que mudarse a Gales, a Merthyr Dyfan —donde Posy no había vivido desde que era un bebé que todavía gateaba—, y acampar en la humilde casita típica de dos alturas y dos habitaciones en cada planta donde vivían sus abuelos. Y Posy tendría que buscar un trabajo en alguna de las pocas librerías que quedaban en la zona, si es que no habían cerrado todas.

Así que, sí: Posy estaba triste, terriblemente triste, y le dolía profundamente haber perdido a Lavinia, pero también estaba preocupada a más no poder, no había sido capaz de comer ni media tostada esa mañana, y encima se sentía culpable por preocuparse tanto cuando lo único que debería estar sintiendo era el dolor de la pérdida.

—¿Tienes la menor idea de qué va a pasar con la tienda? —preguntó Verity tímidamente, y Posy se dio cuenta de que los cuatro llevaban un buen rato allí sentados en silencio, cada cual ensimismado en sus propios pensamientos.

Posy negó con la cabeza.

—Seguro que pronto sabremos algo —respondió intentando esbozar una sonrisa animada, pero que sentía más como una mueca desesperada que otra cosa.

Verity también hizo una mueca a modo de respuesta.

—Yo llevaba en el paro más de un año cuando Lavinia me dio trabajo, y solo porque le pareció que Verity Love era el nombre más maravilloso que había oído en toda su vida —musitó, y luego se inclinó para murmurar al oído de Posy—: no soy una persona sociable, las entrevistas no se me dan bien.

—Yo nunca he hecho una entrevista de trabajo —dijo Posy, porque siempre había trabajado en Marcapáginas. Se había pasado veinticinco de los veintiocho años que llevaba sobre la faz de la Tierra en Marcapáginas, donde su padre había sido el encargado, mientras que su madre regentaba el salón de té anexo a la librería. Posy había aprendido las letras mientras ayudaba a poner libros en las estanterías, y a hacer cuentas dando el cambio—. No tengo currículum y, si lo tuviera, no ocuparía ni una cara.

—Lavinia no se molestaba en mirar el currículum; seguramente mejor así, por lo menos en mi caso, porque a mí me habían echado de los tres trabajos anteriores —intervino Nina, extendiendo los brazos en posición de inspección—. Simplemente, me preguntó si no me importaba enseñarle los tatuajes, nada más.

A lo largo de un brazo, Nina llevaba tatuado un dibujo de un reguero de pétalos de rosa y tallos espinosos que enmarcaban una cita de *Cumbres borrascosas*: «No sé qué composición tendrán nuestras almas, pero sea de lo que sea, la suya es igual que la mía».

En el otro brazo, para imprimir un cambio de ritmo, Nina se había tatuado una manga completa mostrando al Sombrerero Loco y sus invitados tomando el té en *Alicia en el país de las maravillas*.

Luego las tres chicas se volvieron hacia Tom, porque era su turno para confesar su falta de idoneidad para que nadie le diera un empleo más allá de Marcapáginas.

—Yo estoy haciendo el doctorado —les recordó—. No tendría problema en dar más clases o dedicarme a la investigación, pero no quiero. Quiero trabajar en Marcapáginas. Los lunes, ¡comemos bizcocho!

—Comemos bizcocho todos los días —comentó Posy—. Oye, no sabemos lo que va a pasar, así que lo mejor será que sigamos como siempre hasta que..., eeeh..., ya no. Hoy, dediquémonos a recordar lo mucho que queríamos a Lavinia y...

—¡Ah, ahí estáis, la pandilla de niños de la calle de Lavinia! ¡Su alegre banda de inadaptados! —declaró una voz. Una voz profunda y agradable que se podría describir como atractiva si las cosas que pronunciara no fueran siempre sarcásticas e hirientes.

Posy alzó la vista hacia el rostro de Sebastian Thorndyke, que habría sido un rostro muy atractivo si no dibujara constantemente un gesto desdeñoso, y olvidó que se suponía que tenía que estar concentrada en recordar lo mucho que quería a Lavinia.

—¡Ay, Sebastian —replicó cortante—, supuestamente, el autoproclamado hombre más maleducado de todo Londres!

—Ni supuestamente ni autoproclamado ni nada de eso —respondió Sebastian con la actitud petulante de autosuficiencia que ya había perfeccionado para cuando cumplió los diez años, y ante la que Posy no podía evitar apretar los puños de rabia—. Lo ha publicado el *Daily Mail*, y el *Guardian* también, así que debe de ser verdad. —Bajó la vista hacia Posy, deteniéndose un instante en sus senos, que, siendo completamente justos, había que reconocer que estaban poniendo a prueba los botones del vestido hasta llevarlos al límite de su resistencia. Un movimiento brusco y podía acabar enseñándole a la concurrencia el estampado más bien ñoño del sujetador de Marks & Spencer que llevaba, cosa que sería altamente inapropiada en cualquier momento, y más en un funeral. Sobre todo delante de Sebastian. Pero para entonces este ya había dejado de mirarle los senos y estaba paseando la vista por el salón, seguramente para comprobar si todavía le faltaba alguno de los presentes por insultar.

Con Sebastian, el único nieto de Lavinia, nunca se sabía. Posy se había enamorado inmediatamente de él el mismo día que, con tres años, había llegado a Marcapáginas y se había encontrado por primera vez con el altanero mocoso de ocho años, con su sonrisa dulce y aquellos ojos oscuros como el chocolate más puro. Y había continuado enamorada de él, siguiéndolo por toda la librería como una devota y fiel cachorra, hasta el día en que, cuando ella ya tenía diez años, Sebastian la había encerrado en la carbonera que había en el sótano de la tienda, un lugar plagado de arañas, escarabajos, ratas y todo tipo de horripilantes y aterradoras criaturas reptantes que te podían contagiar cualquier enfermedad.

Luego él había negado tener la menor idea de dónde se había metido Posy y únicamente había acabado por confesar todo cuando la frenética madre de la desaparecida estaba a punto de llamar a la policía.

Posy se había acabado sobreponiendo al incidente de la carbonera, pero todavía hoy se negaba a ni tan siquiera asomar la cabeza por la trampilla, y, en cuanto a Sebastian, se había convertido en su archienemigo desde aquel momento: durante toda la adolescencia de jovenzuelo malhumorado y huraño, siendo veinteañero, cuando había ganado una fortuna desarrollando páginas web horribles (Zinger o Minger, ¿cómo era?, siendo un punto particularmente bajo incluso en el historial de Sebastian), y ahora en sus disolutos treinta, cuando casi no había un día en que no apareciera en la prensa, por lo general del brazo de alguna bella modelo, actriz o similar rubia.

Su fama había alcanzado su cota máxima tras su primera y última aparición en el programa de la BBC *Question Time* (en el que un grupo de invitados del mundo de la política y los medios responden a las preguntas del público), cuando le había dicho a un parlamentario permanentemente rojo de indignación con todo, desde los inmigrantes hasta las ecotasas, que lo que le hacía falta era un buen polvo y una hamburguesa con queso. Y luego, cuando una mujer del público se había arrancado con una larga diatriba sobre los sueldos de los maestros, Sebastian había respondido en tono indolente arrastrando las palabras: «¡Dios, qué rollo! Soy incapaz de hacer esto sereno. ¿Me puedo largar ya?»

Ahí fue cuando los periódicos habían empezado a referirse a él como «El hombre más maleducado de todo Londres», y Sebastian llevaba desde entonces interpretando el papel, aunque tampoco es que le hubiera hecho falta que lo alentaran de aquel modo a comportarse de forma ofensiva y completamente odiosa. Posy sospechaba que el gen ofensivo suponía por lo menos el 75% de su ADN.

Así que en realidad era bastante fácil odiar a Sebastian, pero también era muy muy fácil apreciar su belleza.

Cuando no tenía los labios fruncidos en una mueca desdeñosa, todavía poseía una sonrisa dulce, y seguía teniendo aquellos ojos tan tan oscuros heredados de su padre español (su madre, Mariana, siempre había tenido debilidad por los hombres de origen mediterráneo). Sus cabellos eran igual de oscuros, domesticados para formar gruesos rizos de querubín hechos para que las mujeres los enrollaran entre sus dedos.

Sebastian tenía unas extremidades esbeltas y gráciles (media algo más de un metro noventa, según la revista *Tatler*, que también insistía, contra todo pronóstico, en que además era uno de los solteros más codiciados del país), y tenía predilección por los trajes hechos a medida que se adaptaban a los contornos de su cuerpo con una precisión tal que quedaban a un centímetro escaso de ser obscenamente ajustados.

Hoy, cumpliendo la última voluntad expresa de Lavinia, el traje de Sebastian era de color azul marino con una pizca de gris y llevaba una camisa roja con lunares blancos a juego con el pañuelo del bolsillo de la chaqueta...

—Morland, deja de mirarme de arriba a abajo. Estás a punto de empezar a babear —le soltó a Posy, haciendo que el rostro de ella se tiñera inmediatamente de un tono muy parecido al de su camisa y que su boca, que efectivamente estaba abierta, se cerrara de golpe.

Y entonces Posy la volvió a abrir.

—De eso nada. Ni se me ocurriría babear. ¡Ni lo sueñes!

Las protestas de ella resbalaron limpiamente por la piel forrada de teflón de Sebastian. Ella se disponía a decirle algo verdaderamente demoledor, en cuanto se le ocurriera ese algo verdaderamente demoledor que decirle, cuando Nina le dio un leve codazo.

—Posy, apiádate —musitó Nina entre dientes—, acabamos de venir del funeral de su abuela.

En efecto. Y Lavinia siempre había tenido predilección por Sebastian y su armadura a medida de caballero calavera. «Venga, abuela, nos vamos a tomar cócteles —solía anunciar él a menudo, entrando en la tienda como una exhalación. Nunca jamás entraba sin más en una habitación pudiendo entrar como una exhalación—. ¿Te apetece un Martini del tamaño de una maceta?»

Lavinia adoraba a Sebastian, pese a sus muchos defectos. «Hay que hacer alguna que otra concesión —solía gustarle decir cuando pillaba a Posy leyendo en la prensa alguna crónica de los últimos desmanes de su nieto, ya fuera una aventura que implicaba adulterio o su odiosa aplicación de citas, HookUpp, con la que había ganado millones—. Mariana siempre le consintió demasiado al pobre cuando era niño.»

Un poco antes, en la iglesia, Sebastian había pronunciado un discurso sobre Lavinia que había arrancado sonoras carcajadas de todos los asistentes. Con la mayoría de las mujeres y algunos hombres estirando el cuello para tener la mejor visión posible del nieto predilecto, este había ido desgranando anécdotas para componer un retrato tan vivo y colorido de Lavinia que era casi como tenerla allí de pie a su lado. Y luego había terminado con una cita de *Winnie the Pooh*, un libro que, según explicó, Lavinia le había leído millones de veces cuando era niño:

«Qué afortunado soy de tener algo de lo que cuesta tanto despedirse», había dicho Sebastian, y solo los que lo conocían verdaderamente bien, como Posy, habían podido detectar el quiebro en su voz, una levísima y terrible fractura. Después había clavado la vista en las notas que no había consultado ni una sola vez durante su discurso y luego había vuelto a alzar la cabeza, había esbozado su característica sonrisa deslumbrante y el momento había pasado.

Ahora Posy se daba cuenta de que, por mucho que a ella le doliera la pérdida de Lavinia, a Sebastian debía dolerle mucho más.

—Lo siento —dijo—. Todos lamentamos mucho tu pérdida, Sebastian. Sé lo mucho que la vas a echar de menos.

—Gracias, eres muy amable. —Su voz hizo amago de quebrarse de nuevo y la sonrisa desapareció de sus labios, pero volvió a aparecer antes de que a Posy le diera tiempo a parpadear—. *Lamentamos mucho tu pérdida.* ¡Dios, menudo cliché! En realidad no significa nada, ¿verdad? Odio los clichés.

—La gente los usa porque a veces es difícil saber qué decir cuando alguien mue...

—Te estás poniendo muy intensa, Posy. Menudo rollo. Me gusta mucho más cuando te pones en plan tocanarices —comentó Sebastian, y Verity, que odiaba cualquier situación que tan siquiera recordase vagamente a un enfrentamiento, se tapó la cara con una servilleta. Nina volvió a murmurar entre dientes y Tom miró expectante a Posy, como si estuviera esperando que en cualquier momento hiciera trizas al adversario con unas cuantas estocadas certeras de su acerado ingenio, en cuyo caso iba a esperar un buen rato.

—Maleducado. Muy maleducado, como siempre —fue lo que dijo—. Me hubiera esperado que, por lo menos hoy, te hubieras dado un descanso en ser tan profundamente odioso como tienes por costumbre. ¡Debería darte vergüenza!

—Sí, debería darme vergüenza. Y yo pensaba que, por lo menos hoy, tú te habrías dignado a cepillarte un poco el pelo. —Sebastian se aventuró incluso a sostener en alto un mechón de la cabellera de Posy, que le dio un manotazo inmediatamente como si de un moscardón se tratara.

Posy siempre había deseado tener un pelo que pudiera describirse como cabellera o rizos sedosos o melena frondosa. La realidad era que tenía el cabello castaño con reflejos naturales rojizos —a ella le gustaba pensar que más bien caoba, según cómo le diera la luz—, y el hecho era que se le enredaba con una facilidad pasmosa. Si lo cepillaba, se transformaba en una gigantesca bola enmarañada, y si lo peinaba resultaba un ejercicio doloroso a la par que inútil porque se encontraba con un nudo detrás de otro, así que acababa optando por recogérselo en alto con cualquier cosa que tuviera a mano. Por lo general, con lápices, pero hoy Posy había hecho un esfuerzo especial y había utilizado unas horquillas, si bien eran todas de colores diferentes. Su esperanza era que el efecto general fuese ecléctico y bohemio, pero por lo visto no había conseguido ni lo uno ni lo otro.

—No tengo el tipo de pelo que se cepilla —argumentó a la defensiva.

—Eso es verdad —reconoció Sebastian—. Es más bien el tipo de pelo donde los pájaros hacen nidos. ¡Bueno, venga, levántate de ahí!

Su tono, como siempre, era tan apremiante que Posy ya se disponía a lanzarse fuera del asiento cuando de repente se detuvo al darse cuenta de que no tenía motivo alguno para hacer tal cosa. Estaba bastante cómoda allí sentada y, además, ya se había tomado dos copas de champán con el estómago vacío y notaba cómo sus piernas estaban empezando a imitar a la gelatina.

—Pues, mira, prefiero quedarme donde estoy, si no te importa... Pero... ¿qué *estás* haciendo?

Sebastian la estaba levantando del asiento, eso era lo que estaba haciendo. La había agarrado por debajo de las axilas e intentaba levantarla, pero, como Posy estaba hecha de un material mucho más contundente y denso que el de las mujeres con las que se solía ver a Sebastian, ella no se movió un milímetro hasta que los extenuantes esfuerzos de uno y el forcejeo de la otra acabaron como era inevitable: dos botones del vestido de ella no pudieron continuar resistiéndose y, de repente, se rindieron. Posy se encontró enseñándole el sujetador a cualquiera que posara la mirada en ella.

Y, claro, el hecho fue que casi todo el mundo estaba mirándolos, porque no suele darse la circunstancia de que dos personas se pongan poco menos que a pelearse a puñetazos en un funeral.

—¡Quítame las manos de encima! —rugió ella mientras Verity le lanzaba una servilleta para que pudiera cubrirse. En cuanto a los dos botones traidores, habían salido disparados hacia la otra punta del salón con un impulso increíble—. ¡Mira lo que has hecho!

Alzó la vista hacia Sebastian, que, efectivamente, estaba contemplando lo que había hecho sin molestarse lo más mínimo en disimular su mirada más bien lasciva.

—Si te hubieras levantado cuando te lo he pedido...

—No me lo has pedido, me lo has ordenado. ¡Si ni siquiera has dicho por favor!

—En cualquier caso, ese vestido te queda demasiado apretado, no me sorprende que los botones hayan optado por volar hacia su libertad después del infierno por el que los has hecho pasar.

Posy cerró los ojos.

—Márchate ahora mismo. *No* te puedo soportar. Hoy no.

Aparentemente, el cerebro de Sebastian no había registrado sus palabras, porque ahora le estaba tirando del brazo a la vez que le decía:

—No seas infantil, venga. El abogado quiere verte. Hala, un, dos, un, dos.

El irrefrenable deseo de agarrar a Sebastian con ambas manos para infringirle el mayor daño físico del que fuera capaz se disipó para ser sustituido por un desagradable nudo en las tripas, tan intenso que ahora Posy se alegraba de no haber sido capaz de probar bocado.

—¿Ahora? ¿Quiere verme ahora?

Sebastian echó la cabeza hacia atrás y gruñó:

—¡Sí, por Dios! Algunas guerras se han librado y ganado en menos tiempo del que lleva levantarte a ti de una silla...

—Pero es que no me lo habías dicho, sencillamente te has limitado a exigir y forcejear.

—Te lo estoy diciendo ahora. En serio, Morland, me estás llevando al borde del suicidio con tanta tontería...

Posy cerró los ojos otra vez para no tener que ver los rostros teñidos de ansiedad del resto de empleados de Marcapáginas.

—Pero ¿para qué quiere verme? Estamos en el funeral de Lavinia. ¿No puede esperar?

—Por lo visto, no. —Ahora era Sebastian quien cerraba los ojos mientras se pellizcaba la elegante y aquilina nariz justo debajo del entrecejo—. Si no te mueves inmediatamente te cargaré a hombros igual que a un saco... aunque, francamente, preferiría ahorrarme la hernia.

El comentario logró poner a Posy de pie de un salto.

—No peso *tanto*. ¡Gracias! —añadió mirando a Nina, que había encontrado un imperdible en las profundidades de su bolso y se lo estaba ofreciendo a Posy con grandilocuentes gestos de la mano a escasa distancia de su cara.

Y entonces, agarrándola por el codo —porque claramente era incapaz de tener las manos quietas mientras Posy trataba de reunir los dos lados de su vestido—, Sebastian la escoltó fuera del salón.

Caminaron —bueno, Sebastian caminó y Posy trotó para no quedarse atrás— por un largo pasillo con las paredes repletas de retratos de adorables y ya fallecidas antiguas damas del club.

Y entonces, justo cuando llegaron a una puerta con un cartel de «PRIVADO», esta se abrió de repente y apareció una figura menuda en el umbral vestida de negro que, tras detenerse un instante, se lanzó a los brazos de Posy.

—¡Ay, Posy! ¿No es horrible?

Era Mariana, la madre de Sebastian, la única hija de Lavinia. Pese a la petición expresa de Lavinia, iba vestida de negro de pies a cabeza, completando su lúgubre atuendo con una bella mantilla larga de encaje negro que resultaba decididamente exagerada. Claro que Mariana no podía resistir la oportunidad de hacer un gesto dramático.

Posy rodeó con sus brazos a la mujer, que se aferró a ella como si fuera el último salvavidas del *Titanic*.

—Es horrible —ratificó Posy con un suspiro—. No he podido hablar contigo en la iglesia, pero quería que supieras lo muchísimo que lamento tu pérdida.

Mariana no tenía nada sarcástico que decir en respuesta a la manida frase de pésame de Posy, más bien todo lo contrario: le agarró con fuerza las manos mientras una lágrima le resbalaba por la mejilla de piel tersa de bebé. Mariana se había hecho algunos retoques, pero ni el hábil y discreto relleno aquí y allá, ni los pequeños arreglos con Botox, podían empañar la belleza frágil y delicada de Mariana.

A Posy, la hija de Lavinia le recordaba a una peonía gloriosa a la que ahora apenas le quedaba un día de sol antes de marchitarse con exquisita delicadeza, y cuyos pétalos —si se observaba de cerca— ya comenzaban a dar muestras de estar ajándose.

—¿Qué voy a hacer sin mamá? —preguntó Mariana a Posy en tono lastimero—. Hablábamos todos los días, y siempre me recordaba cuándo había bote en el sorteo de los euromillones para que le pidiera al mayordomo que fuera a comprarme un boleto.

—Ya te llamaré yo a partir de ahora cuando haya bote —la tranquilizó Posy mientras Sebastian cruzaba los brazos sobre el pecho y se apoyaba en la puerta lanzando un suspiro de sufrida resignación, como si él también estuviera a punto de verse arrastrado a la esclavitud de los euromillones.

La gente creía que Mariana era una mujer tonta porque ella misma cultivaba su aire vagamente desvalido con el que había atrapado a cuatro maridos, cada cual más rico y con más títulos que el anterior, pero también era amable, como Lavinia lo había sido. Y más dulce, porque Lavinia se negaba a soportar cretinos, mientras que Mariana tenía tan buen corazón que sufría con cualquiera que padeciese algún mal del tipo que fuese.

Cuando murieron los padres de Posy, Lavinia y su marido Peregrine habían sido dos rocas firmes en las que apoyarse, pero era Mariana la que se había subido a un avión para volver inmediatamente de Mónaco y se había llevado en volandas a Posy y a su hermano Sam a la calle Regent. Se había metido en Jaeger con Posy, que todavía estaba como sonada y tratando de digerir que se había convertido a sus veintiún años en huérfana y tutora legal de su desconsolado hermano de ocho años, y le había comprado un abrigo y un vestido para ponerse en el funeral. Mientras la joven se desvestía mecánicamente para probarse lo que fuera que le dieran, Mariana había entrado en el probador, había tomado entre sus manos el rostro de Posy y le había dicho: «Ya sé que piensas que soy una mujercita vanidosa y tonta, pero el funeral va a ser difícil, seguramente lo más difícil por lo que hayas tenido que pasar jamás, cariño. Un vestido bonito y un abrigo con un corte como es debido... son como una armadura. Y, además, dos cosas menos de las que preocuparte cuando sé que sientes como si llevaras el peso del mundo entero sobre tus pobres y jóvenes hombros».

Una vez adquiridos abrigo y vestido, Mariana se los había llevado a la juguetería Hamleys y le había comprado a Sam un tren inmenso, tanto que montado al completo ocupaba todo el cuarto de estar y casi todo el recibidor.

A partir de entonces, cada pocos meses, Mariana enviaba a Posy un paquete con preciosa ropa de diseñador para ella y un montón de juguetes para Sam. Y, aunque daba la impresión de que Mariana creía que Posy era capaz de meterse en una XS cuando en realidad su talla era como poco una M, y que Sam se había quedado permanentemente instalado en los ocho años durante los últimos siete, su intención no podía ser mejor.

Así que, en el que seguramente era el día más difícil de la vida de Mariana, Posy quería hacer lo que estuviera en su mano para aligerarle la carga. Le apretó las manos con gesto cariñoso.

—En serio, si hay algo que pueda hacer, cualquier cosa que necesites, intentaré ayudarte. Y no lo digo solo porque sea lo que la gente dice en este tipo de situaciones, de verdad.

—¡Ay, Posy, nadie puede ayudarme! —le respondió Mariana muy apenada, y Posy intentó encontrar otras palabras de consuelo, pero notaba que se le atenazaba la garganta y le picaban los ojos, como si sus propias lágrimas estuvieran a punto de derramarse. Así que no dijo nada, sino que se quedó mirando al imperdible que mantenía su vestido mínimamente en su sitio hasta que Mariana separó sus manos de las suyas—. Necesito estar un rato sola con mis propios pensamientos.

Sebastian y Posy observaron a Mariana alejarse por el pasillo con pasos tan fluidos que parecía deslizarse en lugar de caminar, hasta que dobló una esquina y desapareció.

—Te apuesto lo que quieras a que al cabo de tres minutos sola con sus propios pensamientos estará ya más aburrida que una mona —le comentó él a Posy—. Cinco minutos como mucho.

—Seguro que no —respondió Posy, aunque ella tampoco confiaba demasiado en la capacidad de Mariana para perseverar en nada. No era de esperar que alguien que había tenido tantos maridos funcionara bien por sus propios medios—. ¿Dónde está el abogado?

—Aquí —le informó Sebastian abriendo la puerta y dándole a Posy un decidido empujón, como si sospechara que ella estaba a punto de salir corriendo. Desde luego, se lo estaba pensando. Pero Sebastian flexionó los dedos de su mano y los apoyó en la parte baja de la espalda de Posy, y a ella no le hizo falta más para propulsarse hacia delante, en un esfuerzo por apartarse del tacto abrasador de esa mano que notó incluso a través de la tela de algodón de su vestido.

Era una salita pequeña donde los omnipresentes paneles de madera que forraban las paredes de la mayoría de las estancias del club habían sido sustituidos por una cretona brillante con motivos florales. Cretona por todas partes, festoneando y envolviéndolo todo, desde las cortinas y sus bastidores hasta las sillas y el sofá. Posy se había quedado a la puerta con aire dubitativo, mientras que Sebastian fue a sentarse en el sofá y, al cruzar las piernas, dejó a la vista los calcetines del mismo tono rojo que la camisa y el pañuelo del bolsillo de la chaqueta. Hasta los cordones de los zapatos negros clásicos de cuero calado que llevaba eran rojos.

Posy se preguntó si Sebastian tenía cordones de todos los colores para ponerse a juego con las camisas, y si se pasaba cinco minutos todas las mañanas poniéndoselos él mismo en los zapatos o si tenía algún empleado que lo hiciera por él...

—¡Aquí la tierra llamando a Morland! ¿No me irás a decir tú también que necesitas estar un rato sola con tus propios pensamientos?

Ella parpadeó.

—¿Qué? No. Tus zapatos...

—*¿Qué?* —exclamó él con tono exasperado—. Yo creo que no estaría de más que saludaras al señor Powell. ¡Y pensar que siempre me estás acusando a mí de ser un maleducado!

Posy apartó la vista de Sebastian para reparar en que, sentado al otro lado de la estancia, había un hombre de mediana edad con un traje gris y gafas de media montura que tamborileó en el aire con los dedos de una mano a modo de saludo medio desganado.

—Jeremy Powell, el abogado de la difunta señora Thorndyke —se presentó, para luego bajar la mirada hacia el fajo de papeles que tenía en el regazo—. Y usted es... la señorita Morland, ¿no es así?

—Posy. Hola. —Respiró hondo y se agarró las manos con fuerza—. ¿Esto tiene que ver con la tienda? Todos nos estábamos preguntando qué pasaría, pero... no pensé que fuéramos a saberlo tan pronto. ¿La va usted a vender?

Habían perdido tanto, ella y Sam: sus padres, Peregrine, luego Lavinia y ahora Marcapáginas, que era más que una librería. Era su hogar. El lugar al que siempre volvían. Y ahora ni tan siquiera tendrían eso.

—Siéntate, Morland, que estás ahí plantada como merodeando por la escena —le ladró Sebastian señalando el sofá—. Y a nadie le gusta la gente que merodea.

Posy miró a Sebastian de forma airada y bordeó el sofá para ir a sentarse en el sillón que quedaba justo enfrente del señor Powell. Sebastian, por su parte, sacó una botella de champán de la cubitera que había a su lado, le quitó el envoltorio metalizado al corcho, luego quitó la grapa metálica y por fin, suavemente, descorchó la botella con habilidad de virtuoso, de modo que el corcho acabó cediendo con un breve pero enfático *bang*. Posy no había reparado en las delicadas copas de cristal que había sobre la mesa, pero Sebastian tomó una, la llenó y se la entregó.

—No debería beber más.

Si las malas noticias eran inminentes, igual era mejor darse al coñac. O a una taza de té bien dulce.

—Órdenes de Lavinia. —Sebastian la miró fijamente, y su mirada escrutadora, junto con el convencimiento de que el comentario salvaje estaba al caer, fueron demasiado para Posy. Apartó la vista y, pese a que se había propuesto dar solo un sorbito, por no hacer un feo, se acabó bebiendo toda la copa de un trago bastante poco elegante.

Y después tuvo que concentrarse al máximo para no eructar mientras Sebastian esbozaba una sonrisa de suficiencia y hacía un gesto en dirección al abogado.

—Señor Powell, ¿tendría usted a bien proceder por fin?

Posy se temía lo peor, pero confiaba en que lo peor fuera breve: «Por favor, abandonen la propiedad tan pronto como les sea posible y tengan cuidado de que la puerta no les dé en el trasero al salir», diría el señor Powell. Aunque tal vez sería más educado. En vez de eso, el abogado se inclinó hacia delante para entregar a Posy un sobre.

De la colección Cream Wove Quarto de papel vitela de la papelería Smythson's. Lavinia tenía una caja entera en la oficina situada en la parte trasera de la tienda. El nombre de Posy aparecía escrito a mano con la bella caligrafía de puño y letra de Lavinia, en la tinta azul marino que siempre había sido su favorita.

De repente, las manos de Posy se negaban a funcionar. Temblaba tanto que apenas acertaba a abrir el sobre.

—¡Ya lo hago yo, Morland!

Pero resultó que las manos de Posy volvieron a estar en pleno funcionamiento cuando hubo que apartar las de Sebastian como si fueran un par de moscardones, y al instante se encontró deslizando el índice por el doblez encolado para, por fin, abrir el sobre y extraer de este un par de hojas de papel color crema a juego con el sobre, en las que Lavinia había escrito con letra bastante apretada.

Mi muy muy querida Posy:

Espero que el funeral no haya sido demasiado lúgubre y que no hayan racaneado con el champán. Siempre me pareció que la mejor manera de sobrellevar funerales y bodas era estar un poco piripi.

También confío en que no estés demasiado triste. He aprovechado al máximo las cartas que me tocaron en la vida, como suele decirse, y pese a que incluso a estas alturas tan tardías del proceso no estoy segura de creer en la otra vida, si existe, entonces ya estaré rodeada de toda la gente que quiero y que tanto eché de menos en esta. Me habré reunido con mis padres, mis apuestos hermanos, todos los amigos que cayeron y, lo mejor de todo, con mi adorado Perry.

Pero, ¿dónde quedáis tú y Sam en todo esto, mi preciosa Posy? Estoy convencida de que mi muerte, mi fallecimiento, mi marcha (use la palabra que use me sigue pareciendo increíble, absurdo, pensar que he abandonado esta vida) te habrá traído recuerdos de tus padres. Claro que también recordarás lo que Perry y yo os dijimos aquella noche horrible después de que se marchara la policía.

Que no os teníais que preocupar. Que Marcapáginas era tan vuestro como nuestro, y que siempre tendríais un hogar allí.

Posy, cariño, sigue siendo así. Marcapáginas es tuyo. El lugar, las existencias, incluido ese ejemplar de Los hombres son de Marte y las mujeres de Venus *que hemos sido incapaces de vender en los últimos quince años.*

Sé que la librería no ha ido demasiado bien últimamente. Y yo he estado tan insoportable y reacia a los cambios desde que murió Perry...

pero tengo una fe ciega en que tú serás capaz de darle la vuelta a la situación. Conviértela en el éxito total que era cuando la regentaban tus padres. Estoy convencida de que se te ocurrirán todo tipo de ideas para transformar la tienda. Contigo al timón, Marcapáginas comenzará un nuevo capítulo de su historia. Estoy convencida de que no podía haber dejado mi adorada librería en mejores manos.

Porque, si hay alguien que sepa el lugar tan mágico que puede ser una librería y que todo el mundo necesita un poco de magia en su vida, esa eres tú, querida.

No sabes lo feliz que me hace saber que Marcapáginas seguirá en la familia, porque siempre os he considerado a ti y a Sam como parte de la familia. Además, eres la única persona que confío en que protegerá este legado y lo conservará para generaciones futuras de amantes de los libros. Cuento contigo, querida Posy, ¡así que no me defraudes! Para mí es muy importante, mi último deseo, si quieres llamarlo así, que Marcapáginas siga existiendo cuando yo ya no esté. Ahora bien, si sientes que no quieres cargar con esa responsabilidad, o si —y de verdad que odio incluso contemplar la posibilidad— la librería no da beneficios en el plazo de dos años, entonces la propiedad volverá a Sebastian. Lo último que querría en el mundo, mi querida Posy, es cargarte con un estorbo y un problema, pero sé que no se dará el caso.

No debes dudar en pedir ayuda a Sebastian. Estoy segura de que, en cualquier caso, lo verás mucho más a partir de ahora porque ha heredado el resto de Rochester Mews, así que seréis vecinos y confío en que también amigos. Ya va siendo hora de dejar atrás todo el resquemor y las rencillas por el episodio de la carbonera. Sí, Sebastian puede ser escandaloso e impertinente, pero de verdad que sus intenciones son buenas. Ahora bien, no le pases ni media tontería. Me parece que le vendrá muy bien un buen tirón de orejas de vez en cuando.

Así que adiós, mi queridísima niña. Sé valiente, sé fuerte, sé un éxito. Acuérdate siempre de seguir a tu corazón y así nunca perderás el rumbo.

Con muchísimo amor,

Lavinia xxx

Marcapáginas estaba situada en la parte norte de Bloomsbury. La gente que camina desde Holborn bajando por Theobalds Road hacia Gray's Inn Road no solía fijarse en la diminuta calle empedrada a la derecha, la calle Rochester. Pero si por casualidad llegaban a ella y decidían que merecía la pena explorarla, lo más seguro era que se pararan en la tienda de *delicatessen*, a mirar los quesos y las salchichas y todos los comestibles de vivos colores en tarros de cristal, bellamente expuestos en el escaparate.

Curiosearían las *boutiques* llenas de vestidos bonitos y prendas invernales, suaves y alegres, de punto. Y también la carnicería, la barbería, la papelería, hasta llegar al *pub* de la esquina, el Campanadas de Medianoche, justo enfrente de la tienda de *fish & chips* Como Pez en el Agua, y una tienda de golosinas típica muy antigua en la que todavía te vendían al peso pastillas de sabor a pera, caramelos de sorbete de limón, anisetes, dulces de tofe, caramelos de menta de esos a rayas blancas y negras y regalices variados, y te lo ponían todo en bolsas de papel de rayas.

Justo antes de llegar al final de esta calle maravillosa, que parece salida de una novela de Dickens, se encontraba el conjunto de edificios, antiguas caballerizas, en torno a un patio escondido a la derecha: Rochester Mews.

Rochester Mews no era una plaza de antiguas caballerizas particularmente bonita o pintoresca. En el centro del patio había unos bancos bastante castigados por los elementos dispuestos en círculo y unos maceteros llenos de malas hierbas; hasta los árboles parecían haber conocido tiempos mejores. A un lado del patio había una hilera con cinco tiendas vacías. Según se adivinaba en los carteles descascarillados y desvaídos, en otro tiempo habían sido respectivamente una floristería, una mercería, un comercio de cafés y tés a granel, una tienda de sellos y una botica. Al otro lado del patio se encontraba otra tienda muy grande, aunque más bien parecía un conjunto de tienditas combinadas para formar un todo bastante dispar. Tenía los típicos ventanales saledizos antiguos con hileras de pequeños cristales rectangulares y un toldo descolorido de rayas blancas y negras.

El rótulo que había encima de la puerta identificaba el establecimiento con el nombre Marcapáginas, y en ese día en concreto de febrero, cuando el sol de la tarde ya se escondía y las sombras empezaban a alargarse, un pequeño deportivo de color rojo entró en el patio y se detuvo bruscamente justo delante.

Se abrió la puerta y un hombre alto con traje oscuro y camisa del mismo tono que su coche desdobló las piernas para emerger del asiento del conductor, quejándose amargamente todo el rato de que los adoquines destrozaban la suspensión de su Triumph clásico.

Fue a grandes zancadas hasta el asiento del copiloto, abrió la puerta y dijo:

—Morland, que no tengo todo el día. Te he traído a casa, ya he hecho mi buena obra del día, así que, ahora, ¿haces el favor de mover el trasero de una vez?

Una joven con un vestido rosa salió del coche trastabillando ligeramente y se quedó de pie junto al coche balanceándose un poco sobre unas piernas algo inestables, como si se estuviera acostumbrando a la tierra firme tras haberse pasado meses en alta mar. Agarraba con fuerza un sobre color crema con una mano.

—¡Morland!

El hombre chasqueó los dedos delante de la cara de la mujer y ella volvió en sí con un respingo.

—¡Maleducado —exclamó ella—, muy maleducado, como siempre!

—Bueno, es que te has quedado ahí plantada como un pasmarote —respondió él, para luego apoyarse en la pared con la espalda ligeramente encorvada mientras ella rebuscaba las llaves en el bolso.

—Hoy no paso, pero... —anunció él. Luego señaló el patio descuidado y abandonado con un amplio gesto del brazo—. ¡Qué agujero! Supongo que tendremos que hablar de todo esto pronto. No se puede hacer gran cosa con las antiguas caballerizas mientras estés tú de inquilina en posesión de la tienda, ¿no?

La mujer seguía forcejeando con la llave para abrir la puerta pero se volvió a mirarlo, pálida y con los ojos muy abiertos.

—Pero yo no soy una «inquilina en posesión», ¿no es cierto? Creía que era la propietaria. Bueno, por lo menos durante los próximos dos años.

—Ahora no, Morland. Soy un hombre muy ocupado. —Ya se había vuelto a meter en el coche—. ¡Hasta luego!

Ella lo observó arrancar a toda velocidad metiendo la marcha bruscamente, y luego abrió la puerta y entró.

Posy no recordaba haberse marchado del club con Sebastian, ni meterse en su coche, ni abrocharse el cinturón de seguridad..., nada. Era como si hubiera habido una interferencia en el plano espacio-tiempo en el momento en que dobló la carta de Lavinia y la volvió a meter en su sobre.

Todavía la agarraba con fuerza en ese momento, allí de pie en mitad de la librería completamente a oscuras, en la que se adivinaban las estanterías, las pilas de libros por todas partes, envuelta en el reconfortante olor a papel y tinta. Estaba en casa y de repente todo había vuelto a enfocarse, aunque, aun así, Posy permaneció un buen rato allí de pie, sin saber si sería capaz de caminar, y mucho menos pensar hacia dónde.

Y entonces oyó tintinear la campanilla que había sobre la puerta. Se sobresaltó, dándose la vuelta inmediatamente para encontrarse con Sam, que llegaba con la mochila del colegio colgada al hombro y el anorak abierto, pese al frío y al hecho de que todas las mañanas ella le decía que se lo abrochara.

—¡Ay Dios, me has dado un susto de muerte! —exclamó Posy. Ya había oscurecido del todo. No sabía cuánto tiempo llevaba allí de pie—. Vuelves tarde del cole, ¿no?

—Es martes. Tengo entrenamiento de fútbol —explicó Sam mientras se disponía a cruzar la tienda pasando por su lado. No se le veía bien la cara porque estaba oscuro, pero sí se distinguía perfectamente que caminaba de modo algo raro, con pasos cortitos y rápidos tipo cangrejo, lo que hizo que durante un breve segundo a Posy se le atenazara la garganta, ya que eso significaba que los zapatos le apretaban y no se lo quería decir porque le acababa de comprar un par nuevo en las rebajas de enero.

A esas alturas del año pasado ya había sido tan alto como ella, pero ahora había pegado un estirón increíble hasta el metro ochenta. Iba a ser tan alto como su padre. Cuando Sam alargó el brazo por encima del mostrador hasta el interruptor y se hizo la luz, Posy pudo ver perfectamente los sobados calcetines blancos, signo evidente de que también le hacían falta pantalones para el uniforme del cole nuevos. Y ella no había previsto gastar ni en zapatos ni en pantalones para el colegio ese mes. Luego bajó la mirada para encontrarse de nuevo con la carta de Lavinia que todavía tenía en la mano.

—¿Estás bien, Posy? ¿Ha sido horrible? —Sam se apoyó en el mostrador y frunció el ceño—. ¿Te vas a poner a llorar? ¿Te hace falta comer un poco de chocolate?

—¿Qué? No. Sí. Quiero decir que el funeral ha sido duro. Muy triste. Muy muy triste.

Sam la observó atentamente a través de la cortina del larguísimo flequillo que se negaba a cortar pese a la amenaza de Posy de colarse sigilosamente en su cuarto con las tijeras de la cocina y cortárselo mientras dormía.

—Sigo pensando que debería haber ido yo también. Lavinia también era mi amiga.

Por fin Posy se movió. Estiró los brazos y las piernas, que se le habían entumecido un poco por estar tanto rato inmóvil, y se acercó al mostrador para apartarle a Sam el pelo de los ojos. Los tenía del mismo tono de azul que ella, idéntico al de su padre. Azul nomeolvides, era como solía describirlo siempre su madre.

—En serio, Sam, a medida que te hagas mayor ya tendrás que ir a un montón de funerales —argumentó con suavidad—, te vas a cansar de los funerales. Y además habrá una ceremonia en recuerdo de Lavinia dentro de un tiempo. Puedes ir a eso siempre y cuando no sea en un día de clase.

—Igual para entonces ni siquiera estamos en Londres ya —respondió Sam haciendo un gesto con la cabeza hacia atrás de modo que el flequillo volvió a caerle sobre los ojos—. ¿Ha dicho alguien qué va a pasar con la tienda? ¿Crees que nos dejarán quedarnos hasta Semana Santa? ¿Y qué hay del colegio? Me va a hacer falta saberlo bastante pronto. ¡Este curso es importante!

Había empezado en un tono bastante agudo y chillón, pero luego, en la última frase, se le quebró. Sonaba dolido. Posy, compadeciéndose, tragó saliva.

—Nadie va a echarnos de la tienda —lo tranquilizó. Decirlo en voz alta no hacía que sonara menos increíble. Ni que sonara cierto. El hecho era que Sebastian parecía haber hecho planes para Rochester Mews en los que no estaban ni Marcapáginas ni Posy—. Lavinia me ha dejado la tienda a mí. Ahora la propietaria soy yo, así que supongo que el piso que hay encima también será mío.

—¿Y por qué te iba a dejar la tienda a ti, si puede saberse? —se sorprendió Sam, que volvió a abrir la boca seguramente para lanzarse a hacer unas cuantas preguntas más, pero al final optó por volver a cerrarla, y luego, por fin—: A ver, es muy de agradecer que Lavinia te haya dejado la tienda, pero ni siquiera tienes permiso para hacer la caja sin supervisión cuando cerráis.

Era cierto. A raíz de un incidente en el que un día, al hacer el cierre, había faltado un billete de cien libras que luego no faltaba en absoluto: había sido únicamente que el 0 de la calculadora estaba pegajoso porque Posy se había estado comiendo un Twix mientras hacía la caja.

—Lavinia ha querido ser buena con nosotros, asegurarse de que íbamos a estar bien, pero no sé si esta es la mejor manera, la verdad —reconoció Posy—. ¡Ay, Sam, ahora mismo no soy capaz ni de hacer frases enteras! ¿Tienes deberes?

—¿Ahora te me pones a hablar de los deberes? *¿Ahora?* —Aunque no se los veía con el flequillo, Posy estaba convencida de que Sam estaba poniendo los ojos en blanco—. Pero ¿se puede saber qué problema tienes?

Por dónde empezar a responder esa pregunta...

—Sobre todo, tengo hambre. Llevo todo el día sin comer. ¿Hacemos sándwiches de palitos de pescado?

Siempre cenaban sándwiches de palitos de pescado cuando alguno de los dos andaba decaído. Y esa había sido su cena bastante a menudo últimamente.

—Y patatas fritas congeladas de corte ondulado, y también judías de lata con salsa de tomate —decidió Sam mientras seguía a Posy a través de la oficina hacia las escaleras que subían a su piso—. Además, en Literatura inglesa me han puesto de deberes elegir una canción de rap y reescribirla imitando el estilo de un soneto de Shakespeare, ¿me ayudarás?

Al cabo de un rato, una vez comidos los palitos de pescado y terminados los deberes de Sam con ayuda de una copa de vino y unas pequeñas dosis de indignación y portazos (principalmente por parte de Posy), ella bajó de vuelta a la tienda.

Se suponía que Sam tenía que estar ya preparándose para irse a la cama, pero llegaban perfectamente hasta la librería los leves sonidos inconfundibles de un videojuego saliendo del cuarto de su hermano. En cualquier caso, Posy no tenía energía para meterse en otra pelea en ese momento; desde luego, no después de haber intentado reescribir *99 Problems* de Jay Z en pentámetros yámbicos.

Posy solo encendió las luces laterales de modo que la tienda estuviera en penumbra y se puso a caminar por la sala principal. Todas las paredes estaban cubiertas de estanterías hasta el techo; en el centro había una gran mesa de exposición y, alrededor de esta, tres sofás desvencijados en diversos grados. A derecha e izquierda, a través de sendos arcos abiertos se accedía a toda una serie de salas más pequeñas, también repletas de estanterías que albergaban distintas secciones. Posy sospechaba que los estantes se reproducían por la noche. En ocasiones podía estar haciendo algo en la otra punta de la tienda y encontrarse de repente con una estantería que hubiera jurado que era la primera vez que veía.

Recorrió con el dedo las baldas y los lomos de los libros que contenían mientras hacía un inventario silencioso. La última estancia de la derecha, a la que se accedía a través de una puerta de cristal, había sido en otro tiempo un pequeño salón de té. Ahora habían colocado una cortina en la puerta y servía de almacén; las mesas y las sillas estaban apiladas a un lado; las fuentes para tartas y la vajilla cuidadosamente seleccionada en infinidad de tiendas de segunda mano, mercadillos y ferias de antigüedades se habían guardado en cajas de cartón. Si cerraba los ojos, Posy era capaz de rememorar perfectamente cómo era antes y recordar el olor a café y a tarta recién hecha que llegaba hasta la tienda. Podía ver a su madre circulando hábilmente entre las mesas, con los largos cabellos rubios recogidos en una coleta que se mecía rítmicamente al compás de sus pasos, las mejillas sonrosadas y un destello vivaz en sus ojos verdes mientras servía tés y cafés y recogía platos vacíos.

En la tienda, su padre se habría remangado la camisa —siempre llevaba camisa y chaleco con vaqueros— y, tal y como era lo más habitual, andaría encaramado en la alta escalera con ruedas mientras seleccionaba unos cuantos libros que mostrar a algún cliente que aguardaba pacientemente a ras de suelo: «Si le gustó ese, entonces le va a *encantar* este otro» —decía—. Lavinia lo llamaba el Rey de la Venta por Recomendación. Cuando Posy llegó a la sección de poesía, sus ojos buscaron inmediatamente los tres volúmenes de poemas que había escrito su padre, de los que siempre tenían existencias.

«Creo que si Ian Morland no nos hubiese dejado de manera tan repentina y cruel —había escrito Lavinia en la necrológica que le había dedicado— se habría convertido en uno de los grandes poetas de la literatura inglesa.»

No se había escrito ninguna nota dedicada a su madre, pero eso no quería decir que su ausencia no fuera menos dolorosa ni se la echara de menos en menor medida. Nada de eso. Mientras volvía sobre sus pasos hacia la sala principal, Posy no deambulaba por una tienda, sino por su hogar, y a cada paso que daba se iba encontrando con infinidad de recuerdos de cuando su padre y su madre vivían.

En la oficina que se encontraba al fondo de la tienda había una pared cubierta de firmas de autores que habían visitado la librería a lo largo de los años: estaba la firma de todo el mundo, desde Nancy Mitford hasta Truman Capote, pasando por Salman Rushdie o Enid Blyton. Y las muescas en el marco de la puerta atestiguaban fielmente cómo habían ido creciendo los niños de Marcapáginas, empezando por Lavinia y sus hermanos y terminando con Posy y Sam.

Afuera, en el patio de las antiguas caballerizas, habían hecho fiestas veraniegas y ferias de Navidad. Y Posy también recordaba el aspecto de los árboles engalanados con lucecitas para fiestas de lanzamiento o lecturas de poesía a la fresca. En una ocasión hasta habían celebrado allí fuera un banquete de boda, la de dos clientes que se habían enamorado perdidamente con un ejemplar de *La insoportable levedad del ser* de por medio.

Bajo las estanterías, en una esquina junto al mostrador, había un pequeño cuchitril que su padre había hecho para ella como rincón de lectura. Y su madre le había cosido cuatro cojines bien mullidos sobre los que tenderse mientras leía.

En Marcapáginas era donde Posy había conocido a algunos de sus mejores amigas: Pauline, Petrova y Posy (en honor de la cual le habían puesto a ella el mismo nombre) Fossil de *Las zapatillas de ballet,* el libro favorito de su madre. Por no hablar de Milly-Molly-Mandy y la pequeña Susan, y las niñas de St Clare y Torres de Malory y la Escuela Chalet. Y Scout y Jem Finch de *Matar a un ruiseñor.* Las hermanas Bennet. *Jane Eyre* y la pobre Cathy, recorriendo el páramo arriba y abajo en busca de Heathcliffe.

Y una noche bastante parecida a esta, pero mucho mucho peor, también había estado vagando por la tienda a oscuras, todavía con el vestido negro del funeral puesto, todavía con las imágenes de los dos ataúdes descendiendo lentamente hacia el fondo de la tierra frescas en la mente. Aquella noche, decidida a no llorar porque sabía que si lloraba sería a gritos y no quería despertar a Sam, había escogido un libro al azar de una de las estanterías y se había acurrucado en su cuchitril.

Era una novela de Georgette Heyer, *Regency Buck*: una bella y frívola joven llamada Judith Taverner va de encontronazo en encontronazo con Julian St John Audley, un sardónico dandi que resulta ser además su tutor legal. Judith se lanza a la vida de sociedad en Londres, se ve envuelta en una alocada aventura tras otra en Brighton, conoce y encandila a Beau Brummel y al Príncipe Regente y tiene numerosos y acalorados desacuerdos con el arrogante Julian hasta que a ambos no les queda más remedio que reconocer su amor.

Aquella novela había tocado resortes que Posy ni tan siquiera sabía que tenía. Las novelas románticas de Heyer ambientadas en el periodo de la Regencia de principios del XIX, no llegaban al nivel de *Orgullo y prejuicio*, que era el estándar de perfección, la triple A de la novela romántica, pero se le acercaban bastante.

Durante las semanas que siguieron, con una existencia poco menos que de autómata, cuando llegar sin contratiempos al final de otro día más ya era todo un triunfo, Posy se había leído todas las novelas románticas ambientadas en el periodo de la Regencia que había escrito Heyer. Le había rogado a Lavinia que pidiera más, y cuando se las terminó todas en un abrir y cerrar de ojos había buscado en Internet otras autoras parecidas consideradas las sucesoras de Heyer: Clare Darcy, Elizabeth Mansfield, Patricia Veryan, Vanessa Gray. Ninguna era comparable a Heyer en su exquisito nivel de atención por los detalles y su ingenio, pero seguía habiendo alocadas jóvenes herederas y caballeros sarcásticos que trataban de dominarlas hasta que al final el amor se imponía.

Posy se había apoderado de una de las salas y la había llenado de novelas de Julia Quinn, Stephanie Laurens, Eloisa James, Mary Balogh, Elizabeth Hoyt y otras autoras similares. Y cuando se había leído hasta la última novela romántica ambientada en la época de la Regencia que había sido capaz de encontrar descubrió otros libros, montones de ellos, donde la chica no solamente se llevaba al chico sino también el final tipo «y fueron felices para siempre» que todo el mundo se merecía. Bueno, casi todo el mundo. Los asesinos en serie, la gente que es cruel con los animales y los que conducen borrachos, sobre todo los conductores borrachos como el que se había saltado la mediana de la autopista M4 para empotrarse contra el coche de sus padres, ninguno de todos esos se merecía un final tipo «y fueron felices para siempre», pero el resto de la gente, sí.

Resultó que muchas de las mujeres que trabajaban cerca de Marcapáginas y se acercaban a la tienda a echar un vistazo a la hora de comer también eran unas locas de la novela romántica bien escrita. Y como nadie estaba comprando suficientes cantidades de las típicas biografías de personajes con pasado traumático, ni densos ladrillos sobre historia militar como para dedicarles espacio en las estanterías, Posy convenció a Lavinia para que le dejara ocupar dos salas más de la librería.

Pero últimamente la gente no compraba suficientes libros, fueran del tipo que fueran. O por lo menos no los compraban en Marcapáginas. En su carta, Lavinia parecía convencida de que Posy sería capaz de idear algún plan infalible para atraer a la gente de vuelta a la tienda a comprar muchos libros, pero nada más lejos de la realidad.

De repente, Posy no podía soportar permanecer ni un minuto más en la tienda. Aquel lugar siempre había sido el sitio en el que era feliz, su estrella polar que le marcaba el rumbo, la consoladora manta bajo la cual se sentía cómoda y segura, solo que de papel y madera, pero ahora las interminables estanterías cargadas de libros le resultaban agobiantes. Era demasiada responsabilidad, y a Posy no se le daba bien lo de asumir responsabilidades.

Apagó las luces, cerró la puerta que separaba la oficina de las escaleras que conducían al piso de arriba, y que por lo general estaba siempre abierta, y subió por ellas lentamente. Estaba a punto de abrir la puerta del cuarto de Sam sin llamar primero cuando se acordó de la norma de «llamar antes de entrar» que ella misma había establecido después de que su hermano entrara sin más ni más en el cuarto de baño y la sorprendiera en la ducha, cantando «Bohemian Rapsody» a pleno pulmón con el bote de champú de micrófono.

—Sam, ¿estás visible? —Señor, por favor, que no estuviera haciendo nada indecente. Porque no estaba preparada para eso—. ¿Puedo entrar?

Oyó un gruñido afirmativo al otro lado de la puerta y la empujó tímidamente para abrirla. Sam estaba echado boca abajo encima del edredón con la mirada fija en su ordenador portátil:

—¿Qué pasa?

Posy se sentó al borde de la cama y clavó la mirada en sus huesudos hombros encorvados sobre la pantalla del ordenador. Por más que llevara quince años en su vida (su bebé milagro, lo habían bautizado sus padres, y por aquel entonces a la Posy de trece años le había mortificado a más no poder considerar aquello a lo que sus padres se debían haber dedicado para producir al bebé milagro), todavía se apoderaba de ella de vez en cuando un deseo imperioso de estrujarlo hasta que chillara, así de profundo era su amor por él. En vez de eso, se conformó con alargar un brazo para revolverle el pelo, y él se zafó con un movimiento sinuoso.

—¡Ay, déjame! ¿Ya has estado bebiendo?

—No. —Al final Posy se conformó con darle un codazo—. Tengo que hablar contigo.

—¡Pero si ya hemos hablado de Lavinia y te he dicho que estoy triste y que es todo una mierda! En serio, Pose, creo que no podría soportar otro discurso sobre sentimientos y emociones. —Hizo una mueca—. ¿Podríamos, por favor, saltárnoslo?

Posy estaba harta de dar discursos sobre sentimientos y emociones, así que le iba de maravilla la propuesta, pero aun así era la hermana mayor. La figura paterna. El adulto competente. La persona *responsable*.

—Vale, pero ya sabes que, si quisieras hablar, podrías; puedes; me puedes contar lo que sea.

—Sí, ya lo sé —respondió Sam alzando la vista de la pantalla del ordenador para dedicarle una leve sonrisa—. ¿Ya estamos entonces? ¿Fin de la historia?

—La verdad es que te quería hablar de otra cosa. —Funcionaba en ambas direcciones. Se suponía que ella también le podía hablar a Sam de cualquier cosa que no fuera la regla, su peso, su vida sentimental (o ausencia de)... Sam había hecho una lista. Ahora bien, a Posy le estaba resultando más difícil de lo que esperaba—. Ya sé que no has tenido mucho tiempo para pensarlo, ¿pero qué te parece que me quede yo con la tienda? Podría sacarla adelante, ¿no crees? A fin de cuentas llevo en la sangre el oficio de librera. Vamos, que, si me corto, en vez de sangre me saldrían palabras, así que ¿quién mejor que yo para hacerse cargo de Marcapáginas? —Echó los hombros hacia delante cargándose de espaldas—. Claro que supongo que eso implicará ser muy adulta y responsable.

—Lamento mucho ser el que te venga con la mala noticia, Pose, pero tienes veintiocho años, así que, técnicamente, ya eres adulta. —Sam se incorporó hasta quedar apoyado en los codos, de modo que Posy podía ver la expresión dubitativa de su rostro. Ella se hizo un apunte mental de no acudir a Sam bajo ningún concepto si alguna vez necesitaba que alguien avalara su carácter—. Y me imagino que ya eres responsable, a tu manera. Me refiero a que has sido responsable de mí durante los últimos siete años y sigo vivo y no tengo raquitismo ni nada parecido.

No era precisamente el tipo de validación verbal que buscaba Posy.

—Pero ¿qué me dices de ser responsable de la tienda? Tengo dos años para darle la vuelta a la situación y convertir la librería en un negocio viable.

—En realidad menos de dos años, porque la tienda no está yendo muy bien que digamos, ¿verdad? Hace años que no da beneficios y, si ha aguantado todo el tiempo que ha aguantado solo ha sido porque Lavinia era de una familia de dinero. —Sam se encogió de hombros—. O por lo menos eso es lo que Verity le dijo a Tom una vez que él le preguntó por la posibilidad de un aumento de sueldo.

El problema de Sam era ser más listo de lo que le convenía. El otro problema de Sam era que oía lo que no debía y luego se preocupaba cuando no tendría que haber sido el caso. Era Posy la que debía preocuparse por los dos.

—No tenemos que quedarnos. Podría dejar la tienda, y entonces supongo que nos podríamos mudar a otro sitio y yo buscaría otro trabajo...

Sam alzó la cabeza bruscamente.

—¿Qué? ¡No! ¡No puedo dejar el colegio ahora que estoy a punto de hacer los exámenes del certificado general de secundaria! Y, además, ¿dónde íbamos a vivir? ¿Qué sueldo podrías ganar tú? ¿Tienes la menor idea de lo que cuesta el alquiler en Londres de media? —Parecía a punto de echarse a llorar—. Nos tendríamos que mudar a millas del centro, a, bueno..., a los *suburbios*.

Sam lo dijo de tal modo que hizo que la palabra suburbios sonara a eufemismo de «cloaca».

—Hay mucha gente que vive en los «suburbios», Sam. O, si no, nos podríamos ir a otra ciudad grande pero que no sea tan cara como Londres. Por ejemplo, Manchester o Cardiff. Si nos mudáramos de vuelta a Gales estaríamos más cerca de los abuelos.

—Pero Manchester o Cardiff no son lo mismo que esto, ¿a que no? ¿Y por qué iba a querer nadie vivir en otro sitio que no sea aquí? —preguntó Sam con la arrogancia de quien ha tenido la fortuna de vivir toda su vida en el centro de Londres. El parque de Coram Fields era poco menos que su patio trasero, y el Museo Británico, con todas sus momias, fósiles y armas antiguas, era algo así como su tienda de la esquina. En cinco minutos a pie podían estar en el Soho, en Oxford Street o en Covent Garden. Podían subirse a un bus o al metro y plantarse en cualquier parte, Londres estaba a su disposición.

La gente que no conocía Londres creía que era un lugar frío e inhóspito, pero el Londres en el que ellos vivían no era en absoluto así. Posy y Sam conocían a todos los tenderos de la calle Rochester (Posy hasta era miembro de la Asociación de Comerciantes de la calle) y les hacían precio de amigo en todo, desde el pescado del *fish & chips* hasta las velas perfumadas. Se sabían los nombres de sus cajeros favoritos en el inmenso supermercado Sainsbury's que había en la estación de metro de Holborn. Posy era voluntaria del antiguo colegio de primaria de Sam, donde iba un día todas las semanas a hacer sesiones personalizadas con niños a los que les costaba leer. Y los mejores amigos de Sam, Pants y la pequeña Sophie, quien también trabajaba en Marcapáginas los sábados, vivían a la vuelta de la esquina, en la zona en expansión de la Asociación de la Vivienda.

Era como vivir en un pueblo, pero sin los inconvenientes de vivir en un pueblo. Cuando iban de visita a casa de sus abuelos en Gales, todo cerraba a las seis de la tarde, a la una los jueves, y *el día entero los domingos*, así que más te valía encomendarte al Altísimo si se te olvidaba comprar chocolate para el fin de semana.

—Entonces, ¿te quieres quedar aquí? —quiso saber Posy. Porque estaban juntos en esto, ella y Sam—. ¿Tú crees que seré capaz de hacer que la tienda sea un éxito?

—Sí. O por lo menos lo tienes que intentar, ¿no? Es lo que quería Lavinia. —Sam miró a su portátil y luego lanzó un suspiro—. Lo único..., y no estoy diciendo que vaya a pasar, pero si todo sale terriblemente mal, ¿qué va a ser de nosotros? Igual acabamos debiendo dinero en vez de, sencillamente, siendo pobres. ¿Y qué va a pasar entonces con la matrícula de la universidad y todo eso?

Posy volvió a sentir deseos de estrujar a Sam, así que no le quedó otra que deslizar las manos debajo de los muslos.

—No tienes que preocuparte de eso —lo tranquilizó tragando saliva con dificultad—. Cuando murieron mamá y papá..., bueno, tenían una póliza de seguro de vida. No he tocado ni un penique de ese dinero en todo este tiempo, lo he estado ahorrando para pagar tus gastos de la universidad. Hay suficiente para que te saques una licenciatura, igual hasta un postgrado también, si solo comes patatas. Así que no te preocupes por eso, ¿entendido?

—Entendido. ¡Vaya! Esto no me lo esperaba —reconoció Sam exhalando profundamente—. Llevaba tiempo preocupado por cómo íbamos a pagar la matrícula y los gastos de la uni. Pero si necesitas el dinero para... no sé, para pagar a los empleados o algo así, igual puedo saltarme la universidad y buscar trabajo directamente.

—Vas a ir a la universidad —sentenció Posy con contundencia—. ¿Estamos?

—Estamos —accedió el muchacho, y a Posy le dio la sensación de que podía estar sonriendo, aunque le estaba dando la espalda y no lo podía ver, y ninguno de los dos había sonreído mucho esa semana—. Y hasta entonces nos vamos a quedar aquí, lo cual es una muy buena noticia, porque odio que las cosas cambien.

—Sí, yo también —se sumó Posy con vehemencia—. Parece que los cambios nunca traen nada bueno, ¿verdad?

Rodando por la cama para cambiar de postura, Sam se incorporó a medias sobre un codo.

—En cuanto a la tienda —dijo—, lo vas a hacer bien. Mejor que bien. Lo vas a hacer increíblemente bien. Vas a ser la mejor librera de la historia. No te queda otra, Posy, porque si no, nos quedaremos sin casa justo cuando se supone que yo tendré que estar presentándome a los exámenes de fin de bachillerato. ¿Qué puede haber que te motive más que eso?

—Creo que es motivación más que suficiente —respondió Posy a pesar de que, en vez de animarla, las palabras de Sam le habían metido el miedo en el cuerpo—. Media hora más y luego apagas la luz, ¿eh?

—Me puedes dar un beso si quieres —consintió Sam con gran magnanimidad—. En la mejilla.

Posy optó por alborotarle el pelo con la mano, lo que provocó grandes graznidos de protesta en Sam, tal y como su hermana sabía que pasaría. Era la única razón por la que sonreía cuando cerró la puerta del cuarto del muchacho tras de sí.

Contarle a Sam que se iba a hacer cargo de Marcapáginas e intentar convertir la tienda en un negocio rentable había sido coser y cantar, un paseo, comparado con tener que darles las últimas noticias al resto de empleados.

—¿Dónde te metiste ayer? —le preguntó Verity cuando llegó al trabajo a la mañana siguiente, seguida al poco de Nina y luego de Tom—. Desapareciste con el temible Sebastian y luego ya no te volvimos a ver.

Nina estaba en la minicocina que había junto a la oficina, pero asomó la cabeza con la tetera en mano y la sonrisa en los labios.

—No se propasaría... ¿Le diste una bofetada y luego te alejaste a paso ligero con aire muy digno?

—Nadie se propasó con nadie, pero ganas de darle una bofetada sí que tuve en varias ocasiones —respondió Posy mientras encendía la caja registradora—. Hasta hubo un momento en que a punto estuve.

—¿No te llevó a rastras a ver al abogado de Lavinia? —se interesó Tom alzando la vista del *panini* que estaba desayunando—. ¡Ay, Dios! Son malas noticias, ¿verdad? ¿Van a vender la tienda?

Los tres tenían una expresión idéntica en el rostro que podría haberse descrito como «el fin del mundo está cerca», cuando en realidad no estaba cerca en absoluto. Por lo menos, Posy no creía que lo estuviera.

—Nadie va a vender la tienda. —Posy se agarró con fuerza al mostrador para que le diera apoyo moral y sintió el tacto suave de la madera pulida llena de arañazos bajo los dedos—. Lavinia me ha dejado la tienda a mí y yo no pienso irme a ninguna parte.

Posy hizo una pausa y esperó. No estaba segura de lo que estaba esperando; tal vez unas palabras sinceras de felicitación, un «¡Ánimo y adelante, chica!» Pero, en vez de eso, se hizo un silencio absoluto y tres rostros perplejos se la quedaron mirando fijamente. ¿Había alguien, en algún lugar del mundo, que tuviera tan siquiera un ápice de fe en ella? Aparte de Lavinia, cuya fe en Posy, por lo visto, parecía totalmente infundada.

Posy se retorció las manos con gesto nervioso.

—No va a ser nada fácil, pero Sam y yo estamos dispuestos a asumir el reto. Bueno, Sam parece dispuesto en cualquier caso. Eso sí, yo..., nosotros... vamos a tener que... Habrá cambios pero..., eeem..., cambios buenos. Esto..., cambios emocionantes.

—Entonces, ¿ahora estás tú al mando? ¿Tú eres la jefa?

Era imposible saber cómo se sentía Verity al respecto. De hecho, era imposible saber cómo se sentía Verity respecto a la mayoría de las cosas. Resultaba dificilísimo adivinar qué le pasaba por la cabeza, incluso conociéndola como la conocía Posy desde hacía cuatro años y considerándola una de sus mejores amigas. Verity era además la gerente adjunta de Marcapáginas, lo que significaba que se quedaba en la oficina de la parte de atrás llevando los números, pasando pedidos de mercancía y, en definitiva, negándose a interactuar con cualquiera que entrara en la tienda a comprar un libro. Verity había sido la mano derecha de Lavinia, mientras que Posy se había dedicado a deambular por ahí colonizando cada vez más espacio en las estanterías para la novela romántica. Sin Verity, Marcapáginas dejaría de funcionar en cuestión de días. De horas.

—«Jefa» es una palabra tan dura —comentó Posy en tono conciliador—. No va a cambiar nada. Bueno, algunas cosas tendrán que cambiar, pero no me voy a convertir en una déspota ni a ponerme a pegar gritos en plan «¡Aquí, o se hacen las cosas a mi manera o ya sabéis dónde está la puerta!» ni nada por el estilo cada vez que no estemos de acuerdo en algo. Seguiré haciendo té, colocando libros en las estanterías y yendo a comprar chocolate cuando me toque.

—Entonces ¿mi trabajo no peligra?

Era más fácil saber lo que pensaba Nina porque se estaba mordiendo el labio y frunciendo el ceño y, en una palabra, tenía la expresión que cabía esperar en alguien que está esperando que le entreguen una carta de despido. Carta que, por otra parte, Posy no habría tenido ni la menor idea de cómo redactar.

—¿Y Tom también puede seguir a tiempo parcial o, para ser más exactos, cuando el señor tenga a bien honrarnos con su presencia? ¿O va a ser cosa de «los últimos en entrar son los primeros en salir»? Porque, en ese caso, la primera en salir sería yo, que solo llevo aquí dos años aunque, *técnicamente*, he trabajado más horas que Tom.

—Cierra el pico —musitó Tom entre dientes—. Por supuesto que Posy no va a despedir a nadie, porque Posy es nuestra amiga además de ser nuestra nueva jefa. Nuestra dulce, amable y querida amiga. Y, por cierto, hoy estás particularmente adorable, Posy, si se me permite decirlo.

—Se te permite, pero me estoy planteando denunciarte por acoso sexual en el trabajo —replicó Posy fingiendo escribir algo en su libreta. Era una vieja broma que tenían en la tienda en la que el chiste siempre era a costa de Tom, así que él fingió fruncir el ceño muy ofendido y Nina volvió a la cocinita a poner agua a hervir para el té. Verity, por su parte, se quedó allí de pie con los brazos en jarras.

—Me alegro por ti, Posy, habría sido horrible si tú y Sam os hubierais quedado sin casa; pero dentro de muy poco no nos vamos a poder permitir pagarle el sueldo a *ningún* empleado, ya sea a tiempo parcial o a tiempo completo —añadió bajando la voz, aunque Tom estaba más interesado en su *panini* que en la conversación de ellas dos—. Esos cambios a los que te referías, ¿en qué consisten?

Por el momento, Posy desconocía qué cambios eran esos. Necesitaba más tiempo para estudiar y ponderar y, seguramente, hacer alguna que otra lista, y tal vez un par de gráficos. Claro que, con un poco de suerte, algo se le ocurriría, pensaría un gran plan para Marcapáginas que luego presentaría a Verity y al resto del personal con semejante pasión y convencimiento que ellos también se entusiasmarían. No podía ser más sencillo.

Mientras trataba de evitar la penetrante mirada de Verity, a Posy le pasó por la cabeza la idea de que no tenía madera de líder. Y tampoco tenía madera de seguidora, ni de rezagada que va arrastrando los pies. Los rezagados que van arrastrando los pies por lo menos llegan a su destino al final. Ella, en cambio, tenía más bien madera de flotadora, feliz de andar a sus cosas y que la marea la llevara, y todo aquello era un poco demasiado, un poco pronto cuando todavía iba dando tumbos por culpa de la falta de Lavinia.

—Como ya he dicho, cambios buenos —murmuró Posy vagamente, aunque sentía el sudor incipiente en la frente y el labio superior mientras que las manos las tenía heladas. Y además notaba un regusto horrible en la boca, como si hubiera estado lamiendo una pila. Era miedo. Terrible e implacable: miedo. Hizo un esfuerzo por curvar las comisuras de los labios en un intento un tanto penoso de esbozar una sonrisa confiada—. Cambios emocionantes. Muy pero que muy emocionantes. Voy a necesitar vuestra ayuda. No seré capaz de hacerlo sin vosotros.

Verity asintió.

—Siempre y cuando no sean cambios como los de cuando se te ocurrió que organizáramos los libros por colores y no por orden alfabético —dijo.

—Pero habría quedado bonito —protestó Posy débilmente.

—Dios nos coja confesados —susurró Verity, para luego escabullirse de vuelta a la oficina.

Decirles a sus compañeros que ahora eran sus empleados había sido un trago mucho mayor de lo que Posy había anticipado, y ahora caía en la cuenta de que también tenía que preocuparse por el futuro de todos ellos. No se trataba únicamente de ella y de Sam. Y no quería ser lo único que se interpusiera entre sus colegas de Marcapáginas y la cola del paro, o incluso la auténtica y solemne pobreza.

Cuando se despertó a la mañana siguiente, Posy sintió la innegable pulsión de ponerse manos a la obra. Por lo menos iba a preparar una lista con todas las cosas que tenía que hacer. Igual hasta se daba una vuelta por la flamante librería que la cadena Foyles había abierto en Charing Cross Road para ver en qué andaba la competencia.

Ni ella ni Sam eran madrugadores. Tenían por norma no hablar durante el desayuno a no ser que fuera absolutamente necesario. Con los ojos medio cerrados, Posy le hizo a Sam una tostada con huevos revueltos que él devoró con aire distraído mientras terminaba los deberes de Historia. Debería haberlos terminado la noche anterior, pero Posy no tenía la energía suficiente para regañarlo; no, cuando todavía iba por la mitad de su primera taza de té.

Sam lanzó el plato y la taza al fregadero y salió para el colegio emitiendo un gruñido que podría haber sido un «adiós», dejando a Posy allí sentada, bebiéndose su té y leyendo *A la caza del amor*, aunque ya había perdido la cuenta de cuántas veces lo había leído. Siempre le recordaba a Lavinia y cómo debía haber sido su vida antes de la guerra.

Posy adoraba esa hora en que todavía estaba en pijama y medio dormida, el único momento del día que era de ella y de nadie más que de ella.

Lástima que nadie se lo hubiera comunicado a la persona que estaba ahora aporreando la puerta de la tienda, ignorando el cartel que especificaba muy claramente, en lenguaje sencillo y comprensible, que no abrían hasta las diez. No estaban pendientes de recibir ningún pedido y, además, los transportistas ya sabían que tenían que ir por la parte de atrás y tocar el timbre.

Posy dejó la taza y el libro sobre la mesa y bajó las escaleras arrastrando los pies todavía enfundados en sus zapatillas. Cuanto más se acercaba, más fuerte sonaba el aporreo. Atravesó la tienda mascullando un juramento entre dientes, y al avanzar hacia la puerta pudo ver quién era el que le perturbaba su paz matutina de aquel modo.

—¡Deja de hacer tanto ruido! —exclamó Posy dando golpes en el cristal para atraer la atención de la visita—. ¡Ya te abro!

—Me han cancelado un desayuno de trabajo que tenía —la informó Sebastian adelantando un hombro para abrirse paso hacia el interior de la tienda—. ¡Por Dios, Morland, pero si no estás ni vestida todavía!

Técnicamente, Posy estaba vestida: con un pantalón de pijama con pequeños púdines de Navidad, una camiseta de Minecraft que en realidad era de Sam y una chaqueta vieja desgastada.

—No son ni las ocho y media todavía, Sebastian.

—¿Eso es lo que llevas puesto en la cama? —Entornó los ojos, que no estaban todavía hinchados de sueño como los de Posy, que por otra parte estaba convencida de que Sebastian tenía el poder de ver a través de las capas de ropa y detectar que no llevaba sujetador. Cruzó los brazos—. ¡El antiplán!

—¡Cierra el pico! Y, además, ¿qué estás haciendo aquí en cualquier caso? —quiso saber Posy, pero de hecho le estaba hablando a la espalda de Sebastian, que se había dado una vuelta completa por la sala principal y se encontraba ya más allá del mostrador.

—Pensé que lo mejor era echar un vistazo como es debido antes de tomar ninguna decisión —respondió desde las escaleras al piso de arriba—. ¡Venga, hombre, que no tengo todo el día!

Posy lo siguió.

—¿A qué tipo de decisiones te refieres? —inquirió casi sin resuello, porque había subido los peldaños demasiado deprisa para alguien que todavía iba por la mitad de su primera tetera del día—. Esta es mi casa, no puedes entrar como si tal cosa sin preguntar primero.

Sebastian se había asomado a la habitación de Sam.

—¿Ah no, en serio? ¿Y por qué no? ¿A qué actividades altamente secretas e inconfesables te dedicas aquí arriba? ¿Tienes un hombre escondido por ahí?

El último hombre que había pasado por allí era Tom cuando había subido a arreglar un grifo que goteaba. Aunque, más que arreglarlo, se había limitado a mirarlo de hito en hito, primero al grifo y luego al destornillador que le había entregado Posy, siempre con un aire desconcertado en el rostro, para por fin encogerse de hombros y declarar: «Solo porque sea hombre no quiere decir que sepa hacer cosas útiles» y bajar de vuelta a la tienda inmediatamente.

El grifo seguía goteando y Sebastian no parecía de los que supieran hacer nada útil tampoco. Sus áreas de especialización eran ser maleducado y no mostrar el menor respeto por los límites personales de las gentes.

—No es asunto tuyo en absoluto a lo que me dedique yo en mi tiempo libre —le respondió ella muy indignada—. Como si tengo aquí arriba a un equipo de fútbol entero si me da la gana.

Sebastian asomó la cabeza desde el interior de la habitación de Sam, salió, cerró la puerta de un portazo y se volvió hacia ella con aire de suficiencia.

—Altamente improbable. Me suena que a los jugadores de fútbol les gustan las mujeres que lleven algo puesto que resulte ligeramente más atractivo que unos pantalones de pijama dados de sí con dibujitos de zurullos. Verdaderamente eres una chica muy rara, Morland.

—¡No son zurullos! ¡Son púdines de Navidad! ¡Es mi pijama de las navidades! —se defendió Posy tirando ligeramente de la prenda como para mostrarle más de cerca el estampado. Y, además, a sabiendas de que no se volvería a poner aquel pijama jamás. En cuanto tuviera oportunidad, lo iba a quemar.

—Pero estamos en febrero —apuntó Sebastian con tono cooperador mientras le pasaba a su lado dejándola de nuevo atrás camino del cuarto de estar—. Esta habitación es un verdadero polvorín, con tanto libro altamente inflamable. ¿Para qué necesitas todos estos libros? ¿No te basta con los que tienes abajo?

Posy lo siguió hasta el cuarto de estar.

—Estos son para mi uso personal —le informó con tono un tanto redicho, como si nunca hubiera cogido un libro de los de la tienda, se lo hubiera leído teniendo mucho cuidado de no abrirlo demasiado y evitar así que se le hicieran arrugas en el lomo, y luego lo hubiera vuelto a dejar en la estantería—. Y además, sea como sea, nunca se pueden tener demasiados libros.

—De eso nada, sí que se puede —afirmó Sebastian yendo a grandes zancadas hacia una de las estanterías que había dentro de las hornacinas de obra que flanqueaban la chimenea y donde Posy tenía los libros apilados de tres en fondo—. Me atrevería a decir que has llegado al límite de la cantidad de libros aceptable hace varios años. ¡Esto está lleno de libros por todas partes! —añadió con gesto de repugnancia, y luego giró hacia la izquierda con brusquedad, provocando que se desparramaran por el suelo unas novelas que había en una pila—. Debes de ser responsable de la destrucción de, por lo menos, tres bosques.

—Pero por otro lado reciclo mucho, así que estoy segura de que al final lo uno se compensa con lo otro —replicó Posy. Claramente, Sebastian tenía intención de quedarse un rato: en esos momentos estaba accionando arriba y abajo el interruptor de la luz del techo del cuarto de estar, aunque Posy no tenía ni idea de con qué fin. Decidió que lo mismo daba y que ahí lo dejaba entretenido con el interruptor y se marchaba a hacer un poco de té. Y, no queriendo dar la impresión de que carecía completamente de modales, le preguntó—: ¿Te apetece tomar algo?

—Un café —respondió él bajando la vista hacia la mesa baja donde estaban todavía los platos de la cena del día anterior, visión que le hizo arrugar su pluscuamperfecto labio superior en forma de arco de cupido—. Grano de Sumatra si tienes. Si no, peruano.

—¿Tengo pinta de ser un Starbucks?

—No, la verdad es que no. Si esto fuera un Starbucks, Sanidad lo habría cerrado hace meses.

—Te puedo ofrecer café instantáneo salido de un tarro de cristal, y que sepas que estás de suerte porque el de Douwe Egberts estaba de oferta —contraatacó Posy, para luego salir del cuarto de estar con toda la dignidad y el poderío que le permitían su pijama de púdines de Navidad y sus zapatillas peludas con forma de cara de conejito.

No quería dejar a Sebastian sin supervisión, pero cualquier cosa era mejor que tener que soportar la mueca burlona de su rostro y escucharlo emitir juicios sobre su tapicería y sus decisiones vitales.

Lavinia había hecho que repararan el tejado hacía unos años, después de haber subido un día al piso y haberse encontrado con ollas y cubos estratégicamente situados debajo de las correspondientes goteras, pero no se había hecho ninguna renovación en el piso en todo el tiempo que Posy llevaba allí. Renovar significaba tener que empaquetarlo todo y quitarlo de en medio mientras pintaban o empapelaban, y a Posy la sola idea de tener que hacerlo le producía escalofríos, así que nunca lo consideraba.

Preparó una nueva tetera y le sirvió el café a Sebastian en una taza de una edición de *El hombre invisible* de Penguin Books; simplemente, se estaba haciendo ilusiones, sobre todo teniendo en cuenta que para cuando volvió al cuarto de estar Sebastian ya no estaba allí. Con el corazón encogido, Posy avanzó con paso mullido por el pasillo hasta encontrarlo en su habitación, repantingado en su cama todavía sin hacer, contemplando la pila de ropa que había en la silla de mimbre estilo Lloyd Loom de color azul pálido; o tal vez era la pila de ropa tirada en el suelo lo que miraba; o la que asomaba por los cajones a medio cerrar de la cómoda. Tal vez contemplaba las inestables torres de libros que flanqueaban la cama, o las que había debajo de la mesita de noche y junto a las estanterías, que parecían a punto de vencerse bajo el peso de más libros.

Era extraño, extraño a más no poder, tener a Sebastian —de todas las personas sobre la faz de la Tierra— tirado cuan largo era sobre sus sábanas de rayas blancas y rojas tipo bastón de caramelo, luciendo otro traje de corte impecable que, una vez más, se adaptaba a los contornos de su cuerpo con una precisión tal que quedaba a un centímetro escaso de ser obscenamente ajustado. Este era de un *tweed* gris claro combinado con camisa, pañuelo de la chaqueta, calcetines y cordones de los zapatos de color azul cielo. Hacía mucho tiempo que no tenía a ningún hombre tendido en su cama pero, gracias a Dios, la seducción estaba muy lejos de ser lo que Sebastian tenía en mente. No, cuando su atención estaba centrada exclusivamente en una chocolatina Double Decker a medio comer, un tarro pegajoso con restos de Vick's Vapor Rup solidificado y unos calcetines hechos una bola tirados en mitad de la mesita de noche. Para el caso, Posy se podía haber colgado una señal encima de la cabeza que dijera: «¡OH, VOSOTROS LOS QUE ENTRÁIS, ABANDONAD TODA ESPERANZA!»

—¡Como se te ocurra decir una sola palabra —advirtió Posy—, te pongo este café de sombrero!

Sebastian alzó los brazos con actitud burlona fingiendo rendirse.

—¡Ay, Morland, no hay palabras...! —Se recostó hacia atrás apoyándose en un codo y lanzó una mirada hacia el sujetador del día anterior que colgaba con aire desvalido de uno de los postes del cabecero antiguo que coronaba la cama de Posy, exactamente donde ella lo había lanzado la pasada noche al desvestirse—. Es la segunda vez en tres días que te veo el sujetador. Dentro de nada empezarán las habladurías.

—Mis sujetadores no son asunto tuyo —declaró Posy haciendo un movimiento como quien espanta a un animal, que resultó en un poco de café derramado sobre el ejemplar de *El valle de las muñecas* que había abierto boca abajo sobre la cama—. ¡Levántate ahora mismo!

Sebastian se levantó de la cama de un salto, cazando al vuelo la taza de café que sostenía ella en la mano, y salió de la habitación a paso ligero con intención de hacer una de sus briosas entradas en la siguiente, pero no le quedó otra que detenerse: una puerta cerrada con llave podía conseguir semejante efecto.

—¿Y aquí qué hay? —quiso saber.

—No es asunto tuyo porque no vas a entrar ahí —declaró Posy intentando adoptar un aire adusto—. Y, además, no tienes ningún derecho a irrumpir en mi tienda, mi casa y mi cuarto sin más ni más, como si tú...

—¿Es ahí donde escondes los cuerpos? —se burló él forcejeando con el pomo de la puerta de modo tan enérgico que Posy temió que fuera a tirarla abajo y optó por interponerse entre Sebastian y la puerta, pero inmediatamente se arrepintió de haberlo hecho, porque ahora estaban nariz con nariz. O más bien su nariz quedaba a la altura aproximada de la barbilla de Sebastian y le llegaban bocanadas de su olor. Olía fenomenal, a algo así como una mezcla embriagadora de bosques llenos de musgo, sillas de cálido cuero y el olor a humo del típico salón de lectura de un club de caballeros.

No solamente su olor le resultaba bastante abrumador, sino que además Sebastian estaba en la posición ideal para disfrutar de una vista inmejorable del escote de la camiseta de Posy con tan solo bajar la mirada. En el momento en que él abría la boca disponiéndose a hacer otro comentario sarcástico más, Posy le puso una mano en el centro del pecho y lo empujó para que retrocediera. Su cuerpo, puro músculo y hueso, despedía una calidez innegable y...

—Mucho ojo, que esto puede considerarse como un contacto inapropiado —comentó él con fingida amabilidad.

—¡Tú sí que eres inapropiado! Este es el cuarto de mis padres y no vas a entrar.

Sebastian arrugó la frente.

—Querrás decir «era», no «es». Era el cuarto de tus padres. Pero llevan muertos... ¿Cuánto? ¿Cinco años?

—De hecho, son siete. —En realidad eran seis años, ocho meses, una semana y tres días. Posy llevaba la cuenta perfectamente, porque llevaba la fecha exacta del día en que se habían... ido grabada a fuego en el corazón.

—¿Siete años y todavía tienes montado una especie de altar conmemorativo ahí dentro? ¡Qué sensiblerías!

Posy aspiró hondo y trató de soltar el aire lentamente a través de unos dientes que apretaba con fuerza.

—No son sensiblerías y no hay ningún altar conmemorativo, y por enésima vez: no es asunto tuyo.

Tal vez sí fuera una especie de altar, y quizá la tienda también y por eso estaba decidida a aferrarse a ella con uñas y dientes, pero eso no se lo podía decir a Sebastian, que tenía la inteligencia emocional de un pez de colores. Claro que Posy había oído historias de peces de colores que se consumían de añoranza tras haber compartido pecera con otro pez de colores que había tenido la desgracia de morirse. No. Sebastian tenía la inteligencia emocional de un mosquito.

—No es un altar —repitió ella—. Sencillamente, entro a pasar la aspiradora y quitar el polvo, ese tipo de cosas.

Sebastian arqueó las cejas súbitamente.

—¿De verdad? —Dos palabras que rezumaban incredulidad—. ¿Me estás diciendo que posees una aspiradora y que, de vez en cuando, de hecho hasta la usas? ¿Y que *limpias* el polvo? —Y entonces, como era más alto y más insoportable que ella de lejos, alzó un brazo y recorrió con el dedo el borde superior del marco de la puerta para acabar mostrándole la yema del dedo y que comprobara el resultado—: ¡Fíjate! Negro como mi traje favorito de Alexander McQueen.

Tenía el dedo negro. Negro de años de porquería y mugre acumuladas, pero ¿quién tenía tiempo para andar pasando paños húmedos hasta por el último recoveco y la última rendija?

—¿No hubo alguien que dijo que al cabo de tres años ya no se acumula más polvo? —trató de justificarse Posy con una débil sonrisa—. Y además, en cualquier caso, un poco de suciedad no mata a nadie, más bien todo lo contrario, contribuye al desarrollo de un buen sistema inmunitario.

Estaba predicando al aire, o al menos no a Sebastian, quien se había propulsado lejos de allí, fuera de la órbita de Posy escaleras abajo, mientras hablaba a voces sobre agentes de la propiedad y promotores inmobiliarios:

—... que cambiar todas las ventanas y estoy casi seguro de que tienes una instalación eléctrica a punto de explotar. El piso entero es una trampa mortal. No merece la pena gastar mucho en ponerlo todo en orden cuando solo vas a estar aquí un par de años más. Seguramente menos de dos años. Yo creo que lo mejor es que me lo cedas ya y ponemos todo el solar en el mercado.

Posy alcanzó a Sebastian en la oficina y no le quedó más remedio que agarrarlo por la manga y tirar, con tanta fuerza que él lanzó un grito estridente:

—¡El traje no! ¡Ni se te ocurra tocarme el traje, jamás!

—¡Siéntate ahora mismo!

Posy estaba hablando con una voz que nunca había utilizado con Sam, porque era un adolescente ejemplar y ni se le pasaría por la imaginación hacer algo tan terrible como para provocar que la Ira del Altísimo se desatara sobre su cabeza. Jamás de los jamases había utilizado aquella voz para dirigirse a nadie en toda su vida, pero ahora la estaba usando y parecía estar funcionando, porque Sebastian se dejó caer inmediatamente en la silla con ruedas forrada en cuero que había en la oficina, si bien para empezar a deslizarse a un lado y a otro con una gran sonrisa en los labios, como para demostrar que no estaba completamente amedrentado.

—Qué severidad. Me recuerdas a una dómina que conocí en una ocasión —comentó él, para luego bajar la vista con aire recatado y dar un sorbo de café. Lo que no fue capaz de disimular fue la mueca de espanto cuando sus labios entraron en contacto con una bebida que había comenzado sus días como gránulos liofilizados.

Posy negó con la cabeza. No le quedaba más remedio que contarle a Sebastian sus planes para Marcapáginas y hacerlo rápido y —o, por lo menos, eso esperaba— sin dolor.

—No voy a cederte la tienda ahora —dijo con firmeza—. Lo que hagas con el resto de Rochester Mews es cosa tuya, pero Lavinia me dejó Marcapáginas a mí y me las puedo apañar perfectamente sin tu ayuda. ¿He dicho *ayuda*? Perdón, me corrijo, quería decir sin que interfieras.

—¿Y qué vas a hacer con Marcapáginas entonces? —preguntó Sebastian paseando la mirada por la oficina, la única habitación del edificio que era un modelo de eficacia y buena organización, y eso gracias a Verity—. Porque, a ver, ¿para qué demonios ibas a querer hacerte cargo de un negocio que es un fracaso?

—¡No es un fracaso!

Sebastian resopló —con bastante elegancia, por cierto— en el café.

—Entiendo que no has visto los libros de cuentas. Si los hubieras visto sabrías que está perdiendo dinero a mansalva.

Ese tipo de libros no eran precisamente los que le interesaban a Posy, aunque se hizo una nota mental para acordarse de pedirle a Verity que los repasara con ella. O, más bien, para que le diera los terribles titulares resumidos.

—Obviamente, voy a tener que hacer algunos cambios drásticos, pero Lavinia me dejó la tienda porque sabía lo que significaba para mí y que yo haría honor a lo que significaba para ella. Es el legado de Lavinia.

—¿Tienes idea de cuántas librerías han cerrado en los últimos cinco años? —Sebastian se sacó el móvil de un bolsillo interior de la chaqueta y lo sostuvo en alto—. ¿Lo busco en Google? ¿O mejor lo dejo a tu imaginación?

Posy no tenía que dejarlo a su imaginación. Ya lo sabía. Había gente que se movía y orientaba por Londres en función de los McDonald's o los baños públicos, pero para ella, en cambio, Londres era un conjunto de librerías a las que les habían puesto calles. Y estaban desapareciendo a toda velocidad. Posy siempre sentía una punzada de miedo y aprensión cada vez que pasaba por delante de donde en otro tiempo había disfrutado de muchas horas felices curioseando en las estanterías para comprobar que ahora era un café o un salón de manicura.

Pero también sabía que la popularidad del libro electrónico y la recesión no habían acabado del todo con la palabra impresa. A la gente le seguía gustando leer. Y todavía le seguía gustando perderse en un mundo forjado a base de papel y tinta. Seguía comprando libros y, con la planificación y la pasión adecuadas, conseguiría que los comprara en Marcapáginas.

—No me importa —le contestó Posy a Sebastian, aunque le importaba y mucho—. Lavinia me dejó a mí la tienda y puedo hacer con ella lo que quiera.

—Sí, claro, pero a mí me hizo su albacea, lo que significa que puedo y debo actuar en interés de la propiedad. —Posy no las tenía todas consigo respecto a eso. El abogado (no se acordaba de su nombre) había dicho algo de que ella se pasara por su oficina a firmar unos cuantos documentos y que entonces Marcapáginas sería oficialmente suya. ¿Acaso iba Sebastian a cuestionar el testamento argumentando que las facultades mentales de Lavinia habían estado mermadas en el momento en que lo escribió?—. Lavinia dijo que tenía dos años para hacer que funcionara. Si estás decidido a obligarme a que me rinda y te ceda la tienda, entonces estás yendo en contra de su última voluntad. ¿Quieres cargar con eso sobre tu conciencia? —preguntó pese a tener sus dudas sobre si apelar a la conciencia de Sebastian funcionaría.

En cualquier caso, Sebastian se había vuelto a poner en movimiento y, levantándose de sopetón de la silla, había regresado a grandes zancadas a la sala principal, deteniéndose únicamente para dedicar a Verity, que llegaba en ese momento, una sonrisa de zorro.

Verity, por su parte, lo taladró con la característica mirada inexpresiva que utilizaba también con gran eficacia con los clientes que asumían que, solo porque trabajaba en una librería, estaba allí para brindarles su ayuda y responder a sus necesidades lectoras. También era la mirada que reservaba para los hombres que intentaban hacerle un cumplido, invitarla a tomar algo o, sencillamente, charlar con ella un rato. Por lo general, el destinatario de esa mirada reaccionaba retrocediendo y deshaciéndose en disculpas, pero a Sebastian no parecía afectarle en absoluto: se encogió de hombros, sonrió para sí, como si se dijera «Bueno, no puede uno gustarle a todo el mundo», y luego siguió caminando hacia la mesa que ocupaba el centro de la estancia, donde se detuvo en seco.

La tradición había sido utilizar la gran mesa central de la sala principal de la librería para mostrar las últimas novedades, pero ayer, como primera iniciativa de propietaria, Posy había roto con esa tradición. Había comprado un ramo de rosas de las favoritas de Lavinia, de color rosa pálido, y las había colocado en el jarrón desportillado de Woolworths junto a una foto enmarcada de Lavinia y Peregrine tras el mostrador de Marcapáginas, que les habían hecho al poco de casarse. Y luego había escrito en el ordenador una nota que había impreso en una tarjeta bonita. Decía así:

En cariñoso recuerdo de Lavinia Thorndyke, librera de pura cepa. En esta mesa ofrecemos una selección de los libros favoritos de Lavinia; los que le proporcionaron el mayor placer, los que eran para ella como viejos amigos. Confiamos en que usted también encuentre en ellos ese mismo gozo, la misma amistad.

«Si uno no es capaz de disfrutar leyendo y releyendo un libro una y otra vez, entonces no merece la pena leerlo ni tan siquiera la primera vez.»

Oscar Wilde

Por obra de algún extraño milagro, Sebastian se calló por fin. Recorrió la fotografía con el dedo, acariciando con él la curva de la mejilla de Lavinia, una Lavinia en blanco y negro que siempre sería joven y feliz y miraría a Peregrine con un brillo burlón y amoroso en la mirada.

—Bueno..., yo..., esto..., la verdad es que esto es todo un detalle. —Tragó saliva con la última palabra, como si se le hubiera quedado atascada en la garganta—. A veces Perry le decía a Lavinia que quería a la tienda más que a él, y ella se reía y le contestaba que andaban muy igualados.

—Lavinia amaba su tienda, y cómo —Posy juntó las manos y se las agarró con fuerza intentando mantener la compostura. Tenía que mostrarse apasionada pero con control; le haría un flaco favor a su causa si ahora lanzaba un discurso incoherente y confuso—. Pero esto es más que una tienda. Es parte de tu historia, Sebastian, esta librería la fundó tu bisabuela Agatha. Ha sobrevivido a la guerra. Todo el mundo, desde Virginia Wolf hasta Marilyn Monroe, pasando por los Beatles, ha entrado por esa puerta. Y también es parte de mi historia, el único hogar que he conocido. Puede que ahora mismo no esté dando dinero, pero lo ha hecho en el pasado, solía darlo, y podría volver a hacerlo. —Ahora ya, más que agarrarse las manos se las estaba retorciendo, pero notó que Verity se detenía un instante a darle un ligero apretón en el hombro en señal de apoyo cuando pasó camino de la oficina—. ¿Todo esto es porque Lavinia me ha dejado la tienda a mí? ¿Estás enfadado por eso?

—¿Enfadado? —Sebastian abandonó por un momento su aire habitual de burlona condescendencia para abrir la boca con gesto de total y absoluta incredulidad—. ¿Cómo dices? ¡No! Historia, libros, un sitio lleno de polvo. ¿Qué interés iba a tener todo eso para mí? Y además, en cualquier caso, ya soy rico a unos niveles que superan incluso los límites de la avaricia.

—Es solo que yo creí que...

—Mira, Posy, nos estamos desviando de la conversación y acercándonos peligrosamente a la cuestión de los sentimientos. Un verdadero follón, el tema de los sentimientos, casi tanto follón como el que tienes tú en el piso. Así que volvamos a la cuestión de por qué quieres cometer un suicidio financiero. Para el caso, lo mismo daría si encendieras una hoguera en el patio y quemaras en ella hasta la última libra que tengas.

Sebastian alzó la vista al cielo. Una postura favorecedora para él, pues dejaba a la vista el esbelto cuello y la firme musculatura a ambos lados de la garganta.

Posy parpadeó y trató de concentrarse en las palabras de Sebastian, aunque, sabiendo que estaba empeñado en sentenciar Marcapáginas a muerte, no sabía ni para qué se molestaba.

—... y además está la librería de la *London Review of Books* y el nuevo Foyles grande que está a la vuelta de la esquina. Es *inmenso*. Y luego está la tienda insignia de Waterstones de Picadilly. Verdaderamente, es inconcebible que nadie fuera a molestarse en venir aquí. Hasta cuesta creer que la gente se moleste en comprar libros. Es mucho más fácil bajártelos directamente al lector de libros electrónicos y olvidarte de los libros polvorientos. Deberías probarlo, Morland.

No tenía sentido explicarle a Sebastian lo mágico que era abrir un libro nuevo y aspirar ese aroma maravilloso tan característico. Hablarle del olor casi terroso y... sí, polvoriento, de los libros antiguos. De la sensación reconfortante de notar el peso de una novela sobre el regazo, o de dejar que las páginas se humedezcan y ricen un tanto cuando lees en la bañera. Sebastian no lo pillaría. Así que iba a tener que ceñirse a los hechos y basarse en su plan de negocio, que en realidad no era más que una lista de tareas pendientes escrita en un viejo cuaderno de ejercicios, y con Verity poniendo la oreja desde la oficina.

—No podemos competir con las grandes cadenas de librerías, eso ya lo sé —dijo ella con mucha calma, aunque era lo único de lo que estaba segura—, pero Marcapáginas es algo más que vender libros, se trata de la experiencia y el conocimiento que podemos ofrecer. No vendemos libros como quien vende latas de judías en salsa de tomate o pastillas de jabón. Nosotros *amamos* los libros, y eso se nota en cómo los vendemos.

—Aunque por aquí, vender vender lo que se dice vender, poco. Más bien al contrario —replicó Sebastian aspirando por la nariz con aire condescendiente, como si él supiera algo del asunto—. Igual es que amas los libros demasiado, Morland, y por eso tus cifras de ventas son tan alarmantes. La gente entra a comprar un libro y tú los asustas echando espuma por la boca durante horas mientras les metes un rollo sobre el último Dan Brown.

—Yo no echo espuma por la boca. Y mucho menos sobre Dan Brown —se defendió Posy con aire ofendido—. No tienes ni idea de lo que estás hablando. Y yo sí. Yo sí sé de lo que estoy hablando. Que es por lo que Lavinia me dejó ocupar las tres salas de la derecha con novela romántica.

—Pese a que no era su intención, porque era más que sabido y además estaba orgullosa de ello, Posy pronunció las dos últimas palabras en un susurro y se sonrojó al ver que Sebastian hacía una mueca, como si le hubiera hecho el café con leche cortada—. Ha estado yendo muy bien, porque me apasiona la novela romántica. Dudo mucho que haya otro librero en todo Londres que haya leído tantas novelas románticas como yo, y eso se ve en mis cifras de ventas. Y también he estado sirviendo muchos pedidos en línea, aunque nuestra página web es realmente muy básica. Así que, para tu información, te diré que nuestras ventas de novela romántica han aumentado en un... mucho.

Posy habría querido impresionar a Sebastian con porcentajes y márgenes de beneficio, pero la verdad es que nunca se había ocupado lo más mínimo de esos aspectos del negocio. Ahora bien, ciertamente era una experta en novela romántica. Si hubiera ido al concurso de la tele *Saber y ganar* con ese tema como especialidad, seguro que hubiera ganado todas las rondas. Claro que en cultura general se daría un batacazo, pero ¡qué más daba! El problema con el conocimiento estaba precisamente en que era demasiado general, demasiado amplio, imposible saberlo todo y...

¡Ay, madre! Posy tuvo que agarrarse fuerte a una estantería porque se le estaba ocurriendo una idea. Una gran idea. Un gran plan. Una propuesta única de venta como decían los de *marketing*. ¡Ya lo tenía! ¡Dios! ¡Ya lo tenía!

—Morland, ¿te está dando un jamacuco o algo? —preguntó Sebastian muy solícito—. No me sorprendería; fijo que has estado inhalando esporas peligrosísimas con todo ese moho que se cría en tu piso.

—En mi piso no hay moho —le cortó Posy muy tajante. No iba a permitir que Sebastian la distrajera ahora—. Tal y como iba diciendo *antes de que se me interrumpiera de manera tan grosera*: en vez de intentar llegar a todo, competir con las librerías grandes, que es un empeño inútil, Marcapáginas se va a especializar en un único género. Especializarse o morir. —Posy hizo una pausa para crear efecto dramático y porque, a decir verdad, casi no se creía lo que estaba a punto de decir—. Nos vamos a convertir en la única librería de Gran Bretaña, tal vez del mundo, especializada en literatura romántica. ¿Qué te parece? ¡Eh! ¿Pero has oído una palabra de lo que te he dicho?

Posy estaba hablándole a la espalda de Sebastian otra vez, pues se había metido en la primera sala anexa y a ella no le quedó más remedio que seguirlo. Lo alcanzó cuando él se disponía a sacar un libro de una de las estanterías. Era un libro importado de Estados Unidos, motivo por el que en la portada podía verse a un fornido joven de largos cabellos y abdomen con «chocolatinas» supermarcadas, a horcajadas sobre una mujer vestida con un tenue camisón y enseñando mucha pierna, tal y como correspondía a alguien que estaba a punto de ser *Hechizada por un bribón*. Sebastian lo contempló con horror y luego lo volvió a colocar rápidamente de vuelta en la estantería, pero no en el sitio que le correspondía.

Para cuando Posy lo había devuelto al hueco correcto, Sebastian ya estaba en la sección de clásicos de su pequeño reino de ficción romántica, enarbolando un ejemplar de *Orgullo y prejuicio*.

—¡Dios, qué rollo! —proclamó. Un comentario que en sí mismo ya era alta traición. Pero, antes de que Posy tuviera siquiera tiempo de reaccionar, él ya había centrado la atención en *El castillo soñado*—. ¡Completamente superficial! —Y luego, en *Suave es la noche*—. ¡Facilón!

—¡Eres tan predecible! Te has comprado todos los prejuicios habidos y por haber sobre la novela romántica pero nunca te has leído ni tan siquiera una. El mundo gira en torno a gente que se conoce y se enamora. Si no, la raza humana ya se habría extinguido, so bruto ignor... ¡Mmfffff! —No pudo seguir porque Sebastian le había tapado la boca con la mano.

Así que le entraron ganas de mordérsela. Igual con eso Sebastian aprendería una lección sobre no invadirle su espacio personal, no acercársele tanto que hasta pudiera sentir el calor que desprendía su cuerpo.

—¡Ni una palabra más! —ordenó él con los ojos echando chispas, pero no de enfado, sino porque aquel estaba siendo el momento más divertido de la mañana—. Deja ya de dar la vara sobre las novelas románticas y el *amooooor*. Te juro que noto cómo se me están encogiendo las pelotas.

Posy le apartó la mano de un brusco tirón.

—Pues creo que para eso hay una crema. A ver si la encuentras en la parafarmacia de Boots.

—¡Excelente idea! —Sebastian se había vuelto a poner en movimiento y se dirigía hacia la puerta de la calle, que abrió con un gesto grandilocuente, porque hasta para abrir puertas tenía que hacer grandes y dramáticos aspavientos—. Seguimos en contacto —se despidió con un leve gesto de la mano.

Y, al instante, había desaparecido.

Posy se llevó una mano al corazón, que le latía desbocado.

—¡Coño! ¡Vaya marcha! —comentó Verity, que había decidido que ya era prudente emerger de las profundidades de la oficina.

—Me siento como si acabara de correr el encierro en Pamplona —decretó Posy, cuyo corazón ya iba volviendo poco a poco a su habitual frecuencia a paso de caracol—. Muchas gracias por el gran apoyo que me has prestado, Very.

Verity no parecía arrepentirse en absoluto de su cobardía. De hecho, hasta hizo un gesto con la mano, imitando a la perfección el ademán desenfadado de Sebastian:

—Me gusta librar solo las batallas que merecen la pena en vez de pelearme por todo —se justificó— y, de todos modos, tú parecías tener la situación bajo control. —Se cruzó de brazos—. Así que esa es tu gran idea, una librería que solo venda novela romántica.

Posy asintió con la cabeza.

—Te prometo que estoy tan sorprendida como tú, pero *no* es mala idea, ¿a que no? Una tienda donde encontrar todo y más para saciar tu sed de literatura romántica. —Se mordió el labio—. Todavía tengo que perfilar los detalles como es debido pero, hasta que lo haga, ¿te puedo pedir que de momento esto quede entre nosotras?

—Oye, ¿entonces no vamos a vender nada más que novelas románticas? ¿Nada más? —El tono de voz de Verity tenía menos relieve que los Países Bajos. Paseó la mirada por la tienda—. Solo con eso no vamos a conseguir llenar la tienda entera, ¿no crees? Entiendo lo de especializarse y todo eso, pero ¿no crees que esto es especializarse demasiado?

—No, no lo creo. De verdad que no. A la gente le encantan las novelas románticas. Aquí, en la sala principal, podríamos tener las novedades, los superventas y la ficción contemporánea. Y, además, todos los clásicos: *Bridget Jones*, Jackie Collins y literatura de chicas en general. Aunque he de decir que tengo *graves* problemas con el término «literatura de chicas». *Graves*. —Posy se dirigió a la sala de la izquierda. Ahora que estaba empezando a pensarlo en detalle, todo le parecía de lo más evidente—. Aquí podríamos tener los clásicos: Jane Austen, las Brontë, poesía, obras de teatro... y luego, en la siguiente sala...

Verity alzó una mano.

—¡Basta!

Posy se volvió hacia ella con expresión atribulada.

—¿No te parece buena idea? ¡Pero si te encantan las novelas románticas, Very! Sé exactamente qué te compras aprovechando los descuentos para empleados, y hasta Nina dice...

—Nina llegará enseguida, y Tom trabaja por la tarde. Hoy cerramos una hora antes y nos explicas en detalle ese plan tuyo. —Verity seguía sin sonar muy convencida de que fuera un buen plan, pero Posy intentó no tomárselo como algo personal. Era la forma de ser de Verity. Una vez se había cruzado de frente con Benedict Cumberbatch en el Campanadas de Medianoche y no había ni pestañeado, pero luego se había tenido que ir al baño a respirar en una bolsa de papel un rato porque estaba hiperventilando—. Te daré un poco de dinero de la caja para que vayas a comprar un rotafolio —añadió Verity en tono amable—, pero eso cuando hayas puesto agua a hervir y te hayas quitado el pijama. Y por cierto, ¿qué son esos dibujitos? Parecen montañitas de caca.

—¡Son púdines de Navidad! ¿Es que no ves las ramitas de acebo? —respondió Posy estirando por una esquina la polémica prenda que nunca jamás iba a volver a ponerse en la vida—. Y pon *tú* el agua a hervir. Yo me voy a la ducha.

Hacia las cinco de la tarde de ese mismo día, Posy trataba de contener una ola de ansiedad mientras la emprendía con el bloc de papel y el soporte en el que se suponía que tenía que encajar.

Técnicamente, era la jefa y lo que dijera iba a misa, pero no se *sentía* como la jefa en absoluto. Pese a que Nina y Verity eran de su misma edad, Posy siempre se había sentido una subordinada. Todavía se sentía así, solo que ahora tenía tres empleados; tres personas que confiaban en que les siguiera pagando un sueldo para pagar a su vez el alquiler, el supermercado, la luz, el gas todos los meses, y hasta puede que incluso una copa de vino o una entrada de cine de vez en cuando.

Posy maldecía entre dientes cada vez que el rotafolio se negaba a cooperar con sus planes. ¿Cómo iba a aspirar a hacerse cargo de una librería en apuros y convertirla en un negocio boyante cuando ni siquiera era capaz de hacerse con un soporte para papel?

—Tienes que hacerlo así —le aconsejó una voz a su espalda, la de Sam, que ya se estaba desembarazando de su abultada mochila del colegio, sencillamente, dejando que se deslizara por su brazo hasta el suelo para así poder ayudarla. Al cabo de unos segundos, el muchacho había conseguido encajar el papel firmemente en el soporte y estaba ya saliendo de la oficina arrastrando los pies—. Que sepas que solo me han puesto notable en el rap en pentámetros yámbicos, Pose. Te vas a tener que esforzar más la próxima vez.

Sam seguía caminando con aquellos pasos cortos muy raros y enseñaba todavía más calcetín que hacía un par de días. Posy se hizo un recordatorio mental de que tenía que ir con él a comprarle zapatos y pantalones ese mismo fin de semana sin falta. Igual también podían buscar algún brebaje natural de herbolario que hiciera que Sam dejase de crecer a un ritmo tan alarmante y costoso. Porque los empleados de Marcapáginas no eran los únicos que dependían de la visión de Posy. Sam también. La tienda era un legado que Lavinia le había dejado a él tanto como a su hermana, así que de Posy dependía no meter la pata por los dos.

Con una coordinación que ni pensada, en ese preciso momento oyó que se cerraba la puerta de la tienda y el ruido de la llave dando la vuelta en la cerradura, y Nina y Tom, seguidos por la pequeña Sophie —la chica que trabajaba los sábados— y, finalmente, Verity cerrando el grupo, entraron en tropel en la oficina. Venían cada uno con una bebida caliente en la mano y un pastel. La verdad es que costaba lanzarse a una apasionada presentación de sus planes futuros para Marcapáginas cuando tenías al público peleándose por el contenido de una caja de pasteles franceses de Mr Kipling's.

—Bueno, pues muy bien entonces, bienvenidos a la nueva y mejorada Marcapáginas —comenzó diciendo Posy al mismo tiempo que revelaba con un gesto brusco un dibujo bastante malo del exterior de la tienda hecho con rotuladores de color verde y azul—, la tienda donde encontrarás todo y más para saciar tu sed de literatura romántica.

Todos menos Verity, que ya había oído los titulares, dejaron inmediatamente de pelearse por la única porción de bizcochito con baño de crema rosa y alzaron la vista hacia Posy. La cosa iba bien: ahora tenía toda su atención, aunque tampoco hacía falta que la taladraran con la mirada. Y, desde luego, no hacía ninguna falta que Tom la mirase como si hubiera empezado a hablar en chino.

—¿Qué género es exactamente la litertura romántica? —planteó la misma Posy. Era una pregunta retórica, así que ignoró la mano que la pequeña Sophie acaba de levantar con gesto decidido—. Podría ser alta literatura como el *Romeo y Julieta* de Shakespeare o el *Orgullo y prejuicio* de Austen. Puede ser ficción comercial como *Siempre el mismo día* o *El diario de Bridget Jones*. Podría ser una historia de corpiños desgarrados por culpa de la pasión o un superventas con mucho folleteo. Podría tratarse de una novela sobre una mujer dueña de su propio destino que abre una pastelería en un remoto pueblecito encantador, o...

—¡Un momento! ¡Rebobina un segundo! —Tom, que era quien se había quedado con el bizcochito de crema rosa, retrocedió en el asiento—. ¿Entonces solo vamos a vender literatura de chicas? ¡Aaaay! ¡No me pegues!

Nina ya tenía la mano preparada para darle otra vez.

—La literatura de chicas no tiene nada de malo —anunció—. Lo único malo es que a esas novelas escritas eminentemente para mujeres, sobre mujeres y por mujeres se le atribuya con tono burlón y displicente el nombre de «literatura de chicas», como dando a entender que carece totalmente de mérito literario.

—Yo no he querido decir eso —se defendió Tom mientras se frotaba la cabeza con grandes y exagerados aspavientos—. Solo me refería a si de verdad nos vamos a deshacer de toda la literatura infantil y la sección de autoayuda. ¿Y los libros de cocina? ¿Y las novelas de misterio? ¿Vas a dejar de vender todo eso?

—Últimamente no viene ni un solo niño por la tienda —explicó Posy—. Bueno, solo cuando hay vacaciones, y porque quieren probar a deslizarse unas cuantas veces con la escalera de ruedas. ¿Y cuántos libros de autoayuda hemos vendido últimamente? ¿O cuántos libros de cualquier tipo, para el caso? Podemos intentar ser como el resto de librerías de la zona, o podemos centrarnos en hacer una única cosa, pero hacerla muy bien. Podríamos hacernos famosos por vender literatura romántica; una librería especializada «de peregrinación». ¿Os imagináis toda esa gente que vendrá a Londres a pasar el día y que hará un hueco para visitar nuestra tienda porque sabrán que es la que más variedad tiene de ficción romántica de todo Londres? ¡De todo el país!

—¡No te lances, Posy! —la interrumpió Sam asomando la cabeza por la puerta. Posy notó de repente que le costaba trabajo respirar, pero no era tanto por los nervios sino más bien porque Sam, al darse cuenta de que andaba por allí la pequeña Sophie, se había echado medio litro de colonia tipo Axe o Blume o Jacque's... Cuánto echaba de menos Posy los inocentes días felices en que Sam y Sophie no eran más que amigos, antes de que las hormonas empezaran a hacer de las suyas—. ¿Quiere eso decir que los vendedores de las editoriales ya no me regalarán más novelas gráficas ni cómics?

Y entonces se dio cuenta de que debía estar sonando un poco llorica delante de Sophie, que por su parte se esforzaba lo indecible para no tener contacto visual con Sam y había optado en cambio por clavar la mirada en el brillo de la purpurina del pintaúñas que decoraba sus manos.

—Seguro que te los seguirán regalando —declaró Posy con gran seguridad—, sobre todo cuando vean las cantidades de novela romántica que vendemos.

—Entonces, ¿cómo quedaría la distribución de la tienda? —preguntó Verity, que tenía un gran cuaderno en el regazo y había estado tomando notas diligentemente—. ¿No estabas diciendo algo de reservar la sala principal para literatura contemporánea, ficción popular y novedades?

—¡Sí, sí, en eso estaba! —dijo Posy asintiendo con la cabeza, y pasó página en el rotafolio para mostrarles un gráfico de la nueva distribución de la tienda. Aunque estuviera mal que lo dijera ella, el hecho era que el tráfico de clientes fluía mucho mejor una vez reubicadas algunas de las estanterías, colocadas en su día en el lugar que ocupaban de forma un tanto aleatoria—. Y luego, a la derecha, tendremos una sala dedicada a la literatura ambientada en el periodo de la Regencia, otra para novela romántica histórica, y la más pequeña la podemos dedicar al género fantástico, de fenómenos paranormales y, eeeh..., novela erótica. Sam y Sophie, tenéis terminantemente prohibido entrar ahí a no ser que vayáis acompañados por un adulto responsable, ¿estamos?

Sam gimió como si le doliera algo y Sophie le dedicó a Posy una mirada de algo así como pena porque, fueran cuales fueran los depravados contenidos que pudiesen estar acechando en las páginas de las novelas románticas eróticas, no serían ni una centésima parte de la basura a la que podía acceder fácilmente en Internet desde su casa con el ordenador.

—A la izquierda de la sala principal pondremos los clásicos: Jane Austen, las hermanas Brönte, ese tipo de cosas, junto con las obras de teatro y la poesía. Y en la sala siguiente tendremos la literatura juvenil. Sophie, he pensado que me podrías echar una mano con esa sección. Y en la última sala pondremos no ficción y literatura extranjera. —Posy exhaló con fuerza—. Y esos son los titulares más o menos.

—¿Y qué hay del salón de té? ¿También vamos a llenarlo de libros? —quiso saber Nina, que había estado asintiendo y lanzándole a Posy miradas de ánimo durante todo el tiempo que había durado la explicación de sus planes.

Iba todo demasiado rápido.

—Pues no he llegado a pensar en eso todavía —reconoció Posy, aunque tampoco era que tuviese que pensárselo demasiado. El salón de té había sido el feudo de su madre, así que, sencillamente, Posy ni tan siquiera se planteaba hacerse cargo de esa parte de la tienda, pintar y reorganizar, y que con eso desapareciera cualquier leve rastro de Angharad Morland que pudiese quedar todavía flotando en el ambiente—. Además, tenemos tarea más que de sobra en la tienda propiamente dicha como para andar preocupándonos por el salón de té de momento.

Nina parecía no querer dejar el tema.

—Pero igual, en un futuro, podrías contratar a alguien para que lleve el salón de té y así...

—No —intervino Verity con gran vehemencia para que Posy no tuviera que hacerlo—. Se lo alquilaremos a alguien y así tendremos unos ingresos garantizados todos los meses, y además no nos tendremos que encargar nosotros de todo el papeleo de los permisos, las inspecciones de salud y todo ese rollo. Nosotros ya tendremos bastante con lo nuestro. Ya volveremos al tema del salón de té dentro de un tiempo. ¿Qué tienes en la página siguiente, Posy?

Posy todavía tenía sudorosas las palmas de las manos, con lo que le costaba pasar la página para entrar en el siguiente tema, que era la página web. Ahora bien, en la página siguiente, sencillamente, había escrito: «HACER UNA PÁGINA WEB MEJOR».

—Sí, eso te lo organizo yo —se ofreció Sam tímidamente, como si fuera capaz de hacer una de la noche a la mañana, aunque seguro que la cosa tenía más enjundia y no era el caso—. Igual costará un poco poner todo el catálogo en línea, pero podríamos ofrecer títulos escogidos...

—Sí, nuestros cincuenta libros más vendidos o algo así... Y también podríamos tener el libro del mes —sugirió Sophie inclinándose hacia delante con entusiasmo—. Hasta podríamos ofrecer un descuento en ese.

—Pues, si vamos a tener un libro del mes, ¿por qué no también un club de lectura? —apuntó Nina—. Podría reunirse una vez al mes. Y, si volviéramos a abrir el salón de té, cosa que te suplico que consideres muy seriamente, porque implicaría un suministro inagotable de bizcocho y pasteles en la tienda, también tendríamos la posibilidad de ofrecer servicios de restauración, con lo que abriríamos la posibilidad de organizar fiestas de lanzamiento y visitas de autores. Y firmas de libros también. Aunque me imagino que todo eso lo podremos hacer en cualquier caso.

—Y si vas a tener una página web como es debido, también tienes que estar en Instagram y en Tumblr —insistió Sophie—, porque es que, si no, ¿qué sentido tiene? Yo también puedo abrir la cuenta de Twitter de la tienda y llevarla, y lo podemos enlazar todo de vuelta con la página web, ¿verdad, Sammy?

Sam se apartó el flequillo de los ojos, una vez más.

—Sí, supongo que sí. Tenemos que ser multiplataforma. Pero ojo, que querremos que nos paguen, a que sí, ¿Soph? Digamos diez por ciento de lo que se saque de la página web.

Posy cruzó los brazos.

—¿Y qué te parece si me haces tú a mí un reembolso por toda la comida y la ropa y los videojuegos que te he comprado en los últimos siete años?

—Solo para tu información, te diré que en este país hay una legislación bien clara que prohíbe la explotación infantil —contraatacó Sam a su vez, cruzando también los brazos y alzando la barbilla para mayor énfasis.

Posy no quería castigarlo ni mandarlo arriba delante de Sophie, sobre todo porque era la única persona que conocía capaz de hacer una página web.

—Ocho coma cinco por ciento. Es mi última palabra —volvió Sam a la carga.

—Pero, vosotros dos, ¿acaso os habéis propuesto arruinarnos? Si quieres cobrar, Sam, tendrás que vértelas conmigo. Yo soy la que hace las nóminas y puede que me avenga a considerar un tres por ciento, una vez deducidos los gastos —declaró Verity, a la que se le estaba poniendo su típica expresión impaciente de cuando, después de llevar todo el día trabajando, encima se esperaba de ella que luego interactuara con otras personas. Posy se daba cuenta de que Verity estaba aproximándose rápidamente al punto en que dejaba de ser razonable, pero, antes de que llegara a ese punto...

—De hecho, el otro tema del que quería hablar con vosotros es el asunto del nombre de la tienda.

Tom se había hundido en el asiento de manera que tenía la frente apoyada en el pecho, pero sacó fuerzas de flaqueza para levantar la cabeza y preguntar:

—¿Qué tiene de malo el nombre de la tienda? Marcapáginas es una institución, ¡vaya si lo es!

—*Era*, y ese es precisamente el problema —respondió Posy. Le había estado dando un montón de vueltas al tema durante un buen rato y siempre acababa en el mismo punto: el tema del nombre—. *Era* una institución, pero la mayoría de la gente que viene a Marcapáginas por su historia, su ambiente, su reputación, son de la quinta de Lavinia, y disminuyendo en número a gran velocidad. Sin ellos, Marcapáginas no es más que otra librería en apuros. Si nos especializamos en literatura romántica, necesitamos que la tienda tenga un nombre que de algún modo lo refleje.

—¿Y tenías alguno en mente? —preguntó Tom, que seguía de bajón y rezumando por todos los poros de su cuerpo la más radical antítesis del entusiasmo.

—Pues sí —respondió Posy haciendo un gesto hacia el papel, tipo presentadora de concurso televisivo mostrando un congelador de alta gama a un público de plató completamente extasiado—. ¿Me hace alguien un redoble de tambores, por favor?

La concurrencia le dio un redoble-pataleo bastante poco entusiasta con el que poner banda sonora al momento en el que pasaba a la siguiente página. La recepción fue un silencio sepulcral por parte de todos los demás. En realidad, algo peor que el silencio: una expresión colectiva de «pero ¿qué coño...?» en los cinco rostros.

Posy se puso en jarras.

—¿Qué os parece? Sí, ya sé que es un tanto extremo..., pero también es fácil de recordar, ¿no creéis?

—Lector, Me Casé con Él —leyó Tom en voz alta como si hubiera aprendido a leer recientemente—. No. No, ¿verdad que no? —Se volvió hacia Nina, que estaba sentada a su izquierda—: ¡Venga ya! No puede ser que yo sea el único a quien le parece que Posy ha estado esnifando pegamento en espray otra vez.

—Eso solo fue esa vez, y por accidente —protestó Posy—. ¡Nina, tú estás de mi lado! ¡A ti te encantan las Brönte! ¡Es de *Jane Eyre*!

—¡Ay madre, *spoiler*! —gritó alarmada Sophie, pero luego le entró la risa floja y por fin dedicó una cálida sonrisa a Sam, que intentó devolvérsela desde detrás de su flequillo. En ocasiones, a Posy le entraban ganas de entrechocarles las cabezas.

—Ya sé que es de *Jane Eyre*, pero lo siento, Posy, te quiero un montón pero ese nombre es terrible para una tienda —dijo Nina—. No todas las novelas románticas acaban en un recorrido por el pasillo central de una iglesia camino del altar. ¡Holaaaa! Que estamos en el siglo veintiuno.

—Entonces, ¿crees que una librería dedicada a la literatura romántica es una idea pésima?

Posy tuvo que agarrarse al soporte del rotafolio como punto extra de apoyo. Creía que había encontrado la solución a todos sus problemas pero, ahora que se paraba a pensarlo, Verity no se había pronunciado en realidad, ni a favor ni en contra de su plan, y en cuanto a Sebastian..., él sí que había expresado su opinión en términos totalmente inequívocos.

No tenía ninguna idea más. Tenía aquella idea y punto. Especializarse en literatura romántica o morir. O, por lo menos, dejar que Sebastian se quedara con la tienda y Dios sabía qué haría él con ella. Él no tenía el menor respeto por lo que representaba Marcapáginas. Todas esas salas, todas esas estanterías repletas de libros que transportaban a los lectores a tierras mágicas y hermosas verdades, el rincón de lectura, los desgastados tablones del suelo de madera por el que habían pasado tantos y tantos clientes en busca de una historia...

—¡Mierda, Posy! ¿No estarás llorando?

Nina se puso de pie apresuradamente para acercarse a darle un abrazo a Posy, apretándola bien fuerte contra sus increíbles pechos, y había que reconocerlo, sus abrazos siempre resultaban reconfortantes.

—No estoy llorando —respondió Posy, pero sus palabras se perdieron entre los senos de Nina y, además, el hecho era que estaba llorando más o menos. Había habido un par de lágrimas, y sintió que se le atenazaba la garganta. Era prellanto.

—El nombre es flojo, no la idea —insistió Nina mientras le acariciaba a Posy la espalda con una cadencia rítmica—. La idea es buena, ¿verdad? ¿A quién no le gusta un poco de romanticismo? Leer sobre el tema es lo máximo que me acerco a experimentarlo. En la mayoría de los casos, yo ya me conformo con que un hombre me invite a cenar, y por lo general solo lo hace porque cree que con eso le voy a dejar que vuelva a casa conmigo y me vea desnuda.

—¡Por Dios, Nina, que hay niños!

Posy no podía ver a Tom porque seguía con la cara en el escote de Nina, pero sí que lo oyó, y sonaba estresado.

—No soy un niño —oyó además protestar a Sam.

—¿De verdad que los tíos esperan que te desnudes solo porque te han invitado a cenar? —preguntó Sophie—. Y, ¿hablamos de una cena cara, o con cualquier cosa para salir del paso se supone que ya vale?

Se estaban yendo por las ramas. Posy se separó de Nina y sorbió por la nariz. Y entonces miró suplicante a Verity, porque Verity era el adulto responsable de Marcapáginas.

—Creo que la idea tiene potencial, siempre y cuando la logremos poner en práctica con un presupuesto de cero libras con cero peniques. —Verity se llevó un puño cerrado a la sien con gesto de estar poco menos que al borde de sus fuerzas—. Pero ese nombre..., es que no soy capaz ni de decirlo en voz alta.

Si Verity también se apuntaba al carro, solo quedaba Tom, que no es que estuviera precisamente dando botes de contento. Claro que, teniendo en cuenta que todo en la tienda había pasado ya su etapa de juventud, igual mejor no andar saltando mucho dentro, no fuera a ser...

—¿Qué me dices tú, Tom? ¿Podrías soportar no vender nada más que literatura romántica si prometo no pintar la tienda de rosa? Ya sé que estás haciendo un doctorado en literatura inglesa, pero ¿tú crees que sería un gran desprestigio para ti?

—No es solo en literatura inglesa, la cuestión tiene muchos más matices —afirmó Tom. Y es que el tema de su tesis doctoral seguía siendo un misterio para todos ellos. Siempre que Posy le preguntaba al respecto, él empezaba a utilizar palabras largas y complicadas, tipo «epistemología» y «neorrealismo», y al final ella seguía igual de perdida que al principio. Que seguramente era lo mejor—. En cualquier caso, no estoy completamente *en contra* de vender literatura romántica. Ahora bien, *me niego* a trabajar en una tienda que se llame Lector, Me Casé con Él. ¿Te imaginas lo que sería responder al teléfono?

—Buenos días, Lector, Me Casé con Él, ¿en qué puedo ayudarle? —fingió responder Sam para luego mirar a Sophie, que le recompensó la gracia con una sonrisa.

—Está bien, ya capto el mensaje —concluyó Posy con tono resignado—, pero ¿qué nombre le ponemos a la tienda entonces?

—¿Nido de Amor? —sugirió Nina—. Aunque la verdad es que suena más a que lo que vendemos son historias varias para animar la vida conyugal. ¿Y Encuentros de Película? A mí esos encuentros sincrónicos son de lo que más me gusta de una buena historia de amor.

—¿Qué es eso de un encuentro de película? —preguntó Sophie, con lo que quedaba descartado, porque no todo el mundo lo entendía inmediatamente—. ¿No podemos ponerle de nombre Historia de Amor y punto?

—Demasiado general —comentó Verity—. ¡Venga, chicos, pensemos un poco! A la gente, ¿por qué le gusta la literatura romántica?

Permanecieron en el más absoluto y pensativo silencio durante el tiempo que le llevó al minutero del reloj de la pared dar una vuelta completa, produciendo un sonoro clic al pasar finalmente por la marca del minuto.

Posy trató de identificar qué era lo que tenían las novelas románticas para, en ocasiones a lo largo de los años, haberle hecho dejar de lado los deberes, la tele e incluso quedar con hombres reales en citas reales con gente real en busca del romance real. «Mejor una noche en casa con un buen libro que salir con algún pelmazo que ni siquiera es capaz de molestarse en ponerse una camisa limpia», le solía gustar decir.

¿Eran las heroínas de personalidad chispeante que no renunciaban al amor por muchas veces que les rompieran el corazón? ¿Era el héroe de impresionante belleza y sardónico ingenio que tal vez podría estar también recuperándose de un desengaño amoroso? ¿El tórrido primer beso? ¿Las miradas lánguidas? ¿La atracción mutua innegable? Todas esas cosas contribuían a que Posy leyera una novela tras otra, pero, más allá de todo eso, lo que la tenía cautivada era el final feliz. Era que el héroe y la heroína acabaran abandonando la página para dirigirse cogidos de la mano hacia el rojo atardecer que pintaba el cielo sobre el horizonte. En la vida real los finales no eran siempre felices, eso Posy lo sabía perfectamente, pero una buena novela romántica, en cambio, siempre tenía un final feliz y, si no era así, Posy se sentía engañada. Incluso había habido un par de ocasiones en que había lanzado el libro al otro lado de la habitación, casi podría decirse que asqueada.

—Es el final feliz —sentenció en voz alta—. A todo el mundo le gusta un final feliz.

—¿Finales Felices? —musitó Verity— Podría ser...

—¡Ay, Dios, no, no y no! —objetó Nina horrorizada—. No le podemos poner Finales Felices, suena a centro de masajes como tapadera de una casa de citas.

—¿Ah, sí? —Sam y Sophie parecían confundidos. Posy casi podía oír los engranajes de la cabeza de Sam detrás de su flequillo, tratando de descifrar el comentario de Nina. Y entonces, de repente, lo vio claro—: ¡Ay, ya lo pillo! No, no podéis ponerle Finales Felices a la tienda, me machacarían en el colegio.

—¡Dios! ¿Por qué tiene que tener todo algún significado obsceno alternativo? —se lamentó Posy—. Los finales tipo Felices Para Siempre deberían ser algo bonito y no un concepto retorcido con doble sentido. Precisamente por este motivo hace falta más romanticismo en este mundo y no... ¡Ay, eso es! ¡Felices Para Siempre! Es perfecto. Es perfecto, ¿verdad?

—¡Un final tipo Felices Para Siempre garantizado, o le devolvemos el dinero! —exclamó Nina—. Podríamos ponerlo de eslogan.

—Ya, solo que igual habría que hacer un montón de devoluciones a gente que compre *El gran Gatsby* o *Cumbres borrascosas* —advirtió Tom, pero estaba sonriendo—. Puedo soportar trabajar en una tienda que se llame Felices Para Siempre. Por los pelos, pero puedo.

—Pues entonces nos quedamos con Felices Para Siempre. Ese es el nuevo nombre de la tienda —sentenció Verity mientras empezaba a recoger sus cosas—. Quienes estén a favor, que levanten la mano —añadió mirando a su alrededor—. Y eso te incluye a ti, Tom. —El aludido alzó una mano y le sacó el dedo anular de la otra a Verity—. Genial, entonces estamos todos de acuerdo. De verdad que me tengo que marchar. Hoy no tenía previsto llegar tarde a casa.

Inmediatamente, Verity estaba saliendo por la puerta con el abrigo a medio poner porque había decidido que ya había tenido bastante y, cuando tomaba esa decisión, no existía arma capaz de detenerla.

—Felices Para Siempre —repitió Nina—. Me gusta. —Luego miró a su alrededor—. ¿Al *pub* entonces, gente?

Sam asintió:

—¡Sí! Yo me tomo un vodka con tónica si invitas tú!

—No te tomarás nada parecido porque no vas a poner los pies en el *pub*. Y tú tampoco, Sophie. Vosotros dos vais a iros arriba a empezar con los deberes hasta que venga el padre de Sophie a buscarla —ordenó Posy.

En realidad, Sam debería estarle agradecido en vez de lanzarle miradas asesinas, porque ahora él y Sophie podían hacer migas comentando la Guerra de los Cien Años y también lo cabrona que era Posy.

Los dos adolescentes subieron las escaleras con paso cansino y refunfuñando entre dientes. Posy, mientras tanto, acompañó a Nina y Tom hasta la puerta para cerrar cuando salieran.

Los observó alejarse apretando el paso para cruzar el patio. Llovía. Nina dejó escapar un gritito cuando resbaló en los adoquines. Tom la agarró del brazo y doblaron la esquina corriendo.

En el piso de arriba se oyó un portazo y de repente un estruendo de música, pero abajo todo era paz y tranquilidad.

—Felices Para Siempre —musitó Posy mientras iba poniendo derechas las mesas de exposición, ahuecaba cojines en los sofás y se entregaba a la muy glamurosa tarea de fregar el suelo porque no podían pagar una señora de la limpieza. Por lo general lo hacía Verity, porque decía que era la única forma de asegurarse de que se hacía bien—. Felices Para Siempre.

Por muchas veces que repitiera esas tres palabras, nunca perdían su significado. Su intención. Su promesa.

—Felices Para Siempre. —Estaba de pie en el centro de la sala principal, con una mano apoyada en la mesa donde estaba la foto de Lavinia y Perry—. ¿Os gusta el nombre nuevo?

Tal vez Posy había estado esperando algún tipo de señal, un gesto de reconocimiento por parte de un poder superior que la tranquilizara ofreciéndole confirmación de que hacía lo correcto para ella, para Sam y para Marcapáginas, que le estaba dando a la tienda su propio Felices Para Siempre también.

La librería permaneció en silencio, pero Posy sintió la misma sensación de calidez reconfortante que se apoderaba de ella siempre cuando estaba a solas entre libros, y decidió que no necesitaba ninguna señal más.

Lo de tener un nombre nuevo y una única propuesta de venta para la tienda estaba muy bien, pero Posy todavía no tenía muy claro cómo iba a pasar sus planes del papel a la realidad.

Por suerte, Verity y Nina estaban muy motivadas y poseídas por un espíritu posibilista cuando irrumpieron en la tienda a la mañana siguiente. O más bien Verity entró sigilosamente, porque no era de las que irrumpían en los sitios, saludó con la mano a Posy, que estaba repasando el contenido de una caja con un pedido que acababa de llegar, y dijo:

—Lo he estado pensando esta noche y Felices Para Siempre me convence totalmente. De hecho, hasta estoy supermotivada con todo esto —añadió agitando los puños en alto como si fueran pompones—. ¿Ves? Esta soy yo cuando algo me hace mucha ilusión. Bueno, ahora tengo que ir a hacer el IVA, pero algún día de esta semana creo que tendríamos que ponernos a diseñar un plan de acción. Hasta una hoja de cálculo. Y, desde luego, necesitamos hacer un calendario. ¡Qué divertido!

A Posy no le sonaba exactamente divertido pero, al minuto, Nina irrumpió —esta vez sí que literalmente— en la tienda.

—¡Tengo muestras de pintura! —anunció sosteniendo en alto un puñado de libritos de muestras de color—. Y he hablado con Claude, mi tatuador, y ha dicho que nos va a diseñar un logo. Sin cobrar. Le he dado tanto negocio a lo largo de los años que siempre le tomaba el pelo con que me tenía que dar aeromillas de pasajero habitual..., lo hará encantado.

—¿Muestras de pintura? —se cercioró Posy—. ¿Vamos a pintar entonces?

—Yo creo que deberíamos. Esto es bastante oscuro y, bueno..., hay como mucha madera, ¿no te parece?

Tenía razón, así que, entre un cliente ocasional y otro, y las interrupciones de un par de turistas que no eran capaces de encontrar el Museo Británico pese a ser un edificio inmenso profusamente señalizado que quedaba a tan solo cinco minutos de distancia, y de unos cuantos curiosos que en realidad estaban más interesados en guarecerse de los plomizos cielos de aquel mes de febrero y la llovizna inclemente que en comprar libros, Posy y Nina se las ingeniaron para pasar una mañana estupenda hablando de combinaciones de colores.

Al final se decidieron por un gris claro pero cálido para las estanterías, conjugado con un tono rosáceo que proporcionaría el acento de color.

—Le prometí a Tom que no pintaría la tienda de rosa, pero en este caso son solo toques para resaltar ciertos elementos —dijo Posy sosteniendo en alto una carta de color—. Y no es un rosa cursi.

—Es un rosa flor de trébol. Yo llevé el pelo de ese color una temporada durante mi etapa de Lolita gótica —comentó Nina—. Y ahora, ¿qué te parece si intentamos reorganizar la distribución de la tienda?

Mientras meditaban sobre cuál era el recorrido ideal de clientes en la tienda y debatían cuántas estanterías haría falta sacrificar para conseguirlo, Posy se preguntó si debería hablar con Sebastian, para mantenerlo informado de lo que estaba pasando. Aunque no tenía ninguna necesidad de pedirle permiso para realizar cambios radicales a algo de lo que legalmente era propietaria. Tal vez debería contratar a un abogado, uno amable, paternal y bondadoso que le escribiera a Sebastian una carta diciéndole eso exactamente. Un amable, paternal y bondadoso abogado que cobrara unos honorarios más que razonables por sus servicios, pensó Posy.

Ahora estaban en la sala principal y Nina parloteaba animadamente sobre cómo conseguir que la tienda resultara más acogedora:

—¿Crees que el rollo del *feng shui* será verdad? ¿Tenemos algún libro sobre el tema?

Mientras tanto, Posy se imaginaba a Sebastian frunciendo los labios con una mueca burlona cuando viera las notas de color en rosa flor de trébol que pensaba repartir aquí y allá por toda la tienda.

—Sebastian —murmuró entre dientes.

—Sí... ¿Qué está haciendo ese aquí? —preguntó Nina—. ¿Y quién es ese tío que va con él? ¿Te parece que está cachas?

—¿Cómo? ¿Cachas quién? ¿Sebastian? No me lo imagino en el gimnasio levantando pesas... La única parte de su cuerpo que hace algo de ejercicio es su lengua —sentenció Posy mientras atravesaba la tienda hacia el ventanal al que Nina se había acercado para observar a Sebastian y a otro hombre que se encontraban al otro lado del patio.

—¡Pero qué descarada! —respondió Nina dándole a Posy un suave codazo acompañado de un guiño de ojo bien teatral—. ¿Cómo es posible que estés al corriente de a qué se dedica con su lengua? ¿Hay algo que no le hayas dicho a la tía Nina?

—¿Qué? —Posy miró a su amiga presa del desconcierto, y luego deseó no haberlo hecho al ver a Nina hacer un gesto obsceno con su propia lengua que permitía a Posy ver la parte de atrás del pirsin que la adornaba, algo que siempre le daba arcadas—. ¡No lo decía en este sentido! —protestó—. Su lengua no ha entrado en contacto con mi persona en absoluto. ¡Solo faltaría! Me refería a su boca. Pero tampoco en ese sentido. Quiero decir que no para de hablar jamás y que, por lo general, el contenido de la conversación suele reducirse a comentarios groseros, uno detrás de otro.

—Estás dando alguna que otra explicación de más, ¿no te parece? —bromeó Nina.

Habían estado manteniendo esa conversación junto al ventanal, así que era inevitable que Sebastian acabara viéndolas: miró hacia ellas por encima del hombro del tipo que estaba con él y le hablaba gesticulando vigorosamente, y alzó una mano para saludarlas.

No, eso habría sido demasiado educado para él. Lo que estaba haciendo Sebastian en realidad era un gesto decidido con el dedo, llamando a Posy para que se acercara.

—Qué querrá, me gustaría saber a mí —se preguntó Posy pero sin hacer el menor esfuerzo por averiguarlo. Al cabo de un instante, el gesto de llamada se había convertido en un chasquido de dedos de Sebastian, como si estuviera llamando a un lacayo díscolo.

—Es tan maleducado... Pero más vale que salga a ver qué quiere —murmuró Posy sin ningún entusiasmo.

—¡Mantente bien lejos de su lengua! —le recomendó Nina con tono jovial en el momento en que Posy, echando los hombros hacia atrás para ponerse bien derecha y enfrentarse al viento helado del mes de febrero, abría la puerta.

—¡Morland, ven aquí! ¡Que no tengo todo el día! —la recibió Sebastian con tono apremiante.

Posy atravesó el patio arrastrando los pies, agradecida porque, a diferencia de la última vez que se habían visto, en esta ocasión estaba completamente vestida, incluyendo sujetador, vaqueros, jersey y chaqueta de punto, y no lucía nada que pudiera confundirse con montoncitos de caca.

—¡Buenos días a ti también! —le contestó en cuanto estuvo suficientemente cerca como para no tener que gritar—. ¿Qué pasa?

—Brocklehurst, te presento a Morland, la cuasipropietaria de la tienda —dijo Sebastian a su acompañante haciendo que Posy se volviera hacia él de inmediato.

—De cuasi nada, soy la propietaria —protestó furiosa.

—Ya te dije que tenía muchos humos —suspiró Sebastian—. Morland, te presento a Brocklehurst. Estuvimos juntos en Eton.

—Hola, soy Piers —se presentó el otro hombre—, y me niego a llamar a una mujer guapa por el apellido.

—Posy. —Ella le tendió la mano pero, en vez de estrechársela, Piers Brocklehurst se la llevó a los labios con un movimiento bien ensayado y le besó el dorso—. Un placer.

No resultaba exactamente... agradable. De hecho, a Posy le entraron ganas de limpiarse el dorso de la mano en los vaqueros. Había algo en aquel gesto caballeroso, en la naturaleza un tanto pringosa de la conversación de Piers, en el hecho de que cuando sonreía su sonrisa no alcanzara sus ojos que permanecían inexpresivos e inertes, que le daba mala espina a Posy. De hecho, Piers hacía que Posy sintiera escalofríos recorriéndole la espalda, a pesar de ser un guapo de libro, si bien en un estilo estereotípico de internado de élite. Era alto, con los cabellos rubios repeinados hacia atrás, rostro rubicundo y una musculatura imponente que se adivinaba bajo su traje de raya diplomática. Aquel hombre no hubiera desentonado en un anuncio de loción para después del afeitado, sonriendo seductoramente a la cámara mientras la mano de una mujer que permanecía fuera de plano le acariciaba el pecho, pero no era el tipo de Posy. Ella ya tenía en su vida a otro antiguo alumno de internado altamente insufrible, y con uno ya era más que suficiente.

—No, de verdad, el placer es todo mío —murmuró Piers con voz ronca mientras su mirada inexpresiva e inerte se paseaba por las caderas de Posy para luego recorrerle los senos, la cara y acabar por fin posándose en algún punto indefinido detrás de ella, en dirección a la tienda, como si no hubiera nada en primer plano capaz de captar su interés.

—Bueno, ya es más que suficiente —interrumpió Sebastian colocándose entre Piers y Posy—. A Posy solo le gustan los hombres de novelas románticas cursilonas, así que no te molestes, que aquí no tienes nada que hacer. Bueno, Morland, hablando de la tienda, Brocklehurst me ha estado hablando de las posibilidades de desarrollo inmobiliario del solar. Podría ser buen sitio para hacer un hotel *boutique* —la informó Sebastian señalando con un gesto del brazo la hilera de tiendas cerradas a cal y canto con tablones— y, en cuanto al lugar que ocupa la librería, me estaba comentando que le parece ideal para un bloque de apartamentos de lujo con portero las veinticuatro horas, gimnasio en el sótano, piscina y...

—¿Acaso alguna vez escuchas ni una sola palabra de lo que te digo?

—Obviamente, no—. Soy la propietaria de Marcapáginas durante por lo menos dos años y, tal y como traté de explicarte la última vez que nos vimos, va a ser la única librería del país especializada en literatura romántica —concluyó Posy deleitándose, porque había conseguido sorprender a Sebastian hasta el punto de cerrarle la boca.

Lo más irritante era que, aun así, Sebastian seguía resultando atractivo, incluso con la boca abierta y cara de idiota.

—¿Te has vuelto loca? —replicó al fin bruscamente.

—Estoy perfectamente cuerda —le respondió ella mientras Piers murmuraba algo entre dientes que daba a entender que él también sospechaba de la cordura de Posy— y, como iba diciendo, soy la propietaria de Marcapáginas durante por lo menos los dos próximos años.

—Ya serán más bien dos meses si insistes en seguir con esa idea *ridícula* de convertirla en una especie de palacio perfumado en lavanda rebosante de noveluchas protagonizadas por rasgadores de corpiños. Te doy dos meses antes de que el negocio entre en serias dificultades y te veas con secretarios judiciales a la puerta para ejecutar el embargo de todo —resumió Sebastian, experimentando un placer evidente.

Posy volvió a sentir que los escalofríos le recorrían la espalda, como si las palabras de Sebastian, además de profundamente hirientes en un centenar de planos diferentes, también fueran proféticas.

—No llegaremos a eso —insistió ella con los dedos cruzados a la espalda por si acaso.

—Claro que no —intervino Piers como si fuera asunto suyo—. ¿Por qué no me dejas a mí este asunto, Thorndyke? —sugirió mientras le pasaba el brazo por los hombros a Posy, un gesto que hizo que ella se tensara inmediatamente igual que un gato arisco. Al notarlo, los inexpresivos ojos de Piers cobraron vida inmediatamente, lanzando un destello de irritación provocado por el hecho de que sus evidentes encantos parecieran no ejercer el menor efecto sobre ella—. Mira, Posy, seguro que tus intenciones son buenas, pero resulta evidente que no tienes ni idea de cómo llevar un negocio. Nunca conseguirás la afluencia de clientes que necesitas en tu tienda escondida en este callejón apartado.

—No es un callejón, es un antiguo patio de caballerizas —replicó Posy y, como ya no podía soportar ni un segundo más el contacto con el brazo de Piers, movió los hombros para zafarse. Los ojos de él lanzaron otro destello—. Lo que hubo aquí en su día eran caballerizas. Y sí que conseguimos la afluencia de público que hace falta o, por lo menos, antes sí, y podemos volver a conseguirla. Antes había señales por toda la calle Rochester indicando cómo se llegaba al patio de caballerizas, y las vamos a volver a poner. ¿Por qué no arreglas las tiendas que están vacías y las alquilas? —añadió dirigiéndose a Sebastian con la vana esperanza de ponerlo de su lado—. ¿Te acuerdas de cuando el anciano señor Jessop tenía la tienda de tés y cafés? ¿Que vendía galletas rotas al peso y café en grano los lunes y los miércoles por la tarde, y que toda la zona olía maravillosamente?

—Siempre pensé que olía a tostada quemada —dijo Sebastian con tono demoledor—. Pero, desde luego, me acuerdo de la vez que me pilló robando galletas rotas. —Esbozó una sonrisa taimada que en este caso sí llegaba hasta sus ojos, que resplandecían al recordar sus desmanes pasados—. Me agarró una oreja con el índice y el pulgar y me llevó cruzando todo el patio hasta Marcapáginas, negándose a soltarme hasta que Lavinia no le prometiera que me daría una buena tunda.

—Que imagino que nunca te dio —concluyó Posy.

—Por supuesto que no —reconoció Sebastian poniendo los ojos en blanco de solo pensarlo, pero el tono de su voz se había suavizado cuando había mencionado a su abuela.

—No me puedo creer que te estés ni tan siquiera planteando derribar todo Rochester Mews para construir un edificio horrible en su lugar —volvió a la carga Posy juntando las manos con gesto de súplica.

—No sería horrible —intervino Piers—. Trabajo con un arquitecto que está especializado en diseño de vanguardia.

Posy lo ignoró por completo.

—Podrías alquilar las demás tiendas a pequeños comerciantes independientes y así les sacarías algo de beneficio. Vale, no tanto como con un hotel y un bloque de apartamentos, pero tú ya tienes un montón de dinero, Sebastian, ¿para qué necesitas más?

—Morland, querida y simple Morland —respondió Sebastian negando con la cabeza de un modo tan condescendiente que Posy apretó los dientes con semejante fuerza que temió por sus molares—. No tienes la menor idea de cómo funciona el capitalismo, ¿verdad?

—Entiendo perfectamente cómo funciona porque, a diferencia de lo que te pasó a ti, a mí no me echaron de la universidad. Pero eso no quiere decir que esté de acuerdo con el capitalismo. Me refiero a que no está mal, pero con moderación...

Al oír esto, tanto Sebastian como Piers lanzaron al unísono un resoplido burlón que seguramente habían aprendido en Eton. Dándose cuenta de que la conversación se estaba yendo por las ramas, Posy abandonó su intento de educarlos sobre los peligros del capitalismo excesivo.

—Bueno, en cualquier caso... —concluyó ella con un ligero tono de desesperación— no podéis entrar aquí como Pedro por su casa y decidir tirarlo todo abajo. ¡Hay leyes que prohíben ese tipo de cosas! Hay que solicitar el cambio de finalidad de uso de un inmueble, y estoy casi segura de que no se puede exceder la planta actual del edificio, así que...

—Alguien se ha visto un par de documentales sobre el mercado inmobiliario, ¿no? —se burló Piers. Posy había creído hasta ese momento que era imposible encontrar a alguien más condescendiente que Sebastian sobre la faz de la tierra, pero a Piers se le estaba dando magníficamente demostrarle que estaba equivocada—. No tienes ninguna necesidad de ocupar tu linda cabecita con estos temas complicados. Eso se soluciona con un buen sobre lleno de billetes para el representante pertinente de la comisión municipal de Urbanismo, y podríamos demoler todo el callejón sin que nadie moviera un dedo.

—¡Claro que me preocupo! ¡Sebastian, en serio! ¿Qué diría Lavinia? —Posy sabía que en el fondo, muy muy pero que *muy* en el fondo, Sebastian estaba hecho de buena pasta, o por lo menos creía que así era, y necesitaba apelar a esa parte de él—. Rochester Mews, Marcapáginas, todas las cosas que le encantaban a tu abuela, ¿por qué ibas a querer deshacerte de todas ellas?

—No son más que *cosas*, *lugares*, Morland. —Sebastian retrocedió un paso y contempló el patio de adoquines—. No se puede vivir en el pasado eternamente. Lavinia se daba cuenta de que había dejado que todo siguiera igual durante demasiado tiempo. Cuando las cosas siguen igual, se estancan y se infectan, y al final hacen falta medidas extremas.

Oyéndolo hablar, cualquiera diría que Rochester Mews y su adorada Marcapáginas era un monstruoso forúnculo que había que extirpar en cuanto fuera posible.

—No hace falta tomar ninguna medida drástica —protestó Posy—. Lo único que le hace falta a la tienda es un poco de reorganización y un lavado de cara. Resulta increíble lo que una capa de pintura puede conseguir.

—No te preocupes, Morland. Nunca te pondría de patitas en la calle sin más —le soltó Sebastian en lo que él debía considerar un tono tranquilizador—, tú te quedarías en propiedad uno de los flamantes pisos de lujo, porque estoy seguro de que eso es lo que habría querido Lavinia. Y si todavía sigues insistiendo en dedicarte a este negocio ruinoso de vender libros, siempre podrías buscar trabajo en alguna librería...

Durante un instante, un nanosegundo, Posy consideró la posibilidad de ser la propietaria de un flamante apartamento de lujo y tener un trabajo sin estrés en alguna de las grandes cadenas de librerías. Pero fue solo un instante pasajero, y enseguida pensó en que hasta el último centímetro de Marcapáginas tenía un significado especial para ella. Podía decirse que tenía el corazón en aquel lugar. Era su refugio. El lugar donde se sentía feliz. Y si Marcapáginas desaparecía, si lo demolían hasta que no quedara piedra sobre piedra, si Posy y Sam no vivían, reían, lloraban y amaban en el mismo lugar en que sus padres habían vivido, reído y amado, entonces el recuerdo de sus padres se desvanecería como la polvareda levantada por los escombros.

Posy lanzó una mirada hacia la tienda y vio que Nina seguía junto al ventanal, observándolos; bueno, habría sido más fiel a la verdad decir que estaba mirándolos sin parpadear y boquiabierta. Aquel no era un tema que les afectara únicamente a ella y a Sam. También se trataba de los empleados de la librería. Hasta que llegó a Marcapáginas, Nina no había sido capaz de conservar sus tres trabajos anteriores más allá del periodo de prueba. ¡Y qué decir de Verity! La introvertida Verity, ¿dónde más iba a encontrar un trabajo con gente a la que no le importara que, por ejemplo, nunca respondiera al teléfono?

—... una ubicación muy segura. Estamos hablando de una comunidad vallada, para mantener alejada a la chusma —estaba diciendo Piers. Posy se dio cuenta de que lo había estado ignorando por completo. Era extraño. Era de ese tipo de personas que, cuanto más lo mirabas, menos atractivo te resultaba. Su sonrisa tenía un punto salvaje—. Y no te tienes que preocupar por los vecinos. El resto de apartamentos seguro que se los quedan empresas extranjeras como inversión y fijo que nunca vivirá nadie en ellos, conque tendrás el gimnasio, y el...

¡Ya había oído suficiente! Entreabrió la boca con una respiración entrecortada de puro ultraje.

—¿O sea que ni siquiera van a ser viviendas asequibles? La gente como tú es la que le está arrebatando el alma a Londres, acabando con nuestro espíritu de comunidad —se indignó agitando un dedo acusador delante de las narices de Piers primero y luego de Sebastian, que lanzó un suspiro, como si Posy estuviera siendo terca como una mula a propósito.

Pero no era así. *Eran* Piers y los de su calaña los culpables de que toda una zona de la capital estuviera perdiendo completamente su personalidad, desplazada por proyectos inmobiliarios multimillonarios para ricos, un par de agencias para venderles los apartamentos de los proyectos inmobiliarios multimillonarios, y tal vez un par de cafés propiedad de grandes empresas que no pagaban sus impuestos. De hecho, la gente como Piers era responsable de las señales que habían aparecido en la zona anunciando que lo que anteriormente se conocía con los deliciosos nombres de Bloomsbury, Fitzrovia y Clerkenwell pasaban a conocerse colectivamente a partir de entonces con el nombre de Midtown. Por encima del cadáver de Posy.

Hablando de lo cual... Posy se puso en jarras y adoptó su expresión guerrera más lograda.

—No pienso escuchar ni una palabra más —insistió—. Este terreno, esta tienda, son un regalo que le hicieron a tu bisabuela Agatha con la esperanza de que con eso se distrajera de sus veleidades sufragistas.

—¿Todo este discurso nos llevará a alguna parte al final? —se impacientó Sebastian levantándose el puño de la camisa hecha a medida con gran teatralidad para consultar la hora en el reloj, mientras que Piers miraba a Posy como si la quisiera demoler también a ella junto con el resto de Rochester Mews.

—¡Sí! ¡Agatha acabó en la cárcel de Holloway por encadenarse a la verja de Buckingham Palace, y yo me encadenaré a Marcapáginas si hace falta para impedir que la reduzcas a escombros!

Posy confiaba en no tener nunca que cumplir la promesa que acababa de hacer, pero si al final entraban los buldóceres y las bolas de derribo en el patio de las antiguas caballerizas, ¡Dios!, lo haría.

Sebastian no parecía demasiado convencido.

—Sin intención de faltarle al respeto a mi bisabuela, he de decir que tú eres el ejemplo perfecto de por qué las mujeres nunca deberían haber conseguido el voto, Morland —dijo él mientras se pasaba la mano por la delantera de la chaqueta como si Posy le hubiera salpicado de saliva durante su apasionado alegato, cosa que no había hecho. O, cuando menos, esperaba no haber hecho—. Desde que conseguisteis el voto, no paran de ocurrírseos a todas un montón de ideas que os vienen grandes.

—Sí, las mujeres valen para dos cosas únicamente —se burló Piers—. Hasta, si me apuras, solo para una si te puedes permitir tener tu propio chef, como es mi caso...

—¡Ay, Dios, esto ya es... —empezó a contraatacar Posy, tan furiosa que casi no le salían las palabras, pero por suerte se interrumpió al notar una mano en el hombro.

—¿Y qué es la otra cosa para la que valen las mujeres además de cocinar, entonces? —preguntó Nina, ahora de pie detrás de Posy, con su voz más aterciopelada—. ¿Ser absolutamente maravillosas en todo en general?

Piers abrió la boca desconcertado mientras registraba la aparición que era Nina con su particular estilo. En cuanto a Sebastian, bueno, él jamás había mirado a Posy de ese modo. Ni siquiera cuando no había llevado puesto el sujetador. Pero, claro, también había que tener en cuenta que Nina tenía el mismo tipo que Betty Page, aunque Betty Page nunca había ido llena de tatuajes ni con un pirsin en la nariz y otro en el labio, ni con el pelo teñido de un tono que la misma Nina describía como color «sirena varada en la orilla».

Piers le dedicó una sonrisa depredadora tan descarada que parecía una hiena con traje caro.

—Tal vez te lo podría explicar tomando una copa —sugirió mientras se colocaba bruscamente a un lado de Posy y lo más cerca posible de Nina, recorriendo con la mirada sus curvas enfundadas en un vestidito negro de estilo años cincuenta—. Soy Piers, y tú..., tú eres preciosa. Seguro que te lo dicen constantemente.

Posy hizo una mueca exactamente en el mismo momento que Sebastian. Por lo menos estaban de acuerdo en que el repertorio de frases para ligar de Piers era tan despreciable como sus planes de convertir Londres en un desolado campo de lujo, y que la única persona suficientemente insensata como para creérselas era...

—Nina. Y... constantemente, no; solo a veces. —Nina, que era la mujer con peor gusto para los hombres que Posy conocía, estaba sonriéndole a Piers e incluso batiéndole las pestañas—. Posy, una señora al teléfono preguntando si le podrías buscar una novela que ya no se edita.

—Bueno, seguro que con eso os libráis de la bancarrota —comentó Sebastian hiriente; así que parecía que se había acabado el breve instante de estar de acuerdo en algo. Vuelta a la normalidad en el servicio—. Bueno, Morland, te diría que ha sido un placer pero estaría mintiendo. Ya me pondré en contacto contigo otro día.

—No lo estaré deseando precisamente —replicó Posy bruscamente. La próxima vez que viera a Sebastian tendrían que estar ellos dos solos, sin la interferencia de un público innecesario. Iba a ser la conversación más complicada de su vida—. Vamos, Nina, que tenemos trabajo que hacer y libros que vender...

Nina seguía todavía atrapada en las redes de la mirada lasciva de Piers.

—Para que lo sepas, yo no me enrollo con los tíos en la primera cita —estaba diciendo.

—Ya, bueno, el estándar del sector es la tercera cita a no ser que haya champán de por medio —respondió Piers dejando que su mirada deambulara por los senos de Nina—. Y dime, esos tatuajes que llevas, ¿hasta dónde bajan?

—Eso solo lo sé yo. Lo tendrás que investigar —respondió ella.

Posy no daba crédito, y hasta Sebastian murmuró entre dientes un elocuente «¡joooder, qué tío!» cuando Piers le deslizó su tarjeta en el escote a Nina.

—Llámame —dijo.

—Pero qué gallito... —ronroneó Nina.

Posy no podía soportarlo más. Cuando Nina empezaba con lo que ella llamaba bromas y Posy calificaba de indecencias e insinuaciones, la cosa nunca acababa bien. Más bien terminaba con Nina saliendo con otro hombre más que no era digno ni de besar el bajo del ajustadísimo vestidito retro de ella, ni tan siquiera el suelo que pisaba y, al final del todo, con el corazón de Nina roto. Otra vez.

—Jovencita, tengo poder, y además, estoy dispuesta a ejercerlo para retenerte la paga como no vuelvas inmediatamente a la tienda —intervino Posy con un tono nada característico de Posy.

—Ya voy, ya voy, no te pongas loca —musitó Nina, pero dejó que Posy la arrastrara de vuelta a la tienda.

—¡Continuará, Morland! —gritó Sebastian a sus espaldas.

Posy alzó una mano sin darse la vuelta para indicar que lo había oído, y metió a Nina de vuelta en la tienda.

—Si quedas con Piers, te despido —le advirtió a su amiga.

—Eso sería completamente indefendible como motivo de despido procedente —respondió Nina mientras corría de vuelta a su posición delante del ventanal y Posy cerraba la puerta tras de sí—. Es bastante guapo, a su estilo de *El lobo de Wall Street*.

—Es horrible. ¿Es que no lo ves? —preguntó Posy con tono cansado porque esa conversación ya la habían tenido un montón de veces en el pasado.

—Que noooo... A mí me parece que Piers es diferente —insistió Nina.

Contemplaron a los dos hombres caminando por delante de la hilera de tiendas abandonadas. Piers se paró a explicar algo, gesticulando como loco otra vez, como si estuviera describiendo sus grandiosos planes para eliminar hasta el último ápice de personalidad propia e historia del lugar donde se encontraban. Sebastian estaba sospechosamente callado y quieto hasta que se apoyó sobre los talones de sus zapatos hechos a mano y dijo algo que hizo que Piers se quedara con la boca abierta.

Y entonces Sebastian se marchó dejando a Piers allí plantado. Al llegar a la entrada del patio se giró hacia la tienda, para buscar y encontrar con la mirada a Posy, que volvía a ocupar su lugar junto al ventanal. Thorndyke alzó la mano para hacer un gesto burlón imitando un saludo militar y desapareció.

Por fin Posy podía volver a respirar.

El desagradable enfrentamiento con Sebastian y el malvado Piers no hizo sino incrementar la determinación de Posy. Lo cual no era nada mala noticia porque, por lo general, su determinación era exageradamente débil. Si empezaba la semana haciendo dieta, casi nunca pasaba del lunes a la hora de comer que se lanzara de cabeza al primer paquete de galletas que encontrase. Y cuando ella y Nina habían decidido no probar el alcohol durante el mes de enero, Nina había llegado a febrero sin que sus labios hubieran tocado una gota de nada, mientras que Posy había caído estrepitosamente el 3 de enero cuando había descubierto que Sam no había hecho los deberes que le habían puesto para las vacaciones de Navidad.

Mientras observaba cómo se marchaban Sebastian y Piers, la determinación de Posy había sido tan fuerte que se podría decir que estaba hecha de titanio. Pero, en cambio, al día siguiente, sentada tras la caja registradora con un cuaderno nuevo a mano sobre el mostrador, lo abrió por la primera página donde había escrito «Felices Para Siempre» y pudo sentir que su determinación flaqueaba.

Una cosa era tener una idea, un plan a prueba de balas y de recesiones sobre cómo conseguir que Marcapáginas volviera a convertirse de nuevo en el palacio de historias y sueños que había sido en otro tiempo, y otra muy diferente hacerlo. La verdad era que no tenía ni idea de cómo convertir esas tres palabras que había escrito en una realidad. Iba a hacer falta mucho más que revolotear por la tienda con cartas de color en la mano eligiendo tono de pintura. Tal vez en realidad ella no fuera la persona adecuada para aquel proyecto.

Suspiró. Lavinia no había mencionado ni una sola vez en su carta la posibilidad de dejar Marcapáginas en manos de nadie que no fuera Posy. Al contrario: «*Porque si hay alguien que sepa el lugar tan mágico que puede ser una librería y que todo el mundo necesita un poco de magia en su vida, eres tú, querida*», había escrito Lavinia.

Lavinia había depositado su fe en Posy. Le había legado Marcapáginas y ahora no la podía defraudar. Posy no dudaba que, como lo hiciera, el espíritu de Lavinia volvería para atormentarla dejándole fantasmagóricos mensajes en los espejos con afirmaciones demoledoras del tipo: «No estoy enfadada, solo tremendamente decepcionada contigo, jovencita» o «Me esperaba más de ti, Posy». Viva o muerta, Posy no dudaba de la habilidad de Lavinia para los reproches demoledores.

La Lavinia fantasma desordenaría los libros en las estanterías para que Jane Austen acabase de vecina de Wilbur Smith y Jackie Collins al lado de George Orwell. Se correría la voz de que la tienda estaba embrujada, y entonces nadie la compraría.

Ni siquiera Sebastian la querría ya. Posy solo podía empezar a imaginar lo que la Lavinia fantasma le haría a su nieto si llegaban a sus oídos los planes del joven para Rochester Mews. Empezaría por sus trajes, decidió Posy. La sola idea de Sebastian volviendo a casa tarde tras un arduo día de ser maleducado con todo el mundo y seducir mujeres para encontrarse todos sus trajes pringados de ectoplasma verde arrancó a Posy una sonora carcajada que le valió una mirada perpleja del hombre que acababa de acercarse al mostrador para pagar un libro.

—Disculpe —murmuró apurada en el momento en que Nina emergía de la oficina donde había estado haciendo las entradas de los pedidos que acababan de recibir para atenderlo.

—¿Qué tal vas con los planes para la tienda? —preguntó Nina con frialdad, lo que indicaba claramente que seguía cruzada con Posy por haberse comportado como una sobreprotectora mamá gallina de la era victoriana y haberla apartado a rastras de Piers Brocklehurst el otro día, por más que Posy hubiera hecho un favor a Nina, si hasta Sebastian consideraba que un hombre se estaba comportando de modo inaceptable, lo cual era un claro indicio de que Nina tenía que revisar su gusto en lo que al género masculino se refería.

Posy se salvó de tener que explicarle todo eso a Nina o de confesar que, de momento, sus planes para la tienda se reducían a tres palabras escritas en un cuaderno, porque le sonó una notificación en el teléfono.

Era un mensaje de texto de un número desconocido:

Ven a casa de Lavinia ahora mismo.

Tenía que ser de Sebastian, que obviamente intuía de inmediato que una mujer estaba pensando en él, por muy poco caritativos que fueran los pensamientos. Posy no tenía ni idea de cómo habría conseguido su número.

¿Tan importante es? Estoy trabajando.

Sí, mucho más importante que esperar en vano a que un cliente entre por la puerta y de paso compre algún libro.

¡MALEDUCADO, MUY MALEDUCADO, SEBASTIAN!

No tanto como usar las mayúsculas de grito. Deja de perder el tiempo y ven inmediatamente.

Seguramente lo mejor era hablar con Sebastian cara a cara, cantarle unas cuantas verdades. Claro que, si venía él a la tienda, así por lo menos habría testigos para declarar en el juicio que Posy le había atizado en toda la cabeza con las *Obras completas de William Shakespeare* únicamente en respuesta a una provocación completamente intolerable.

Le volvió a vibrar el teléfono.

La casa de Lavinia estaba en una preciosa plaza con parque al lado de la calle Gower, donde muchas de las casas de estuco blanco lucían en sus fachadas las típicas placas azules proclamando que todo el que había sido alguien, desde legendarios exploradores hasta primeros ministros de la era victoriana, prerrafaelitas y anfitrionas de veladas literarias, había vivido allí.

A Posy siempre le había parecido que la puerta principal de la casa de Lavinia, pintada de un vivo amarillo resplandeciente como el sol, era un espectáculo grandioso, incluso en los días grises. Sobre todo porque Lavinia siempre estaba al otro lado esperando con té y bizcocho y buen humor.

Hoy no, y no solo porque el recuerdo de Lavinia era todavía una herida sin cicatrizar, sino porque además la puerta estaba ya abierta de par en par.

Había un camión de mudanzas aparcado delante y Mariana, enfundada de pies a cabeza en encaje negro —claramente, su fase oficial de luto riguroso seguía en pleno apogeo—, supervisaba los movimientos de dos hombres que estaban cargando en el vehículo la mesa del comedor de Lavinia.

—Con mucho cuidado, por favor, queridos, que es un diseño de Charles Rennie Mackintosh.

Y entonces, desde su atalaya en lo alto de las escaleras, Mariana divisó a Posy, que contemplaba la escena con consternación. Evidentemente, Mariana y Sebastian no podían mantener la casa de Lavinia intacta para siempre como si fuera una especie de museo en honor de su anterior moradora, pero aun así daba la sensación de que era demasiado pronto, eso seguro.

—¡Posy, mi niña querida! —saludó Mariana tendiéndole los brazos con gran teatralidad, y a Posy no le quedó más remedio que dejarse envolver en su abrazo perfumado con *Fracas* de Rober Piguet—. ¡Beso, beso! —murmuró Mariana lanzando sendos besos al aire a ambos lados de las mejillas de Posy—. No me estoy llevando nada más que algunas cosillas —explicó, si bien el camión de la mudanza iba cargado hasta los topes—. Cosas que mamá heredó de la abuelita Aggy, así que me parece que lo procedente y justo es que ahora pasen a mí. Y... bueno, no quiero sonar egoísta, pero, sencillamente, no van a encajar en el *chateau*. Claro que estas cosas son pruebas que nos manda la vida.

Posy asintió con la cabeza.

—Desde luego —dijo Posy señalando la casa a sus espaldas con la cabeza—. ¿Sebastian está dentro?

—Sí, mi querida viborita está en el cuarto de estar. Un muchacho tan insufrible... —Mariana se llevó una mano al pecho—. Aunque lo mismo da, lo adoro.

Aguantando la respiración, Posy entró en el vestíbulo. Inmediatamente reparó en que la casa de Lavinia ya no era más que un pálido reflejo de su ecléctico y esplendoroso pasado. Había huecos, parches de distintos tonos en la pared donde antes colgaban cuadros o se apoyaban muebles. Hasta las maravillosas lámparas de Tiffany de Lavinia habían desaparecido. Sin duda estarían en el camión de la mudanza que ya estaba arrancando.

Sintiendo que los pies le pesaban una tonelada y el corazón todavía más, Posy subió a paso lento las escaleras en dirección al cuarto de estar del primer piso. No era solo porque temía tener que hablar con la insufrible víbora, sino también porque la última vez que había estado por allí Lavinia estaba sentada en el sillón junto al ventanal de cristales pintados que daba a un pequeño balconcito cubierto. Aunque tenía algún que otro rasguño resultante de la caída de la bici que había sufrido un par de días atrás y se la veía un poquito frágil, algo preocupada por el pasado, Lavinia no había dado muestra alguna de ser una mujer que estaría muerta al cabo de una semana.

Pero entonces, cuando Posy ya se marchaba, Lavinia le había estrechado la mano entre las suyas y se la había llevado a su suave mejilla, y le había dicho:

—Mi adorada Posy, no te preocupes tanto. Todo va a salir bien, ¡ya lo vas a ver!

Presa de los nervios, Posy empujó la puerta del cuarto de estar; incluso antes de que llegara a entrar en la habitación, una voz quejumbrosa la recibió del otro lado:

—¡Madre, mía, sí que te has tomado tu tiempo! Ya te dije que era una emergencia. Mariana se ha marchado llevándose con ella la mayoría de las cosas buenas.

Sebastian estaba de pie junto a la chimenea de bellos azulejos, con una mano en la repisa como si estuviera posando para una revista de moda masculina. El traje de hoy era de *tweed* de espiga con una mota rosa muy sutil a juego con la camisa rosa y el resto de accesorios a conjunto. Debería haber tenido un aspecto ridículo —habría sido el caso si se hubiera tratado de cualquier otro—, pero hasta los atuendos ridículos le sentaban bien a Sebastian. ¡Maldita sea!

Ahora bien, la belleza de Sebastian se veía superada con creces por lo repelente que podía resultar.

—¿Y qué querías que hiciera? —preguntó Posy—. ¿Montar una barricada humana delante de la puerta?

—Claro que no, pero tú cargas con las consecuencias. Ya prácticamente no queda nada que puedas llevarte —la informó Sebastian extendiendo los brazos a los lados para mayor énfasis, si bien el barrido de Mariana no parecía haber llegado hasta aquella estancia.

—Debe de haber cosas que te quieras quedar tú —aventuró Posy.

—La verdad es que no —respondió él tomando una figurita de latón de la repisa—. ¿Qué voy a hacer yo con todo esto? La mayoría es *art nouveau*, y odio el *art nouveau*.

—Pero Lavinia amaba estos objetos, y tú amabas a Lavinia...

—Ya, pero amar a Lavinia significa que está aquí —respondió Sebastian llevándose una mano al bolsillo de la chaqueta, justo donde debería haber estado su corazón, y, justo en el momento en que Posy comenzaba a ablandarse, apartó la mano y añadió—: No significa cargar con ese sofá. Da dolor hasta mirarlo.

Era un sofá de lo más bonito, tapizado con una tela estilo William Morris de flores verdes y rosas.

—Pues a mí me encantaría para la tienda si tú no lo quieres. No nos vendría mal ampliar un poco las zonas de lectura.

—No es una biblioteca, Morland. Lo último que necesitas es que los clientes se te queden por allí remoloneando cómodamente sin comprar nada, pero te puedes quedar el sofá y los sillones también. A ver, ¿qué más quieres?

Acto seguido le agarró la mano, como si fueran colegas hasta ese punto, y la fue arrastrando de una habitación a otra, ignorando las protestas de ella sobre que era de mal gusto andar revolviendo entre las cosas de Lavinia como si hubieran sido los primeros de la cola a la puerta de unos grandes almacenes en Black Friday.

Al final, lo que tentó a Posy fueron los libros, y se acabó adjudicando la colección de novelas de Georgette Heyer de Lavinia, todas primeras ediciones de tapa dura con las cubiertas originales. Y tampoco se pudo resistir a una colección completa de las novelas ambientadas en Barsetshire de Angela Thirkell, y se estaba también aprovisionando con una pila de libros de Nancy Mitford mientras le reconocía a Sebastian que, de hecho, ya los tenía todos, «pero estas ediciones son tan bonitas...», cuando él la apartó de las estanterías.

—Ya basta —la reconvino con dureza—, veo que no me queda más remedio que intervenir.

—Sería como si me pidieras que dejara de respirar —se quejó Posy.

Sebastian puso los ojos en blanco.

—Cualquier día de estos te van a encontrar sepultada bajo todos tus libros tras semanas de buscarte en vano.

A partir de ese momento, Sebastian insistió en mantenerla alejada de las estanterías, regañándola y dándole suaves manotazos cada vez que trataba de coger un libro, y a Posy no le quedó más remedio que interpretar como una mala pasada accidental (o eso dijo él) que en una de esas, en medio del forcejeo, Sebastian le agarrara el seno derecho.

—Bueno, por lo menos hoy te has puesto sujetador —declaró él fijando la vista en el lugar objeto de discusión—. Y no sé por qué te lo agarras ahora con tanta fuerza —añadió al ver que ella se llevaba ambas manos al pecho, como si con eso pudiera anular el ofensivo contacto—, si casi ni te he rozado, ha sido de refilón.

—¡Eres imposible! —se quejó Posy, haciendo que Sebastian esbozara una amplia sonrisa como si le hubiera hecho un enorme cumplido.

Finalmente, Posy añadió a su botín de antiguas pertenencias de Lavinia el juego de té amarillo junto con un par de libros de recetas, y luego se detuvo en la puerta del dormitorio de su anciana amiga, mientras Sebastian avanzaba a grandes zancadas hasta el armario.

Eso sí que era demasiado, como invadir una propiedad privada.

—Venga, llévate unos cuantos vestidos —dijo Sebastian dándose la vuelta hacia ella con los brazos repletos de preciosos vestidos de noche cortados al bies en sedas delicadas como el papel de fumar.

—¡Ay, señor, yo nunca conseguiría entrar en ninguno! —reconoció Posy compungida, ya que, a diferencia tanto de Lavinia como de Mariana, que eran muy menudas, a ella se le notaba claramente que era descendiente de aguerridos campesinos galeses.

Sebastian le miró los pechos *otra vez*, y luego clavó su mirada en las caderas de Posy, haciéndole arrepentirse de hasta la última galletita de queso que se había comido directamente del paquete la noche anterior.

—Cierto —reconoció él—. Tus caderas. ¿Son eso que llaman caderas de matrona?

Posy se erizó. Literal. Estaba convencida de que tenía de punta hasta el último pelo del cuerpo.

—Añadamos los diversos miembros que componen mi anatomía a la lista de cosas que no son de tu incumbencia —le respondió bruscamente, pero era como hablar con un bloque de cemento.

—También te puedes llevar la tele —añadió Sebastian tirando los vestidos encima de la cama—. Justo se la había comprado a Lavinia hace unas pocas semanas, cuando tuvo la caída.

Posy se olvidaba constantemente de que, pese a que Sebastian era maleducado, insoportablemente maleducado, adoraba a Lavinia. Después del accidente, todos los días que Posy había ido a verla y a llevarle fresas fuera de temporada o bollitos de canela del ultramarinos del maravilloso Stefan, cualquier cosa que tentara a Lavinia para que comiera algo, ella le había mencionado que Sebastian había venido a verla la noche anterior. Y su rostro siempre se iluminaba cuando hablaba de su nieto, por muy exasperado que fuera su tono de voz mientras le contaba a Posy la última ocurrencia de él.

—Lavinia solía decir que menos mal que solo había tenido un nieto, porque nunca hubiera podido querer a los demás como te quería a ti —comentó Posy.

—¿Eso decía? —Sebastian se dio la vuelta para ponerse a mirar por la ventana con los brazos cruzados sobre el pecho—. No creo que fuera así en sentido estricto. Siempre decía que os consideraba a ti y a tu hermano como nietos honorarios, y que vosotros dos teníais muchos mejores modales que yo.

Por lo general Sebastian se encogía ligeramente de hombros, como si el esfuerzo de ponerse derecho del todo le resultara demasiado aburrido como para molestarse, pero ahora tenía los hombros tan tensos que a Posy le empezaron a doler los suyos, por solidarizarse. Durante un instante, hasta contempló la posibilidad de acercársele y pasarle un brazo reconfortante por la espalda. Pero se quedó donde estaba.

—Sam y yo siempre consideramos a Lavinia y Peregrine como nuestros abuelos honorarios.

—¿Es que no tenéis abuelos propios? —respondió Sebastian, cortante, pero sin despegar la vista del parque bajo la lluvia al otro lado de la ventana, que debía ser una escena fascinante.

—Bueno, los padres de mi padre viven en Gales, en un pueblo del valle de Glamorgan. Y también tenemos por allí un par de tíos y tías, así que siempre intentamos ir de visita cuando Sam tiene vacaciones en el colegio. La familia de mi madre también es de Gales, pero ella era hija única... Mi abuelo, el padre de mi madre, justo había tenido un ataque al corazón y mis padres venían de visitarlo en el hospital cuando tuvieron el accidente. Al poco tiempo, él murió y mi abuela ya empezaba con los primeros síntomas de demencia y, con todo lo que pasó... Bueno, empeoró mucho muy rápido, y ahora está en una residencia... —Posy acabó la frase poco menos que a borbotones, y luego enmudeció.

Esos meses habían sido horribles, una desgracia detrás de otra, terribles. Y luego se había marchado Peregrine, y ahora Lavinia, así que no era de extrañar que le empezasen a rodar las lágrimas por las mejillas.

Sorbió por la nariz y se enjugó los ojos con el dorso de la mano, y entonces se dio cuenta de que Sebastian se había girado y ya no miraba por la ventana sino que la estaba contemplando a ella, completamente horrorizado, por más que no debía ser precisamente la primera vez que tenía delante a una mujer hecha un mar de lágrimas. Seguramente le pasaba mucho, y él era responsable del noventa y siete por ciento de las lágrimas derramadas.

—¡Basta! ¡Deja de llorar inmediatamente, Morland! —sacó el pañuelo del bolsillo de la chaqueta del traje, y luego se detuvo en seco—. No, no te voy a prestar el pañuelo para que me lo llenes de mocos. ¡Deja de llorar ahora mismo! Bueno, a ver, estas cosas de Lavinia que te llevas: nada de guardarlas bajo llave y no utilizarlas jamás.

Este último edicto de Sebastian la escandalizó tanto que Posy dejó de llorar de sopetón.

—¡Sumamente maleducado como siempre! Verdaderamente, eres el hombre más maleducado de todo Londres. ¿Es que no tienes el menor filtro?

Él se encogió de hombros.

—Los filtros son para los débiles y los aburridos. Y ahora, ¿qué te parece si hablamos de la tienda?

Posy volvió a sorber con fuerza por la nariz para disipar las lágrimas.

—Sí, hablemos de la tienda. Solo lo voy a decir una vez, así que escúchame con atención. No tengo la menor intención de dejar la tienda para que tú puedas incluirla con el resto de Rochester Mews y te asocies con algún amigote tuyo del internado, que resulte además ser un tiburón sin escrúpulos dedicado a la promoción inmobiliaria y un devoto adorador de los tipos de interés bajos y las tasas de beneficio ridículamente elevadas.

Sebastian adoptó una expresión divertida que Posy no compró ni por un segundo.

—¿Entonces no te importaría si encuentro a un promotor un poco menos malvado y con el que no hubiera ido al colegio?

Si estaba intentando ponerla de los nervios con sus bromas, lo estaba consiguiendo.

—¡No! ¡Nada de promotores inmobiliarios ni ningún otro tipo de tahúres parecidos! Y, ya que estamos, haz el favor de pensar detenidamente sobre *por qué* crees que Lavinia te dejó a ti Rochester Mews. —Posy decidió que tenía que calmarse de una puñetera vez, porque tenía la voz cada vez más chillona y sentía como si las lágrimas estuvieran volviendo a reagruparse para una segunda ronda—. Tal vez, como dices tú, las cosas no puedan seguir igual, tienen que evolucionar, pero en Londres ya hay más que suficientes edificios de apartamentos sin la menor personalidad, carísimos hoteles *boutique* y restaurantes con estrellas Michelin. Te juro que no te lo perdonaré nunca si tiras abajo Rochester Mews para hacer sitio a más de lo mismo.

—¿No me lo perdonarías? —Sebastian se apoyó en el armario de estilo *art deco* y se cruzó de brazos—. ¿Nunca jamás?

—Nunca jamás —confirmó Posy—. Y deja ya de adoptar ese aire displicente. Lo digo completamente en serio.

—No, Morland, lo dices pasándote completamente de frenada —respondió Sebastian con voz cansada, como si la sinceridad de voz excesivamente chillona de la que estaba dando muestras Posy le resultara insoportablemente agotadora—. No tengo la menor intención de «tirar abajo Rochester Mews», como dices tú en tono melodramático. Lo único que estoy haciendo es considerar qué opciones tengo y tirar al pelmazo de Brocklehurst un hueso para que se entretenga y deje de darme la lata con sus oportunidades de inversión. —Sebastian echó la cabeza hacia atrás con gesto irritado—. Hay gente que no acepta un no por respuesta, ¿verdad?

Posy se lo quedó mirando, presa de la incredulidad.

—Desde luego, hay gente totalmente incapaz. De hecho, conozco una persona que es exactamente así...

—Y, en cualquier caso, no podría derribar las penosas tiendas en ruinas que hay en las antiguas caballerizas ni aunque quisiera —añadió Sebastian con tono despreocupado—. Resulta, y créeme que el primer sorprendido soy yo, que Rochester Mews es un complejo arquitectónico protegido.

—¿En serio? —Definitivamente, Posy estaba más sorprendida que Sebastian todavía. Le encantaban las antiguas caballerizas y las viejas tiendas destartaladas que las ocupaban ahora, pero le parecía que, claramente, carecían de mérito histórico alguno—. ¿Por qué demonios iban a ser edificios protegidos?

—¡Yo qué sé! ¿Qué más da? ¡Dios, qué rollo! Y ahora, hablemos de Marcapáginas, ¿te parece?

—No hay nada que hablar. Ya te lo he dicho: nos vamos a especializar en novela romántica. Todo el personal está de acuerdo y punto.

En lo que a Posy respectaba, se había terminado la conversación, así que salió de la habitación. Además, le moqueaba la nariz y se la quería limpiar con el dorso de la mano sin darle motivo a Sebastian para que la tomara con ella por sus zafios modales.

—¡No puedo permitir que hagas eso, Morland! El futuro de la tienda no puede depender de los gustos literarios de un puñado de solteronas patéticas que son incapaces de conseguir un hombre y por eso se ven obligadas a leer sobre el asunto en las páginas edulcoradas de una novela romántica.

Posy iba corriendo escaleras abajo, pero se paró tan abruptamente cuando oyó el comentario que Sebastian, que venía detrás, prácticamente la embistió y no le quedó más remedio que agarrarla por la cintura para evitar que acabaran los dos rodando escaleras abajo. O eso argumentó él, aunque en realidad parecía otro intento rastrero de manosearla un poco.

—¡Quítame las manos de encima! —protestó Posy clavando las uñas en las manos infractoras hasta que la soltó profiriendo un grito de dolor—. ¡Te juro que si llegamos a estar en la tienda te denuncio por acoso sexual!

—De verdad que te tienes que trabajar un poco más las amenazas.

Posy bajó corriendo los últimos peldaños para poder gritarle a Sebastian sin arriesgarse a sufrir ningún daño personal.

—¡Poco importa eso! ¡Cómo te atreves a decir esas cosas de nuestras clientas! La ficción romántica la leen todo tipo de mujeres. ¡Y de todas las edades! Y, para tu información, algunas están felizmente casadas. ¡Imagínate! E, incluso si no es el caso, no tiene nada de malo creer en el romanticismo, en que dos personas puedan estar hechas la una para la otra.

—¡Ridículo! Lo único que consigue la novela romántica es llenar la cabeza de mujeres fácilmente impresionables de expectativas nada realistas. ¿Cuánto tiempo llevas soltera? Yo te lo digo: demasiado tiempo. Y todo porque crees que los hombres deberían medirse con un estándar que en realidad es imposible de alcanzar...

—Quedo con hombres. ¡Quedo con muchísimos hombres! —insistió Posy, porque era verdad. Una vez al mes. Ella y Nina habían hecho el pacto de que todos los meses quedarían con un hombre, con la esperanza de que alguna de esas citas podría llevar a más citas. Dicho lo cual, Nina solía alcanzar una media de diez primeras citas por mes, mientras que a Posy le costaba llegar a una. No era culpa suya que hubiera muy poco donde elegir. Eligiera la aplicación que eligiera de todas las que había para conocer hombres, y por mucho que se esforzara por llevar un mínimo control de calidad, todos los meses acababa pasando dos horas en compañía de un tipo que no le tocaba ni la más mínima tecla en su interior. Ni el más mínimo respingo de emoción. Ni la más remota sensación de tenue roce de la brisa más sutil en partes de su cuerpo que llevaban dormitando desde su último novio, Alex, que muy educadamente, eso sí, había acabado marchándose.

Cuando ella y Alex empezaron a salir en la universidad, después de que sus miradas se cruzaran en una habitación abarrotada durante una aburrida clase magistral sobre *Beowulf* a mitad de su primer trimestre en Queen Mary's College, Posy era otra persona, el tipo de chica que se puede beber una pinta de cerveza de un trago en diez segundos y como colofón soltar un elegante eructito. Era siempre la última en marcharse de una fiesta, por lo general en un carrito robado en algún supermercado de la zona. Pesaba cinco kilos menos, se reía aproximadamente un setenta y cinco por ciento más y era infinitamente más adorable, más fácil de invitar a una cita, mucho más divertida que ahora.

Por lo menos eso le había parecido a Alex. Él estaba estudiando Historia medieval y Posy Literatura inglesa, y estaban hechos el uno para el otro. Hacían excursiones de día a extraños museos prácticamente desconocidos y monumentos antiquísimos. Salían por ahí hasta las tantas con sus amigos y hasta se habían ido a vivir juntos en el último año de universidad a un estudio en Whitechapel.

Era un cliché, pero Posy no tuvo la sensación de que lo fuera cuando les dijo a sus amigas que sin Alex se sentía incompleta. Que no se sentía verdaderamente bien salvo cuando notaba la mano de Alex en la suya. Que desde que estaba con Alex ya no había sido capaz de dormir salvo con él abrazándola por detrás. Se podían pasar horas en el *pub* refunfuñando sobre todo y nada, desde los poetas de la generación Beat hasta por qué la BBC debería sustituir el elenco completo de la serie *EastEnders* por perros carlinos. Pero luego también se podían pasar horas en silencio absoluto, sencillamente felices de disfrutar de la compañía del otro.

Posy se sabía de memoria cada peca del rostro de Alex, cada sonrisa, incluso cada palabra desagradable (porque también discutían a veces). Pero al final siempre hacían las paces. Y... ¡Sí, por Dios, claro que echaba de menos el sexo! No solo EL sexo, sino el sexo con Alex, con alguien que la amaba y la cuidaba, y que sabía que no iba a haber manera de que ella se corriera salvo con cantidades prodigiosas de estimulación digital.

Pero entonces había dejado de ser la chica que le ponía la misma intensidad extrema a la fiesta y al amor, y hubo que reconsiderar todos los planes difusos de futuro porque ahora Posy ya casi nunca se reía. Y, además, ahora venía con equipaje en forma de Sam, y nada de todo eso era lo que Alex había comprado.

—Yo te quiero, Posy, sabes que te quiero, pero no eres la que eras cuando me enamoré de ti —le había dicho Alex una noche, al cabo de seis semanas, cinco días y tres horas de la muerte de sus padres. Esa noche, él había vuelto a casa del trabajo temporal que tenía en el palacio de Hampton Court y se la había encontrado tirada en el suelo del cuarto de estar, llorando con el puño en la boca para que Sam no la oyera.

Alex la había levantado del suelo, le había lavado la cara, la había acostado y, después de taparla bien, había roto con ella con mucha amabilidad y mucho tacto.

—No es buen momento para lo nuestro —le había dicho rodeándola con los brazos y acariciándole suavemente las mejillas todavía ardientes e hinchadas por el llanto—. Hay un museo en Nueva York que me ha pedido una entrevista, y si las cosas fueran normales, me refiero a si fueran diferentes, podríamos seguir con la relación a distancia durante un año o dos, pero las cosas *son* diferentes. Igual dentro de un par de años la situación cambia para mejor...

—Dentro de un par de años mis padres seguirán muertos y yo seguiré teniendo un hermano pequeño que me necesita —le había contestado Posy con voz apagada, porque ahora Sam era la persona más importante en su vida. No Alex.

Lo habían estado hablando durante horas, días, daba la impresión de que semanas, pero se había terminado y, de hecho, fue un alivio que Alex consiguiera el trabajo en Nueva York. Prometieron que seguirían en contacto, pero, más temprano que tarde, las llamadas un tanto incómodas y el correo electrónico ocasional habían empezado a espaciarse cada vez más. Ahora Alex era, sencillamente, un nombre que aparecía en la sección de noticias del Facebook de Posy un par de veces a la semana. Había emigrado a Sydney, aunque en Sydney precisamente mucha historia medieval no tenían donde trabajaba de ayudante del encargado de un restaurante de comida sana y salía con una pelirroja de aspecto etéreo llamada Phaedra, que era activista defensora del medio ambiente. A Posy le costaba imaginarse que, si ella y Alex volvieran a encontrarse ahora, tuviesen gran cosa en común de qué hablar.

Aun así, Posy distinguía perfectamente entre estar enamorada y leer en un libro sobre estar enamorada. Y quedaba con hombres una vez al mes por no perder la costumbre del todo, incluso si no le ponía demasiado interés, así que Sebastian podía ir cerrando el puñetero pico.

—Quedo con hombres —insistió con rotundidad—, pero prefiero mucho antes seguir soltera que rebajarme a usar esa aplicación tuya, Hook-Ap o como sea que se llame.

—Se llama HookUpp, con dos pes.

Sebastian estaba bajando las escaleras lentamente con la mirada fija en Posy, que lanzó un resoplido burlón.

—Como si fuera posible que alguien entable una relación con un mínimo sentido, basada en la admiración mutua, la confianza y la pasión, a base de pasar fotos arriba y abajo en función de la localización geográfica y de si se ajustan o no a una definición altamente restrictiva de lo que es y no es atractivo —sentenció ella con un desdén gélido.

Para entonces Sebastian había llegado abajo, así que podía cernirse sobre ella amenazante y sonreír con esa sonrisa petulante tan característica suya que hacía que a Posy le subiera la tensión.

—No todo el mundo quiere una relación con un mínimo sentido basada en la admiración mutua, la confianza y la pasión —le repitió él de vuelta como un loro—. ¿Sabes, Morland? Hay gente que lo que quiere es pillar y punto.

—¡Pues que les vaya muy bien! Mientras tanto, yo me dedicaré a vender novela romántica para la gran cantidad de personas que quieren leerla. Y, a no ser que se te ocurra un plan mejor para la tienda, no quiero oírte ni una palabra más al respecto. ¿Queda claro?

—¡Señora, sí, señora! —se burló Sebastian haciendo entrechocar sus talones con gesto castrense y llevándose la mano a la sien haciendo un saludo militar—. Y, por cierto, pareces saber mucho de mi aplicación, teniendo en cuenta la mala opinión que tienes de ella.

Posy cerró los ojos. No podía soportarlo más. Tener que tratar con Sebastian. Seguramente se iba a echar a llorar otra vez. Y seguro que le chillaba, y entonces, cuando él insistiera en sonreírle con petulancia mientras se cernía amenazante sobre ella y le hacía comentarios hirientes, Posy agarraría el atizador de hierro macizo de la chimenea que había en el vestíbulo de la casa de Lavinia y le haría unos cuantos agujeros con él.

Mejor marcharse ahora, cerrando la puerta tras de sí con tanto ímpetu que hasta podría considerarse que había dado un portazo.

Una vez hizo precisamente eso, echó a andar con paso firme por las calles de Bloomsbury, que ahora ya no estaban envueltas en la cálida luz del sol como cuando había salido de la tienda, sino bañadas en un torrente de lluvia. Seguramente aquel tiempo inclemente también era culpa de Sebastian, decidió Posy. Cada gota de lluvia avivaba el fuego de su temperamento un poco más, y para cuando abrió la puerta de Marcapáginas con un tirón enérgico por el que Sebastian la podría haber demandado por plagio estaba hecha una furia, que trinaba, rabiosa.

—No es ya solamente que sea el hombre más maleducado de todo Londres, sino de toda Inglaterra —les había dicho a Nina y a las dos señoras ataviadas con sendos chubasqueros plegables con las que estaba hablando—. Seguramente es el hombre más maleducado del planeta.

—Así que has tenido una conversación de lo más agradable con Sebastian, entonces... —respondió Nina—. Y, por cierto, ¿sabes cuándo sale el próximo libro de Eloisa James?

—Si con conversación te refieres a que me ha hecho varios comentarios personales de lo más desagradables y encima me ha plantado sus sucias manos en las tetas en dos ocasiones, entonces sí, hemos tenido una conversación de lo más agradable. —Posy no había podido evitar llevarse las manos a los pechos mientras hablaba, como para exorcizar el roce fantasmal de las manos de Sebastian. No era de extrañar que las dos señoras de los chubasqueros la miraran como si le estuviera saliendo ectoplasma negro por las orejas a borbotones—. Lo siento mucho, ¿qué estarán ustedes pensando de mí? Eloisa James. No va a sacar nada en una temporada, que yo sepa, pero ¿han leído algo de Courtney Milan? Su serie de los *Hermanos Siniestros* es muy buena. No se ha publicado en el

Reino Unido, pero tenemos algún ejemplar en la sección de libros importados si les interesa.

Tras venderle tres libros a cada una y charlar un rato sobre los tropos en la novela romántica ambientada en el periodo de la Regencia («¿Por qué los héroes siempre tenían un par de briosos caballos de pelaje gris? Debía de ser el equivalente de la época al coche deportivo»), la tensión de Posy ya había descendido de vuelta a unos niveles razonables.

Ahora bien, hizo amago de subirle otra vez cuando apareció Verity con un calendario provisional de la transformación de Marcapáginas en Felices Para Siempre. En aquel calendario aparecían todo tipo de tareas onerosas, como desmantelar todas las salas una por una para pintar y llenarlas con los libros nuevos, devolver la mercancía que no quisieran quedarse a las editoriales y, al mismo tiempo, convencer a esas mismas editoriales para que les hicieran descuento en los pedidos de novela romántica y les proporcionaran artículos de promoción y visitas de autores.

—¿Quieres que estemos listos para el relanzamiento a finales de julio? ¡Pues solo quedan cinco meses!

—En un mundo ideal, el relanzamiento debería ser, como mínimo, un mes antes para aprovechar el principio de la temporada alta del turismo y las vacaciones escolares, pero hay tanto que hacer... —Verity miró por encima del hombro de la flamante jefa de Marcapáginas la lista que Posy tenía ahora en la mano y cuya imagen estaba convencida de que la perseguiría como una obsesión a partir de ese momento. Y seguramente también se colaría en sus sueños y le provocaría unas cuantas pesadillas sobre estanterías interminables repletas de libros curiosamente resistentes a manos de pintura nueva y libros que se convertían en bloques de queso—. Todos echaremos una mano. A mí no me importa hacer el trabajo más duro siempre y cuando no tenga que ocuparme de nada que implique hablar con desconocidos.

—¿Ni siquiera por teléfono? ¿Ni siquiera para contribuir al bien común? —preguntó Posy descorazonada. Entendía que Verity fuera una persona introvertida en un mundo de extrovertidos, y que el día más feliz de su vida había sido cuando instalaron las cajas registradoras de autoservicio en el Sainsbury's grande que había enfrente de la estación de metro de Holborn, pero era muy difícil tener una ayudante que reaccionaba ante el sonido del teléfono con las palabras: «¿Qué demonios querrán?»

—No me importa mandar correos electrónicos, eso me encanta —declaró Verity con tono jovial—. Todo irá bien. ¡Ah!, y no sé si es buen momento para decírtelo..., pero han llamado del banco.

—Pues la verdad es que no es muy buen momento, no... —respondió Posy mientras decidía que sí era buen momento para correr a refugiarse en el piso de arriba con el paquete de galletitas de queso que no había diezmado por completo la noche anterior.

Las tres hojas de papel que le había entregado Verity la atormentaban como una aparición, así que las puso boca abajo, pero entonces empezó a sentirse culpable.

Posy encendió el ordenador y pensó en hacer algo útil, como mandar un correo electrónico a sus comerciales favoritos o escribir un borrador de carta al banco, pero en vez de eso se puso a pensar de nuevo en lo imposible que era Sebastian. Aunque ese día su comportamiento no había sido más imposible que otros días.

Claro que, por otro lado, ese día la había acusado de ser una especie de rancia solterona amargada, totalmente fascinada por los audaces y atractivos héroes de novela romántica porque en realidad no era capaz de conseguir ningún hombre de carne y hueso con el que pasar un buen rato.

Posy abrió un documento nuevo en el procesador de texto y, en vez de cualquiera de las numerosas tareas relacionadas con el trabajo a las que se debería haber dedicado, se encontró con que sus dedos aporreaban el teclado a toda velocidad para otra cuestión completamente diferente.

Seducida por un canalla

Sebastian Thorndyke, tercer conde de Bloomsbury, azote de la buena sociedad capitalina y el hombre más malvado de todo Londres, entró a grandes zancadas en el vestíbulo de una modesta casa del este de Holborn.

—No será necesario que me anuncie —declaró con su aterciopelada voz grave, la misma que había sido la perdición de muchas jóvenes debutantes a las que había convencido para entregarse al cóqueteo mientras recorrían los senderos en penumbra de los jardines de Vauxhall en un momento de distracción de sus siempre vigilantes madres. Le lanzó bastón y guantes a Thomas, el lacayo, quien valientemente trató de bloquear el paso al conde.

—Caballero, no puedo por menos que insistir y rogaros que esperéis aquí.

—¿Conque insistirme, eh? Bien, en ese caso...

El conde apartó de un empujón al leal sirviente de la familia y se encaminó escaleras arriba hasta el primer piso, con Thomas siguiéndolo de cerca con paso vacilante.

—Caballero, mi señora no está en casa. Y el joven amo Samuel se encuentra en Gales en el internado, donde...

—Detesto tener que llamar mentiroso a ningún hombre, pero algo me dice que la señora sí que está en casa —afirmó Thorndyke abriendo con un gran gesto impetuoso la puerta de la sala de dibujo, sobresaltando a la joven que se encontraba sentada frente al escritorio—. ¡Dios, lo sabía, mentiroso como ya sospechaba! Resulta bien evidente que tu señora, ciertamente, está en casa!

—¡El Señor nos asista, caballero, habría esperado que hasta vos fuerais capaz de apreciar la diferencia entre estar en casa y estar en casa y visible para las visitas! —dijo la joven con gesto calmado y digno mientras volvía a posar la mirada en la carta que estaba escribiendo—. Thomas, por lo visto el conde se va a quedar, y sin duda ha de venir necesitado de algún tipo de refrigerio. Debe de resultar altamente pernicioso para la salud deambular por todo Londres exigiendo ser recibido por la gente, independientemente de lo que los propios interesados puedan opinar al respecto. ¿Tal vez podríamos ofrecerle un poco de té? (¡Hala, encaja esa si puedes, Sebastian!)

—¡Basta, señorita Morland! Mi paciencia se agota a pasos agigantados...

—Yo aventuraría que más bien disponéis de escasa paciencia que agotar, ya sea a pequeños o a gigantescos pasos... Verdaderamente, la paciencia no es una cualidad que os adorne. ¡Más bien, muy por el contrario, sois un verdadero maestro de la impaciencia!

Dicho lo cual, Posy Morland, hija de los fallecidos señor y señora Morland, libreros de la nobleza, volvió una vez más a posar la mirada en la carta que estaba escribiendo, pese a que más de un hombre que le había dado la espalda a Sebastian Thorndyke después lo había lamentado.

Lord Thorndyke contempló la cabeza inclinada de la joven: unos delicados tirabuzones de cabellos castaños escapaban aquí y allá a la tiranía de la delicada cofia de encaje que lucía, algo que al caballero le pareció señal de terrible afectación. Cierto que la dama ya tenía veintiocho años y debería haber llevado tiempo casada, de no haber sido por sus modales de vieja arpía (él mismo había sido en más ocasiones de las que le gustaba recordar el blanco de su afiladísima lengua), pero tampoco se trataba todavía de una solterona redomada abocada irremisiblemente a la cofia de encaje y al gesto avinagrado. Llevaba puesto un soso vestido gris de mañana con una fina pañoleta al cuello tapando el escote que, además de contribuir a la modestia de su aspecto, enmarcaba las delicadas líneas de un cuello que el joven caballero estaba considerando retorcer. Pero en realidad tenía otros planes para la señorita Morland. A aquella fierecilla había que bajarle los humos urgentemente, y él era el más indicado para la tarea.

Una vez hubo terminado de escribir su carta y aplicar el secante, la joven puso a un lado papel y pluma. Unos instantes más tarde apareció la pequeña Sophie con la bandeja del té. La muchachita se quedó de pie en medio de la sala con los ojos abiertos como platos, desconcertada por la visión del conde: apoltronado en la silla y con un pie enfundado en la consabida bota de montar descansando sobre la mesa del café, se diría que Thorndyke creía estar en la taberna de mala muerte más cercana bebiendo cerveza, y no en compañía de ciudadanos de bien.

En otras salas de dibujo similares se rumoreaba que el mayordomo de Thorndyke tenía prohibido retirarse por las noches hasta que no se había pasado una hora sacando lustre a las botas de estilo soldado hessiano que llevaba su señor. Y también se rumoreaba que, una noche, Thorndyke había arrastrado fuera de la cama a empujones al desdichado criado cuando había descubierto una mancha en el cuero.

—Tened la bondad de bajar vuestras botas de mi mesa. En estos momentos, como bien podéis ver, no os encontráis en ningún salón de juego, donde semejante postura sería tal vez más aceptable —solicitó Posy con gesto altanero, levantándose de la silla para tomar la bandeja de manos de la pequeña Sophie, que por su parte temblaba tan violentamente que no habría sido en absoluto impensable que estuviera a punto de dejarla caer al suelo, y con ella la mejor porcelana de los Morland—. Gracias, Sophie, eso es todo.

La doncella hizo una leve reverencia y salió de la estancia con apresurados pasitos cortos. Posy dejó la bandeja en la mesa y se sentó en la silla que había justo enfrente de Thorndyke. Se alisó la falda pulcramente y luego tomó en sus manos la pesada tetera de plata.

—¿Os apetece una taza de té, señor? —preguntó Posy albergando secretas esperanzas de que él declinara la oferta, ya que, por desgracia, el nivel de sus preciadas existencias de té había bajado mucho y carecían de los medios económicos para reaprovisionarse de semejante artículo de lujo. De hecho, se había pasado la mañana escribiendo al propietario del colmado, al carnicero y al mercero para rogarles que les ampliaran un poco más la línea de crédito.

—Creedme, señora, no os gustará saber lo que me apetece, pero os lo voy a decir de todos modos. —Thorndyke se inclinó hacia delante con un brillo tra-

vieso en sus oscuros ojos y una sonrisa cruel en los labios—. Tiene que ver con un asunto menor relacionado con vuestro padre y las cincuenta guineas que le presté. Si tenéis a bien cancelar la deuda, no os importunaré más con mi presencia.

Se sacó una carta del bolsillo de la chaqueta tipo frac, de fina lana negra como su alma, y la blandió frente a los ojos de Posy, que sintió que le costaba trabajo respirar y se llevó una mano temblorosa al pecho, donde su corazón aleteaba igual que un pajarillo atrapado.

—Caballero..., mi buen señor... Os lo suplico... Nuestras circunstancias se han tornado altamente desfavorables en los últimos tiempos, pero existe una pequeña asignación anual que mi hermano Samuel empezará a percibir cuando cumpla la mayoría de edad. ¿Tendréis misericordia de nosotros hasta entonces?

—No, señorita Morland, en absoluto. De igual modo que vos nunca me habéis mostrado la menor misericordia, sino que me habéis hecho el blanco de vuestra afilada lengua y me habéis tratado con gélido desdén. —Se puso en pie: su figura era esbelta, y la expresión de su rostro, altiva—. Pagadme las cincuenta guineas antes de final de mes o vos y vuestro hermano daréis con vuestros huesos en la cárcel por morosos.

—¡No podéis hacernos eso! —exclamó ella con voz entrecortada.

Él le tomó la barbilla con una mano enguantada para sujetársela en alto, obligando a Posy a alzar la cabeza y ver el diabólico placer que rezumaban los apuestos rasgos de su rostro.

—¡Sí, puedo hacerlo y lo haré! —declaró con voz suave, y luego enderezó la espalda, hizo una profunda reverencia y se marchó.

Dos días más tarde, tras pasar con el abogado de Lavinia toda una mañana, durante la cual este le había pedido a Posy que firmara tantos papeles que al final su firma parecía un jeroglífico para designar las olas del mar, Posy andaba ocupada haciendo inventario en la tienda.

Verity le había pedido que hiciera tres listas: libros que se podían conservar para la nueva etapa; libros que había que devolver a las editoriales; y libros que tendrían que vender en una gran jornada de Rebajas Increíbles Hasta Agotar Existencias. Por desgracia, el plan había descarrilado en el momento en que Posy se topó con un ejemplar de *Encaje* de Shirley Conran en la estantería más alta de la sala principal. No la había vuelto a leer desde hacía años, por lo que ahora estaba encaramada en el peldaño de arriba del todo de la escalera de ruedas, releyendo la escena del pez de colores. Tiene que ser de lo menos higiénico que hay, pensó, y desde luego muy poco agradable para el pez..., y entonces, al notar que la escalera se deslizaba bruscamente, lanzó un grito sobresaltado y se le cayó el libro.

—¿Qué estás haciendo ahí arriba?

Posy cerró los ojos y emitió un gruñido silencioso. Luego abrió los ojos y bajó la mirada hacia Sebastian, que se encontraba al pie de la escalera con el libro entre las manos, abierto exactamente por la página que estaba leyendo ella hacía un instante.

Él bajó la mirada hacia el texto y al poco inspiró con fuerza y comentó, divertido:

—¿Hacer qué con un pez de colores? ¿En serio te parece bien andar vendiendo libros tan obscenos?

—Es un clásico moderno, para que lo sepas.

Sebastian hizo una mueca.

—Pues creo que no me voy a animar a leerlo... —Alzó la mirada hacia ella y sonrió—. Y por cierto, menos mal que no llevas falda, porque si no te lo estaría viendo todo.

Posy llevaba vaqueros, gracias a Dios. Se apresuró a bajar y, cuando ya había descendido unos cuantos peldaños, notó que Sebastian posaba las manos en sus caderas. Todo un cambio, habida cuenta de su tendencia de los últimos tiempos a ponérselas en los senos. Tenía las manos grandes y los dedos largos, pero no tan grandes como el trasero de Posy, quien dudaba si había estado alguna vez más pendiente de una parte de su anatomía como lo estaba ahora de su culo, ni más pendiente de lo poco atractiva que debía resultar aproximándose de forma ominosa a la cara de Sebastian a medida que bajaba las escaleras.

—¡Soy perfectamente capaz de bajar unas escaleras sin ayuda de nadie! Llevo años haciéndolo —le informó—. ¡Apartad vuestros manos de mí, caballero!

¡Fantástico! y ahora se ponía a hablar como la Posy de la extraña novela romántica del estilo de las ambientadas en la época de la Regencia que le había dado por escribir la otra noche, algo que achacaba completamente al síndrome premenstrual. O a haber comido demasiado queso. O a una enajenación mental transitoria. O a alguna combinación explosiva de las tres opciones anteriores.

—¡No temáis, procedo a apartar mis manos de vos al instante! —respondió Sebastian—. Ya os dije que tenía malas pulgas...

Posy miró detrás de Sebastian y se encontró con que esta vez se había traído refuerzos: dos hombres con monos de trabajo azules cargando una inmensa televisión.

—Uno no debe tocar a las señoritas sin pedir permiso antes, jefe —comentó uno de ellos lanzándole un guiño a Posy, que todavía no había llegado al suelo.

—¿Qué es eso? —preguntó ella.

—Es una televisión, Morland, ¿es que nunca has visto una? —Sebastian era todo grandes ojos rebosantes de inocencia, algo que no le pegaba nada—. Por las escaleras que quedan a la izquierda de la oficina, y luego la soltáis en el cuarto de estar si encontráis un hueco en el suelo...

—Sé perfectamente lo que es, lo que te estoy preguntando es qué hace atravesando mi tienda de camino hacia mi piso.

Posy sintió el suelo firme bajo sus pies en el momento en que saltaba desde el último peldaño para cruzarse inmediatamente en el camino de los hombres que llevaban la tele e impedirles seguir avanzando.

—Es la que le compré a Lavinia. No te pongas pesada con este tema, Morland. Yo no quiero la tele para nada, ya tengo otra inmensa, y tampoco me hacen falta ni el centro de entretenimiento ni la PlayStation.

—¿Le habías comprado a Lavinia una PlayStation? —preguntó Nina, que por lo visto había estado todo ese tiempo contemplando la escena desde detrás del mostrador, como un sigiloso ninja fisgón—. ¿Y para qué hiciste semejante cosa?

Sebastian lanzó un dramático suspiro, como si la respuesta fuera la más absoluta de las obviedades.

—Para mejorar su función cognitiva y su destreza visual y motora, claro está. Vaya pregunta más tonta. Pero bueno, da igual, ¿no eres tú la chica que se había quedado bastante encantada con Brocklehurst el otro día? ¿Qué demonios te pasa? ¿Te diste un golpe en la cabeza de pequeña?

—Que yo sepa, no. Y, para que lo sepas, Piers y yo estábamos coqueteando. Él estaba siendo encantador, deberías probar tú también alguna vez. Y, ahora que hemos aclarado ese punto, tengo otro asunto pendiente contigo —declaró Nina saliendo de detrás del mostrador y avanzando hacia un Sebastian que, por un instante, no pareció tan seguro de sí mismo como solía ser habitual en él—. Me he bajado esa aplicación tuya y todos los hombres con los que he quedado han resultado ser una pérdida total de tiempo y maquillaje por mi parte. Uno decía que era DJ y luego resultó que era pescadero, y ni siquiera se había molestado en ducharse después del trabajo antes de presentarse a la cita con toda la intención de ponerme la zarpa encima.

—Bueno... Mmmm... Al bajarte la aplicación estás aceptando nuestros términos y condiciones, que establecen claramente que no nos hacemos responsables del calibre de perdedores con los que puedas llegar a quedar. Claro que no lo decimos exactamente así, y mis abogados metieron aquí y allá un «en lo sucesivo» y algún que otro «indemnización compensatoria» también, para que sonara todo convenientemente pomposo y legal. Y, ya que estamos, ¿al final te puso la zarpa encima?

—¡Sebastian, no puedes ir por ahí preguntando esas cosas! —lo regañó Posy mirándolo con expresión escandalizada cuando él se volvió hacia ella.

—¿Y por qué no? Además, ¡ha sido ella la que ha sacado el tema! —se defendió él—. Bueno, ¿qué, te la puso o no? —añadió girándose de nuevo hacia Nina, la inmutable Nina, a la que no parecía molestar ni lo más mínimo que Sebastian y los dos forzudos que se había traído con él, y que en ese momento esperaban con la tele a cuestas a la altura de la sección de novedades, estuvieran sumamente interesados en quién le ponía o le dejaba de poner la mano encima.

—Pues no —respondió Nina con cierta satisfacción—. Una tiene que establecer unos mínimos. Como tampoco me puso la zarpa encima el tipo que apareció media hora tarde porque, según dijo, había tenido que llevar al veterinario al hámster de su hermana pequeña. En serio te lo digo, tienes que ponerle a esa aplicación un filtro mejor que detecte a los gilipollas integrales.

—Yo siempre me lavo después del trabajo, y no tengo ni hermana ni hámster —intervino uno de los dos forzudos de la tele al que Posy había bautizado mentalmente como Gallito Joven: llevaba un lápiz detrás de una oreja y tenía antebrazos musculosos, el pelo cortado a cepillo y una sonrisa simplona de oreja a oreja.

Justo el tipo de Nina. Y fijo que era mejor que Piers Brocklehurst.

A Nina le debió de parecer lo mismo, porque sacó el móvil. Él hizo lo mismo. Se localizaron en la pérfida aplicación de Sebastian y los dos deslizaron el dedo por la pantalla hacia arriba bajo la atenta mirada del orgulloso padre de la criatura digital.

—Bueno, pues entonces ya te mandaré un mensaje —le dijo Gallito Joven a Nina, que le sonrió.

—Perfecto. Igual hasta te contesto.

Posy frunció tantísimo los labios que creyó que se le iban a quedar así. ¿Dónde quedaba el romanticismo? ¿Dónde quedaba aquello de dos extraños cuyas miradas se cruzan en una estancia abarrotada, la emoción de reconocerse, de estar experimentando algo profundo y mágico, de dos corazones, que se encuentran y se reconocen? Allí nadie había hablado de corazones, pero sí se había hablado mucho de las zarpas de varios hombres y de si se las habían puesto encima a Nina o no. Los tiempos habían cambiado de tal modo que ya no había diferencia entre conocer a un hombre y hacer la compra por Internet, pero por lo menos, cuando hacías la compra por Internet, si no tenían lo que buscabas te sugerían una alternativa más cara.

—Bueno, Romeo, corta ya —dijo el compañero de Gallito Joven, al que Posy había bautizado mentalmente como Viejo Gruñón—. Jefe, mejor dejamos la tele aquí abajo mientras la señorita se decide. ¿Qué hacemos con el sofá y los sillones?

—Esos, de momento, al salón de té que queda a la derecha, pero va a ser más fácil si os abro la puerta principal del salón de té que meterlos atravesando toda la tienda —respondió Posy con tono solícito, porque, cuanto antes terminaran, antes se libraría de Sebastian—. ¡Voy a por las llaves!

—¡No seas tonta, Morland! —ladró Sebastian empujándola con un hombro para apartarla—. Se bajan el sofá y las sillas que hay ahora mismo en el cuarto de estar al salón de té y el sofá y los sillones de Lavinia te los pones en tu cuarto de estar. La última vez que vine me senté en tu sofá y casi acabo sodomizado por un muelle suelto.

Era verdad que *había* un muelle suelto. Ella y Sam sabían cómo esquivarlo. Y, en cualquier caso, era su muelle díscolo y su sofá, y no hacía ninguna falta que viniera Sebastian ahora a meterse en todo: en su vida, la tienda, hasta en dónde se sentaba.

—Bueno, es todo un detalle por tu parte, pero será mejor que los dejen aquí abajo. Arriba tenemos demasiados trastos como para empezar a mover cosas para hacer sitio a estos muebles.

Posy se había acercado al mostrador y estaba hablando de espaldas a Sebastian para poder mirar a Nina, ahora que su desacuerdo sobre Piers estaba olvidado, y poner los ojos en blanco todo lo que le diera la gana mientras buscaba en los cajones de detrás del mostrador la llave del salón de té. Al instante de encontrarla, ya tenía otra vez a Sebastian pegado a ella, invadiendo su espacio personal para arrebatarle la llave que se negó a devolverle, por más que Posy incluso le pegó un pisotón en un pie.

—Subidlo arriba, chicos. Tendréis que abriros paso entre los libros, pero no queda otra.

—Sebastian, no puedes seguir presentándote aquí sin más ni más, dando órdenes como si esto fuera tuyo, porque no lo es. Es mi tienda —objetó Posy tratando por todos los medios de mantener la voz tranquila y modulada, aunque no pudo evitar agarrarle el brazo con fuerza. Bajo la suave lana de la chaqueta, notó los músculos del brazo estremecerse violentamente durante un instante al sentir su contacto.

—A ver, ya hemos hablado de esto antes —le respondió él con suavidad mientras le agarraba los dedos para que le soltara el brazo—. Nunca, nunca, nunca me toques el traje.

—Eres imposible —dijo ella mientras Gallito Joven y Viejo Gruñón subían por las escaleras como podían, envueltos en una nube de juramentos del tipo «¡*Mecagoen...!*» y «Lo de los libros no lo decía en broma».

—Y dime, ¿por qué estás siempre por *aquí* desde que Lavinia se ha ido? ¿No hay otras personas a las que podrías estar molestando?

Sebastian adelantó el labio inferior haciendo un mohín.

—¡Qué actitud más desagradable, cuando lo que pasa es que he decidido que, en vista de que insistes, en contra de mi opinión, en mantener la tienda, debería por lo menos ayudarte con mi experiencia en asuntos económicos!

A Posy se le hizo un nudo no solo en el estómago, sino más bien en todos y cada uno de sus órganos internos.

—¡Vaya! —musitó mirando de reojo a Nina.

—Entonces, Sebastian, ¿tienes mucha experiencia vendiendo libros? —preguntó Nina dulcemente—. En su día, ¿trabajaste en la librería cuando volvías del colegio en vacaciones?

—¡En eso estaba pensando él! —se burló Posy—. De eso nada, estaba demasiado ocupado encerrándome en la carbonera.

—Una vez, Morland, te encerré una vez —protestó él—. Y solo lo hice para que dejaras de soñar despierta conmigo todo el día. *En su día*, estaba perdidamente enamorada mí —añadió para beneficio de Nina, que sonrió al oírlo.

—¡Sí, no veas! ¡«Perdidamente» es la palabra clave! —replicó Posy sintiendo un escalofrío al recordar aquel enamoramiento adolescente.

—En cualquier caso, me he dado cuenta de que para sacar adelante esta librería hay que especializarse en un nicho de mercado —anunció Sebastian lleno de orgullo, como si la idea se le hubiera ocurrido a él solito.

—Sí, recuerdo perfectamente habértelo mencionado —intervino Posy—. Es por lo que voy a relanzar Marcapáginas como una librería especializada en novela román...

—¡En novela policiaca! —la interrumpió rápidamente Sebastian taladrando a Posy con la mirada—. Por favor, no me interrumpas, ¡qué modales! Total, que he estado estudiando un poco el tema. Bueno, en realidad he puesto a unos becarios a investigarlo y he llegado a la conclusión de que ese es el segmento editorial donde se puede hacer dinero: la novela policiaca. La mitad de la lista de superventas está siempre compuesta por títulos de novela policiaca. Es perfecto. ¡Brillante! —Miró a Posy, que estaba indecisa sobre qué expresión facial adoptar: impertérrita o furibunda—. Se te ha puesto cara de estreñida —comentó Sebastian—, ¿qué te pasa?

—¿Por dónde empiezo? Lo primero de todo, no me gusta la novela policiaca.

—¿Por qué no? ¡Es genial! Tiene de todo: asesinatos, intriga, suspense, sexo, héroes y villanos, venenos que no dejan rastro... ¿Qué le falta para que te guste? —Fue a grandes zancadas hasta el mostrador, donde Nina trataba de controlar un bostezo—. A ti sí que te gusta la novela policiaca, ¿a que sí?

Nina negó con la cabeza.

—¡Qué va! En cuanto descubro quién lo ha hecho, ya me aburre. Además, había una librería en Charing Cross que solo trabajaba el género policiaco y cerró.

Sebastian, inasequible al desaliento, se despejó los rizos de la frente con un gesto rápido.

—Bueno, seguramente eran muy malos vendiendo libros, pero nosotros no. Nosotros vamos a ser magníficos vendedores.

—En serio, ¿pero tú escuchas cuando alguien dice que no está de acuerdo contigo, o tu cerebro bloquea automáticamente las palabras? —preguntó Posy con curiosidad genuina—. No nos vamos a especializar en policiaca. Nos vamos a especializar en romántica.

—¡Romántica, romántica! —Sebastian le agarró la mano a Posy, aunque ella trató de zafarse, y la arrastró hasta el centro de la tienda—. Aquí pondremos las novedades y los superventas.

—¿Es cosa mía, o tú también estás teniendo un *déjà vu*? —preguntó Nina.

Posy negó con la cabeza. No había nada que hacer. Únicamente esperar a que a Sebastian se le fuera gastando la pila.

—Y también tendremos una sala dedicada a los clásicos de misterio —siguió diciendo él, arrastrando a Posy a la primera sala de la derecha—. Agatha Christie, Conan Doyle y todo eso. Y luego por aquí, en este otro ambiente, pondremos la novela negra escandinava. ¡Ah, y novela gráfica también! Y por ahí a la izquierda tendremos una sección dedicada a crímenes reales. ¿A quién no le va a gustar un buen asesino en serie?

—A bastante gente —respondió Posy—. A las familias de sus víctimas, sin ir más lejos, y a cualquier ser humano decente...

—¡Qué roooollo! Y también deberíamos vender otros artículos relacionados con los libros: bolsas de tela con mensajes, tazas, artículos de papelería. Se pueden comprar al por mayor muy baratos y no te creerías el beneficio que se les puede sacar.

En realidad, esa idea sí que era buena. Dejando lo de los asesinos en serie a un lado, ¿a quién no le gustaba una bolsa de tela con mensaje? Igual también podían vender velas perfumadas, tarjetas con motivos relacionados con la literatura, papel de envolver... Hasta ofrecer un servicio de envolver regalos. Posy se hizo una nota mental para acordarse de buscar por Internet vídeos con tutoriales sobre cómo envolver regalos, porque los suyos siempre parecía que los había envuelto un niño de cinco años sin pulgares.

Y entonces se dio cuenta de que Sebastian seguía parloteando sin parar:

—Obviamente, habría que pensar en cambiarle el nombre a la tienda. He hecho una encuesta rápida con la gente de la oficina y casi nadie sabía ni lo que era un Marcapáginas. Seguramente deberíamos tener una sesión de lluvia de ideas con el personal, pero así, a bote pronto, ¿qué te parece La Daga Ensangrentada?

—Me aseguraré de limpiarla bien mucho antes de que la policía la encuentre junto a tu cuerpo sin vida —comentó Posy como si tal cosa.

—¡Eso es! ¡Ya lo vas pillando! —respondió Sebastian, que estaba hecho de Kevlar o de algún otro exótico material impenetrable que hacía completamente imposible que captara indirectas, pillara alusiones disimuladas o se guiara en lo más mínimo por las reglas habituales de interacción social—. Entonces estamos de acuerdo: librería especializada en género policiaco, ¿no?

No se iba a marchar nunca. Se quedaría dando la murga hasta que aceptaran relanzar la librería posicionándose como especialistas en novela policiaca y llenar las estanterías de novelas truculentas y *thrillers* psicológicos, todos con sombrías portadas en tonos oscuros. Claro que en realidad Posy no debería estar generalizando así, porque ella odiaba que la gente generalizara sobre la novela romántica, pero verdaderamente tenía la sensación de que todas las novelas policiacas que había tenido en las manos venían con unas dosis altísimas de muertes y amenazas acechando por todas partes, y con el consabido expolicía con un trauma emocional pasado mal resuelto, atormentado por la muerte de un ser querido a manos de un asesino en serie al que habían conseguido encerrar sus buenos diez años, pero a quien al final habían tenido que dejar salir en libertad por un tecnicismo legal. *Eso* sí que era aburrido *y* deprimente, pero no tenía ningún sentido decirle eso a Sebastian. Le entraría por un oído y le saldría por el otro.

¿Qué habría hecho Lavinia?, se preguntó Posy, como había hecho tantas veces en esos últimos días.

Lavinia siempre decía que nadie le decía nunca que no a Sebastian: «Mariana, desde luego, nunca se lo ha dicho, ni ninguna de las niñeras, hasta en Eton lo intentaron sin éxito. Y Perry y yo deberíamos haber sido más firmes con él, pero era nuestro único nieto y lo mimamos muchísimo, la verdad. Y ahora no responde a la palabra *no*».

Pues entonces no le diría que no, decidió Posy. Centró su atención de vuelta en Sebastian, que estaba esperando una respuesta.

—Librería especializada en novela policiaca —insistió él—. Tú y yo, colaborando en el proyecto.

—Ya, bueno, lo que sea —respondió Posy tímidamente, porque eso ni era un sí, ni era un no. Era una zona gris en tierra de nadie que ningún tribunal hubiera aceptado por una respuesta afirmativa en regla—. Ya estoy más que harta del asunto. ¿Hemos terminado entonces?

No era un sí, realmente no lo era, pero Sebastian se giró lentamente, envuelto en la tenue luz del atardecer, y le dedicó una sonrisa radiante como si la respuesta de Posy hubiera sido: «¡Sí, sí y mil veces sí!»

¡Dios! Era una sonrisa preciosa. Sebastian tenía la habilidad de estar siempre mono cuando fruncía el ceño, pero, cuando sonreía, entonces ya resultaba francamente guapo y, al mismo tiempo, lo envolvía un aire travieso y ligeramente aniñado que hizo que a Posy le resultara imposible no devolverle la sonrisa.

—¡Ja! —exclamó él triunfante—. Sabía que no te me resistirías.

—La verdad es que es muy fácil resistirse a ti, Sebastian —quiso explicarle Posy, pero, ahora que creía que se había salido con la suya, Sebastian estaba demasiado ocupado tomándola en sus brazos para dar unos pasos de vals alrededor de la gran mesa central como para escuchar nada de lo que decía. Era agradable que alguien te tomara en sus brazos, sobre todo alguien que fuera mucho más alto y así poder sentirse como una muchacha menuda y delicada; y, además, Sebastian olía deliciosamente bien. Fue un momentazo, sin lugar a dudas, hasta que Posy le pisó un pie a Sebastian.

—¿Lo has hecho aposta?

Posy se salvó de tener que responder porque en ese momento se oyó un estruendo en el piso de arriba, seguido de un «No pasa nada, señorita, no se ha roto nada, solo se han doblado un poco algunos de sus libros». Y luego sonó la campanilla de la puerta y apareció por ella Sam seguido de su mejor amigo, Pants.

—¡Ey! ¿Qué tal? —medio gruñó el adolescente, y habría seguido atravesando la tienda directo hacia las escaleras si no llega a ser porque Pants se entretuvo un poco, habida cuenta de que Nina seguía detrás del mostrador y la única razón por la que Pants acompañaba a Sam a casa todos los jueves después del colegio era para ver a Nina. Nina, la luz de sus días, su único y verdadero amor. Nina.

—¿Qué tal estás, Pants? —le preguntó Nina amablemente, porque Pants tenía eso que hacía que la gente quisiera ser amable con él: era bajito, fornido y pelirrojo, y hasta sus padres lo llamaban Pants.

—¡Ay, no me puedo quejar, aunque hace un poco de fresco para la época del año en la que estamos! —respondió el muchacho balanceándose sobre los talones, porque el otro rasgo que caracterizaba a Pants era que daba la impresión de ser un hombre de mediana edad atrapado en el cuerpo de un chaval de quince años. Siguió sonriéndole a Nina mientras esta le devolvía la sonrisa con ganas. Y entonces él se acomodó un poco más arriba la mochila y retrocedió unos pasos para seguir su camino—. Bueno, me tengo que marchar. Tengo deberes de mates y no se van a hacer solos.

Y, en un abrir y cerrar de ojos, había desaparecido.

—Lo siento —se disculpó Sam con Nina—. Todos los jueves dice que no me va acompañar a casa a la salida y luego cambia de idea en mitad de la hora de Geografía.

—¡Ay, no pasa nada! Creo que Pants es la relación más larga que he tenido jamás —bromeó Nina, aunque se encogió de hombros con un aire ligeramente abatido—, y durará hasta que pegue el estirón de verdad y empiece a fijarse en mujeres más jóvenes.

—Sí, cierto —le dio la razón Sam, que todavía no había reparado en la presencia de Sebastian, aunque Thorndyke sí que se había fijado en Sam y lo estaba recorriendo con la mirada de arriba abajo con una expresión de lo más peculiar en el rostro.

—Deberías irte para arriba —dijo rápidamente Posy—, seguro que tienes un montón de deberes. Y, para que no te pille desprevenido: hay dos hombres en el piso dejándonos en el cuarto de estar un sofá que no necesitamos en absoluto...

—Sí que lo necesitamos. Cada vez que me siento en el nuestro, se me olvida el muelle suelto y siempre me acaba pinchando el culo.

—Bueno, pues deberías tener más cuidado —dijo Posy—. Sube arriba y asegúrate de que no rompan nada.

Sam hizo una mueca.

—¡Qué mandona!

—Todo el día mandando, ¿verdad? —Sebastian era incapaz de permanecer callado mucho tiempo—. Soy Sebastian, y tú, ¿quién coño eres?

Sam retrocedió un par de pasos y a Posy no le quedó más remedio que presentarlos.

—Este es Sebastian, el nieto de Lavinia, ¿no te acuerdas de él? Aunque, bueno..., la verdad es que, por lo general, cuando viene a molestarnos tú sueles estar en clase. Además es muy maleducado, así que no te tomes a título personal nada de lo que diga. Sebastian, este es Sam, mi hermano pequeño.

—Será hermano menor en todo caso, Posy, que de pequeño nada, te recuerdo que ya soy más alto que tú.

Los dos, Sam y Sebastian, se miraron. Si Sebastian hacía algún comentario sobre los granos de Sam o la fina e incipiente barba, asunto sobre el que Posy tenía pendiente una charla con su hermano, o si se refería a los tres centímetros de calcetín que asomaban más allá del bajo de sus pantalones, lo mataba. Y además se aseguraría de que fuera una muerte lenta y dolorosa. Muy muy dolorosa.

Sebastian no hizo nada de eso.

—Tú no eres Sam —fue su reacción—. Sam es un niño más o menos así de alto —añadió sosteniendo una mano a la altura del bolsillo de la chaqueta del traje.

—No he sido así de alto desde que tenía seis años.

Y entonces fue el turno de Sam, que también miró a Sebastian de arriba abajo. Era un poco como observar a un par de venados justo antes de embestirse entrechocando las poderosas cornamentas, con la voz en *off* de sir Richard Attenborough comentando el lance paso a paso.

Y entonces Sebastian se encogió de hombros y Posy dejó de apretar los puños.

—Bueno, Sam, encantado. Oye, una cosa, ¿te interesaría una PlayStation, un sistema de entretenimiento doméstico y una tele de plasma de última generación de cuarenta y seis pulgadas? Tu hermana me ha dicho que me lo lleve todo de vuelta a casa.

—¿Y por qué ibas a decir eso? —se indignó Sam lanzándole una mirada verdaderamente diabólica a Posy—. Nuestra tele es una mierda, ¡si apenas pilla Freeview!

Posy sabía cuándo tocaba aceptar la derrota.

—Si nos la quedamos con todo lo demás, *si* nos la quedamos, las noches de entre semana solo tendrás permiso para ver la tele una hora o jugar a la Play una hora; dos horas el fin de semana. Y tienes que hacer los deberes primero. ¿Me lo prometes?

—¡Vale, bueno, lo que sea!

Sebastian contempló a Sam de nuevo.

—Pues mejor que subas a ayudar a los tipos de la tele a cargar con ella y colocarla. Mis trajes no están hechos para andar cargando con nada, me temo. ¿Tenéis galletas? Tu hermana no me ha ofrecido ni una taza de té. Deberías tener unas palabritas con ella luego.

—Seguramente se las ha comido ella todas —comentó Sam haciendo gala de una extrema falta de lealtad, el mocoso puñetero, y al instante siguiente se habían marchado los dos y Nina estaba clavando su mirada más implacable en Posy, que reaccionó amedrentándose convenientemente:

—¿Qué? ¿Qué he hecho?

—¿Vamos a convertirnos en una librería especializada en *novela policiaca*?

Si en *Downton Abbey* alguna vez necesitaban sustituta para interpretar a la condesa viuda, Nina lo podía bordar.

—Claro que no.

Ahora le tocaba a Verity venir a toda máquina desde la oficina donde había estado escondida todo el rato, escuchando sin perderse ni un detalle:

—Pero le has dicho que sí. Te he oído. Esto es lo peor.

—Será un desastre. —Nina sonaba como si estuviera a punto de echarse a llorar—. ¡Una librería especializada en novela policiaca! Se nos llenará esto de psicópatas salidos buscando libros sobre Ted Bundy, y luego nos seguirán hasta casa, nos matarán de una forma horrible y se harán un mono con nuestra piel.

—Estáis las dos exagerando la nota muchísimo —protestó Posy—. En cualquier caso: yo no he accedido a convertir Marcapáginas en una librería especializada en novela policiaca. Yo solo he dicho: «Ya, bueno, lo que sea», que no es para nada lo mismo que decir que sí. No se iba a callar hasta que no le diera una respuesta, y «no» es una palabra que su cerebro no registra. De todos modos, tiene menos capacidad de fijar la atención que un mosquito. En una semana ya se habrá olvidado completamente del asunto y nos dejará en paz para dedicarse a inventar alguna otra aplicación retorcida para ponerle cuernos a tu pareja y que no te descubra jamás.

Verity no las tenía todas consigo.

—¿Estás segura?

—Nunca he estado más segura de algo en la vida. Aunque, hay que reconocerle a Sebastian, sin que sirva de precedente, y no lo volveremos a reconocer nunca, que la idea de vender además tarjetas, tazas y bolsas de tela es genial.

Nina juntó las manos.

—¡Es verdad! ¡A mí me encantan las bolsas de tela con mensaje! Podemos diseñarlas nosotras con citas de nuestras novelas favoritas.

—Pero solo de autores que lleven muertos más de setenta años para no tener que pagar derechos de propiedad intelectual —apuntó Posy, que le estaba empezando a coger el tranquillo al rollo de propietaria de negocio. Para finales de año ya se veía asistiendo a la Conferencia Anual de Pequeños Empresarios, intercambiando impresiones con otros pequeños empresarios de éxito y organizando desayunos de trabajo.

Al poco rato, Gallito Joven y Viejo Gruñón se marcharon por fin, aunque no sin antes tirar al suelo una pila de libros sobre Londres, artísticamente montada por Posy para tentar a los turistas que pudieran caer por la tienda. Después Nina y Verity cerraron y se marcharon a casa, pero Sebastian *todavía* seguía arriba con Sam.

Mientras subía las escaleras, Posy oía el leve murmullo de una conversación en el cuarto de estar, y cuando abrió la puerta se encontró con que eran Sam y Sebastian mirando algo en el ordenador.

Durante un nanosegundo de infarto, Posy pensó que igual era porno, pero al acercarse pudo comprobar que lo que aparecía en pantalla era, sencillamente, la rudimentaria página web de la librería. Sebastian y Sam no la habían oído llegar, de lo concentrados que estaban hablando de bases de datos y hojas de estilo y paneles de propiedades y acrónimos raros que ni siquiera eran palabras.

Posy sabía que Sebastian era emprendedor digital y ganaba dinero a espuertas con sus aplicaciones y sus páginas web y eso, pero siempre había asumido que se limitaba a tener alguna que otra idea vaga sobre esos rollos tecnológicos a los que se dedicaba, y que luego era un batallón de esbirros el que hacía todo el trabajo de pico y pala, o de pico y código, lo que fuera que hubiese que hacer. No obstante ahora, al verlo hablando con Sam sobre algo llamado una CSS sin hacer ni un solo comentario mordaz ni proferir el menor insulto, tecleando al mismo tiempo con dedos que volaban sobre el teclado, Posy tuvo que admitir que igual se había equivocado.

¡Y Sam! Su pequeño Sam. Su hermanito, del que se suponía que ella lo sabía absolutamente todo, seguía la conversación perfectamente: asintiendo, apartando a Sebastian del teclado para hacer él algo con lo que la pantalla se ponía negra y de pronto aparecían unas parpadeantes letras verdes, al tiempo que hablaba con gran entusiasmo sobre módulos de presentación de hipervínculos.

Sam tenía su personalidad y sus intereses, sus movidas, cosas que le gustaban y no, sus pasiones, sus ambiciones, y pronto no necesitaría que ella se metiera en su vida para nada. Lo cual era bueno, porque indicaba que Posy había hecho un buen trabajo con Sam, que había sido capaz en alguna pequeña medida de ocupar el lugar de sus padres y que ahora Posy podía empezar a vivir su vida. Así que ¿por qué se ponía tan triste por pensarlo?

—Espero que esto signifique que no tienes deberes —dijo Posy, aunque solo fuera para recordarse a sí misma que Sam todavía la necesitaba, pero se dio cuenta inmediatamente de que no debía haber hecho aquel comentario, porque Sam se giró para mirarla con aire ofendido y Sebastian ahogó una risotada.

—¡Joder, desde luego tu hermana es una aguafiestas profesional! —comentó—. Y además, muy cabezota. ¿Cómo la soportas?

—No, si no es mala tía, sobre todo para algunas cosas —respondió Sam con mucho menos entusiasmo del que a Posy le hubiera gustado—. Como, por ejemplo, que nunca me chilla para que me haga la cama. Dice que, total, se va a volver a deshacer en cuanto me vuelva a meter en ella... Oye, entonces, ¿te quieres quedar a cenar?

—Holaaa..., muy buenaaas... Que estoy aquí, ¿eh? —les recordó Posy. No lo podría soportar, si Sebastian se quedaba a cenar: él se pondría a hablar de la librería especializada en novela policiaca que nunca, pero nunca jamás, iba a llegar a existir y, además, para cenar solo había pasta con salsa de pesto de bote y alguna hoja de lechuga o verde equivalente que quedara por la nevera, porque Posy no había tenido tiempo de ir al supermercado.

Cenaban pasta con pesto de bote por lo menos dos veces a la semana.

—Me encantaría quedarme a cenar, pero las habilidades domésticas de tu hermana son muy limitadas y no me gustaría nada palmarla de botulismo —respondió Sebastian en el momento que se ponía de pie y rotaba los hombros hacia atrás, poniéndose muy derecho—. Un placer conocerte, Sam. Eres mi Morland favorito. Directo al número uno. Le digo a Rob que te mande un correo electrónico para lo de la página web.

Sam no parecía darse cuenta de que Sebastian acaparaba todo el aire de la habitación por el mero hecho de existir y además acababa de insultar a su hermana por lo menos en tres ocasiones. De hecho, Sam ni siquiera levantó la vista de la pantalla del ordenador.

—Sí, guay, hasta luego. Nos vemos.

Posy acompañó a Sebastian a la puerta atravesando la tienda en penumbra y, tras inspirar profundamente, decidió no ser tan dura en sus juicios sobre Sebastian porque sí; se había mostrado prepotente y avasallador, pero también había tenido algunas ideas buenas.

—La idea de las bolsas de tela es genial —le dijo mientras le abría la puerta—. Y es muy amable por tu parte ayudar a Sam con la página web.

Pero, en vez de salir por la puerta en dirección a la oscuridad de la noche y proceder a olvidar sus planes de relanzar la librería especializándose en novela policiaca, sustituyéndolos con la primera tontería que se le pasara por la cabeza, Sebastian se detuvo en el umbral y le puso una mano a Posy en la frente. La tenía tirando a fría en comparación con la frente de Posy, que estaba con los nervios de punta, además de que seguramente ya no hacía tiempo de llevar puesto el forro polar.

—Yo creo que debes de estar pillando un resfrío o algo, Morland —comentó él con tal tono de preocupación que rayaba en la parodia—. Me acabas de dar las gracias sin que hubiera en tu voz ni el más leve rastro de sarcasmo. En serio, estoy francamente conmovido.

—Pues grábate a fuego la sensación en la memoria, porque no creo que dure —contraatacó ella, y lo empujó para que saliera mientras él protestaba enérgicamente porque le había tocado su preciado traje—. Muchísimas gracias por todos tus consejos de negocios. Si necesito tu ayuda más adelante, ya te llamaré yo.

Sebastian empezó a decir algo que Posy no oyó porque cerró la puerta, dio vuelta a la llave y echó el pestillo. Y al ver que Sebastian, al otro lado, no hacía ni ademán de moverse, lo espantó con un gesto de la mano como quien ahuyenta a un bicho, y bajó de golpe el estor de la puerta.

Seducida por un canalla

S e puso a llover mientras Posy Morland atravesaba a pie los terrenos de caza conocidos como Marylebone Park.

Había ido a visitar a su buena amiga Verity Love, la hija del párroco de la iglesia de Camden, donde habían estado toda la tarde haciendo obras de caridad; visitando a los enfermos y leyendo historias a los niños pobres de la escuela del barrio.

Pero ahora, la menguante luz del atardecer había ido disminuyendo a medida que las nubes se cernían cada vez más amenazantes sobre su cabeza y los cielos habían acabado por abrirse de verdad para verter una catarata de lluvia que en un instante había empapado su vestido de fina muselina, pues el chal y el sombrero que llevaba no eran en realidad protección alguna frente al torrente de agua que estaba cayendo.

~~Un poco como cuando en Orgullo y prejuicio la señora Bennet no permite que Jane se lleve el coche de caballos a Netherfield Park con la esperanza de que la sorprenda la lluvia y tenga que aceptar la hospitalidad que sin duda le ofrecerá el señor Bingley.~~

Con el escándalo de los truenos y la lluvia cayendo en tromba, a Posy le costó un poco aislar el ruido de los cascos de un caballo, y para entonces el jinete y la montura ya habían aparecido a su lado de entre las sombras. Ella ahogó el grito que luchaba por escapar de su garganta, confiando en quedar oculta en la penumbra entre las ramas de los árboles. Aquellos parajes de caza eran famosos por la abundancia en ellos de salteadores de caminos, asesinos e incluso cosas peores.

Un repentino rayo atravesó el cielo zigzagueante, haciendo que el caballo reculara, presa del pánico. Posy pudo entonces distinguir al jinete que maldecía entre dientes mientras tiraba de las riendas tratando de controlar al caballo. Vio las líneas adustas e imponentes de su rostro durante un instante, antes de que las sombras lo envolvieran todo de nuevo, y echó a correr, pese a que el suelo estaba completamente encharcado y embarrado hasta un punto que era demasiado para las finas suelas de sus botas y los bajos llenos de lodo de su vestido.

Podía oír al caballo galopando a sus espaldas, hasta le pareció notar su ardiente aliento en la nuca. Intentó acelerar el paso pero, en vez de eso, tropezó y tuvo que extender los brazos instintivamente hacia delante para amortiguar la caída.

—¡Señorita Morland, pero cómo puede ser tan condenadamente insensata! —gritó la sardónica y familiar voz a sus espaldas. El jinete se echó hacia delante sin desmontar y la recogió del suelo a su paso (nota bene: Esto, ¿es físicamente posible? Igual si él llevara dos años haciendo pesas y yo perdiera como poco cinco kilos...), con lo que para cuando Posy quiso darse cuenta estaba aterrizando en la silla con un golpe sordo nada propio de una dama, que le recorrió el cuerpo de pies a cabeza arrancándole un grito—. Cogeréis una pulmonía aquí fuera, y además os arriesgáis a encontraros con algún hombre mucho menos caritativo que yo.

Estaba empapada y temblando de frío, así que le resultaba difícil hablar porque le castañeteaban los dientes.

—¡Dudo mucho que fuera posible encontrar un hombre menos caritativo que vos, incluso si me fuera a buscarlo a la peor taberna de todo Londres!

Sebastian Thorndyke se rio con ganas.

—Entonces, tal vez deba dejaros aquí para que os las arregléis sola, y pobre del hombre que tope con semejante fiera. —Mientras la poderosa montura continuaba avanzando a buen paso, se acomodó en la silla, luego se abrió el largo abrigo que lucía para atraer a Posy hacia el sólido muro de su tórax y rodearle el cuerpo con la suave y cálida lana del abrigo, y por fin añadió—: Aunque, pensándolo bien, puede que no lo haga. Si os ocurriera algo malo, mis posibilidades de recuperar las cincuenta guineas que me debéis prácticamente se desvanecerían.

—*Sois total y absolutamente insufrible* —se indignó ella en el momento en que él ponía el caballo al trote, pero en realidad le agradecía que no la hubiera dejado en medio de aquellos terrenos de caza con la lluvia cayendo a mares y teniendo que volver sola hasta Bloomsbury. Claro que eso nunca lo reconocería ante Thorndyke, y menos después de que acabara de soltar una carcajada despreocupada para luego apretarla todavía más fuerte contra su pecho.

8

Posy siempre había sentido la mayor admiración por cualquiera que tuviera el talento y la determinación de escribir un libro. Sobre todo para *terminar* de escribir un libro, pero sus propios floridos y fútiles intentos de escribir una novela del género que adoraba, algo que le debería haber resultado fácil, hicieron que su respeto alcanzara nuevas cotas.

Había querido ser escritora desde que tenía uso de razón y capacidad para recordar. El verano en que sus padres..., el verano del accidente, la habían aceptado en el máster de escritura creativa de la Universidad de East Anglia para empezar en octubre. Además de casarse con Ryan Gossling, su sueño era, verdaderamente, conseguir una plaza en el máster que había contribuido a pulir el talento de escritores de la talla de Tracy Chevalier, Ian McEwan, Kazuo Ishiguro y prácticamente todos los demás novelistas contemporáneos ganadores de algún premio. Posy se había planteado hacer el máster y trasladarse con Sam a Norwich (aunque sus abuelos habían dicho que estarían encantados de acogerlo en Gales y Lavinia y Perry también se habían ofrecido a darle un hogar durante los meses que durara el máster), pero el caso era que ella y Sam habían perdido tanto que abandonar en ese momento su hogar, su vida de Londres, donde todo les resultaba familiar, y sobre todo tener que separarse, habría sido demasiado para ellos.

Eso no quería decir que Posy hubiera abandonado su sueño de convertirse en escritora: en su ordenador tenía guardados nada menos que nueve intentos de escribir la gran novela británica de este siglo. Por desgracia, ninguno de esos intentos había ido por buen camino, que era por lo que los había abandonado. Uno se titulaba *El estigma de la flor del azafrán*, aunque no sabía qué podía haberla llevado a decidir que era buena idea escribir una novela que era única y exclusivamente monólogo interior ni tenía muy claro qué parte de la flor era el estigma.

Pero esta... esta *cosa*: *Seducida por un canalla*, la perturbaba profundamente. No lo suficiente como para borrarlo todo, porque Posy siempre podía hacer un buscar y reemplazar con los nombres en el documento en Word (una vez le hubiera dado una segunda vuelta y le hubiera hecho una buena revisión, y hasta tal vez se lo hubiera pasado a alguien para que se lo leyera y opinara; seguramente Verity, si le juraba por lo más sagrado que le guardaría el secreto); pero sí que la perturbaba lo suficiente como para guardarlo en un lápiz de memoria para que Sam no lo encontrara por casualidad.

Ahora bien, ¿acaso era tan raro que estuviera escribiendo ridículas historias de *fanfic* como las que escriben algunos fans de un género, con Sebastian de protagonista? Al fin y al cabo, era el único hombre con el que tenía contacto habitual... A excepción de Tom, pero Tom no contaba porque era su compañero de trabajo, a partir de ahora su empleado, y porque, pese a ser *bastante* atractivo a su manera, en su estilo de joven académico con sus chaquetas de lana, su tupé y sus ademanes vagos y un tanto adustos, y ser capaz de recomendar libros a las señoras de mediana edad y hacer que sonara como si estuvieran en el Berlín oriental de la Guerra Fría y él les estuviera vendiendo de estraperlo la más preciada mercancía occidental, a Posy no le gustaba pensar en él en un contexto sexual. ¡Ay, madre, no!

Verdaderamente, tenía que borrar de su mente, su imaginación febril y su disco duro cualquier pensamiento sobre Sebastian. Necesitaba un hombre urgentemente. Aunque encontrar una alternativa aceptable, un hombre gustable con el que se pudiera quedar, era como buscar una novela de Stephanie Laurens que no se hubiera leído ya. Posy llevaba semanas sin quedar con nadie y los mensajes recientes que había recibido a través de las distintas aplicaciones para conocer gente en las que tenía cuenta (que eran cinco la última vez que había recapitulado) habían dejado todos mucho que desear.

En su perfil, Posy había enumerado entre sus intereses los largos paseos, las galerías de arte y el teatro, y también acurrucarse en el sofá con una botella de vino y una buena película. Aunque, siendo totalmente honesta, solo lo último era aplicable, aunque si tuviera más tiempo libre estaba segura de que se recorrería Londres para asistir a todo tipo de eventos culturales.

Posy sabía que el problema era que nunca sería capaz de entablar ninguna relación plena de sentido con un hombre que escribiera cosas como: «hola wuapa k tal?» Nunca podría amar a un hombre que cambiara y se comiera letras con esa facilidad y pasase por alto el correcto uso de las mayúsculas y las reglas gramaticales básicas. Y lo mismo le pasaba con las infinitas variantes de «¡guau! ¡k foto + sexy! ¿Kedamos?» Además, no había nada sexy en la foto de Posy asomando por detrás de un ejemplar de *Jane Eyre*, ni en la que le habían hecho en la fiesta de Navidad del año pasado, sentada en un peldaño de la escalera con ruedas, luciendo con gran orgullo un jersey con un reno y una diadema con la correspondiente cornamenta hecha de material que además brillaba en la oscuridad.

De todos modos, no tenía tiempo para preocuparse por eso ahora. Posy necesitaba encontrar un hombre y, si Internet no iba a ser de ayuda, entonces tendría que hacer las cosas a la antigua usanza.

—Por favor, tenemos que salir este sábado por la noche sin falta —les pidió a Verity y Nina en cuanto aparecieron por la puerta el miércoles por la mañana, antes incluso de que les hubiera dado tiempo a quitarse los abrigos ni discutir sobre a quién le tocaba hacer el té—. Necesito hablar con un hombre que no sea el puñetero Sebastian Thorndyke.

—¿Qué hay de Tom? —preguntó Verity.

—Tom no cuenta —respondieron al unísono Nina y Posy.

—¿Te imaginas quedar con Tom en plan cita? —añadió Posy.

—Sobre todo si le da por aparecer con esa pajarita de lunares que se pone para las ocasiones especiales —replicó Nina—. Y, además, menudo esfuerzo sería salir con Tom: he ido con él a tomar algo al *pub* tantas veces que ya hace tiempo que perdí la cuenta, y aun así sigo sin saber de qué va su tesis doctoral ni con quién vive ni ninguna otra información personal. De hecho, estoy madurando una teoría que tengo de que está en el programa de testigos protegidos.

—O casado en secreto y con cinco hijos, y a la tienda, sencillamente, viene para tener un rato de paz y tranquilidad —sugirió Verity. Y, pese a que todas esas conjeturas eran muy entretenidas, se estaban yendo un poco del tema, en opinión de Posy.

—Venga, venga, ¿nos podemos centrar un poco? Necesito salir a beberme el equivalente a mi peso en alcohol, coquetear con hombres un rato, no tienen ni que ser guapos, y olvidarme de la tienda y de Sebastian durante unas horas. ¿Podemos hacer eso, por favor?

—Claro que podemos —declaró Nina—. Te lo resumo en dos palabras: suecos ardientes. Y te doy tres más: vodka sueco helado. Nos acabamos de encontrar con el maravilloso Stefan, el del ultramarinos, y nos ha invitado a su cumpleaños este sábado. Dice que van a venir unos amigos suyos de Suecia. Hasta Verity ha dicho que irá.

Verity estaba en la cocina haciendo el té, pero asomó la cabeza por la puerta para poder dedicarle una mueca a Nina.

—A veces salgo —se defendió Verity—, pero el sábado me tendré que ir pronto del trabajo a casa, Posy, para que me dé tiempo a echar una siesta antes de salir.

—Yo el sábado tengo que llevar a Sam de compras, que le hace falta ropa —dijo Posy. Esa era otra razón por la que le iba a hacer falta salir un poco por ahí el sábado por la noche, porque, últimamente, ir a comprar ropa con Sam era siempre una dura prueba y se merecía algún tipo de recompensa, de ahí la necesidad de que corriera el alcohol—, pero calculo que para las tres estaremos de vuelta si no lo mato antes, así que a esa hora te puedes marchar tranquilamente.

Tal vez, ahora que mandaba ella, Posy debería haber aprovechado para ser algo más estricta y marcar ciertas distancias, pero Nina y Verity, y Tom también, habían sido sus amigos durante mucho tiempo antes de convertirse en sus empleados. Y además estaba convencida de que, cuando realmente los necesitara, sobre todo ahora que se iba acercando el relanzamiento en julio, estarían a su lado.

—Por cierto, ayer por la noche estuve repasando los libros —dijo Verity, ilustrando a la perfección lo que Posy pensaba precisamente: solo una verdadera amiga dedicaría el martes por la noche a repasar la contabilidad de su colega, sobre todo porque era la noche en que ponían *Masterchef* en la tele—. No quiero sembrar el pánico ni nada parecido, aunque igual sí que debería entrarnos un poco de pánico y, desde luego, deberías hablar con el gestor de Lavinia. Y además creo que vamos a tener que adelantar el relanzamiento. ¿Té o café?

—Té, por favor —respondió Posy, distraída—. ¿Adelantar, que no retrasar? ¡Pero si yo creía que finales de julio ya era demasiado justo!

Nina, con aire horrorizado, se escabulló con la excusa de tener que ir a revisar unos pedidos, como si le entrara poco menos que un ataque de nervios con solo oír la palabra «gestor».

—Apenas llegamos al punto de lo comido por lo servido —informó Verity—. Últimamente la tienda ha estado tan tranquila... Y, si lo dejamos mucho más tiempo, entonces entraremos en números rojos y no te quedará más remedio que ir a negociar un descubierto de emergencia. —Puso una taza de té delante de Posy—. Siento mucho venirte con esto a primera hora de la mañana...

—¡Ay, no digas eso, ni que fuera culpa tuya! —Posy lanzó un suspiro y rodeó la taza con los dedos como si quisiera aprovechar el calor que desprendía esta para mandar un poco de calor reconfortante al corazón, que sentía atenazado por una especie de garra gélida—. Eeeeh, ¿debería negociar ya un descubierto de emergencia?

—No, yo diría que no; salvo que quieras que te machaquen con comisiones desorbitadas y recargos.

Fue entonces cuando Posy se dio cuenta de que la tienda debía de estar en una pésima situación, porque Verity le dio un abrazo fugaz y algo envarado pero profundamente sincero, a pesar de ser la persona menos dada a los abrazos que conocía Posy.

—Creo que ha llegado el momento de sacar la artillería pesada, Posy —sentenció Verity al tiempo que cogía su propia taza de nuevo.

Posy notaba que le estaban entrando sudores fríos.

—No te estarás refiriendo a lo que creo que te estás refiriendo...

—Me temo que sí —asintió Verity con gesto compungido—. Hay que agenciarse un planificador de pared, unos cuantos rotuladores y un montón de pegatinas, y unos cuantos paquetes de galletas.

—¡Dime que estás de broma!

La última vez que habían tenido que recurrir al planificador de pared y las pegatinas había sido para preparar una semana de eventos conmemorativos del centenario de Marcapáginas. Posy recordó ahora con una punzada en el estómago que también había sido la última vez que decoraron los árboles del patio con guirnaldas de lucecitas como las de Navidad. La gran fiesta de celebración del centenario se había trasladado a lo largo de la velada desde el interior de la tienda hacia el patio y había sido como en los viejos tiempos. Pero luego habían brindado por los viejos amigos que ya no estaban y Posy se había batido en retirada al interior de la tienda para estar un rato con sus fantasmas (su madre, su padre), y resultaba que se había encontrado con que Lavinia se le había adelantado y estaba sentada a solas en un sofá apartado.

—Echo tanto de menos a Perry —había musitado al alzar la vista y ver a Posy en el umbral, indecisa sobre si debía entrar o la molestaría—. No creo que me llegue a acostumbrar nunca del todo a que ya no esté.

—Cuánto lo siento —había respondido Posy confiando en, con esas tres palabras, hacerle llegar a Lavinia el mensaje de que entendía su pesar hasta cierto punto—. Si prefieres estar sola me voy, ningún problema...

Lavinia había negado con la cabeza.

—Te puedes quedar si me prometes estar muy muy callada.

Así que Posy se había sentado junto a Lavinia, había tomado entre las suyas la mano de la mujer y se había pasado un buen rato acariciando aquella piel suave y delicada sin que ninguna de las dos hubiera dicho ni una palabra, porque no hacía falta decir nada.

Pero, antes de eso, había habido un planificador de pared y muchas discusiones sobre qué pegatinas usar y cuánto tiempo llevaría cada tarea que se añadía al planificador, hasta tal punto que Lavinia se había enfadado como Posy nunca la había visto antes y les había dicho a Posy y a Verity (que solo llevaba un mes trabajando en Marcapáginas) que como no dejaran de discutir por todo les iba a empezar a entrechocar las cabezas con todas sus fuerzas, a ver si así entraban en razón a base de coscorrones.

Y, sin embargo, ahora Verity creía que lo que necesitaban era un planificador de pared.

—Es la única manera —declaró Verity, suplicante—. Venga ya, sabes perfectamente que lo que estoy diciendo tiene sentido.

Posy argumentó en contra con gran vehemencia, pero Verity no estaba por la labor de que la convenciera, sino que la mandó a la papelería más cercana a comprar los materiales y hasta le dio dinero para que se pasara por el ultramarinos del maravilloso Stefan a por dulces para mantener altos los niveles de energía, si bien ella, en su línea, se negó a salir de la oficina.

—Tengo que hacer un montón de cosas y hoy no estoy emocionalmente preparada para tratar con el público. Ni siquiera con el maravilloso Stefan.

—Eso te pasa todos los días, no solo hoy —se quejó Posy, pero obedeció.

Para ser una persona tan introvertida, a Verity se le daba excepcionalmente bien salirse con la suya. Ahora bien, una vez estuvo en la calle, Posy agradeció la oportunidad de despejar un poco la cabeza antes de prestarse voluntariamente a permanecer secuestrada en la oficina el resto del día.

Comenzaron a trabajar con el planificador de pared con la mejor de las intenciones, asignando pegatinas de distinto color para distintos aspectos del relanzamiento: verde para lo que tuviera que ver con existencias, azul para tareas de redecoración y así sucesivamente. Verity, como era capaz de hacer una letra diminuta, se las ingenió para escribir hasta la última tarea, por muy básica que esta fuera, en el planificador.

Todo empezó a torcerse cuando Tom, que se suponía que trabajaba esa tarde, llamó para decir que estaba enfermo, aunque más que enfermo sonaba resacoso. Cuando llevas más de tres años trabajando con una persona, acabas siendo capaz de distinguirlo, pero de todos modos había poco que Posy pudiera hacer al respecto, salvo optar por exigirle un justificante médico.

—¿Oye, tú no podrías, por favor, venir a cubrir la hora punta de la comida y luego marcharte a casa una hora antes para compensar? —le preguntó Posy a Nina.

—¡No, no puedo! ¡He quedado! —respondió Nina con brusquedad, como si Posy fuera la más tirana de las jefas, cosa que no le parecía para nada el caso a la propia Posy—. Yo tengo vida fuera de esta tienda, ¿sabes?

El motivo por el que Nina estaba tan a la defensiva apareció por Marcapáginas a eso de la una menos cinco: Piers Brocklehurst, más chulo que un ocho, hizo su entrada luciendo un traje de raya diplomática demasiado chillón y una camisa rosa (mucho más estridente que la camisa rosa de Sebastian) que se mataba con el tono rubicundo de su piel.

—¿En serio? —exclamó Posy arqueando un ceja en dirección a Nina, que estaba recogiendo bolso y chaqueta a toda prisa para no tener que soportar la mirada escrutadora de Posy durante mucho más tiempo del estrictamente necesario—. ¿Él? ¿Y qué hay del otro tío, ese que vino con Sebastian, aquel con el que habías quedado por HookApp?

—¡Que es HookUpp, no HookApp! ¿Y qué pasa con él? No me gusta poner todos los huevos en la misma cesta. Soy demasiado joven para atarme —murmuró Nina entre dientes mientras Piers paseaba arriba y abajo por la tienda como si fuera suya, calculando a ojo los metros cuadrados, se diría que echando la cuenta de por cuánto podría intentar colocar el local.

—Volvemos a vernos, señorita Morland —dijo a modo de saludo sin molestarse en disimular su desdén—. ¿Ha sabido algo de Thorndyke últimamente? Un tipo escurridizo, cuesta contactar con él...

Ojalá fuera eso cierto, pensó Posy para sí, y Sebastian fuera efectivamente una criatura esquiva en vez de una molestia constante que irrumpía en la tienda prácticamente a diario.

—¡Ah! ¿Entonces no te ha informado todavía que somos un edificio protegido? —preguntó Posy con voz inocente—. Y no solo esta tienda, todo Rochester Mews.

—¿En qué planeta se considera esto un edificio protegido?

—Bueno, ya basta —interrumpió Nina al tiempo que salía de detrás del mostrador envuelta en una nube de Chanel número 5—, estoy segura de que hay mil cosas más emocionantes de qué hablar que de Marcapáginas.

Posy se llevó una mano al corazón, como si la hubieran apuñalado, y en cierto sentido así era, pero Nina negó con la cabeza con firmeza, como diciendo: «Ahora no».

—Entonces, ¿qué te apetece comer? ¿Algo picante y especiado?

Piers hizo amago de abalanzarse sobre Nina, que se apartó entre risas con una carrerita, encaramada en unos tacones de diez centímetros que no llevaba puestos esa mañana cuando llegó.

—¡Uy, qué travieso! —susurró con voz aterciopelada.

Y se marcharon: Nina todavía riendo cuando Piers le plantó una mano en el trasero para dejarla pasar a ella primero al llegar a la puerta.

—¡Ay, Nina —dijo Posy en voz alta en el momento en que la puerta se cerraba tras ellos—, tienes el peor gusto del mundo en lo que a hombres se refiere!

—No lo podría tener peor —llegó la confirmación desde la oficina donde Verity seguía esperando—. ¡Venga, vamos a ponernos con esto!

Pero resultaba difícil ponerse con aquello si la gente se empeñaba en pasar por allí a la hora de la comida a comprarse un libro. Y como Verity se negaba en redondo a ponerse detrás de la caja registradora, Posy tuvo que encargarse ella sola de la tienda durante casi dos horas hasta que por fin volvió Nina.

Apareció poco antes de las tres, con el pintalabios rojo corrido y el pelo, en esos momentos teñido de lila, enmarañado, formando más un nido de pájaro que la colmena que daba nombre al recogido de pelo que lucía cuando se había marchado.

—Perdón, perdón —se disculpó al entrar por la puerta y ver la cola de gente que esperaba para pagar y a Posy peleando a brazo partido con la caja registradora para cambiarle el rollo de papel—. Te debería haber dicho lo de Piers y debería haber estado de vuelta hace una hora. Recupero la hora quedándome hasta tarde, ¡te lo prometo!

—Bueno, no es que tenga mucho sentido lo de quedarte una hora más —respondió Posy conteniendo el enfado, porque no quería discutir enfrente de los clientes. Además, ya había un murmullo general entre ellos por lo mucho que estaba tardando en cambiar el rollo de papel de la caja registradora—. Porque no vamos a cerrar una hora más tarde, ¿a que no?

—No, supongo que no —reconoció Nina dócilmente—. ¿Qué tal si voy a hacer el té?

Para cuando Nina se había instalado en el mostrador con una taza de té y las cómodas Converse de vuelta en los pies, Sam había vuelto del colegio y por una vez venía de lo más parlanchín, así que eran más de las cinco cuando Posy pudo por fin reunirse de nuevo con Verity en la oficina.

Y entonces, realmente, deseó no haberlo hecho.

—¡Very! —fue el grito entrecortado de Posy—. ¿Pero qué has hecho?

Verity esbozó un gesto nervioso de agarrarse el pelo.

—Igual se me ha ido un poco la mano con las pegatinas —admitió.

—¿Tú crees? —fue la respuesta irónica de Posy.

La parte del planificador que iba de principios de marzo a principios de julio, cuando se suponía que Marcapáginas tenía que abrir como Felices Para Siempre, había quedado totalmente oculta tras un enjambre de pegatinas. Había pegatina sobre pegatina sobre pegatina. Pegatinas de colores que Posy ni recordaba haber comprado.

—¿Las pegatinas moradas para qué tipo de tareas eran? —preguntó—. ¿Y las doradas?

—Ya ni me acuerdo —reconoció Verity—. Y, además, ahora me doy cuenta de que debería haber puesto las pegatinas *después* de que se completase una tarea y no antes. Toda una tarde haciendo esto para nada.

—Para nada, no. Quiero decir que viene bien ver... ¡Guau!... Todo lo que tenemos que hacer en unas pocas semanas.

Era un momento ideal para que Verity lanzara un discursito altamente motivador, solo que los discursos altamente motivadores no eran la especialidad de Verity precisamente.

—¿Qué te parece si cogemos un poco de dinero de la caja y nos compramos una botella de vino? —fue lo mejor que se le ocurrió.

—¡Sí, por Dios!

Al cabo de treinta minutos ya llevaban media botella de un vino muy barato, un Cabernet Sauvignon de una acidez increíble, lo que provocó los comentarios de reproche de Nina mientras cerraba la tienda:

—Menos mal que a mí no me apetecía un vino —se quejó—. Bueno, ahora voy a barrer el suelo, si a las señoras les parece.

Posy y Verity la ignoraron y se dedicaron a intentar ir quitando las pegatinas de una en una, pero aquellas pegatinas pegaban un montón. Era como si fueran una metáfora de... algo. No parecía nada buen augurio para el relanzamiento que ni siquiera fueran capaces de manejar el planificador de pared entre las dos.

—¿Pero qué demonios nos pasa? Las dos tenemos un título universitario... —rezongaba Posy.

—Igual resultaría más fácil si hiciéramos una hoja de cálculo con el ordenador —aventuró Verity, pero Posy se libró de tener que contestar porque en ese instante oyeron que se abría la puerta con tal virulencia que rechinaron los goznes.

Solo había una persona sobre la faz de la Tierra que entrara en los sitios con tanto ímpetu.

—¡Hola, chica de los tatuajes! ¿A qué viene esa cara tan larga? ¡No, no hace falta que me contestes! ¿Anda por ahí Morland?

Posy rezó en silencio para que Nina se redimiera de sus desmanes de la hora de comer mintiendo por ella. No hubo suerte.

—Sí, está en la oficina —le confirmó Nina a Sebastian con tono jovial.

Había llegado el momento de tener una charla con Nina sobre su actitud. Bueno, pensándolo mejor, la verdad era que Posy prefería vérselas con unas hojas de cálculo.

Apenas tuvo tiempo de ajustar sus facciones y relajar un poco el ceño fruncido antes de que Sebastian entrara en la oficina. Inmediatamente, el recién llegado se apropió de hasta el último centímetro de espacio libre, mientras que Posy y Verity se encogieron en el asiento de las sillas con ruedas que habían sacado de detrás del anticuado escritorio para poder contemplar con gesto abatido el planificador de pared desde el centro de la habitación.

—¡Ah! ¡Aquí estás! Y veo que vosotras también estáis de morros... ¿Pero qué problema tenéis las mujeres? —Sebastian, desde luego, no andaba de morros, sino que parecía sumamente encantado consigo mismo—. ¿Es cosa de las hormonas? ¿Tenéis la regla todas a la...?

—¡Haz el favor de no atreverte ni a terminar esa frase! —suplicó Posy, para luego comenzar a mecerse adelante y atrás en la silla—. ¿Qué te trae por aquí? *Otra vez.*

—Necesitaba medir unas cosas al otro lado del patio —aportó Sebastian como excusa; desde luego, una de las más flojas que había oído Posy jamás—. Y, además, quería probar mi nueva cinta métrica digital. Funciona con láser.

Los hombres y sus juguetes.

—¿Ah, sí? —respondió Posy, aunque en realidad no le importaba lo más mínimo—. ¡Ay, por Dios! ¿Me estás apuntando a los pechos con esa cosa?

Sebastian se apresuró a guardar la cinta métrica en el bolsillo.

—¡Por supuesto que no! En serio, Morland, estás obsesionada con la idea de que estoy obsesionado con tus pechos, cosa que no es cierta. —Pero, de hecho, se los miró de reojo, tal vez para cerciorarse de que seguían en su sitio. Posy se cruzó de brazos—. En cualquier caso, ya que estoy aquí, pensé que podíamos aprovechar para hablar de nuestra librería especializada en novela policiaca. ¿Avisamos a la chica de los tatuajes y así hacemos una sesión de lluvia de ideas?

—¡Se me ha ocurrido un nombre! —informó Nina desde la tienda alzando la voz al mismo tiempo que Verity, por su parte, se inclinaba hacia delante en la silla para poder darse suaves cabezazos contra la pared.

Posy se apretó la nariz a la altura del entrecejo cerrando momentáneamente los ojos.

—¿Desde cuándo es *nuestra* librería? Es mía —empezó a decir. Y luego se dio cuenta de que no tenía energía para aquello en esos momentos—. Y tampoco nos vamos a especializar en novela policiaca —no pudo resistir la tentación de añadir, en cualquier caso.

—A ver, todo esto ya lo hemos hablado —respondió Sebastian—. Ya se decidió. Sabes perfectamente que tiene todo el sentido del mundo.

—No tiene el menor sentido. Sencillamente, estaba dejando que te salieras con la tuya, te tienes que haber dado cuenta.

Posy y Verity se miraron. Al cabo de cuatro años, eran capaces de comunicarse todo tipo de mensajes complejos con tan solo mover ligeramente los labios o arquear sutilmente una ceja. Y la mirada de Verity estaba diciendo claramente: «¿Quieres que lo mate por ti y luego haga que parezca un accidente?» Posy negó con la cabeza y volvió a la carga una vez más—: Voy a reposicionar la librería especializándonos en novela romántica, Sebastian, ve haciéndote a la idea.

Sebastian agarró los reposabrazos de la silla de Posy para parar los giros desganados a derecha e izquierda que estaba haciendo ella mientras hablaba y poder mirarla fijamente a los ojos. A tan poca distancia, Posy pudo comprobar que Sebastian, ¡el muy maldito!, tenía una piel perfecta: ni un solo poro abierto, ni un punto negro despistado por ahí. Era la primera vez que estaba lo suficientemente cerca de él como para darse cuenta de que sus ojos no eran sencillamente marrones, sino que sus pupilas estaban rodeadas por motas verdes, y que a tan poca distancia esos ojos la desconcertaban.

—No puedo permitir que hagas eso, Morland —le dijo él—. Ni siquiera yo soy tan cruel e insensible.

Sebastian podía ser muy agradable de ver, pero también resultaba increíblemente irritante. Debía de haber sido cosa de Dios, para mantener un equilibrio.

—¿Hay algún motivo que justifique que tenga que soportar tenerte nariz con nariz? —se quejó Posy mientras lo empujaba, justo en el momento en el que Posy estaba convencida de que Sebastian se disponía a lanzar el contraataque, pero entonces vio el planificador de pared y abrió los ojos como platos al tiempo que retrocedía un paso, muy alarmado.

—¡Madre mía! ¿Pero qué es eso? ¿Explosión en la fábrica de pegatinas?

—Es nuestro programa —explicó Verity—, para el relanzamiento de la tienda. ¿Sabes qué, Posy? Yo creo que vamos a tener que comprar otro planificador de pared y empezar otra vez de cero. Pero tendrás que ser tú la que se encargue de las pegatinas.

—Esta noche intento montar una hoja de cálculo —declaró Posy levantándose de la silla, lo cual le supuso un esfuerzo sobrehumano—. Durante el día es imposible porque estoy constantemente teniendo que ir a atender la tienda.

—¿Pero tú sabes manejar una hoja de cálculo? —preguntaron al unísono Verity y Sebastian con la misma voz teñida de incredulidad que resultaba terriblemente ofensiva.

—¡Pues claro que sé! —insistió Posy—. Y ya va siendo hora de que me dejéis tranquila para que me ponga a ello. ¿Es que ninguno de los dos tenéis casa donde ir?

Más tarde, esa misma noche, con la ayuda de Google y el reconfortante apoyo de una tostada con queso fundido por encima, Posy intentó aprender el arte de la hoja de cálculo, pero no era fácil con Sam deambulando por la casa.

El chaval se sentó a su lado en el sofá para asegurarse de que su hermana no infligiera ningún mal al ordenador que ella había pagado, pero que Sam parecía considerar como de su propiedad.

—¿Seguro que quieres hacer eso? —había preguntado el chaval cada vez que Posy tan siquiera hacía clic con el botón derecho del ratón—. ¡Ay, madre! Yo en tu lugar no haría eso... —Y, por supuesto—: ¡Posy! ¡Pero qué te he dicho de comer y beber mientras estés usando el portátil? ¡Estás llenando el teclado de migas!

Fue un alivio ver que tenía un correo electrónico —aunque fuera de Sebastian— y, gracias a Dios, Sam no tuvo nada que objetar sobre la manera en que navegó por su bandeja de entrada.

De: Sebastian@zingermedia.com
Para: PosyMorland@marcapaginas.net
Asunto: Te presento a Pippa, gurú de la gestión de proyectos. Te la presto, pero solo una temporada corta

Querida Morland:

¡Buenas noches!

Espero que estés disfrutando la novedosa experiencia de sentarte en el sofá sin que te ensarten. (Antes de que me amenaces con otra demanda por acoso sexual, quiero aclarar que me refiero a los muelles sueltos.)

Bueno, a lo que iba: me hace mucha ilusión nuestro proyecto conjunto pero, después de haberte visto en acción esta tarde, tengo la sensación (y no te pongas en plan susceptible) de que se te da mejor recibir órdenes que darlas.

Por suerte, yo tengo una habilidad excelente para dar órdenes y además también soy buenísimo delegando, así que le he pedido a Pippa, mi directora de proyectos, que se una al equipo. Pippa asusta bastante, pero también es una máquina en todo lo que sea…, bueno…, pues gestionar proyectos: programas, presupuestos, chillarle a la gente…, todo ese tipo de cosas.

Su único defecto es que le encantan las citas inspiradoras y los términos empresariales de moda, pero, si yo puedo soportarlo, seguro que tú también.

Nos pasaremos los dos por ahí pasado mañana por la tarde para hacer una sesión breve de lluvia de ideas con el personal. No hay problema con cerrar la tienda antes ese día, ¿verdad? No tienes precisamente hordas de clientes agolpándose a tus puertas…

¿No te parece sensacional que estemos trabajando juntos en vez de pelearnos todo el rato, Morland?

¡Hasta luego!

Sebastian

Posy reparó sin darle mayor importancia en que, a diferencia de sus pretendientes por Internet, Sebastian poseía un dominio intachable de las mayúsculas y la gramática. Ahora bien, ese pensamiento pronto se vio engullido por un tsunami de indignación de tal calibre, que hizo que se mordiera la lengua sin querer al ir a darle un furibundo mordisco a la tostada con queso.

Y entonces se levantó del sofá (y le dolió en el alma recordar que, la noche anterior sin ir más lejos, le había comentado a Sam el alivio que suponía poder tirarte en él cuan largo eras sin andar preocupándote de clavarte nada) para plantarse de pie en mitad del cuarto de estar y agitar los brazos en alto, presa de la ira. Actividad a la que habría podido dedicar un buen rato si no hubiera sido porque apareció Sam, y la estaba mirando alarmado, así que bajó inmediatamente los brazos a los lados del cuerpo y se dejó caer de vuelta en el sofá.

Posy sabía cuál era su punto fuerte: recomendar y vender novela romántica. Y tampoco se le daba nada mal montar escaparates que llamaban la atención y, más recientemente, encontrar artículos de regalo relacionados con el mundo de los libros para venderlos también en la tienda. Ayer, sin ir más lejos, había descubierto un fabricante de velas en Lancashire que tenía toda una gama de velas perfumadas que había bautizado con nombres bien románticos tipo Amor, Felicidad y Dicha, que vendía a unos precios muy competitivos y, lo más importante de todo, que le había prometido a Posy que le enviaría unas muestras.

Su punto fuerte no era organizar y planificar. Y, a pesar de que a Verity sí se le daba de maravilla llevar la contabilidad y enviar cartas airadas a gente que les debía dinero, esa mañana se había puesto blanca como una sábana cuando habían hablado de adelantar el relanzamiento y de renegociar el descubierto con el banco. Y es que ¿acaso se podía criticar a Verity por mostrarse un tanto asustadiza? Nunca había relanzado nada en toda su vida. Ninguna de las dos tenía la menor experiencia relanzando nada de nada.

Si trataban de hacerlo solas en tan poco tiempo y sin un céntimo para invertir, aquello iba a ser como un episodio de *Grand Designs*, el programa de televisión sobre gente que se mete en obras y nunca las acaban a tiempo: siempre entraba en escena una pobre pareja con intención de hacerse una casa inmensa con huella de carbono neutra y, además, justo encima de un pozo negro, y para mayor inri con un presupuesto de cinco pavos. Y en esto que llegaba el presentador, Kevin McCloud, preguntando si tenían gestor de proyectos. La pobre pareja, que no tenía la menor experiencia ni tan siquiera montando estanterías de Ikea, siempre insistía en que se iban a encargar ellos mismos de la gestión del proyecto.

Ahí venía cuando Kevin McCloud soltaba unas sonoras carcajadas y los regañaba durante todo lo que quedaba de programa por no tener gestor de proyectos.

Posy no quería acabar con un desastre de librería a medio terminar y un presupuesto completamente descontrolado, todo porque hubiera rechazado los servicios de una gestora de proyectos.

Sam le había reclamado el portátil cuando le había dado por agitar los brazos frenéticamente, pero ahora Posy consiguió separarle los dedos uno a uno del ordenador para que lo soltara y así recuperarlo momentáneamente ella para enviarle a Sebastian un correo electrónico de respuesta:

Para: Sebastian@zingermedia.com
De: PosyMorland@marcapaginas.net

¿Cuánto me van a costar los servicios de esta consultora de gestión de proyectos? ¿Cobra por días? ¿Podríamos, por favor, contratarla digamos que medio día, si no es demasiado cara? ¿De verdad que da tanto miedo?

(Aquí me tienes, ignorando todos tus insultos y tratando de adoptar un tono más profesional, por cierto.)
Posy

Para ser un emprendedor digital y un mujeriego empedernido, verdaderamente Sebastian no andaba muy ocupado esa noche, porque le respondió casi de inmediato.

De: Sebastian@zingermedia.com
Para: PosyMorland@marcapaginas.net

¡Madre mía, Morland, qué espesa estás! Te estoy cediendo a Pippa durante el tiempo que la necesites, aunque me comenta que sobre todo trabajará a distancia porque tiene alergia al polvo.

Y sí, de verdad que da miedo. En una ocasión, se cruzó tanto conmigo por pasarme del tiempo que ella había asignado para comentar un tema en una reunión que me sacó el pañuelo del bolsillo de la chaqueta y lo cortó en dos. Delante de mis narices. De un tijeretazo.

Ahora que lo pienso, estoy seguro de que tú y Pippa os vais a llevar de maravilla.

Y deja ya de molestarme preguntando tonterías, que soy un tipo muy importante.

Sebastian

Sonaba a que Pippa era aterradora, pero también, exactamente, lo que más necesitaba Posy. Pippa sería capaz de convertir sus problemas en soluciones.

Ahora bien, la primera cuestión era que Sebastian seguía creyendo a pies juntillas su propia fantasía de que iban a abrir una librería especializada en novela policiaca.

Y también estaba el problema de la sesión de lluvia de ideas que parecía estar convencido de que necesitaban; pero tampoco había por qué hacer todo un tema de eso... Se podían limitar a hacer lo mismo que habían hecho en la sesión que habían tenido ellos antes y, simplemente, sustituir «novela romántica» por «novela policiaca». Si ese era el precio que había que pagar para contar con la ayuda de una gestora de proyectos profesional, a Posy no le importaba prestarse a la farsa. Confiaba en que Pippa se encargaría más de la logística y los asuntos generales y no se perdería en detalles como andar preguntando cuántas novelas policiacas había escrito Jilly Cooper.

Además, francamente, era culpa de Sebastian por no escuchar tantas veces lo que Posy le había repetido: que Marcapáginas se iba a convertir en la librería a la que dirigirse para comprar novela romántica.

No podía echar la culpa a nadie más que a sí mismo.

Para: Todos@marcapaginas.net
De: PosyMorland@puntodelibro.net
Asunto: Sesión de lluvia de ideas. Segunda vuelta

Hola a todos:

¡Lo primero, felicitaros por el excelente trabajo de esta semana, gracias a todos!

Bueno, en cualquier caso, el asunto es que tenemos que repetir la sesión de lluvia de ideas mañana por la tarde a última hora con el temido Sebastian. Aunque la verdad es que supongo que no es tan temible, porque nos va a prestar a su directora de proyectos para que nos ayude con el relanzamiento.

Se llama Pippa. Os quería pedir que por favor la recibáis bien cuando venga. Y también quería sugerir que intentemos comportarnos como libreros profesionales, así que, por favor, nada de aparecer con pastelitos franceses como la última vez. Ni repostería de ningún otro tipo.

Otra cosita más: como sabéis, Sebastian sigue convencido de que vamos a convertir Marcapáginas en una librería especializada en novela policiaca. (Tom, Nina y Verity te pondrán al día sobre este punto.) Evidentemente, no haremos tal cosa. De ninguna de las maneras. Pero, ¿podríais por favor fingir que sí? Sencillamente, repetid los comentarios de nuestra última sesión pero sin mencionar el género romántico. Limitémonos a hacer un montón de comentarios entusiastas sobre el libro del mes, un club de lectura, visitas de autores, bolsas de tela, etc.

La asistencia a la lluvia de ideas es obligatoria, pero luego nos podemos ir al Campanadas de Medianoche, jugar al *quiz* y tomar una cerveza. Un montón de cervezas. Sospecho que nos harán falta.

¡Siempre adelante, equipo!

Vuestra afectuosa amiga y perfectamente sensata jefa,

Posy

Al día siguiente, a las cinco de la tarde, se suponía que Posy debía cerrar la tienda, pero a eso de las cinco menos cuarto apareció un autobús entero de señoras que habían venido de excursión a Londres. Eran de Shepton Mallet, estaban en la capital para ver *Los miserables* y habían venido con tiempo, solo para hacer una parada previa en Marcapáginas.

—Leí sobre tu tienda en un blog literario. Decía que tenías una de las mejores secciones de novela romántica de todo el sureste del país y a mí no me gusta comprar cosas en Internet. Para cuando te quieres dar cuenta, le has dado los datos de tu tarjeta de crédito a un tipo de Kazajistán que puede acabar tranquilamente usándolos para comprar lanzacohetes en el mercado negro —le explicó una de las señoras a Posy, que desde luego pudo notar cómo se le henchía el corazón de orgullo, o igual la sensación que notaba era de tanto subir y bajar por la escalera de ruedas a buscar libros que daba la casualidad de que estaban en las estanterías más altas.

En el momento en que, mientras Posy iba cobrando, Nina intentaba pastorear a las clientas para que formaran una fila medianamente organizada, hizo su aparición en la tienda Sebastian seguido de una mujer que llevaba un vestido gris de lo más chic, una chaqueta entallada naranja chillón y un collar color turquesa, de modo que con solo mirarla te dieras cuenta de que era elegante y con las cosas claras, y además tenía mucha personalidad. Tenía que ser Pippa, que, por cierto, también tenía el pelo más sedoso y flexible, tipo anuncio, y la sonrisa más blanca, a excepción de la de la duquesa de Cambridge, que Posy había visto jamás. Con ese aspecto, podía perfectamente haber llevado una bata blanca y cantar las alabanzas del último avance tecnológico en champú o pasta de dientes, cuando no se estuviera dedicando a gestionar proyectos y mantener a Sebastian a raya, claro.

—Si anota sus datos en el libro de direcciones de la tienda la incluiremos en nuestra lista de distribución —dijo Posy automáticamente a la mujer a la que le estaba cobrando, que se acababa de comprar siete novelas, todas ellas ambientadas en París porque su marido se había negado a llevarla a la capital francesa para celebrar su aniversario de boda. Y luego Posy bajó la voz hasta convertirla en un susurro, mientras observaba cómo Sebastian la señalaba con el dedo en la distancia para beneficio de Pippa, quien por su parte le dedicó una gran sonrisa y la saludó con la mano—. Vamos a relanzar la tienda en un par de meses como librería especializada en novela romántica, así que muy pronto tendremos todavía más libros.

Observó cómo Sebastian conducía a Pippa hacia la sala de la izquierda, poniéndole una mano en el hombro para disculparse.

—Lo siento mucho, Pips, pero la tienda entera está llena de polvo. Espero que no te entren todas tus alergias de golpe.

Era la cosa más agradable que le había oído decir a Sebastian desde que Lavinia había muerto, pensó Posy mientras saludaba a la siguiente señora de la cola, que venía cargada con seis novelas eróticas escondidas bajo un ejemplar de *Grandes esperanzas*.

—Los libros son un caldo de cultivo perfecto para los gérmenes —oyó Posy que decía Pippa con un marcado acento de Yorkshire que hizo que pareciera algo menos intimidante. La profesora favorita de Posy en Queen Mary's era de esa región, de Huddersfield para ser más exactos, así que había algo en el acento de Yorkshire que a Posy le inspiraba inmediatamente confianza—. Es un poco como los típicos cuencos de frutos secos que ponen en las barras de los bares, que de promedio tienen como veinticinco muestras diferentes de orina.

Bueno, igual no.

—No creo que sea tanto debido a la acumulación de libros, sino más bien porque Posy, la que está dándole a la caja registradora con una expresión muy típica suya de malas pulgas y dos lápices sujetándole el pelo en un moño, es una dejada. Deberías ver cómo está el piso que hay encima de la tienda. Es digno de un episodio de ese *reality* sobre gente que acumula trastos.

Es que lo iba a matar. Y sería una muerte lenta y horrible. Pero, primero, Posy y Pippa tenían que ser formalmente presentadas. Pippa le sonrió de nuevo y murmuró unas palabras a modo de saludo, y luego procedió a hacer lo mismo con el resto del personal, siempre apretando la mano con decisión en el saludo. Y a continuación, por fin, Pippa dio un discurso corto pero sincero.

—No sé por dónde empezar a explicaros la ilusión que me hace colaborar con todos vosotros para hacer avanzar este proyecto. Vamos a ser un equipo genial. Para hacer realidad los sueños hace falta trabajar en equipo.

Posy no se atrevía a mirar a Nina ni a Tom, y la cabeza de Verity había desaparecido entre sus hombros, dándole un aspecto de tortuga muy triste y muy confundida. Cuando, al cabo de media hora, el grupo de señoras se marchó camino de *Los miserables*, Verity todavía no había levantado la cabeza. Por fin pudieron cerrar la tienda y fueron a sentarse todos a los sofás. Sebastian, luciendo otro de sus ridículos trajes, esta vez con camisa y complementos en tonos verde musgo, se quedó de pie, recostado con aire indolente en la escalera de ruedas, Pippa no paraba de picotear con el dedo la pantalla táctil del dispositivo que sostenía en las manos y, mientras tanto, una vez más Posy batallaba con el rotafolio al tiempo que musitaba algo sobre los peores crímenes.

—Así que, ¡bueno!, como ahora vamos a ser una librería «policiaca» —por mucho que lo intentara, Posy no podía evitar pronunciar la palabra entrecomillada—, he estado pensando que precisamente un buen nombre para la tienda podía ser El Peor de los Crímenes. ¿Alguna idea más?

—A mí me sigue gustando La Daga Ensangrentada —objetó Sebastian, pero Posy no tenía intención ni tan siquiera de darse por enterada de su presencia. No después de haberle oído decir que era una dejada. Y, además, le había llevado *años* perfeccionar el arte de los moños desordenados pero perfectamente sujetos con dos lápices.

—¿Alguna sugerencia más? —Posy lanzó una mirada suplicante a Tom, que se negó a mirarla a los ojos. Posy tenía la ligera sospecha de que Tom hubiera preferido trabajar en una librería especializada en novela policiaca, lo que habría sido mucho más viril que trabajar en una especializada en finales del tipo Felices Para Siempre—. ¿Nina?

Nina no la iba a abandonar en aquel trance, pero el hecho fue que puso cara de agonía insufrible y miró implorante a Verity, a la que tenía sentada justo enfrente, como buscando que la orientara un poco. Verity, por su parte, se encogió de hombros.

—Esto..., pueeees... ¿Qué tal *Se Ha Escrito un Crimen*? —sugirió por fin Nina—. Claro que me imagino que no todo el mundo va a hacer la conexión con la serie, que es donde está la gracia.

Tom consiguió por fin alzar la vista y mirar a Posy a los ojos.

—¿Y qué tal *Lector: Me Casé con Edward y lo Maté*? —dijo arrastrando las palabras con un aire desafiante que no era en absoluto habitual en él.

Verity resopló y Nina dejó escapar una risita. Hasta Sam, que estaba allí obligado y tras mucho suspiro y mucho aspaviento, porque insistía en que le parecía mal que Posy mintiera cuando siempre le estaba regañando por decir que había hecho los deberes cuando no los había hecho, se rio fugazmente desde algún lugar detrás de su flequillo.

—No tiene gracia, Tom —lo reconvino Posy con dureza mientras Sebastian le lanzaba a Tom una mirada vaga de desagrado.

—¿Qué es eso, una especie de broma de libreros que nadie más entiende? —quiso saber Thorndyke arqueando una ceja desdeñosa—. No lo pillo.

—¡Cómo lo ibas a pillar tú! —intervino Pippa, que había estado callada hasta ese momento—. Es un juego de palabras con una frase del final de *Jane Eyre*. Es un libro, Sebastian, escrito en el siglo diecinueve. Es completamente imposible que tú lo hayas leído, así que sigamos, ¿no te parece?

Posy pensó que muy probablemente acababa de enamorarse de Pippa.

Pippa, a su vez, se volvió hacia Posy.

—Sigue, por favor —le pidió—, de verdad que este proyecto me entusiasma.

—Bueno, de momento dejémoslo en La Daga Ensangrentada —se rindió Posy con poco entusiasmo. De hecho, ya estaba aburrida de tanta farsa—. Seguro que se nos ocurre algo mejor en los próximos días, y entonces podré darle las explicaciones necesarias al tatuador de Nina para que nos diseñe el logo y podremos ir pidiendo los rótulos y la cartelería y esas cosas, ¿no?

Hubo un murmullo de aprobación generalizado, aunque Pippa dejó por un instante de deslizar su dedo por aquí y por allá en la pantalla de su dispositivo.

—Tu logo, el que vas a usar en toda la comunicación y todas las actividades de la marca, ¿te lo va a diseñar un tatuador? —preguntó del mismo modo que lady Blacknell podría haberse interesado por un saco de mano en *La importancia de llamarse Ernesto*—. ¿Estás segura de que es buena idea?

Nina ya se estaba quitando la chaqueta.

—El tatuador en cuestión es un verdadero artista —declaró un tanto ultrajada mientras mostraba a Pippa el brazo de *Cumbres borrascosas* primero y el de *Alicia en el país de las maravillas* después—. Y además no nos va a cobrar nada, que también es un factor a tener en cuenta. ¿Podemos avanzar un poco, por favor? Porque ese evento importante que tenemos empieza en una hora... En fin, en cualquier caso, a mí me parece que sería excelente si hubiera un club de lectura que se reuniera en la tienda una vez al mes.

Posy asintió con la cabeza.

—Es una idea *excelente.* —Su intención era sonar entusiasta, pero le salió un tono más bien frenético—. Y otra idea... Es solo una idea, pero ¿qué os parece si el libro estrella en nuestra web fuera el que hubiera escogido el grupo de lectura ese mes?

—¿Estás diciendo que vamos a relanzar la página web al mismo tiempo que la tienda? —Por fin Nina iba entrando en el tema—. ¡Ya era hora! Claro que no podríamos tener todo el catálogo en línea, pero igual los cincuenta títulos más vendidos sí se podría, ¿no?

—¡Me está encantando esta sesión! —intervino Pippa—. Hablemos un poco más de la página web.

—Sam, ¿por qué no nos cuentas tus superplanes para darle una vuelta a la página web? —Posy se oía y le parecía estar a escasos segundos de tener un brote psicótico.

—¿Qué? ¿Me estás diciendo que lo tengo que volver a contar todo *otra vez*? No te preocupes, Posy, está todo controlado —declaró Sam lanzando un suspiro tan fuerte que se levantó el flequillo de los ojos—. Sophie va a ocuparse de las cuentas de Twitter e Instagram para la tienda, igual abre una de Tumblr también y, por cierto, no sé por qué no ha venido. También es parte del personal —añadió en tono dolido.

—Mañana tiene una entrega de un trabajo de Historia muy importante en el colegio —explicó Posy, y Sam dejó de mirarla a los ojos inmediatamente—. Y, ahora que lo pienso, ¿no significa eso que *tú* también tienes una entrega de un trabajo de Historia muy importante mañana?

—Eso también está controlado —la tranquilizó Sam, pero seguía sin mirar a Posy a los ojos.

Posy asumió su expresión más severa, lo que hizo que Nina volviera a soltar una risita.

—¿Estás seguro de eso?

Sam la atravesó con la mirada y Posy lo atravesó a él de vuelta con la suya, retándose mutuamente a ver quién era el primero en parpadear, pero la cosa acabó en empate al parpadear los dos cuando Pippa dio una palmada.

—Bueno, venga, sigamos avanzando —sugirió—. Nada de energías negativas, equipo, solo pensamientos positivos sobre grandes ideas que podamos poner en práctica rápidamente, ¿de acuerdo? Tom, ¿qué se te ocurre a ti?

Posy apartó la vista de Sam, pero lanzándole una última mirada que decía claramente «No te creas que he terminado contigo», para centrar su atención en Tom, que tenía a su vez la mirada clavada en el techo, con ojos parpadeantes y labios moviéndose pero sin pronunciar palabra audible, como si estuviera intentando acordarse del guion.

—¡Ah, sí! —dijo por fin—. Deberíamos tener también un club de escritura, y visitas de autores. Y... ¿qué era lo otro? —Tom no estaba haciendo el menor esfuerzo por parecer espontáneo y entusiasta—. Bolsas de tela, eso era.

—Me encanta —se entusiasmó Pippa—. ¿Y tú Verity? Has estado muy callada todo el tiempo...

Para entonces los hombros de Verity ya le estaban rozando las orejas. A Posy le dolía el alma de verla así. Una sesión de lluvia de ideas era poco menos que la materialización de todos y cada uno de los peores miedos de Verity. La pobre tragó saliva con dificultad extrema, pronunció con tensa voz chillona las palabras «puntos de libro» y volvió a hundirse en la esquina del sofá tratando de hacerse lo más pequeña posible.

Era momento de dejarlo, antes de que Posy perdiera interés en seguir no solo con la lluvia de ideas, sino viviendo en general. Sebastian tampoco había dicho nada hasta ese momento pero, a juzgar por las miradas torvas que iba lanzando en dirección a los sofás y el hecho de que no paraba de murmurar entre dientes, no iba a permanecer callado mucho más tiempo. Ya era un milagro que hubiese aguantado tanto tiempo sin intervenir. Igual Pippa había amenazado con sacar la tijera de nuevo y emprenderla con su traje.

—Bueno, yo creo que ya hemos terminado —se apresuró a declarar Posy—. Pippa, te mando por correo electrónico el plan de relanzamiento con todas las fechas y, si no es mucha molestia, igual podrías echarle un vistazo, por favor, y comprobar que no se nos haya olvidado nada, pero, por esta tarde, seguro que ya te hemos quitado demasiado tiempo.

—El tiempo es el recurso más valioso que tenemos —dijo Pippa—, pero yo te valoro, Posy, y valoro lo que estás haciendo, así que estoy encantada de dedicar tiempo a ayudarte.

Posy no estaba segura de cómo responder a eso ni de qué significaba exactamente, así que murmuró unas palabras de agradecimiento aprovechando que todavía había un poco de confusión y movimiento mientras la gente se iba levantando de los sofás. Después de la asombrosa imitación de una familia de perezosos que habían ofrecido Tom, Nina y Verity durante las últimas dos horas, ahora en cambio se habían levantado inmediatamente, ya tenían el abrigo medio puesto y estaban enfilando el camino de la puerta a una velocidad que rayaba en lo sobrehumano.

—¿Puedo ir yo también a la «historia» esa que tenéis? —preguntó Sam—. Porque, en serio, ya he terminado el trabajo de Historia, solo me quedan unos detalles y eso lo hago mañana, y de deportes sé un montón.

Dejar que Sam fuera al *pub* era dar un ejemplo terrible, sobre todo en una noche entre semana y sobre todo cuando Posy sabía de sobra que los detalles del trabajo de Historia seguramente eran casi todo el trabajo. Pero, por otro lado, en el último *quiz* del Campanadas de Medianoche les habían dado una soberana paliza porque no habían acertado ni una sola de las preguntas de deportes, y además ahora Posy no tenía fuerzas para discutir con Sam. Esa noche no.

—Sí, bueno venga, puedes ir —accedió con voz cansada, cuando Sam ya iba camino de la puerta con sus habituales pasitos cortos de cangrejo porque seguía necesitando zapatos nuevos pero Posy todavía no le había comunicado la buena nueva de que iban a ir de compras el sábado.

Y de repente eran tres. Pippa estaba mirando su pantalla con el ceño fruncido y el rostro de Sebastian estaba en plena transición de una mueca burlona a otra enfurruñada. Posy cerró los ojos y se puso a contar hasta cinco, pero solo había llegado al dos cuando...

—¡Échalos! ¡Despídelos a todos! ¿Pero de dónde demonios los has sacado? ¿Algún programa comunitario que trabaja con vagos completamente inútiles y apáticos? ¿De verdad les pagas un sueldo? —Sebastian alzó sus puños cerrados al cielo en un gesto de rabia, y luego por fin se pasó el pañuelo verde musgo por la frente—. Nunca creí que me oiría decir esto, pero creo que ha llegado el momento de volver a instaurar un servicio militar mínimo.

—¡Ay, pobre Sebastian! —comentó Pippa sin el más leve asomo de estar compadeciéndose en realidad—. ¿Has estado aguantándote las ganas de soltar todo eso durante la última hora?

—¡No he hecho más que empezar! —Sebastian se acercó a Posy en tres zancadas y la agarró por los brazos—. ¡Te tienes que deshacer de ellos! ¡No tienen la menor ética laboral!

Posy se soltó.

—¡Tienen una inmejorable ética laboral! —protestó, porque la verdad es que todos la tenían a su manera única y totalmente personal, por más que no hubiera resultado en absoluto evidente esa tarde—. Sencillamente, no se les dan bien las sesiones de lluvia de ideas para montar una librería especializada en novela policiaca cuando a ninguno de ellos ni siquiera le gusta la novela policiaca. Se suponía que nos íbamos a especializar en novela romántica —añadió para beneficio de Pippa, que estaba contemplando con cierta consternación un papel de un caramelo que había tirado en el suelo—. Lo siento, no he tenido tiempo de sacar la escoba antes de que llegarais.

—¡Ja! ¡Como si fueras a saber qué hacer con una escoba! —se burló Sebastian.

—Se me ocurren por lo menos dos usos —replicó con brusquedad Posy—. Así que —siguió defendiendo a su equipo—, por lo general, cuando no los intimidan para que hagan algo en lo que no creen, son muy trabajadores.

—¿Los intimidan? —preguntó Pippa—. ¿Entonces, no están de acuerdo con los planes de Sebastian de convertir la tienda en la central del crimen?

—No exactamente...

—*Nuestro* plan, Posy... —le recordó Sebastian con tono ultrajado—. Tú estabas de acuerdo en que era una idea excelente, que había un gran mercado para la novela policiaca y que era sexy, y te *encantó* la idea de las bolsas de tela.

—¡Sí, es verdad! Me encantó la idea de las bolsas de tela —reconoció Posy, que en ese instante desearía haber tenido una para meter la cabeza en ella y no tener que ver a Sebastian aparentemente tomándose aquello en serio y hablando con sinceridad genuina. La camisa verde musgo iba de maravilla con el color de sus ojos.

—Y a ti te encanta la idea de una librería especializada en novela policiaca —insistió Sebastian—, ¿verdad?

Posy empezó a articular la palabra «no». Iba a confesarlo todo. Notaba ya la lengua en los dientes de arriba, preparada para pronunciar la «n», pero Sebastian era de los que no aceptaban un no, de la misma manera que tampoco podía con la ropa de confección ni con el café instantáneo. Además, y pese a que todavía no se había puesto a gestionar nada, Pippa parecía el tipo de mujer capaz de cualquier cosa que se propusiera, y Posy necesitaba a una mujer así en su vida en esos momentos. Y había sido un día muy largo y estaba agotada, y una copa inmensa de vino tinto la estaba esperando en el Campanadas de Medianoche. No tenía tiempo para decir no.

—Ya, bueno, lo que sea —respondió al fin, porque le había funcionado de maravilla la última vez que lo había dicho.

—Necesito un compromiso total por tu parte, Posy. Ayn Rand dijo en una ocasión que «la cuestión no es quién me lo va a permitir, sino quién me lo va a impedir». —Pippa se había vuelto a poner el bléiser naranja y estaba ya de pie junto a la puerta con los brazos cruzados, lo que claramente indicaba que se quería marchar también. Sebastian tenía razón en lo que a la afición de Pippa por las citas inspiradoras se refería, pero Posy decidió que lo mejor era tenerla de su lado, sobre todo a la vista de sus superpoderes para lidiar con Sebastian, que confiaba en que algún día compartiría con ella.

—Estoy comprometida al cien por cien con el relanzamiento —declaró Posy con firmeza, lo cual no era mentir porque no había especificado de qué relanzamiento estaba hablando— ¿Te parece que nos volvamos a ver a principios de la próxima semana, cuando hayas tenido tiempo de mirarte el plan? Verity dice que tenemos que llegar para finales de junio, pero yo no acabo de ver cómo...

—Lo hablamos la semana que viene —prometió Pippa, y sonaba tan calmada, capaz y completamente serena ante la perspectiva de un relanzamiento a finales de junio que Posy deseó con todas sus fuerzas que le enseñara a ella a mantener así el temple—. Y ahora, ¿no te tenías que marchar a esa «historia» que tenías?

—¡Sí! ¡La historia esa!

—¿Qué es esa historia de marras? ¿Una historia que tenga que ver con la librería? —preguntó Sebastian—. ¿Debería ir yo también?

—¡Uy, no! —exclamó Posy horrorizada mientras empezaba a apagar las luces. Ya se encargaría del papel de caramelo luego—. Es una historia de libreros. Muy del sector. Te aburrirías como una mona. —Balanceó las manos en el aire adelante y atrás en dirección a Sebastian como quien espanta a un bicho—. Venga, vamos, ¿es que no tienes mejor sitio donde estar a estas horas?

—¿Y privarme de tu encantadora compañía, Morland? —La mirada burlona de Sebastian se deslizó por su nariz hasta aterrizar en Posy, pero él no se movió un centímetro de donde estaba.

—Sí, bueno..., ¡yo me voy! —anunció Pippa abriendo la puerta—. ¡Sebastian! ¡Mueve el culo, hombre!

Fue un milagro del calibre de la multiplicación de los panes y los peces, pero el hecho es que Sebastian movió el culo.

—¿Y cómo es que Sam sí va a la historia aburrida de libreros y yo no? ¿Y qué tiene que ver que Sam sepa mucho de deportes?

—Te lo explicaría pero es complicado. Aburrido y complicado —respondió Posy en el momento en que Sebastian cruzaba el umbral de la puerta, con lo que por fin podía salir ella también y cerrar—. Tanto hacerte el remolón, Sebastian..., cualquiera diría que te gusta mi compañía.

—No se me ocurre por qué iba a pensar nadie semejante cosa —respondió él con altanería, y a Posy le hubiera encantado quedarse a intercambiar unos cuantos insultos y comentarios hirientes más, pero estaban a punto de dar las siete y corría muy serio riesgo de perderse el principio del *quiz*.

—Voy a llegar tarde, pero que muy tarde. Me tengo que ir volando. Un placer conocerte, Pippa —añadió Posy, y luego se alejó a un paso vivo que fue aumentando de ritmo hasta que acabó atravesando el patio a la carrera para doblar la esquina y entrar por fin por la puerta del Campanadas de Medianoche antes de que Sebastian tuviera tiempo de seguirla.

Seducida por un canalla

Mientras se apresuraba a subir la imponente escalinata de Thornfield House, la residencia londinense de lord Thorndyke, Posy sintió que el miedo la envolvía como una tenue bruma de perfume.

El ama de llaves la acompañó a la biblioteca. Era una mujer capaz y segura de sí misma que lucía su sobrio vestido negro como si fuera la última moda de París y respondía al nombre de Pippa (recordatorio: tengo que averiguar el apellido de Pippa). Posy tuvo de repente la sensación de que el cuerpo del discreto vestido de paseo de color gris que llevaba le apretaba mucho, tanto que estaba a punto de sufrir un desvanecimiento.

Pero Posy Morland, huérfana, tutora de su hermano de quince años, Samuel, y heredera de toda una serie de desafortunadas deudas contraídas por su difunto padre, no había sufrido un desvanecimiento en su vida y no tenía ni la menor intención de tener el primero precisamente en la tesitura en la que se encontraba.

Así que optó por respirar hondo un par de veces, a pesar de que en el ambiente de la estancia flotara un ligero aroma a puro, y luego se dirigió con paso grácil hasta la estantería más cercana.

Posy nunca se hubiera sentido sola ni asustada en una habitación llena de libros. Sus esbeltos dedos acariciaron la hilera de lomos encuadernados en cuero ajado por el paso del tiempo. ¿Quién hubiera podido imaginar que un libertino, un bribón, un granuja como Thorndyke tenía una biblioteca tan nutrida?

En el preciso momento en que la pregunta cruzaba su mente se abrió la puerta y apareció en el umbral el mismo Thorndyke, vestido completamente de negro, lo que le daba aspecto de ángel caído.

—Señorita Morland —dijo con voz grave y sonora—, ¡qué inesperado placer!

—Lord Thorndyke —lo interpeló Posy con voz calmada, pese a que el corazón le latía de forma errática y estaba prácticamente sin resuello—, os ruego que disculpéis la intromisión, pero he venido a haceros una propuesta.

—¡Ciertamente interesante! —El caballero parecía acaparar cada vez más aire de la estancia con cada larga zancada que daba hacia ella, hasta que llegó junto a Posy y la acorraló contra las estanterías repletas de libros, que a la joven ya no se le antojaban como amigos sino como testigos de su humillación. Thorndyke bajó la mirada para clavarla en ella desde las alturas de su imponente figura, y Posy se sintió como un zorro aprisionado en una trampa—. Así que una propuesta... Confieso estar intrigado.

—Pues tampoco es que sea motivo de tanta intriga, os lo aseguro. —Apenas había espacio suficiente entre ellos como para que Posy pudiera abrir su bolso de tela y extrajera el tesoro que contenía—. Pensé, es decir, confiaba en que aceptaríais estos objetos como garantía en pago de la deuda de cincuenta guineas cuya cancelación exigís con tanto ahínco, por más que cincuenta guineas no sea más que una gota en el océano para vos —concluyó ella con tono ofendido.

—Vamos, vamos, señorita Morland, si queréis que acceda a aceptar vuestra propuesta debéis comportaros de un modo más conciliador —argumentó Thorndyke arrastrando las palabras con calculada lentitud al tiempo que fruncía ligeramente el ceño. Y entonces dio un golpecito con un dedo al paquete envuelto en un retal de muselina que ella asía con dedos crispados—. Os sugiero que mostréis vuestras cartas.

Lanzando un suspiro de resignada rendición, Posy abrió la muselina para mostrar una fina alianza de boda de oro y un juego de broche y relicario decorados con granates.

—Pertenecían a mi difunta madre —explicó—. Son los únicos objetos que todavía conservo que tengan cierto valor y os ruego, os imploro que los aceptéis en señal de buena voluntad y garantía de que saldaré la deuda de mi padre. Y, si en un plazo de doce meses no lo hago, podréis disponer de estas prendas como gustéis.

¡Maldito seáis!

—¿Pero qué utilidad puedo encontrar yo a estas baratijas, esta bisutería de tres al cuarto, cuando en realidad disponéis de otras riquezas mucho más tentadoras con las que negociar? —preguntó él, y antes de que Posy tuviera siquiera tiempo a preguntarle a qué se refería, pues desconocía de qué riquezas podía estar hablando, él bajo la cabeza de modo que ella pudiera sentir la caricia de su aliento en la mejilla—. Os propongo, mi dulce señorita Morland, que calentéis mi lecho, yaciendo en mis brazos cada vez que así lo desee yo durante esos mismos doce meses, y al cabo de ese tiempo podréis considerar saldada vuestra deuda.

Posy se quedó horrorizada y atónita ante el gesto burlón que se dibujó en las facciones del caballero, y entonces él de repente la estrechó entre sus brazos y se lanzó al saqueo de los dulces labios que tan solo se habían entreabierto para negarse a su indecente propuesta.

Posy apenas durmió durante el resto de la semana. ¿Cómo iba a dormir cuando la reconcomía la indignación contra sí misma al pensar en la escabrosa historia que brotaba de su imaginación cada vez que tenía quince minutos libres delante del ordenador?

Y si se las ingeniaba para conciliar un sueño agitado y ligero de vez en cuando, entonces tenía que batallar con imágenes de ella y Sebastian unidos en un apasionado abrazo, ataviados con trajes típicos de la época de la Regencia. Se acababa despertando a causa de su propio grito entrecortado de pánico, con el cuerpo ardiéndole como si estuviera pasando por una menopausia temprana, y se pasaba el resto de la noche haciendo esfuerzos en vano por encontrar la postura y acallar la voz insistente dentro de su cabeza que se preguntaba si Sebastian besaría igual de bien en la vida real.

El sábado por la mañana, sin apenas haber dormido y todavía profundamente avergonzada de sí misma, Posy no estaba precisamente de humor para una expedición de compras por Oxford Street. La verdad es que hubiera preferido que le hicieran un par de endodoncias sin anestesia. Aun así, era la tutora legal de Sam y, si no le compraba, y pronto, unos zapatos para el colegio en los que le cupiera el pie y con los que por tanto pudiese caminar con normalidad, igual acababan interviniendo Servicios Sociales.

A base de ensayo y error, y gracias a una dilatada y amarga experiencia, Posy había aprendido que, cuando tenía que llevar a Sam a comprar cualquier cosa que no fuera comida o videojuegos, lo mejor era no avisarlo con antelación.

Tenía que pillarlo desprevenido porque, si no, varios días antes de la sesión programada de compras, Sam empezaba misteriosamente a padecer todos los síntomas de la gripe porcina y hasta se ofrecía voluntario para actividades escolares de fin de semana y, en general, se quejaba y a la vez trataba por todos los medios de camelarse a su hermana para librarse de una excursión a Oxford Street.

Así que, en cuanto todo el personal estuvo ya en la tienda y en sus puestos, Posy cogió a Sam por banda en cuanto este apareció tranquilamente por la escalera con la sana intención de lanzar embelesadas miradas furtivas a Sophie y contaminar el ambiente con el desodorante de olor más penetrante jamás fabricado hasta la fecha.

—Coge el abrigo —le dijo Posy dándole su anorak con gesto resoluto—. Nos vamos de compras.

—¿A Sainsbury's? —preguntó Sam entornando los ojos con desconfianza—. ¿A comprar comida?

—Eso a la vuelta, después de que te hayamos comprado zapatos y pantalones nuevos para el colegio. ¿Y qué tal andas de ropa interior, por cierto?

Sam lanzó un gemido de dolor, igual que si se acabara de pillar el dedo con una puerta. Demasiado tarde. Posy miró a su alrededor y vio que Sophie andaba cerca, reponiendo ejemplares en la mesa donde tenían expuestas las novedades.

—No pasa nada —comentó Sophie—, no he oído nada en absoluto sobre la ropa interior de Sam.

—Siempre dejándome en ridículo —murmuró el muchacho entre dientes, furibundo—. No pienso ir a ninguna parte contigo, y mucho menos después de lo que pasó la última vez.

—Eso fue culpa *tuya*. —La última vez que habían ido de compras, en plenas rebajas de enero, a punto estuvieron de llegar a las manos, enzarzados en una discusión sobre qué eran unos pantalones decentes para ir al colegio. Y luego Sam se había negado a entrar en GAP con ella y Posy se había visto obligada a acercar las prendas que le parecían que podían estar bien hasta la ventana del escaparate y sostenerlas en alto para que Sam las viera. Por desgracia, eso había provocado que saltaran las alarmas y la habían acusado de estar robando aunque, una vez hubo explicado toda la situación al jefe de seguridad, este había estado muy amable y comprensivo —tenía un hijo adolescente de la misma edad que Sam— y había acabado escoltando a Sam obligado hasta el probador y montó guardia fuera mientras el chaval se probaba pantalones hasta que por fin se había comprado unos. Todo aquello le había quitado a Posy unos cuantos *años* de vida—. Los pantalones se te han quedado cortos y no puedes caminar con esos zapatos, así que vamos a ir de compras. Fin de la discusión.

Ya estaban discutiendo y todavía ni se habían acercado a Oxford Street. Mal presagio.

—Puedo caminar perfectamente con estos zapatos —replicó Sam dando un par de pasos de *geisha*—. ¿Lo ves?

—Eso no es caminar, más bien es arrastrar los pies a pasitos cortos. —Posy decidió probar otro enfoque—. Mira, esta noche te he dado permiso para hacer fiesta de pijamas en casa de Pants, así que tómate esto como el precio que tienes que pagar para poder quedarte hasta las tantas jugando a *Grand Theft Auto*.

Incluso a través del flequillo, Posy pudo distinguir que Sam estaba poniendo los ojos en blanco. También necesitaba un corte de pelo urgente, pero intentar llevarlo a comprar ropa y además a la peluquería, todo el mismo día, ya era tentar mucho a la suerte.

—Solo me dejas quedarme a dormir en casa de Pants para poder tú salir y emborracharte —argumentó Sam con aire indignado—. Y no es un rollo fiesta de pijamas, que no tenemos diez años ya. Vamos a estar por su casa con nuestras movidas y luego me quedo a dormir.

—Mismo perro con distinto collar —contraatacó Posy entonando el dicho con voz aguda de burla cuando se oyó el tintineo de la campanilla de la puerta, aunque oficialmente faltaban diez minutos para la hora de abrir.

—¡Hombre, Sam! ¿Qué te parece escaparte un rato de la dictadura de la enagua? —dijo una voz, e inmediatamente Posy sintió que se ruborizaba como si de repente estuviera expuesta al calor de mil soles ardientes.

—¡Sebastian! —exclamó Sam encantado, zafándose inmediatamente de su hermana, que no tuvo más remedio que darse la vuelta.

Posy habría preferido mucho más quedarse donde estaba, en el rincón de cara a la pared, sí..., igual que si estuviera castigada, pero era una persona hecha y derecha, y a veces las personas hechas y derechas —muchas veces, en realidad— tenían que hacer cosas que no les apetecían.

Sebastian iba todo de negro, igual que en el último capítulo de su novela. (Claro que tampoco es que fuera una novela. ¡A saber qué era aquello! Los delirios de una mujer que necesitaba salir más.) Como concesión por ser fin de semana, Thorndyke llevaba unas Converse negras. Y estaba mirando a Posy con desconcierto.

—¿Ves algo que te guste, Morland?

¿Se lo había quedado mirando fijamente, como embobada? ¡Sí, lo estaba mirando con cara de boba, con las mejillas arreboladas y la boca abierta!

—Nada en absoluto. —Hizo memoria para recordar el gambito con el que había abierto él la partida—. Y esto no es una dictadura de la enagua, sino una democracia.

—De eso nada —interrumpió Sam—, es un estado totalitario, eso es lo que es.

—Bueno, en cualquier caso te tendrás que aguantar hasta que cumplas los dieciocho, ¿no?

—¡Ay, madre! ¿No me habré metido en medio de una pelea doméstica? Bueno, lo mismo da. He venido a apartarte de todo esto, Sam —dijo Sebastian al mismo tiempo que sacaba dos entradas del bolsillo de su chaqueta—. Tengo un par de pases para una sesión de preguntas con expertos en videojuegos que hay esta mañana en la Conferencia Internacional del Mundo de la Informática, ¿te apetece ir?

Sam tenía un dilema horrible, Posy se daba perfecta cuenta de ello. Y no era porque en el fondo le entusiasmara la idea de pasarse la mañana pateando Oxford Street, pero sí que lanzó una mirada anhelante a una Sophie que estaba charlando con Nina detrás del mostrador, completamente ajena a lo que pasaba. Ni Sophie podía competir con la oportunidad de irse con su nuevo ídolo, Sebastian, a una conferencia sobre videojuegos.

Miró a Posy con ojos de carnero degollado.

—Por favor —dijo ingeniándoselas para estirar las sílabas lo indecible para mayor efecto dramático—, por favor, Posy, aprenderé un montón de cosas, y te prometo que mañana vamos de compras si no estás con demasiada resaca. Y te juro que entraré en todas las tiendas que quieras y no te soltaré ni media impertinencia.

—Por favor, Posy, por favor, dale permiso a Sam para que venga a jugar —se unió a las súplicas Sebastian con una risita tonta—. Te prometo que te lo traeré de vuelta antes de que oscurezca.

Posy sabía cuándo le habían ganado la partida.

—Bueno, está bien, puedes ir. ¿Necesitas dinero?

—No des más la lata, Posy —la regañó Sebastian, que ya había rodeado con un brazo los hombros de Sam y se lo estaba llevando, sin encontrar la menor resistencia en el chaval, camino de la puerta—. Yo me ocupo de Sam, tú ocúpate de nuestra librería.

Posy se pasó las horas que siguieron preocupándose por si Sebastian habría dejado a Sam abandonado en un taxi o si lo habría dejado tirado en cuanto se le hubiera cruzado una rubia atractiva. A pesar de todo, logró tachar diez cosas de su lista de tareas, por más que aún le quedaran otras cien por hacer; el comentario sobre «nuestra tienda» de Sebastian, cuando era «su» tienda, le había puesto las pilas.

Para cuando había terminado de escribir los textos de la nueva página web ya eran las cuatro de la tarde y su hermanito, que andaba callejeando por ahí con el hombre más maleducado y también más irresponsable de todo Londres, seguía sin aparecer.

—¿Dónde estás? —le preguntó a Sam en un mensaje de texto mientras salía a todo correr a comprar unas medias negras sin agujeros porque de repente había caído en la cuenta de que iba a salir esa noche y todavía ni se había duchado, y encima llevaba tres días sin pasarse la cuchilla por las piernas.

—Vuelvo en un rato —decía el mensaje de respuesta que le había enviado Sam, junto con una larga ristra de emoticonos que podrían haber sido urdu para lo que entendía Posy.

Dieron prácticamente las seis de la tarde, y Posy estaba casi a punto de llamar a la policía para denunciar la desaparición de Sam cuando él y Sebastian entraron en tromba por la puerta de atrás.

Posy, recién duchada, con el vestido negro de las fiestas ya puesto y el pelo cogido con rulos de gomaespuma, los contemplaba desde lo alto de la escalera con las manos en las caderas.

—¿Qué horas son estas? —rugió.

—Te dije que lo traería de vuelta antes de que oscureciera, y técnicamente el sol se pone a las 18:03 horas, así que hasta llegamos un poco pronto —la informó Sebastian mientras él y Sam subían las escaleras.

Posy tenía mucho que decir al respecto, pero luego vio a Sam detrás de Sebastian y decidió que podía esperar, porque no había visto a su hermano sonreír así desde hacía mucho mucho tiempo. El muchacho lucía una sonrisa de oreja a oreja mientras subía las escaleras prácticamente dando saltos de felicidad.

—¿Lo has pasado bien? —le preguntó ella.

—¡Posy, ha sido increíble! —respondió, y luego se acordó de guardar la compostura—. Sí, ha estado guay. Bueno, eso, guay..., lo que sea.

Sebastian pasó a su lado camino del piso y el leve roce de la manga de su chaqueta en el brazo de Posy la hizo ruborizarse de nuevo, aunque para entonces él ya estaba en el cuarto de estar, lanzando la chaqueta sobre el respaldo de una silla y tomando asiento.

—Pon agua a hervir, Morland, veamos si haces un té tan imposible de beber como tu café.

—Ponte cómodo, estás en tu casa, ¿eh? —musitó Posy entre dientes, y Sam volvió a sonreír.

Fue entonces cuando se dio cuenta de que ya no llevaba la cara oculta detrás de una cortina de pelo de flequillo.

Miró a su hermano más fijamente. Sus sospechas eran correctas: ya no le cubría la barbilla la pelusa de la incipiente barba. Sam soportó su inspección sin decir nada, pero se mordió el labio cuando Posy bajó la vista hacia los vaqueros nuevos y el par de zapatillas de deporte a la última moda, y varias bolsas amarillas de Selfridges que había en el suelo.

El rostro de Posy había vuelto a ruborizarse, pero ahora por un motivo completamente distinto.

—¿Qué habéis estado haciendo? —preguntó con voz tensa—. No has parado de quejarte y lloriquearme porque tenías que ir de compras, ¿y ahora tú y Sebastian vais y compráis medio Selfridges? ¡Selfridges! ¿Cuánto se ha gastado para comprarte todo esto?

—Posy, ya lo sé. Oye, aquí no —susurró Sam—, vamos a la cocina.

Una vez en la cocina y con la puerta cerrada y las bolsas sobre la mesa, Sam le enseñó lo que contenían. Un traje negro muy elegante, camisas y chaquetas de punto, un par de zapatos de cuero de suela gruesa, todo perfecto para el colegio pero con unos precios en las etiquetas que hicieron que a Posy le entraran ganas de llorar. Y luego también había productos de perfumería: una loción limpiadora y una hidratante, un juego de afeitado y un frasco de loción para después del afeitado de Tom Ford.

—Sebastian dice que lo use en cantidades pequeñas, que a las chicas no les gusta que te eches un kilo, y que también me tengo que trabajar el rollo de *freak* de la informática...

—No —lo interrumpió Posy—. Lo vas a devolver todo. Todo. Y espero que hayas guardado los *tickets*. Pero ¿cómo le has dejado que se gaste este dineral en ti?

—Ya le dije que no, ¡te lo juro! Una y otra vez, pero es imposible decirle que no a nada. —A Posy no le cabía la menor duda—. Dijo que al no tener padres me había perdido un montón de regalos de cumpleaños y de navidades y que, simplemente, estaba reequilibrando las cosas. Y también me ha llevado a una barbería muy elegante y me han enseñado a afeitarme. Jo, Posy, tú eres genial, pero a mí me daba demasiado corte preguntarte algunas *cosas*. Y, además, tú siempre te cortas las piernas cuando te pasas la cuchilla, y afeitar una cara es mucho más complicado que unas piernas. ¿Por qué te has vuelto a poner roja? ¡Ay, por Dios! No estarás llorando, ¿verdad?

—Claro que no —respondió ella, pero estaba sorbiendo por la nariz ligeramente y unas lágrimas incipientes le nublaban un poco la mirada.

Cuando a ella le había venido la regla por primera vez a los catorce años, pillándola por sorpresa mientras se cambiaba después de una clase de educación física, se había ido corriendo a casa a contárselo a su madre. Habían hablado de lo que estaba pasando y su madre ya tenía preparados los tampones y las compresas. Aun así había sido una tremenda sorpresa, aun así se había sentido aterrorizada, como si hubiera abandonado de pronto las cómodas fronteras de su infancia pero sin estar todavía preparada para la vida adulta.

Posy había estado un rato llorando abrazada a su madre como la niñita que todavía se resistía a dejar atrás, y al sábado siguiente su madre había dejado a Sam —que aún era un bebé que ni dominaba del todo el arte de ponerse de pie sin ayuda— a cargo de su Lavinia y Perry, y ambas habían pasado el día juntas por ahí. Habían ido a TopShop a comprar maquillaje, y a Marks & Spencer a por ropa interior chula, y luego a la Patisserie Valerie a tomar el té. Después, ya de vuelta en Marcapáginas, su padre había organizado una fiestecilla con Lavinia y Perry y las chicas de la tienda, y Posy se había tomado su primera copa de champán.

Su madre había convertido una situación nueva y un tanto aterradora en un motivo de celebración.

—Estoy deseando conocer a la mujer en la que te vas a convertir —le había dicho mientras las dos volvían andando a la librería después de haberse comido un buen trozo de delicioso bizcocho—. Sé que será tan inteligente y divertida y tan buena gente como ya lo eres ahora. Y también estoy convencida de que puedes ser cualquier cosa que te propongas. Pero yo siempre estaré a tu lado, Posy. Incluso las mujeres más increíbles hay veces que se sienten inseguras y asustadas, y en ocasiones necesitan un beso y un mimo de sus madres.

Si sus padres siguieran vivos, Sam y su padre habrían pasado juntos un día parecido. Seguramente no habrían entrado en el debate sobre si son mejores las compresas o los tampones, pero sí que habrían hablado del hombre en que Sam iba a convertirse, de los cambios que estaba experimentando y de cómo afeitarse. Posy haría lo que fuera por Sam, pero había cosas que no podía hacer y, por alguna razón, de todas las personas que sobre la faz de la Tierra, había tenido que ser Sebastian el que se hiciera cargo de la situación.

Así que Posy tragó saliva y con ella su indignación, y sonrió.

—¿Lo has pasado bien entonces?

—Sí, y no te he contado nada de la conferencia sobre videojuegos a la que hemos ido. —Sam volvió a meter toda la ropa de diseñador de vuelta en las bolsas sin la menor consideración por su estatus de ropa de diseñador—. Aunque seguramente la mitad no lo entenderías, pero Pants sí lo va a entender. Porque sigo teniendo permiso para ir a su casa, ¿no?

—Claro que sí —respondió Posy, porque todavía tenía pensado salir a beber vodka sueco helado en compañía de un montón de suecos ardientes y porque, en ese momento, Sam tenía carta blanca, aunque, por supuesto, eso no se lo iba a decir a él—. Te he traído unas cuantas golosinas y cosas de Sainsbury's para que lleves a casa de Pants.

No era un montón de ropa de diseñador, solo unas cuantas bolsas de patatas fritas, chocolatinas y Haribos, pero Sam las recibió con tal entusiasmo que hasta le dio un beso al marcharse. Y entonces, por fin, Posy puso a hervir el agua.

Se esmeró particularmente con el té de Sebastian, asegurándose de dejar la bolsa dentro el tiempo necesario para que el agua se pusiera del color perfecto, y le puso leche fresca y no la que llevaba una semana en la nevera. Aunque sus esfuerzos no iban a ser precisamente apreciados.

—¡Por Dios, pensé que habías ido hasta la India a por el té! —se quejó él cuando Posy volvió al cuarto de estar con dos tazas y le entregó una—. Esto no es Earl Grey.

—Es Tetley's —le informó Posy con calma mientras le entregaba cinco billetes de veinte libras—. Había apartado este dinero para comprarle ropa a Sam. Soy plenamente consciente de que no es ni una décima parte de lo que te has gastado en él, pero...

—¡Ay, Morland, no seas tan rollo! —protestó Sebastian devolviéndole los billetes bruscamente. Ella insistió en dejarlos sobre la mesa de café, justo delante de él, pero Sebastian ignoró el gesto y se acomodó en el asiento, cruzando las piernas y mostrándose, en general, sumamente relajado en el cuarto de estar de Posy, en su vida, con su hermano pequeño—. Sencillamente, Sam comentó que mañana serías incapaz de llevarlo de compras si tenías resaca. Dijo que te pasarías la mayor parte del día tirada en el sofá viendo unas películas terribles y rogándole a intervalos regulares que te hiciera tostadas con queso gratinado. Así que sentí que tenía que hacer algo. Apenas podía caminar con esos zapatos que llevaba.

Sam había exagerado muchísimo la gravedad de sus resacas. *No* eran para tanto. Pero eso daba igual ahora. Posy dio un sorbo de té.

—Bueno, en cualquier caso, gracias por salir con él hoy y por todo lo que le has comprado, pero me deberías haber pedido permiso...

—Ibas tan bien con el discurso de agradecimiento... pero al final lo has tenido que fastidiar, ¿no? —Sebastian sonrió con suficiencia por encima del borde de la taza de té, cosa que le facilitó mucho a Posy decir el resto de cosas que quería decir, porque ya estaba otra vez comportándose como un gilipollas.

—Quiero a Sam. Me puedes quitar la tienda, puedes quemar todos mis libros, destrozar todo lo que tengo, y lo superaría, pero si le haces daño a él, Sebastian, te juro que te lo haré pagar. Te torturaré de todos los modos posibles pero no te mataré, no si puedo asegurarme de que experimentes una auténtica agonía cada vez que respires hasta el último aliento de tu patética vida. ¿Lo has entendido?

Esas palabras borraron la sonrisa burlona de los labios de él de golpe.

—No sé cómo hemos pasado de darme las gracias a amenazar a mi pobre cuerpo indefenso con todas las penas del infierno.

—Es sencillamente una advertencia amistosa. No puedes decidir que Sam es un entretenimiento divertido y luego abandonarlo cuando te aburras. ¡Sam, no es una de tus mujeres! —añadió ella apresuradamente, y a Sebastian no le gustó el comentario, porque de pronto cambió radicalmente su postura, pasando de estar medio recostado plácidamente a sentarse mucho más erguido y tenso, y apareció en sus ojos un brillo que no habían tenido antes.

—¿Y qué sabes tú de mis mujeres? —le preguntó con tono despreocupado.

—La mitad del puñetero Londres sabe de tus mujeres —le recordó Posy—, no paras de salir en el *Evening Standard*. Hace poco hubo una rubia cuyo marido te mencionó con nombre y apellidos en la demanda de divorcio.

—¡Ah, ese! El que se estaba tirando a su secretaria desde hacía ya tiempo.

—Y luego había también otra rubia, la modelo de pasarela aquella que vendió a los periódicos un reportaje sobre tus preferencias sexuales. —Posy tuvo que hacer una pausa, porque Sebastian estaba sonriendo con aire petulante una vez más, y ella se estaba acordando de lo que había dicho la rubia sobre los modales de Thorndyke en la cama, o más bien la falta de ellos: «Una noche hicimos el amor cinco veces y me prohibió terminantemente que abriera la boca para decir ni mu».

No había maquillaje suficiente en el mundo para disimular el rubor que teñía las mejillas de Posy al recordar la frase, y si aquella conversación hubiera sido parte de un diálogo de la ridícula historia ambientada en el periodo de la Regencia que estaba escribiendo ella, habría sido el momento en que Sebastian la habría atraído hacia sí con fuerza para ordenarle con voz grave y aterciopelada: «¡Ni una palabra más, señorita Morland!»

Debería haber sido fisiológicamente imposible que la cara de una persona adquiriera un tono tan rojo como el de la de Posy en esos momentos, pero Sebastian no parecía darse cuenta porque, con la taza de té apoyada en una rodilla, se inclinó ligeramente hacia delante y dijo con aparente seriedad:

—En serio, Morland, las tonterías que salieron de la boca de esa mujer fueron increíbles, como para volverse loco. —Negó con la cabeza, como si estuviera librándose del recuerdo expresamente—. Bueno, en cualquier caso, estábamos hablando de Sam, y Sam me cae bien. Me cae muy bien. No tenía la menor idea de que un chaval de quince años pudiera caracterizarse por algo más que acné y masturbación crónica.

Posy no tuvo más remedio que ocultar la cara entre las manos. Ojalá hubiera habido otro candidato disponible para ejercer el papel de modelo de comportamiento masculino a seguir a ojos de Sam. O, por lo menos, un modelo de comportamiento. Quizá Posy haría otro intento de reclutar a Tom para la tarea, aunque la última vez que le había pedido que sacara un poco por ahí a su hermano y charlaran habían ido a un Starbucks y a la media hora ya estaban de vuelta, y venían los dos lívidos. «Nunca más», había declarado Tom con voz grave. «No paraba de hablarme de verrugas en los genitales y de la importancia de no dejar a ninguna chica embarazada. *Nunca* jamás me vuelvas a dejar solo con él», se había quejado amargamente Sam, por su parte.

Así que tal vez Tom no era el candidato ideal para la tarea. Posy decidió que hablaría con el maravilloso Stefan del *deli*, que era una opción mucho más prometedora, cuando lo viera esa noche.

—Ni se te ocurra llevar a Sam por el mal camino —reconvino ella a Sebastian con severidad—, tiene una edad en la que es fácilmente influenciable.

—¡Vaya, yo que tenía pensada una excursión a un fumadero de opio para la próxima vez que nos viéramos! Pero bueno, eso puede esperar hasta que cumpla los dieciséis! —Arqueó las cejas contemplando a Posy con curiosidad—. Esas cosas que llevas en el pelo, ¿qué demonios son?

Posy había estado pontificando sobre lo divino y lo humano con los rulos de gomaespuma rosa chillón en el pelo todavía.

—Son para ondularme el pelo —explicó con aire distraído—. Voy a salir, y va a haber ríos de vodka, gracias a Dios, porque tratar contigo hace que me entren ganas de darme a la bebida, Sebastian.

—He empujado a mujeres a cosas mucho peores que la bebida —sentenció él cruzando las piernas para proceder a balancear arriba y abajo el pie que quedaba en el aire—. En una ocasión arrastré a una mujer a un club muy sórdido en Ámsterdam. ¡Vimos cosas de lo más interesante! —rememoró mirando a Posy de arriba abajo—. ¿Es eso lo que te vas a poner?

Llevaba un vestido negro suelto con encaje que escondía una superficie significativa de las partes flácidas de su anatomía pero, en cambio, le permitía lucir la parte nada flácida de sus muslos. Posy se puso inmediatamente a la defensiva.

—¿Por qué? ¿Qué problema hay?

—Ningún problema —respondió Sebastian haciendo una mueca—. Pero es un poco corto, ¿no?

—¿Me estás diciendo que tengo las piernas gordas? —Posy bajó la mirada hacia las extremidades infractoras. No le había parecido que tuviera piernas gordas antes, igual les faltaba un poco de tonificación, pero le había dado la impresión de que con las medias negras opacas ese asunto quedaba solucionado.

—Solo he dicho que llevas un vestido un poco corto. No he mencionado para nada tus piernas —señaló Sebastian, si bien ahora las estaba mirando como si nunca hubiera visto un par de piernas en su vida. Comparadas con las piernas de las mujeres con las que él solía salir, todas ellas esbeltas y etéreas, las piernas de Posy debían de parecerle poco menos que dos robustos troncos—. A lo que me refiero es a que no quieres que la gente, o sea, los hombres, se hagan una idea equivocada.

—¿Una idea equivocada?

—De que vas pidiendo guerra cuando no es el caso. O no deberías. ¿Qué ejemplo le vas a dar a Sam si andas lanzándote en brazos del primero que pase en cuanto se te va la mano con el vodka? —dijo Sebastian dejando escapar un suspiro—. Por lo menos supongo que te las habrás ingeniado para mantener el resto de tu anatomía bien tapado.

—¿Pidiendo guerra? ¿Lanzándome en brazos de los hombres? ¿El resto de mi anatomía? —repitió Posy incrédula.

—Menuda conversación vamos a tener si no haces más que repetir cada cosa que diga yo... —se quejó Sebastian inclinándose hacia delante para mirarla fijamente a la cara—. ¿Estás segura de que no has empezado ya a darle al vodka?

—¡Dios, no puedo más! —le costaba articular las palabras—. ¡Fuera! ¡Fuera de mi vista inmediatamente!

—Pero, ¿por qué? ¿Qué he dicho?

—¿Qué has dicho? ¡Qué no has dicho, más bien! ¡Fuera! —Posy se había puesto de pie y estaba tirando de la mano de Sebastian, aunque él no respondió a los tirones, sino que entrelazó sus dedos con los de Posy de modo que, durante un incómodo instante, prácticamente estuvieron cogidos de la mano hasta que Posy se soltó—. ¡Vamos, lárgate, que tengo prisa! Tengo que despachar a muchos hombres esta noche, según tú. Bueno, claro, suponiendo que no les horroricen mis inconmensurables muslos y salgan corriendo.

—Te estás comportando de un modo irracional, Morland —dijo Sebastian, pero al mismo tiempo estaba descruzando las piernas y disponiéndose a levantarse—. Retuerces el sentido de todo lo que digo. Mira, igual sí que te hace falta echar unos cuantos polvos, porque estás increíblemente tensa. Pero con un solo hombre, me refiero —se apresuró a añadir cuando oyó el gruñido de ira a punto de desbocarse que acababa de emitir Posy, que nunca jamás había gruñido en su vida—. Un solo hombre y...

—¡MALEDUCADO COMO SIEMPRE! —le chilló al tiempo que cogía bruscamente la chaqueta que él había colocado con esmero en el respaldo de una silla y se la tiraba a su odiosa cara para no tener que vérsela más—. ¡Eres el hombre más maleducado que he conocido en toda mi vida!

—Bueno, pero no lo pagues con mi chaqueta —contestó Sebastian, que por fin se marchaba, por más que fuera adoptando un aire de mártir—. Supongo que ahora no es buen momento para hablar de la tienda y...

—No, no lo es en absoluto. Nunca va a ser buen momento para hablar de la tienda —bramó Posy siguiendo a Sebastian hasta las escaleras para poder chillarle mientras las bajaba a paso vivo—. ¡Mira, te voy a decir una cosa sobre la tienda, mi tienda! No venderemos jamás en ella ni una novela polic...

Oyó el portazo, tan violento que temió que se rompieran los cristales. Sebastian estaba ya demasiado lejos para oírla, así que se perdió el apasionado juramento de Posy de que, mientras le quedara el más mínimo soplo de vida, nunca jamás tendría una librería especializada en novela policiaca.

Seducida por un canalla

Posy nunca había conocido el tacto de las manos de un hombre sobre la piel, ni de sus labios sobre los suyos. De hecho, nunca se habría imaginado semejante intrusión apasionada en su persona, pues era una mujer soltera y virtuosa que ya pasaba en ocho años la veintena de edad, hija de buena familia venida a menos.

Pero en esos momentos, mientras los labios de Sebastian Thorndyke apretaban con fuerza los suyos en un beso exigente y aquellas manos viriles le rodeaban la delgadísima cintura, Posy sintió que estaba a punto de desvanecerse. Sus pechos, ahora henchidos, habían reaccionado hasta el punto de parecer deseosos de escapar del corpiño del recatado vestido de muselina, y cuando entreabrió los labios para tomar aire y protestar, Sebastian introdujo su lengua en las húmedas profundidades de su boca. (nota bene: igual repensar «húmedas» y «profundidades»). Posy lanzó un gemido desesperado ante esa última perversión de todas las que él estaba decidido a infligirle.

—¡Maldita seas, mujer! —la recriminó con voz aterciopelada mientras recorría con su ardiente boca el camino hasta su oído—. ¡Bésame como es debido!

Ella dejó escapar un grito ahogado de dama ultrajada y él la besó con más violencia todavía, con una lengua que era como un ejército lanzado a la conquista, mientras le agarraba las caderas con fuerza con una mano para apretar sus cuerpos el uno contra el otro.

—¡No, no, no! —Con una fuerza que nunca había utilizado ni era consciente de poseer, Posy se libró de los traicioneros brazos y se llevó una mano al corazón desbocado, como si solo así pudiera apaciguar sus latidos erráticos—. Caballero, me ofendéis profundamente, no soy una pobre muchacha de cualquier taberna con la que podáis jugar a vuestro antojo.

Thorndyke la miró entornando los ojos.

—El hecho es que las muchachas de las tabernas, las cortesanas y las esposas de otros hombres siempre acaban por cansarme. —Se llevó un dedo a aquellos labios que con tanta virulencia habían atacado los de ella—. Pero apostaría algo a que de vos no me cansaré, señorita Morland, o al menos no durante muchas y largas noches, que es por lo que me propongo haceros mía.

Algunas mujeres empezaban a hacer *kickboxing*. A otras les daba por el yoga *Ashtanga*. Las había que corrían maratones. O se unían a un comando guerrillero de tejedoras de punto, se entregaban en cuerpo y alma a la repostería extrema, hacían cestos de mimbre... Daba la impresión de que las otras mujeres habían encontrado una y mil formas de lidiar con el estrés, pero parecía que la única manera en que Posy era capaz de sobrellevarlo, de soportar las gilipolleces de Sebastian, era dando rienda suelta a su frustración en las páginas que escribía.

Había algo que la satisfacía profundamente en el hecho de convertirlo en el mayor sinvergüenza del mundo, el granuja más malvado, el más, eeeh, depravado seductor de damas inocentes de buena cuna. Incluso ahora, mientras intentaba cruzar Tottenham Court Road, Posy iba componiendo el borrador del próximo capítulo de *Seducida por un canalla*.

No le había dado tiempo ni a quitarse el ahora detestable vestido negro. Había salido de casa con tanta prisa, sobre todo después de recibir varios mensajes de Verity y Nina queriendo saber dónde demonios se había metido, que al final Posy no había hecho nada con su cara excepto ponerse un poco de hidratante con color, rímel y brillo de labios, y eso con poco entusiasmo y menos pericia todavía. Y, además, se había dejado puesto uno de los rulos y solo se había dado cuenta porque un hombre la paró en la calle para advertírselo; resultado: el rulo iba ahora en su bolso y ella no las tenía todas consigo de que su pelo estuviera ondulado en absoluto.

Posy ya no estaba segura de nada excepto de que hubiera preferido estar tirada en el sofá habiéndose bebido ya media botella de vino. Pero, en vez de eso, iba camino de una fiesta donde iba a tener que ser ingeniosa y simpática para atraer a algún hombre de aspecto agradable que además fuera capaz de mantener una conversación, con vistas a quedar unas cuantas veces antes de decidir que tenían una relación y que, por tanto, podían quedarse en casa disfrutando una botella de vino en vez de salir, sin que nadie (especialmente Nina) la juzgara por ello. En cuanto pasabas a ser una de las dos mitades de una pareja, entonces quedarte en casa un sábado por la noche se convertía automáticamente en una opción válida.

A Sebastian jamás se le pasaría por la cabeza quedarse en casa un sábado por la noche, pensó Posy mientras lanzaba miradas furibundas al semáforo que tenía la temeridad de seguir verde para los coches cuando ella quería cruzar de una vez. Seguro que andaba por ahí con una de sus mujeres o había salido en busca de la próxima, todas rubias y esbeltas y sin permiso para abrir la boca, con la que dar rienda suelta a sus perversiones, hasta que otra mujer más rubia y más esbelta captara su atención.

—Maldito Sebastian, ¡fuera de mi cabeza! —murmuró Posy en el momento en que entraba por la puerta del café sueco de la calle Great Thitchfield, donde el maravilloso Stephan del ultramarinos que había a la vuelta de la esquina de Marcapáginas estaba celebrando su cumpleaños.

—¡Posy! ¡Por fin! ¡Ven a darme un abrazo de cumpleaños! —exigió Stefan cuando la vio de pie en el umbral buscando a Nina y Verity con la mirada entre la gente pero, principalmente, frunciendo el ceño.

En el momento en que el simpático sueco de metro noventa la rodeó con sus brazos, ella relajó la frente de inmediato. Posy no tuvo más remedio que abrazar a Stefan de vuelta; claro que tampoco era ningún sacrificio. Para Posy, los abrazos de Stefan siempre estaban entre los primeros cinco puestos del *ranking* de mejores abrazos.

—¡Feliz cumpleaños! —lo felicitó cuando se separaron, lo que la hizo sentir como abandonada de repente—. Siento llegar tan tarde.

Y siento mucho también no haber tenido tiempo de envolverte el regalo...

Stefan iba a celebrar su cumpleaños por todo lo alto con un fin de semana largo en Nueva York con su chica, la también maravillosa Annika, y Posy había encontrado una guía para *foodies* con todos los mejores sitios para comer y beber en la zona de confluencia de Nueva York, Nueva Jersey y Connecticut. Hasta la había comprado. A precio de coste, eso sí, pero esa era una de las ventajas de trabajar en una librería.

—Nina y Verity están ahí —la informó Stefan señalando con el dedo una mesa en una esquina donde Posy divisó una Nina flanqueada por un alto escandinavo a cada lado y parecía estar más contenta que si todos los cumpleaños, navidades y pascuas de su vida se hubieran concentrado en ese momento. Hasta Verity, revitalizada por la siesta que se había echado y lo que fuera que había en su copa, daba la impresión de estar bastante animada—. Y te tengo que presentar a mi amigo Jens, estaba deseando que os conocierais. ¡Eh, Jens, ven un momento que te presente!

Antes de que Posy tuviera tiempo de ajustar su aspecto —de sofocada e irritada a ingeniosa y simpática—, un hombre se apartó de un grupito cercano de gente para acercarse con una amable sonrisa en los labios.

—Jens, te presento a Posy, la dueña de la librería que hay a la vuelta de la esquina del ultramarinos. Posy, te presento a Jens, que es de una ciudad de Suecia que se llama Uppsala y da clases de inglés.

Se dieron la mano. Jens no tenía un aspecto tan amenazador como el de otros amigos de Stefan que verdaderamente hacían honor al mito de que todos los suecos parecían vikingos. Vikingos macizos. Él no era ni tan alto ni tan rubio como la mayoría de los hombres que había en el bar. Posy no tenía que estirar el cuello hacia atrás y alzar la barbilla para mirarle a los ojos, que, eso sí, eran tan azules como las cristalinas aguas de un fiordo. Tenía los cabellos, por los que se pasaba nerviosamente los dedos, de color castaño claro, y, más que ardiente, parecía cálido. Cuando Jens le sonrió, Posy de pronto sintió que no hacía ninguna falta que estuviera ingeniosa ni simpática; que, sencillamente, podía ser ella misma.

—Stefan y Annika me han hablado tanto de ti, Posy —dijo él—. ¿Es verdad que te sabes *Orgullo y prejuicio* entero de memoria?

Había cosas mucho peores que Stefan y Annika podían haberle contado a Jens, como por ejemplo su predilección por el queso de untar en capas muy gruesas o los deliciosos bollos de canela que vendía Stefan.

—Bueno, igual *todo* entero no —respondió Posy—, esa es más bien la especialidad de mi amiga Verity. Pero sí que me parece que hay una cita apropiada de *Orgullo y prejuicio* para prácticamente cualquier situación.

—¿En serio? —Jens movió la cabeza para recorrerla de arriba abajo con la mirada, pero no en plan arrogante, no «escrutándola para encontrarse con que adolece de serios defectos», sino de un modo que la animó a abundar en su propia teoría—. A ver, dame un ejemplo.

—Bueno, pues cuando me encuentro con que alguien ha pegado un chicle en una de las estanterías de la tienda, cosa que pasa muy a menudo, por lo general suelo decir: «¿Han de profanarse así los antepasados de Pemberley?» —explicó Posy, y Jens soltó una carcajada.

En ese momento, Nina vio a su amiga y la saludó a lo lejos con la mano, y le resultó completamente natural que Jens la cogiera del brazo y la condujera por el bar abarrotado hasta una silla libre y le preguntara qué le apetecía beber.

Jens era encantador. Absolutamente encantador. Y no tenía nada que ver con la cantidad de martinis con *aquavit* y agua de flor de saúco que Posy se había metido entre pecho y espalda. Jens daba clases de inglés en un instituto en Portobello, lo cual no era ninguna sorpresa porque, pese a ser sueco, hablaba inglés mejor que la mayoría de la gente que Posy conocía. Estuvieron un buen rato hablando de Hamlet y de cómo, obviamente, William Shakespeare no sabía nada de nada sobre Dinamarca, y luego Jens intentó enseñarle a Posy unas cuantas canciones de borrachera en sueco, porque para entonces él también se había tomado unos cuantos martinis.

A Posy le estaba costando un mundo pronunciar las complicadas vocales del sueco, así que optaron por cantarse a voz en cuello unos cuantos grandes éxitos de ABBA. Y luego, al final de la noche, cuando estaban todos de pie en la esquina, ya fuera del bar restaurante, Jens le pidió el número de teléfono.

—Que conste que te voy a llamar —le advirtió—. No entiendo por qué los ingleses son tan reservados. Me gustas y quiero conocerte más, sin tanto *aquavit* de por medio. ¿Yo también te gusto a ti?

Posy era inglesa y reservada pero, como había habido una cantidad ingente de *aquavit* de por medio, fue capaz de decir sin ruborizarse demasiado:

—Sí, estaría bien volver a verte.

Jens asintió dedicándole esa sonrisa suya tan cálida.

—Bueno, pues entonces quedamos y salimos en una cita como es debido.

Él registró el número de Posy en la libreta de contactos del móvil, le hizo una perdida para asegurarse de no haberse equivocado en ningún número y luego le dio un beso en la mejilla y se marchó con sus amigos en busca de un taxi de vuelta a Hackney.

Posy había insistido en que Nina y Verity se quedaran a pasar la noche en su casa. Verity no estaba nada acostumbrada al alcohol, así que le entraba la risa floja cada vez que intentaba decir algo, y Nina vivía en Southfields, que era básicamente lo más lejos que te podías ir del centro de Londres pero pudiendo todavía decir que vivías en Londres.

—Cuando vuelva Sam de casa de Pants mañana, lo podemos obligar a que nos haga tostadas con queso gratinado —dijo Posy, por más que ninguna de las dos necesitaba que la convencieran demasiado cuando el paseo de diez minutos de vuelta a Marcapáginas resultaba mucho más apetecible que tener que subirse al bus nocturno.

—Chicas, todo un éxito, esta noche —decretó Nina mientras ella y Posy agarraban a Verity cada una de un brazo para evitar que se desviara del rumbo—. Verity, te has emborrachado y has hecho vida social, ¡bravo! Y tú, Posy, ¡tú te marchas para casa con un número de teléfono! ¿Lo ves? No te puedes quedar esperando a que el hombre ideal llame a tu puerta, tienes que salir tú a la jungla a cazarlo.

—Para eso está Internet —le recordó Posy, aunque era mucho menos aterrador salir en una primera cita con alguien que ya habías conocido en la vida real que presentarte a una cita con un completo desconocido que muy probablemente iba a parecerte diez años mayor, diez centímetros más bajo y quince kilos más gordo que la foto de su perfil.

En cualquier caso, no era más que la primera semana de marzo y ya había conseguido una cita, así que Posy no se iba a tener que preocupar de identificar en una web de conocer gente a algún desconocido con el que salir a tomar algo y así cubrir la cuota mínima del mes. Nina había ligado, porque Nina siempre ligaba. Claro que, siendo Nina, se las había arreglado para encontrar al hombre con peor pinta de todo el bar y echarle el lazo. Era un amigo de un amigo, un tipo con la piel llena de tatuajes de inspiración *Death Metal* y gesto enfurruñado. El único de toda la fiesta que no parecía alimentarse a base de una sana dieta de bayas, arenque y albóndigas, ni tenía pinta de ser de los que nadan en las aguas medio heladas de los fiordos y andan en bici por las calles libres de polución de Estocolmo.

—Justo mi tipo —había declarado Nina cuando Verity comentó que tenía un aire hosco—. Ya sabes que me encantan los de carácter hosco. Very, ¿a ti no te ha pedido el número nadie?

—No, y además creo que a mi novio no le haría mucha gracia —se rio Verity—. Peter Hardy, oceanógrafo. Es muy posesivo.

—¿Y cuándo lo vamos a conocer por fin? —preguntó Posy, pero Verity se limitó a encogerse de hombros como hacía siempre que salía el tema de su novio.

—Sí, bueno —murmuró—, en algún momento que no esté en la otra punta del mundo haciendo mapas de los fondos marinos. Pero oye, Nina, ¿tú no estabas quedando con Piers? ¿No decías que te iba a subir al Shard?

Nina fingió estar escandalizada.

—¿Subirme al Shard? —repitió Nina fingiendo escandalizarse—. ¡Eso sí que es un eufemismo, y lo demás son tonterías! Me sorprende viniendo de ti, siendo hija de vicario, Very. ¡Debería darte vergüenza!

—¿Todavía quedas con él? —inquirió Posy tratando de que su voz sonase neutra—. No sabía que tuvieras tanto interés.

—Y no lo tengo —respondió Nina sosteniendo el teléfono en alto—. Si no, no andaría coleccionando teléfonos de otros tíos. Pero sí que es verdad que Piers dijo que me llevaría al último piso de la Torre Oxo, y la verdad es que me gustan los chicos malos, aunque sospecho que puede que Piers se más malvado que malo.

—¿A qué te refieres con «malvado»? —La voz de Posy sonaba de todo menos neutra—. Porque el hecho es que no sé qué tiene que me da escalofríos, y no de los buenos, sino de los de algo malo va a pasar.

—Bueno, quedé con él aquel día y se pasó las dos horas que estuvimos juntos mirándome las tetas, cosa que por otra parte es perfectamente comprensible, contándome toda la gente que ha tenido que tirarse para cerrar este o aquel trato y preguntándome cosas sobre Marcapáginas todo el rato sin parar. Eso, cuando no se me estaba echando encima. —Nina hizo un movimiento sinuoso con los hombros, como si todavía estuviera intentando librarse de las manos de Piers—. Dijo que su modelo era Donald Trump.

—No lo vas a ver más. Me da igual que te haya prometido llevarte al Shard, la Torre Oxo o al Burger King de Tottenham Court Road —zanjó Posy con autoridad—. Nina, en serio, este tipo es mal asunto, si lo sigues viendo va a acabar habiendo problemas. Tú puedes aspirar a un hombre mil veces mejor.

—Sí, mamá —dijo Nina sin asomo de su habitual ferocidad cuando le criticaban el gusto en el capítulo hombres—. Y, además, no nos arruinemos el buen humor que traemos hablando de Piers. Entonces..., Jens parece simpático. ¡Y tenéis mucho en común!

—Sí, es encantador. Igual el único problema sea precisamente que es demasiado encantador. Ha estado de acuerdo con *todo* lo que he dicho. No sé si al cabo de un tiempo eso no se volverá un poco aburrido. Me refiero a que por eso suele decirse que los polos opuestos se atraen, ¿no?

—¡Te dio la razón en todo! —silbó Nina, llena de admiración—. ¡Ay, madre, qué pelota asqueroso!

—Dice la mujer que solo sale con tíos grimosos —le recordó Verity—. Y Posy tiene razón: yo a ese tal Piers solo lo he visto de lejos, pero me dio repelús. Tienes que quitarte de los tíos grimosos.

—De grimosos nada, lo que pasa es que son unos incomprendidos.

Nina seguía enumerando los diversos modos y maneras en que cada uno de sus novios había sido un incomprendido («Él no quería robar aquella botella de whisky, se le cayó dentro del bolsillo») para cuando llegaron a Marcapáginas.

Nina no dejó de hablar sobre los malos novios que había tenido y amado hasta que su cabeza tocó la almohada y pasó de hablar a roncar suavemente.

Y no fue hasta la mañana siguiente, cuando Posy estaba acurrucada con la manta en un sillón suplicándole a Sam que le hiciera un té, cuando descubrió los cinco billetes de veinte que le había dejado a Sebastian sobre la mesa, escondidos entre los cojines del sofá.

Como lo había echado, Sebastian, obviamente, decidió que era mejor no dejarse ver por la tienda en una temporada, pero aun así encontraba la manera de seguir proyectando su alargada sombra sobre Posy y la librería. A ella se le hacía un nudo en la boca del estómago cada vez que veía su nombre en copia en un correo electrónico de los que iban y venían entre Posy, Verity y Pippa, que había decidido que no había ningún motivo por el que el relanzamiento no pudiera adelantarse de finales de junio al primer fin de semana de mayo. Cuando Pippa planteó esa idea loca por primera vez, a Posy le había dado una arcada de los nervios. Pero una sola. Y, por mucho que Posy le había dicho que era imposible, Pippa seguía erre que erre, respondiendo a los correos electrónicos con los consabidos «los que se rinden nunca ganan y los que ganan nunca se rinden» y cosas por el estilo.

Sebastian, en cambio, seguía sin dar señales de vida, agazapado detrás del *cc* del correo electrónico, algo que lo debía estar matando. Desde luego, a Posy sin duda la estaba matando, porque ahora esperaba verlo aparecer en cualquier momento como un auténtico torbellino imparable de elegancia típica de Savile Row y sarcasmo irreverente, y, cuantos más días pasaban sin que apareciera, más nerviosa se iba poniendo. Era como si esperar la inminente aparición de Sebastian fuera peor que Sebastian en persona.

Por lo menos Thorndyke no parecía haberse cansado de Sam en absoluto. Habían salido juntos por ahí todo el día en otra ocasión —a ver una versión especial de culto de unos episodios de *Doctor Who* en los IMAX— y Sebastian le había ofrecido a Sam la oportunidad de hacer sus prácticas empresariales para el colegio en las oficinas de Zinger Media en Clerkenwell. Ahora bien, la influencia de Sebastian no era exclusivamente benigna.

Cuando Posy había hecho acopio del valor necesario para contarle a Sam que estaba quedando con un hombre aunque «No es serio, para nada. Todavía no. Aun así, me ha parecido que te lo tenía que contar», Sam no se había mostrado excesivamente interesado, pero cuando le contó cómo se ganaba la vida Jens, Sam puso los ojos en blanco y soltó un displicente «¿Un profesor? ¡Dios, qué rollo!» de un modo que resultaba indiscutiblemente familiar.

Jens no era un rollo. Era genial. Más que genial. Igual no tanto como el Peter Hardy oceanógrafo de Verity, que verdaderamente era un dechado de virtudes en lo que a comportamiento de novios respectaba, pero Posy y Jens habían quedado tres veces ya y él había encajado la buena nueva de que Posy tenía un hermano de quince años a su cargo con gran deportividad. Y también se habían dado unos cuantos besos que habían estado de maravilla, pero él no la presionaba con el tema del sexo. Pese a que Nina había dicho que el estándar del mercado era pasar a mayores después de la tercera cita, que era precisamente por lo que ella le había dado puerta a Piers antes de la tercera cita, porque Piers, además de que seguramente fuera más malvado que malo, daba bastante repelús al tacto y no se quería acostar con él.

—Todo el mundo conoce la regla de las tres citas. Cinco, si hay circunstancias atenuantes —se había corregido Nina al ver la cara de pánico de Posy.

Cuando llevabas más de dos años sin sexo (más cerca de tres años que de dos, de hecho) necesitabas más de tres citas, por muy encantador que fuera el tipo, antes de que pudieras siquiera contemplar la *posibilidad* de que te viera sin ropa. Jens había sido muy comprensivo en ese sentido también.

—Cuando sea el momento lo sabrás —le había dicho él un día que Posy había sacado el tema más o menos, abordándolo entre tartamudeos y frases aturulladas pero sin llegar a abordarlo del todo realmente.

—Es que estoy tan ocupada con el relanzamiento... y hace *siglos* que no he salido con nadie, no como es debido —había seguido diciendo ella, y Jens se había inclinado hacia delante al otro lado de la mesa del restaurante italiano donde estaban cenando algo rápido mientras Sam acababa su entrenamiento de fútbol, y había hecho desaparecer toda aquella palabrería inconexa de sus labios con un beso.

Jens incluso apareció a primera hora el primer sábado de abril para el gran día de liquidación de las viejas existencias de Marcapáginas, unas grandes rebajas con las que Posy confiaba en librarse de la mayor cantidad posible de ejemplares que no podían devolverse a las editoriales. Verity había insistido hasta la saciedad en que tenían que hacer algo para generar efectivo. Había confeccionado una lista de todos los desembolsos que estaban realizando a cargo de la cuenta bancaria de la tienda para cuestiones esenciales como pagar los sueldos y los impuestos, así como la papelería nueva y bolsas de tela, y lo había comparado con el dinero que entraba, que no era mucho. A Posy le había vuelto a dar una arcada y había accedido a regañadientes a montar las superrebajas.

Fue el primer día del año en que verdaderamente hizo bueno, el típico día que hacía que te entrasen ganas de poner bolas de alcanfor en los abrigos y guardarlos en el armario hasta octubre, quitarte las medias y sentarte fuera a que te diese en la cara el sol, que lucía valientemente, y así reforzar los niveles de vitamina D.

—Vamos a hacer las rebajas fuera, en el patio —anunció Posy a las tropas congregadas para iniciar el zafarrancho de combate: los empleados, Jens, dos profesoras del colegio de primaria del barrio donde Posy iba todas las semanas una mañana a dar clases de apoyo a niños a los que no les gustaba mucho la lectura, Pants y los padres de Pants, Yvonne y Gary.

Hubo un gruñido colectivo de respuesta, pero Posy decidió ignorarlo. Tal y como Pippa le recordaba constantemente, si quieres hacer algo grande tienes que dejar de pedir permiso.

En opinión de Posy, alcanzar la grandeza pasaba fundamentalmente por saber delegar, así que al cabo de muy poco tiempo tenía a su ligeramente quejoso equipo montando los tableros sobre caballetes en el patio, poniendo precio a los libros y montando una mesa con bizcochos que iban a instalar también, para ver un poco tentativamente qué tal podría ir el salón de té de cara al futuro lejano, cuando Posy consiguiera encontrar a alguien lo suficientemente lanzado como para hacerse cargo del salón de té. Claro que Posy sabía que el salón de té seguiría cerrado hasta que ella fuera capaz de aceptar que otra persona se hiciera cargo del que para ella siempre sería el territorio de su madre. Y Posy no creía que eso fuera a pasar en un futuro cercano.

Verity había enviado a toda la lista de contactos de clientes de la librería un correo electrónico informando de las superrebajas, Sam y Pants habían estado repartiendo folletos por la zona y Sophie había hecho lo que fuera que hacía en las redes sociales para darle publicidad al evento. Además habían puesto pósteres en la calle Rochester y, pese a que Posy se había sentido igual que una anfitriona preocupada por si nadie iría a su fiesta, a partir de las diez de la mañana empezó el goteo constante de gente que se acercaba a echar un vistazo.

A las once ya había un montón de gente rebuscando a conciencia en las cajas de libros repartidas por las mesas, y para las doce el patio era un hervidero de gente. Hasta Piers Brocklehurst se dejó caer por allí, aunque más que mirar libros se dedicaba a manosear a Nina: la tenía sujeta por la cintura mientras le metía la nariz por detrás de la oreja como si no le hubiera llegado noticia de que lo había dejado. Ella, por su parte, parecía bastante aburrida con la situación. Ahora bien, cuando Piers alzó la vista y vio a Posy haciendo un gesto de cortarle el cuello a Nina, dejó de recorrerle el cuello con la nariz para dedicarse a atravesar a Posy con la mirada.

Aun así, Posy no iba a permitir que un parásito como Piers le aguara la fiesta, porque toda aquella gente que llenaba el patio a rebosar era como una especie de anticipo de lo que podía esperarles en el futuro, pensó mientras devolvía a dos niñas a sus padres, cada una con una colección completa de *Torres de Malory* de Enid Blyton.

—¡Posy, Posy! —La aludida parpadeó cuando Pippa vino a interrumpir las imágenes que poblaban su cabeza en esos momentos, de la tienda abierta hasta tarde los jueves de verano como los comercios de la calle Rochester, con la librería rebosante de clientes que iban y venían por el patio decorado con guirnaldas de lucecitas—. ¡Céntrate en el aquí y ahora, Posy!

—¡Ay, hola! —la saludó Posy un poco azorada, porque no se esperaba que Pippa apareciera y porque estaban vendiendo todas sus existencias de novela policiaca: a dos libras las de tapa blanda y a cinco las de tapa dura—. ¡Menuda sorpresa verte por aquí!

—Pensé que tenía que pasar a apoyar un poco la causa —respondió Pippa mirando a su alrededor—. Parece estar yendo muy bien, ¿no?

—Pues la verdad es que sí, ¿no crees? Tom dejó unos folletos por UCL y hemos tenido un montón de estudiantes que han venido a comprarse los libros para las clases de la uni, libros de los que, por cierto, nunca pensé que conseguiríamos deshacernos, ¡y mira tú por dónde! —comentó Posy, si bien Pippa no parecía demasiado interesada en los detalles de cómo se iban a deshacer de sus existencias de libros viejos. Por lo visto, eso se debía a que Pippa era de las de «pensar en términos de cielo azul», ese era el tecnicismo, por lo visto.

—En cualquier caso, tenía mis propios motivos para pasarme por aquí —reconoció Pippa, para luego fijar en Posy una penetrante mirada que hizo que esta inmediatamente se temiera lo peor: que Pippa hubiese descubierto que había estado fingiendo tener intención de relanzar como especialistas en novela policiaca única y exclusivamente para así garantizarse sus servicios de gestión de proyectos, y estuviera a punto de hacerle pagar por ello. De hecho, la mirada de Pippa era tan intensa y penetrante que Posy se temía también que Pippa estuviera asimismo al corriente de que había cogido una de las magdalenas que había hecho la madre de Pants sin dejar la correspondiente moneda de libra en la caja—. A ver, esto me resulta un tanto incómodo.

—¿Qué te resulta un tanto incómodo? —preguntó Posy con voz chillona. Se sentía como si la acabaran de pillar robando frutos secos a granel en el viejo Woolworths de Camden Town.

—Es por el café —se explicó Pippa por fin mientras le hacía una seña con la mano a alguien que se encontraba al otro lado del patio—.

Espero no estar extralimitándome en mis funciones. ¡Mattie, estamos aquí!

Una chica delgada y menuda, vestida de riguroso negro con unos pantalones pitillo y un jersey de cuello vuelto y bailarinas planas, se separó de un grupito de gente congregada alrededor de una de las mesas y se apresuró a ir hasta ellas cargando con un montón de libros de cocina firmemente apretados contra su pecho.

—Mattie, te presento a Posy. Ya te he hablado de ella —añadió Pippa, de un modo que, francamente, tampoco sonaba demasiado halagüeño—. Y, Posy, te presento a Matilda, una de mis mejores y más antiguas amigas, que acaba de volver de París y resulta que está buscando un local para abrir su propio café. Llámalo coincidencia si quieres. Para mí, es una oportunidad, y ya sabes lo que opino de las oportunidades.

—Que darle la espalda a una oportunidad es como llevar un letrero en el trasero en el que se lea bien grande «DAME UNA PATADA» —respondió Matilda lanzando a Pippa una mirada cariñosa y exasperada al mismo tiempo, como si el flujo constante de frases de pensamiento positivo también la pusiera un poco de los nervios, como a Posy, hacia la que se volvió para saludarla—: ¡Hola, encantada! Te daría la mano pero no quiero soltar estos libros, que ya he tenido una con un señor que me quería arrebatar limpiamente uno de Florence Greenberg que había visto yo primero.

—Hola —saludó de vuelta Posy, que, aunque no quería ir por ahí con un letrero en el culo que dijera «dame una patada», no podía enfrentarse a más de una oportunidad al mismo tiempo—. El salón de té, porque es un salón de té, no un café, bueno, no está listo para que nadie se haga cargo todavía. Habrá que arreglarlo bastante. Llevará muchísimo trabajo.

—Lo único que te frena eres tú misma —murmuró Pippa—. No hay tanta diferencia entre un café y un salón de té, y Mattie ha estudiado pastelería en París, ¿a que sí?

Mattie asintió con la cabeza.

—La verdad es que estaba pensando en servir además alguna cosa salada y sándwiches, y conozco a una gente en París que distribuye un café magnífico que tenía idea de importar, pero, desde luego, pensaba tener té también. Yo, personalmente, no puedo funcionar si no me voy tomando una taza a intervalos regulares.

Mattie tenía el cabello, largo y negro, recogido en una cola de caballo, y, bajo el flequillo cortado con precisión cartesiana, unos grandes ojos enmarcados por unas pestañas negras con abundante rímel y una leve raya del ojo pintada sin grandes miramientos. Resultaba fácil imaginarla brincando por los bulevares de París o pedaleando a lo largo de la orilla del Sena en su bici de estilo retro con un diminuto perrito monísimo en la cesta del manillar.

—Lo siento pero ahora no tengo tiempo para pensar en el salón de té o el café o lo que sea —zanjó el asunto Posy con aire atribulado de disculpa.

—¿Todavía tienes la decoración y las lámparas y apliques y todo eso? —preguntó Mattie.

—Por mirar un poco cómo está todo no perdemos nada —añadió Pippa lanzando otra mirada acerada en dirección a Posy, así que a esta no le quedó más remedio que acompañarlas al salón de té, abrirles la puerta cerrada con llave y enseñarles el lugar.

No había mucho que ver. Sencillamente, un montón de cajas de libros viejos, la mayoría rescatados por Tom de la carbonera, que le habían vendido en bloque a un distribuidor que iba a bajar de Birmingham a por ellos el lunes. Pero, si eras capaz de ver más allá de las cajas, no costaba trabajo imaginar lo que había sido, y lo que podía volver a ser, aquel salón.

—Ahí sigue todavía el mostrador original. Creo que es de la década de 1920. Y todavía conservamos las mesas y las sillas en el cobertizo de la parte trasera. Los muebles son una mezcla de varias épocas —explicó Posy mientras Mattie recorría el lugar a paso lento. Guiándose por la primera impresión, Posy la había asociado inmediatamente a Audrey Hepburn en *Una cara con ángel*, pero, ahora que la había mirado con más detenimiento un rato, acababa de decidir que Mattie carecía de la alegría de vivir de Hepburn; más bien la envolvía un aire un tanto triste y silencioso, como si se hubiera dejado esa alegría de vivir en París.

—¿Hay cocina? —preguntó Mattie tras haber dado tres vueltas completas a la sala.

—Por detrás del mostrador y atravesando esa puerta de ahí. —Posy hizo una mueca, porque la cocina se había convertido en otro almacén improvisado y estaba llena de expositores y cajas de material promocional de libros que hacía ya mucho que no se reimprimían—. Hace años que no se usa como cocina y no sé si funcionará algo. Habría que hacerle una revisión a todo, por seguridad también, y habría que conseguir la licencia de restauración y todo eso, ya sabes... —Posy no quería ver a nadie circulando entre las mesas mientras repartía tazas de té y trozos de bizcocho, porque uno de sus grandes miedos era que entonces el recuerdo de su madre haciendo precisamente esas mismas cosas menguaría y se iría difuminando hasta que no quedara nada de ella.

Mattie asomó la cabeza por la puerta de la cocina, miró a su alrededor y luego se volvió hacia Posy.

—Me gusta este sitio, me transmite una sensación muy agradable. Pero hay algo que deberías saber...

Frase ominosa donde las hubiera.

—¿Y qué es eso que debo saber?

El bello rostro de Mattie adoptó una expresión adusta.

—No hago magdalenas tipo *cupcake*. Nunca las he hecho y nunca las haré —declaró con tono desafiante.

No era lo que Posy esperaba oír. De hecho, sonaba un tanto errático y poco razonable.

—¿Y qué problema tienes con las magdalenas tipo *cupcake*? —quiso saber, porque había habido ocasiones en la vida de Posy en que un *cupcake* de bizcocho de terciopelo rojo de la Hummingbird Bakery de la calle Wardour había sido un verdadero amigo para ella.

—Encuentro que son un fetiche de los estereotipos femeninos, el equivalente culinario a unos zapatos rosa de tacón de aguja —le explicó Mattie con tono mordaz—. Son el triunfo de la crema de mantequilla frente a la sustancia. Si quieres magdalenas tipo *cupcake*, entonces lo dejamos aquí y no pasa nada.

Posy no estaba segura de si habían iniciado algo que se pudiera dejar ahora en cualquier caso.

—Bueno, a mí los *cupcakes* me gustan, pero tampoco es que me vaya la vida en ello precisamente —fue su reacción.

—En fin, venga, dejemos ese tema. Mattie hace un montón de bizcochos y tartas diferentes —intervino Pippa adoptando un papel de facilitadora, que a fin de cuentas era lo suyo—. De hecho, reinterpreta de manera muy personal unos cuantos clásicos. Por ejemplo, te hace un bizcocho de mandarina que no es de este mundo, y hasta tiene una versión sin gluten. Y ya ni te cuento el de chocolate blanco y las *brownies* de fruta de la pasión. Ma-ra-vi-llo-so todo.

—Te puedo traer unas muestras si quieres —se ofreció Mattie.

Posy seguía sin estar preparada para pasar página, pero Pippa parecía tener mucho interés, así que por lo menos habría que seguirle un poco la corriente. Además, Posy nunca decía que no cuando le ofrecían bizcocho gratis, así que respondió:

—Eso estaría genial.

—Y también tendríamos que hablar de tus números de afluencia de clientes porque... *solo* venderéis novela policiaca, ¿no? La verdad es que tengo cierto problema con eso —comentó Mattie—. Bueno, y con el nombre... ¿La Daga Ensangrentada? No estoy del todo segura de que las dagas ensangrentadas y el bizcocho sean una buena combinación.

—El nombre todavía no lo hemos decidido al cien por cien —respondió Posy vagamente, pese a que de repente el pánico se había apoderado de ella. Sabía que no iba a poder mantener la farsa de librería especializada en novela policiaca mucho más tiempo pero, de solo pensar en tener que confesarlo todo... ¡Ay, no, todavía no! La reacción de Sebastian ya iba a ser tremenda, fijo que estampaba algo contra la pared... Pero es que, además, Pippa y Mattie pensarían que era una persona horrible. Y lo peor era que entonces Pippa abandonaría el proyecto y con ella se iría su capacidad de gestión y no sabrían por dónde tirar y en un santiamén la librería acabaría por irse a pique—. Todavía está un poco en el aire.

—¿Ah sí? —Pippa arqueó las cejas—. Pues yo estaba convencida de que el nombre estaba decidido, porque Sebastian comentó que cuando Sam empezara a venir a la oficina, la semana que viene, nos podíamos poner ya con la página web. Y además me había parecido entender que ya habías hecho un pedido a la imprenta de...

—¡Seguro que a la pobre Mattie todo este rollo no le interesa lo más mínimo! —la atajó Posy mientras enfilaba hacia la puerta a pasitos cortos y apresurados—. Ahora, de verdad que os tengo que dejar y volver fuera a vender, pero ha sido un placer conocerte, Mattie. A ver si nos volvemos a reunir pronto. ¡Me tengo que ir a la carrera!

Efectivamente, Posy se alejó a la carrera y no se detuvo hasta que no llegó al otro lado del patio y pudo esconderse detrás de Jens y Tom, a los que había puesto juntos en la misma mesa para que vendieran libros de deportes y se hicieran colegas.

—¡Ey, hola! —la recibió Jens con una sonrisa al tiempo que le pasaba un brazo por encima de los hombros.

Se le hizo raro que alguien, un hombre, le pasara el brazo por los hombros delante de todo el que anduviera por allí y mirase en aquella dirección.

Definitivamente, llevaba demasiado tiempo soltera.

—¿Qué tal vais? ¿Habéis vendido mucho? —preguntó Posy ladeando la cabeza para apoyarla en el hombro de Jens, aunque inmediatamente se arrepintió porque se le había quedado el cuello en un ángulo muy incómodo.

—Hemos vendido todos los anuarios *Wisden Criketer's Almanack* de críquet —la informó Tom inclinando su propio cuello en un ángulo incómodo también, mientras miraba a Posy con cara de que él tampoco se creía mucho que ella estuviera saliendo con un hombre. Ninguno de los de Internet le había durado más allá de una deslucida segunda cita—. Y Jens ha convencido a un par de vejetes de que, en eBay, podrían vender unas primeras ediciones de la autobiografía de Kenny Dalglish por una fortuna.

—¿En serio? Porque teníamos cinco ejemplares...

Jens sonrió con modestia.

—Se han llevado los cinco.

Seguramente, solo por semejante hazaña le debería dar un beso, pensó Posy, porque era la típica cosa que una chica le haría a su novio, pero apenas había iniciado el movimiento cuando una voz le susurró al oído: «Morland, tenemos que hablar».

Era típico de Sebastian: dejarla disfrutar de su ausencia durante dos semanas, para que Posy se confiara, arrullada por la falsa sensación de seguridad provocada por la calma, y entonces reaparecer como un espíritu malvado que se resiste a los exorcismos.

Posy le hizo una mueca a Jens, que la miró de vuelta algo confundido, mientras que Tom sonreía con aire de enterarse de lo que pasaba. Ella se giró por fin. Sebastian llevaba puesto un traje gris claro con camisa blanca y unas gafas de sol tan oscuras que, por una vez, no le podía ver los ojos. En cualquier caso, estaba segura de que debían estar lanzando destellos maliciosos.

—¿Qué pasa, Thorndyke? —Ella también sabía hacer lo de llamar a la gente por el apellido.

Los labios de Sebastian se estiraron en una fina línea durante un segundo y luego le puso una mano en el hombro.

—Quiero enseñarte una cosa —dijo al mismo tiempo que sus dedos le agarraban el hombro e intentaba apartarla de allí.

Posy enraizó firmemente los pies en el suelo.

—Va a tener que esperar —dijo con firmeza—. Estoy hablando con mi novio.

Los ojos de Jens se abrieron como platos al oírla, porque ser directa y no andarse con juegos no implicaba necesariamente declarar que se era pareja al cabo de tan solo tres citas. De todos modos, no tuvo nada que objetar, sino que alargó el brazo en dirección a Sebastian para darle un apretón de manos.

—Hola, me llamo Jens —lo saludó.

—Nadie tiene tiempo para esto ahora —sentenció Sebastian, ignorando con toda la intención la mano tendida de Jens porque, efectivamente, era un tipo tremendamente maleducado—. Morland, por favor, ven a buscarme cuando hayas terminado con tus jueguecitos.

Dicho lo cual, se alejó a grandes zancadas. No con el mismo efecto que cuando irrumpía en la tienda o salía de ella con ímpetu similar a como había entrado, pero aun así se movía con un brío rayano en el aspaviento.

—Por lo menos ha dicho «por favor» —comentó Tom—. Yo creo que es señal de que debe de estar creciendo como ser humano.

—¿Quién es ese? —preguntó Jens—. ¿Y cuál es su problema?

—Es el hombre más maleducado de todo Londres, y su problema es que de niño se lo consintieron todo —explicó Posy—. Con eso yo diría que queda bastante bien explicado el tema.

Lo que no explicaba era el caos que iba dejando Sebastian a su paso. Posy decidió quedarse con Jens y con Tom, no porque quisiera evitar a Sebastian, sino porque Jens no conocía a nadie y hubiera sido cruel dejarlo colgado, sobre todo en vista de que Tom había rehusado los intentos de Jens por entablar una conversación ligera con un «La verdad es que no me interesa mucho el fútbol que digamos, tío».

—Nadie sabe exactamente qué es lo que le interesa a Tom —le dijo Posy a Jens—. Ni siquiera sabemos el tema de la tesis doctoral que está escribiendo.

—Eso es porque como tema de conversación resulta demasiado aburrido —dijo Tom, como decía siempre, pero resultó que Jens tenía un par de amigos haciendo estudios de postgrado en UCL también y Tom conocía a uno de ellos.

Mientras hablaban, Posy vigilaba de vez en cuando qué estaba haciendo Sebastian, para asegurarse de que no montara ningún lío. Parecía estar comportándose, aunque no paraba de ir de una mesa a otra, hablando con la gente que ojeaba los libros. Y entonces se paró delante de una pareja, tuvo una breve conversación con ellos y al instante empezó a cargarlos de libros. Nina, que era la que estaba en aquella mesa, miró en dirección a Posy y se encogió de hombros.

—Vuelvo en un minuto —murmuró para beneficio de Jens, pero este y Tom estaban hablando del veganismo extremo de su amigo común y que era un horror invitarlo a cenar, y casi no se dieron cuenta cuando se marchó.

Se acercó discretamente a la mesa donde Sebastian parecía estar arengando a los potenciales clientes y le oyó decir:

—Yo la verdad es que me di por vencido después de la primera página, demasiadas palabras largas para mi gusto, pero, si te interesa Winston Churchill, esta es la mejor biografía. Y este es un relato excelente de la campaña en el desierto de Rommel, te cuenta todo lo de la batalla de El Alamein y demás. Chica de los tatuajes, ¿tenemos algún libro sobre la Dirección de Operaciones Especiales?

¿Sebastian estaba recomendando libros a los clientes? ¿Libros sobre historia militar? ¿Se habría dado un fuerte golpe en la cabeza esa maña-na de camino a Marcapáginas?

—Uno de mis padrastros estaba *obsesionado* con todos estos temas y solía meternos unos rollos que duraban *horas*. También tenía una colec-ción amplísima de objetos del ejército nazi. La verdad es que fue un ali-vio que mi madre lo pillara tirándose a la niñera y se divorciaran —explicó Sebastian.

Para entonces el hombre ya llevaba en los brazos una pila de libros y la mujer le lanzó una mirada teñida de desconfianza a su marido de re-pente, como si un interés en la Segunda Guerra Mundial estuviera aboca-do al adulterio y al divorcio. En cualquier caso, no era cuestión de que Posy interviniera, sobre todo porque el hombre ya estaba sacando la tar-jeta de crédito.

Posy se giró para emprender la huida, pero ya era demasiado tarde.

—¡Ah! ¡Ahí estás! —Sebastian la había visto y venía hacia ella a gran-des zancadas como tenía por costumbre. Posy no podía precisamente escaparse, atrapada como estaba entre mesas repletas de libros y clientes curioseando, así que se quedó de pie donde estaba con los brazos cruzados, esperando a que Sebastian llegara hasta ella—. Me tienes que explicar una cosa.

—¿Ah, sí? ¿El qué? —Posy estaba intrigada a pesar de todo—. Se me hace raro, porque por lo general entras en tromba haciendo todo tipo de asunciones erróneas en vez de preguntar...

—Es que, Morland, tardas tanto en ir al grano que me podrían tranquilamente salir canas y arrugas esperando a que terminaras con la explicación —argumentó Sebastian en su defensa, para luego agarrarla por el brazo y llevársela hacia la mesa junto al improvisado puesto donde vendían pasteles y bizcochos—. Lo que yo quiero saber es qué es *esto* —preguntó con una floritura de la mano.

—Son libros, Sebastian —le contestó Posy—. Nos dedicamos a venderlos, la gente los compra. Así funciona nuestro negocio.

—No son simplemente libros, son novelas policiacas —dijo Sebastian cogiendo de la mesa una novela de Agatha Christie y agitándola en alto a escasa distancia de la cara de Posy—. ¿Por qué estamos vendiendo las novelas policiacas en unas superrebajas para liquidar existencias? ¡Se supone que esto es con lo que nos quedamos!

Posy parpadeó. No se le daba bien pensar sobre la marcha.

—Bueno, la verdad es que es una pregunta interesante —empezó a decir hablando muy despacio para ganar tiempo, y Sebastian dejó escapar un gemido, como si sintiera un dolor en algún sitio (si no le dolía nada, eso tenía fácil arreglo).

—A ver, ¡explícate ahora mismo!

—Eeeeh... —Posy miró a Pants y su padre, que eran los encargados de esa mesa y parecían tan interesados como Sebastian en la explicación de por qué estaban largando las novelas policiacas con unos descuentos brutales en vez de venderlas al precio recomendado, teniendo en cuenta que se iban a especializar precisamente en este tipo de literatura; claro que esa tienda especializada en literatura policiaca solo existía en la imaginación de Sebastian. Y entonces Posy bajó la mirada hacia el ejemplar de esquinas dobladas de Agatha Christie y le vino la inspiración—: ¡Ay, es que esto son todo libros viejos —se apresuró a decir—, existencias de hace mucho tiempo, y los ejemplares están muy sobados, las cubiertas dobladas... Si vamos a reposicionar la tienda, lo que nos hace falta son ejemplares flamantes de las últimas ediciones.

—Este no está sobado ni doblado —insistió Sebastian con una novela de Martina Cole en la mano esta vez.

—Ya, pero es una edición antigua. La última tiene otra portada —argumentó Posy, que a esas alturas ya iba lanzada; de hecho, ya que estaba, iba a ir a por todas—. Mira, Sebastian, agradezco mucho que trates de ayudar, tú y Pippa habéis estado increíbles con todo el trabajo entre bambalinas, pero no sabes nada de vender libros ni de las últimas tendencias editoriales, ni de cómo va el tema de las rebajas y las devoluciones...

—No puede ser tan complicado si tú has conseguido dominar los conceptos —declaró Sebastian muy convencido—. De hecho, me he suscrito a la *Revista del Librero*.

—Bueno, pues, en ese caso, a estas alturas ya debes de ser un experto —replicó con brusquedad Posy. Debería haberse apoderado de ella el pánico de nuevo, debería haber sentido escalofríos recorriéndole la espalda arriba y abajo ante la perspectiva de que Sebastian descubriera el engaño, pero en realidad nunca le había tenido miedo excepto en aquella ocasión en que la había encerrado en la carbonera. Cuando lo tenía delante, lo que Posy sentía no era miedo. Los sentimientos que le despertaba eran una mezcla de irritación y frustración profunda de la que te lleva a apretar los dientes.

Claro que tampoco es que estuviera deseando que Sebastian lo descubriera todo y tener que lidiar con la inevitable pataleta que le entraría, sobre todo por la cantidad de gente que había alrededor.

Así que, llevada por el deseo desesperado de retrasar un poco más ese momento, Posy intentó pensar en algún comentario conciliador que salvara la situación, pero la estaba poniendo de los nervios, así que al final las palabras que salieron de su boca fueron:

—Sebastian, no tienes ni idea de lo que estás hablando.

Sebastian soltó una risotada teñida de indignación y Posy miró a su alrededor con desesperación en busca de algo con lo que distraerlo. Y una vez más tuvo un momento de inspiración—: ¡Bizcocho! —exclamó—. ¡Tómate un trozo de bizcocho! ¿De qué clase te gusta?

—Me gustan todos, pero deja de intentar cambiar de tem... ¡Pero bueno!, ¿este es de café y nueces? —preguntó él quitándose las gafas de sol para inspeccionar el bizcocho más de cerca, momento en que la madre de Pants, que estaba a cargo de la mesa de repostería, se llevó la mano al corazón como si, al ver los oscuros ojos de Sebastian, este se hubiera puesto a latir erráticamente—. La verdad es que un buen trozo de bizcocho no hace daño a nadie.

Yvonne le sirvió un trozo que era el doble del tamaño de ración que había estado repartiendo todo el día.

—Y, además, no te vendría mal engordar un poco.

—Da igual lo que coma, nunca engordo ni un gramo. ¿Te imaginas lo que es?

Tanto Posy como Yvonne negaron enérgicamente con la cabeza.

—Pues yo, en cambio, con solo mirar las chocolatinas ya se me van los kilos directos a las caderas —se lamentó Yvonne.

—Yo no me preocuparía —la tranquilizó Sebastian— siempre va bien tener dónde agarrar, ¿no?

Posy parpadeó como si se hubiera clavado algo, pero Yvonne, en vez de ofenderse con el comentario, estaba empezando a contarle a Sebastian aquella vez que había puesto a toda la familia a comer una dieta rica en fibra, cuando una tenue voz aniñada dijo a sus espaldas:

—Cariño, ya sé que me has dicho que espere en el coche, ¡pero estás tardando un montón y me aburro!

Hasta que no se dio la vuelta, a Posy le pareció que era la voz de una niña pequeña —¿alguna ahijada de la que Posy no tenía noticia?—, aunque le costaba trabajo imaginarse qué podía llevar a alguien a hacer a Sebastian padrino de una criatura, sin duda albergando la vana esperanza de que renunciaría a su culto a Satán. Y entonces se dio la vuelta y vio que la voz no pertenecía a una niña.

Era la voz de una diosa, un ser etéreo hecho de rayos de sol, algodón de azúcar y polvo de estrellas que en esos momentos estaba envolviendo a Sebastian con sus delicados brazos y piernas mientras apoyaba la cabeza de sedosa melena rubia en su hombro. Y, todo el tiempo, Sebastian no paraba de moverse y medio zafarse del abrazo, como si aquella criatura celestial fuera un abrigo que no acababa de ser de su talla y además le resultase demasiado grueso, ahora que había salido el sol.

Posy no era capaz de hacer nada más que observarla, fascinada. La muchacha tenía un cutis delicado y terso, un sedoso cabello rubio perfecto y un cuerpo que poseía toda la gracia de una gacela y el encanto de una modelo de Victoria's Secret.

Era absolutamente imposible que Posy, cuya rutina de belleza consistía en ponerse en la cara cualquier pegote de crema que estuviera de oferta en esos momentos en Superdrug y dejar que se le secara el pelo al aire para luego recogérselo en un moño sujeto con dos lápices, aspirara a tener jamás un aspecto ni remotamente parecido al de aquella mujer. Eran polos completamente opuestos, venían de planetas diferentes. Posy no estaba ni siquiera segura de que pertenecieran a la misma especie.

—Morland, esta es Yasmin, mi *novia* —anunció Sebastian con tono de suficiencia, porque, en lo que a novias respectaba, a él le había tocado la lotería—. Es modelo.

Posy tenía mucho mejores modales que él, así que le dio la mano a Yasmin, si bien fue el apretón de manos más débil y carente de energía que le habían dado jamás, un poco como intentar atrapar maicena con las manos.

—Encantada de conocerte —saludó a Yasmin.

—¡Ay, hola! —correspondió la modelo con su tenue voz entrecortada de niña pequeña. Luego suspiró, encogió un hombro y se quedó allí de pie sin apenas reparar en Posy, como si su belleza la separara del resto de los mortales y la aupase a un plano de existencia tan excepcional que le resultara imposible interactuar con la gente normal. O tal vez fuera que la visión que constituía Posy en vaqueros, chaqueta de punto con agujeros y una camiseta vieja de Harry Potter era más realidad de la que podía soportar, por lo que había optado por mirar a Sebastian—. Cariño, ¿nos podemos ir ya?

—Enseguida —fue la respuesta de él, mientras se desenroscaba de su *novia* como si estuviera haciendo esfuerzos por quitarse un mono de trabajo que llevara puesto, para por fin darle a Yasmin una palmadita en la mano—. Hala, venga, entretente un poco mirando los libros.

—En serio, Sebastian, te puedes marchar —comentó Posy, más que nada porque ahora ya nadie miraba los libros, sino que todas las miradas estaban puestas en Yasmin. ¿Cómo sería ir por la vida provocando que todo el mundo dejase inmediatamente lo que estaba haciendo para pararse a contemplar tu impresionante belleza? La única vez que la gente se había parado a mirar a Posy había sido cuando era estudiante y en una ocasión, en una discoteca, había salido del baño con la falda metida por las bragas y, por tanto, enseñando el trasero—. De verdad, no me importa. Seguro que nos las apañamos sin ti.

—Eso lo dudo —decretó Sebastian volviendo a ponerse las gafas de sol y haciendo un gesto en dirección a la mesa que quedaba del otro lado del patio—. Bueno, entonces, ¿te has echado un *novio*? ¿Va en serio la cosa? Y, por cierto, ¿qué clase de nombre es eso de *Jens*?

—Es un nombre sueco, porque es sueco además de muy simpático, supersimpático de hecho, pero nos estamos tomando las cosas con calma y viendo a ver dónde acabamos, aunque tampoco es asunto tuyo —añadió Posy al ver a Sebastian esbozar una sonrisa burlona solo al pensar en el concepto de tomarse una relación con calma, él que seguramente ni siquiera seguía la regla de las tres citas antes de acostarse con sus novias. Claro que Yasmin tenía aspecto de ir a romperse en añicos de purpurina si realizaba cualquier actividad más vigorosa que deambular por ahí lánguidamente, como flotando, tal y como estaba haciendo en esos momentos.

—A mí me suena bastante rollo —sentenció Sebastian—, pero ojalá tengáis una muy larga y muy aburrida vida juntos.

—¡Pero si hemos quedado tres veces nada más! No nos vamos a casar precisamente —dijo Posy irritada pero hablando al vacío, porque Sebastian se había reunido con Yasmin y le estaba diciendo algo al oído que la hizo reír. A Posy le pareció más bien una risita tonta, pero inmediatamente se recriminó por aquel pensamiento porque no quería ser de esas mujeres que inmediatamente encontraban multitud de faltas en otras mujeres solo porque fueran guapas y perfectas en todos los sentidos.

Claro que igual Yasmin no era tan perfecta como podría parecer en un principio, porque al cabo de veinte minutos, cuando Posy estaba sacando de la tienda otra caja de libros para reponer existencias en las mesas, se encontró con que Yasmin le tiraba de la manga para llamar su atención.

—Quiero comprar estos —musitó señalando los cinco libros que llevaba bajo el brazo y, en general, dando la impresión de estar a punto de desplomarse por culpa del peso.

—Entra en la tienda —le sugirió Posy, y una Yasmin agradecida se dejó caer en el sofá mientras ella le cobraba los libros y se los metía en una bolsa: el ejemplar gafado de *Los hombres son de Marte, las mujeres de Venus* que Lavinia estaba convencida de que no venderían jamás, otros tres libros de autoayuda y *Cincuenta sombras de Yay: cómo volver a tu hombre loco en la cama*.

Incluso la gente con el físico más perfecto era insegura y dudaba, exactamente igual que el resto, decidió Posy mientras le cobraba a Yasmin y la contemplaba salir por la puerta.

—Hasta luego, cuídate —se despidió Posy, que ahora se sentía culpable por haberla juzgado sin apenas conocerla. Había algo frágil y vulnerable en la belleza de Yasmin que hacía que a Posy le entraran ganas de envolverla entre algodones para protegerla. Eso, y advertirla del peligro que suponían los hombres como Sebastian—. Ha sido un placer conocerte. Espero que volvamos a coincidir muy pronto.

Yasmin tamborileó en el aire con los dedos de la mano a modo de despedida y le devolvió la sonrisa.

—Me encanta tu tienda, ¡el ambiente es tan acogedor! Una pena que ahora solo vayas a vender novela policiaca. ¡Puaj! Yo es que no puedo ni ver *Ley y Orden* sin tener luego pesadillas.

Posy la contempló mientras caminaba con paso etéreo de vuelta hacia Sebastian, y de repente se sobresaltó al oír un ruido en las escaleras.

—¿Quién anda ahí? —alzó la voz alarmada y con el corazón latiéndole todavía con fuerza, cuando apareció ante sus ojos Piers Brocklehurst—. ¿Qué hacías arriba? El piso de arriba no está abierto al público, es mi casa —le indicó señalando el cartel de privado sobre la puerta de acceso a la oficina y las escaleras, que separaba claramente la tienda de lo que ya no era tienda—. ¿Es que no sabes leer?

—Bueno, bueno, cálmate, guapa —respondió Piers con un tono burlón que hizo que Posy se pusiera todavía más nerviosa. Lo que estaba sintiendo no era la irritación que le provocaba Sebastian. Aunque Posy jamás lo hubiera admitido, la mayor parte del tiempo disfrutaba con el tira y afloja dialéctico que se traían. Poner a Sebastian en su sitio con toda la firmeza de que fuera capaz era uno de sus placeres en la vida, mientras que Piers... Había algo en él, un montón de cosas, de hecho, que no le inspiraban la menor confianza. Recordó las teorías de Nina sobre cómo Piers era en realidad malvado, y de repente sintió que se le erizaba hasta el último pelo del cuerpo—. Estaba buscando el baño. No creo que sea un pecado mortal precisamente.

No lo era, pero Posy no le creía. Le entraron ganas de obligarlo a vaciarse los bolsillos, pero sabía que solo lograría que él se riera en su cara.

—Hay un baño a la izquierda, justo antes del salón de té —le informó en tono arisco—, que por cierto está señalado bien claramente; pero es solo para los clientes.

—Muy bien, en ese caso te compro un libro —respondió él mientras empezaba a recorrer las estanterías con parsimonia. Los dos sabían que había estado curioseando en el piso de arriba por razones que no eran precisamente elogiables. Como faltara algo...—. ¡Este, me llevo este!

Este era un ejemplar de *El príncipe* de Maquiavelo. Y es que la amenaza que suponía Piers era un cliché tan grande como sus estridentes pantalones rojos y sus mocasines sin calcetines. Apretando los labios y echando humo por las orejas, Posy le cobró el libro.

—Serán once libras con noventa y nueve peniques —dijo y, yendo contra sus propias creencias, no añadió «gracias» al final de la frase, pero es que los merodeadores descarados, y seguramente malvados también, no se merecían ser tratados con buenos modales.

—Quédate el cambio, guapa —le contestó él lanzándole un billete de veinte libras encima del mostrador, y Posy tuvo que apretar los puños con fuerza hasta que por fin él salió.

Yasmin y Sebastian se marcharon al poco rato.

—¡Hasta luego, Morland! —se despidió él por encima del hombro mientras se alejaba ya, y Posy respiró tranquila por fin al verlo marchar, aunque verdaderamente estaba llegando el momento en que iba a tener que pensar en cómo abordar con él el asunto de que La Daga Ensangrentada no se iba a hacer nunca realidad.

Esos pensamientos ocuparon su mente durante el resto del día en el poco tiempo que le dejó vender grandes cantidades de libros, tener vigilados a Sam y Pants para que no saquearan el puesto de los bizcochos en un descuido y charlar con Jens.

Jens seguía allí cuando empezó a oscurecer a las seis de la tarde, los clientes ya habían desaparecido y se pusieron a recoger. Posy se esperaba que se hubiera aburrido y se hubiera marchado a casa muchas horas antes, pero allí estaba, cargando tableros y mesas de vuelta al salón de té y ayudando en lo que hiciera falta.

Era encantador y tenía una habilidad pasmosa para llevarse bien con todo el mundo, incluso con Verity, que no era de las que se llevaba bien con gente que no conocía, y no tenía nada de malo pasar una larga y aburrida vida junto a alguien así, se dijo Posy. Además, solo porque tu vida no girara en torno a coches deportivos y rubias despampanantes, no tenía que ser aburrida.

—Al *pub* —convocó Tom cuando Posy dejó la última caja en el suelo con un suspiro de agradecimiento—. ¿Quién se apunta? ¿Very?

—Me apuntaría, pero es que esta noche he quedado con..., bueno, con Peter —se excusó Verity, quien de pronto había desarrollado un tremendo interés en un ejemplar con las esquinas dobladas de *Moby Dick*.

—Pues tráetelo, estamos todos deseando conocerlo —sugirió Posy, porque Peter Hardy, oceanógrafo, era un hombre mucho más misterioso incluso que Tom. Tom, por lo menos, siempre estaba dispuesto a ir al *pub*.

—Me encantaría, pero es que casi no nos vemos y se marcha a Belize a primera hora de la mañana —se excusó Verity de nuevo—. Igual la próxima vez.

Pants y sus padres también se marcharon, pero llevándose a Sam con ellos, así que solo quedaban Tom, Nina, Jens y Posy.

—Bueno, pues al *pub* entonces —decretó Jens con decisión—. Ya espero yo a que cierre Posy.

—Ay, no hace falta que me esperes —respondió ella—. Tú vete yendo, que yo tengo que hacer un par de cosas por aquí primero. En quince minutos estoy allí; como mucho, media hora.

Jens parecía bastante decepcionado, cosa que le honraba, pensó Posy mientras corría escaleras arriba a encender el ordenador.

Seducida por un canalla

Había tanta gente en Almack's que Posy temió desmayarse.
No solo en las abarrotadas inmediaciones de la pista de baile, sino
también en el gran comedor, abundaban las debutantes acompañadas por sus
orgullosas madres, sus siempre vigilantes carabinas y otros miembros de la
alta sociedad que se avenían a pasar la noche en Almack's en vez de buscar
otras formas de entretenimiento en lugares más escandalosos o en los Jardines
de Vauxhall.

Posy había tenido la suerte de conseguir una invitación gracias a la inter-
mediación de lady Jersey, que recordaba los incontables gestos amables de la
difunta señora Morland para con su propio marido enfermo.

—Igual no estás en primera fila, querida Posy, pero sabes cómo compor-
tarte en compañía de gente educada y, aunque lo hayas dejado para bastante
tarde, todavía puede que encuentres marido de posibles —le había dicho lady
Jersey cuando Posy le había explicado la delicada situación en que se encontraba.

Y ahora, con su carné de baile repleto de nombres y habiéndole concedido
ya un segundo baile al atractivo conde sueco que había acaparado su atención de tal manera que se había ganado una suave reprimenda de lady Jersey,
Posy estaba convencida de que su suerte podía cambiar.

Tal vez la desgracia ya no tenía que ser su compañera inseparable. Bien
sabía Dios que no era un marido lo que necesitaba, que estaba perfectamente
satisfecha con su situación de no verse atada al yugo del matrimonio, pero el
hecho es que a buen hambre no hay pan duro y, por tanto, no estaba en situa-

ción de andar con exigencias. Además, si encontraba un caballero capaz de velar por el bienestar de otros más que por sembrar el caos, tal vez en ese caso el matrimonio no sería una carga tan pesada.

—Señorita Morland, creo que me corresponde el siguiente baile.

Una vez más, el conde sueco estaba a su lado. Posy dejó su copa de ratafía al cuidado de la señora Pants (nota bene: hay que cambiarle el nombre: igual la podría llamar madame Pantalon, una aristócrata francesa que huyó a Londres para escapar de la guillotina) y le dedicó al conde una sonrisa agradecida.

Se colocaron en su lugar en la pista de baile, pero entonces una voz grave e insinuante hablándole al oído a Posy interfirió con los primeros compases de una danza campestre.

—Creo que la señorita Morland me había prometido este baile a mí —dijo lord Sebastian Thorndyke arrastrando las palabras con tono indolente, lo que no le dejó más opción al conde que retirarse con elegancia, mientras que a Posy no le quedó más alternativa que alzar la vista hacia Sebastian con una sonrisa, por más que estuviera deseando borrar la expresión burlona de los labios de él con el hiriente borde de su abanico. Pero, por desgracia, ese comportamiento le hubiera costado el total ostracismo social.

—¿Quién demonios es ese aguerrido joven? —preguntó Thorndyke en tono sarcástico a Posy en el momento en que daban comienzo a la ejecución de los intrincados pasos de la danza.

—Efectivamente, el conde Jens de Uppsala es un caballero aguerrido —murmuró Posy en un momento del baile en que les tocaba cruzarse—. Practica esgrima a diario.

—Un pusilánime de manual, no me cabe la menor duda. Apuesto a que no os cortejaría con tanto interés si supiera que habéis disfrutado de los favores de otro hombre.

—Sufrido, no disfrutado —le recordó Posy con voz temblorosa, porque verdaderamente se puso a temblar al recordar la manera en que Thorndyke se había abalanzado sobre ella y la había besado a la fuerza con sus crueles labios devoradores.

—Los sufristeis de buen grado. Si no recuerdo mal, estabais bastante descompuesta cuando os aparté —respondió Sebastian en tono provocador cuando se cruzaron de nuevo, para luego hacer una reverencia hacia la dama que quedaba a su izquierda.

—¡Sois un bribón desalmado! —le atacó Posy apretando los labios con todas sus fuerzas y negándose a mirarlo ni una sola vez más durante lo que quedara de baile.

En cuanto cesó la música e hizo la consabida reverencia, Posy salió corriendo del salón de baile y, alzándose ligeramente las faldas de su vestido un tanto pasado de moda de seda azul pálido, echó a correr por un pasillo desierto. Se detuvo al llegar al final, sin saber muy bien si debía girar a la derecha o a la izquierda, y entonces oyó unas pisadas firmes a sus espaldas.

—Por supuesto, señorita Morland, obligadme a seguiros. La caza no hace sino acrecentar mi deseo —le advirtió él.

Posy dejó escapar un grito entrecortado, optó por el pasillo que se abría a la derecha y giró el pomo de la primera puerta que encontró. Estaba cerrada. Y también la siguiente. Y la siguiente.

Los latidos frenéticos de su corazón no lograban acallar el sonido de los pasos de Thorndyke, que se acercaban cada vez más. Los dedos de Posy forcejearon con el pomo de la siguiente puerta. Esta sí se abrió, y ella entró apresuradamente en la habitación e intentó cerrar la puerta a sus espaldas, pero Thorndyke venía pisándole los talones y se lo impidió.

—Ya me estoy cansando de vuestros juegos, señorita Morland —le advirtió él—. Me niego a presenciar cómo miráis con ojos de carnero degollado a otros hombres, todos unos pusilánimes afectados, por cierto, cuando tengo toda la intención de haceros mía y de nadie más.

Posy sintió que los dedos que todavía se agarraban al pomo no le respondían mientras Thorndyke avanzaba hacia ella. Con la cabeza envuelta entre sombras oscuras como su alma, la atrajo hacia sí como si fuera tan ligera como una flor de cardo, liviana igual que una sílfide, como lo era Yasmin Fairface, heredera de una fortuna amasada con el comercio de los huevos de gaviota, con quien él había bailado en cuatro ocasiones hasta que su madre se la había llevado.

Y entonces cualquier pensamiento sobre Yasmin o el conde Jens de Uppsala se desvaneció de la mente de Posy, que ya solo era capaz de sentir, mientras *los labios de Thorndyke se posaban sobre los suyos y apretaba las delicadas y suaves curvas de ella contra su firme e implacable cuerpo.*

Él la besó con tanta pasión que Posy sintió que la razón la abandonaba y se encontró correspondiendo a sus besos al tiempo que hundía los dedos en los ensortijados cabellos negros del conde.

Solo cuando sus labios descendieron hacia los suaves promontorios de sus pechos, justo por encima del escote del vestido, Posy recobró la cordura y la fuerza para apartarlo.

—Nunca jamás seré vuestra —juró casi sin aliento, y, cuando se giró para marcharse, las carcajadas burlonas de él la siguieron implacables por el pasillo.

Considerando la situación en su conjunto, tampoco fue tan extraño que Jens acabara soltándole a Posy el discurso de «seamos amigos» cuando esa noche la acompañó de vuelta a casa recorriendo los escasos cien pasos que separaban el Campanadas de Medianoche de la librería.

En realidad, para Posy fue un alivio no tener que preocuparse más pensando en la perspectiva de tener que desnudarse delante de Jens en un futuro próximo. Podía tachar eso de su lista de tareas. Claro que en algún momento se tendría que desnudar delante de alguien, una vez descubriera exactamente qué era lo que no estaba funcionando en sus incursiones en el terreno de las citas.

—¿Es porque te he presentado como mi novio demasiado pronto? —le preguntó, y él posó una mano tranquilizadora en el brazo.

—No, claro que no, a mí eso no me importa —respondió Jens mientras le colocaba un mechón rebelde detrás de la oreja, gesto que por otra parte era más propio de un novio que de alguien que la estaba dejando amablemente—. Mira, para serte sincero te diré que me parece que no tienes la cabeza como para relaciones ahora mismo. Estás liada con infinidad de cosas, distraída. No es un buen momento para lo nuestro.

—¿Entonces tal vez podríamos volver a intentarlo cuando haya pasado el relanzamiento de la tienda? —sugirió Posy, pese a que sabía que no era lo que quería.

A Posy le caía muy bien Jens, pero no era el tipo de sentimiento con potencial de evolucionar a que le encantara. De hecho, le costaba imaginar que ningún hombre pudiera despertar en ella el tipo de pasión que hiciera que le entraran ganas de arrancarse la ropa. Dicho lo cual, todo lo demás lo habría hecho encantada con Jens: los largos paseos y el acurrucarse en el sofá con una botella de vino; las cosas propias de una relación. Y, si no era capaz de conseguir que funcionara con Jens, que era encantador y súper supercariñoso, después de tres citas que habían ido bien, eso era señal inequívoca de que estaba irremisiblemente condenada al papel de solterona del pueblo.

Se tendría que comprar un gato, y ni siquiera le gustaban demasiado los gatos.

No tuvo mucho tiempo para rumiar esos pensamientos durante lo que quedaba del fin de semana porque Sam decidió que aquel momento era tan bueno como cualquier otro para tener una crisis existencial. Aunque más bien, para ser exactos, se trataba de una crisis de vestuario.

—¡No tengo nada que ponerme! —se lamentó cuando Posy entró en su habitación el domingo por la mañana para ver si tenía intención de salir de la cama antes de la hora de comer—. ¿Qué me voy a poner mañana cuando empiece las prácticas en la empresa?

—¿Qué te parece si te pones los pantalones y la chaqueta nuevos que te compraste la otra semana? —respondió Posy sentándose al borde de la cama mientras Sam sacaba ropa de los cajones y la iba apilando en el suelo.

Posy pensó que ojalá no creyera que iba a ser ella la que la devolviera a su sitio luego, porque de ser así se iba a llevar una amarga decepción.

Sam se volvió hacia ella con mirada incrédula.

—¡No me puedo presentar de traje! Es una empresa tecnológica. En Clerkenwell. No va a ir nadie de traje.

—Sebastian sí —señaló Posy.

—Eso es diferente. Es el jefe y es Sebastian. Los trajes son lo suyo. —Sam agitó un puñado de prendas en alto—. ¡Mira! Todas mis camisetas son de dibujos animados o tú me las has estirado con las tetas a fuerza de robármelas. Y ya de mis vaqueros ni hablamos.

Posy estaba avisada, pero no pudo contenerse.

—¿Qué les pasa a tus vaqueros? ¿Acaso no te compró Sebastian unos nuevos muy chulos el otro fin de semana?

—Pero esos los estoy reservando. Y los demás son demasiado flojos, y todos menos un par tienen elástico en la cintura. —Sam hundió las manos en su cabello y tiró con desesperación. Posy creyó que iba llorar—. Tenemos que salir a comprarme ropa nueva. Ahora. Por favor. Posy, no pongas caras. ¿El vale de 30% de descuento que tenías todavía no ha caducado?

No había caducado todavía, y además tenía un cupón para Pizza Express. Después de comprarle a Sam un par de vaqueros pitillo, tan estrechos que a Posy se le saltaban las lágrimas de mirarlo, y varias camisetas de manga larga en tonos discretos y sin rastro alguno de dibujos animados en ellas, que Posy tendría terminantemente prohibido tomar prestadas, celebraron su primera expedición de compras sin discusiones con una pizza y buñuelos de Nutella.

Posy se atrevió a albergar esperanzas de que aquello marcara el inicio de un nuevo capítulo en su relación y que en el futuro pudiesen disfrutar de otras muchas expediciones sin pataletas y sin disparar las alarmas de las tiendas sin querer.

Ni se le pasó por la cabeza que, de hecho, su hermanito pequeño le había estado haciendo la pelota. No sospechó nada, ni siquiera cuando llegaron a casa y la instaló en el sofá con una tetera recién hecha y el último libro de Sophie Kinsella.

Entonces, Sam se sentó en la mesita de café delante de ella de manera que la pudiera mirar a los ojos y le dijo:

—¿Eres consciente de que le voy a tener que contar a Sebastian que La Daga Ensangrentada va a ser en realidad Felices Para Siempre?

Alarmada, Posy se echó un poco de té por la camiseta del sobresalto.

—¡No, no tienes por qué! ¿Por qué se lo ibas a tener que contar?

—Porque se va a enterar en cuanto empecemos a diseñar la web —le explicó Sam—. O, si no, vas a acabar con una página web para una librería especializada en novela policiaca que no existe.

—Pero todos los rollos tecnológicos son iguales en cualquier caso, ¿no? Y yo ya tengo escritos unos textos falsos para La Daga Ensangrentada...

—¡Oh, qué tela de araña tejemos cuando empezamos a practicar la mentira! —entonó Sam con aire pesaroso—. Es de Shakespeare, ¿sabes?

—No es de Shakespeare, es de un poema de sir Walter Scott que se titula *Marmion*, y lo sabrías si prestaras atención en clase de literatura —dijo Posy con tono cortante, porque las notas de Sam en literatura eran pésimas—. A ver, Sam, no es el fin del mundo. Tú deja que hagan la página web y luego ya haremos un corta y pega con los textos de Felices Para Siempre cuando esté terminada.

—¿Corta y pega? No tienes ni idea de diseño de páginas web, ¿verdad? Vas a hacer que todo el equipo de diseño de páginas web pierda el tiempo, y además no quiero cabrear a Sebastian después de lo guay que se ha portado conmigo. Además, tú siempre dices que no hay que mentir...

Efectivamente, Posy no sabía absolutamente nada de diseño de páginas web, así que decidió obviar ese tema e ir directamente al grano.

—No es mentir, Sam, es ser económicos con la verdad. Tú te vas a infiltrar tras las líneas enemigas para atacar desde dentro...

Sam se puso de pie para poder mirar a su hermana desde una posición más elevada con aire reprobatorio.

—Es mentir, Posy, y no pienso hacerlo.

Consiguió llegar hasta la puerta antes de que Posy se abalanzara sobre su espalda rodeándolo con los brazos, para luego apretar su rostro contra el de su hermano y disponerse a hacer uso del arma más mortífera de todo su arsenal. No estaba orgullosa de lo que iba a hacer, pero ya se sabe, en circunstancias desesperadas...

—Sam, el muchacho más dulce del mundo —le cantó al oído entonando la melodía de la canción de Michael Jackson *Ben*, como tenía por costumbre hacer desde que él era un bebé—. ¡Cómo me gusta sentarme a verte crecer!

—Eres malvada, Posy —protestó él tratando de soltarse—, debería darte vergüenza. Y ya te he dicho una y mil veces que tu versión es una patata y ni te oigo.

—Mientras yo siga aquí nunca estarás solo. Ya sabes, hermanito, que siempre tendrás a tu hermana mayor —siguió versionando ella al tiempo que lo abrazaba todavía más fuerte. Por muy irritante que fuera su comportamiento de adolescente, por mucho que le hubiera dado ahora por venerar a Sebastian, Posy a veces temía que se le hundiera el corazón bajo el peso del amor que sentía por su hermano. Ahora bien, eso no quería decir que fuera a permitirle que la delatara—. ¿Quieres que siga? Ya sabes, estribillo, segunda estrofa... Tú te la sabes también, ¡podías cantar conmigo!

—¡No! —Con un esfuerzo sobrehumano, Sam logró por fin soltarse—. ¡Está bien, no diré una palabra, pero que conste que, como mi tutora legal, me estás dando un muy mal ejemplo!

—Lo sé, lo sé —reconoció ella dejándose caer de vuelta en el sofá—. Si vas a la cocina, trae por favor las HobNobs.

Sam nunca conseguía permanecer enfadado con Posy mucho tiempo y, además, estaba tan emocionado con sus prácticas que a la mañana siguiente salió de casa dando brincos de alegría y se despidió de ella con un animado saludo con la mano mientras la tranquilizaba: «Que síííííííííí, que tengo la tarjeta Oyster. Deja ya dar la lata con eso».

Posy se pasó la mañana frotando las paredes y las estanterías de tres de las salas, ahora completamente vacías, en preparación para pintar luego.

A la hora de comer, uno de los clientes que andaban curioseando por la tienda resultó ser una reportera de la *Revista del Librero* que estaba muy interesada en los planes que tenía Posy para la tienda, y prometió que le preguntaría al redactor jefe si podía escribir un artículo sobre el relanzamiento.

Esa tarde, Posy tuvo una reunión con el editor de un sello importantísimo de novela romántica que, sorprendentemente, se mostró muy partidario de organizar eventos con autoras en Felices Para Siempre y hasta quería que su equipo de *marketing* se pasara por la tienda para estudiar formas de desarrollar su flamante colaboración. Además, prometió que le enviarían a Posy material promocional para apoyar el lanzamiento de las novedades, incluidas más bolsas de tela. El mundo entero estaba loco por las bolsas de tela, aunque Verity había reducido a la mitad su propio pedido de ellas tras haber recibido una carta bastante pasiva-agresiva del banco en la que les pedían que acudieran a sus oficinas con objeto de reunirse con un asesor empresarial para hablar de sus problemas de flujo de caja. Nunca antes les había mandado el banco una carta así, solo invitaciones para hacerse usuarios de más tarjetas de crédito.

Mientras caminaba de vuelta a la tienda al terminar la reunión, Posy tuvo la certeza de que se estaba despertando algo en su interior, y no era el pánico habitual que le revolvía el estómago de pensar en todo lo que tenía que hacer en unas pocas semanas; era esperanza.

Estaba haciendo planes, lo cual no era nada nuevo, pues todas sus libretas estaban llenas de planes, sueños y maquinaciones varias..., pero esta vez eran planes que estaba poniendo en práctica. Por una vez en su vida, se esforzaba para conseguir objetivos futuros bien concretos y no se contentaba simplemente con llegar al final del día.

A Sam le había pasado algo parecido. Había vuelto a casa a eso de las seis con una expresión ensimismada en el rostro. Para entonces Posy ya había regresado a la realidad, porque frotar paredes con jabón y estopa tenía ese efecto.

—¿Qué tal te ha ido? ¿Bien? —se apresuró a preguntarle a su hermano cuando vino a buscarla a la habitación más alejada de la izquierda—. Si te ha espantado, no te preocupes, que no te voy a obligar a volver mañana si no quier...

—¡Ha sido *increíble*, Posy! —respondió entusiasmado Sam dando vueltecitas alrededor del cubo con agua y jabón—. Todo el mundo tiene dos monitores, y el *software* más avanzado. Tienen programas que no sabía ni que existían, y en la sala de descanso hay una mesa de *ping-pong* y una máquina de *pinball* y un montón de comida y puedes coger lo que quieras y no hace falta pagar. Había unos KitKats que solo se venden en Japón. Te he traído uno con sal y caramelo.

—Muchas gracias, me lo tomo esta noche de postre —prometió Posy, que llevaba agachada un rato para frotar bien los rodapiés y se estaba estirando lentamente para desentumecer los músculos tras ponerse derecha—. ¿Han sido simpáticos todos contigo entonces?

—Supersimpáticos. Todo el mundo es genial. —El entusiasmo de Sam se acercaba sospechosamente al trance, como si se hubiera pasado los últimos seis meses en una secta en la que le hubieran dado ingentes cantidades de psicotrópicos, y no en una aburrida empresa tecnológica haciendo aburridas cosas tecnológicas—. Si prometes no hacerme pasar vergüenza, mañana puedes venir conmigo si quieres.

—Te lo agradezco mucho, ¡qué cielo! —exclamó Posy agradecida, porque verdaderamente la conmovía que Sam quisiera tener a la pesada de su hermana mayor por allí—, pero la verdad es que estoy muy ocupada y, además, todo eso de los ordenadores no lo pillo para nada.

—Hay cursos de informática y también talleres de escritura de código diseñados específicamente para mujeres —dijo Sam—, deberías apuntarte a uno, así no me tendrías que pedir ayuda cada cinco minutos.

—Tampoco te tendría que pedir ayuda si no estuvieras todo el día cambiando la contraseña del *wifi* sin avisarme —continuó Posy sin rencor, porque aquella era una conversación que ya habían tenido muchas veces antes.

—Se debería cambiar todas las semanas, Morland —dijo una voz desde el umbral de la puerta—, para que así no puedan hackearte el *router* y robarte tus datos.

Siempre estaba apareciendo, igual que un genio malvado. Posy decidió que esa vez iba a permanecer tranquila y serena fuera cual fuera la provocación.

—No creo yo que a nadie le interese robar mis datos —dijo con voz suave.

—¿Ves lo que tengo que aguantar? —le preguntó Sam a Sebastian esbozando una amplia sonrisa. Se volvió hacia Posy—. Sebastian me ha acercado a casa en su coche. No te enfades... He perdido la Oyster.

Posy no estaba enfadada; ni siquiera sorprendida, solo resignada.

—¿Otra vez? ¿En serio?

Sam se encogió de hombros.

—Seguramente la tengo en el trabajo por algún sitio. —Frunció el ceño—. Claro que igual se me ha caído en la calle.

—Te voy a denunciar en el ayuntamiento —le dijo Posy—, es la tercera que pierdes en un año.

—Qué chico más malo —intervino Sebastian—. ¡A pan y agua hasta que se la pagues a tu hermana!

—No, si tiene derecho a transporte gratis en bus, pero es por principios —declaró Posy, y Sam bajó la cabeza.

—Lo siento —se disculpó con un hilillo de voz el muchacho—. Te prometo que no volverá a pasar. ¿Qué hay para cenar?

Posy hizo un gesto hacia el cubo y la esponja.

—No he tenido tiempo de pensar en la cena. ¿Te basta con tostadas y pasta?

Sam parecía espantado ante la perspectiva. A veces, a Posy le daban mucha envidia Nina y Verity, que le contaban que si una noche no tenían ganas de cocinar se podían apañar con mantequilla de cacahuete y palitos de pan o unas olivas y galletitas saladas un poco más historiadas que hubieran sobrado de los aperitivos de Navidad. Cuando vivías con un chaval de quince años que crecía a diario y además a una velocidad de varios nudos, no tenías esa opción jamás.

Posy le dio a Sam un billete de diez libras para que fuera a comprar pescado con patatas fritas a Como Pez en el Agua, el *fish & chips* que les quedaba a la vuelta de la esquina.

—Y trae también una ración de puré de guisantes, que tienes que comer verdura —le recordó a su hermano.

Posy albergaba la esperanza de que Sebastian aprovechara para marcharse también, pero en vez de eso estaba curioseando entre las bolsas de materiales de pintura que les habían llegado esa mañana.

—Gracias por traer a Sam a casa. —Qué menos que dar las gracias, eso se lo debía. De hecho, le debía mucho más—. Y también te agradezco mucho la oportunidad que le has dado de hacer prácticas. Y..., bueno, te tengo que dar las gracias por cuidarlo en general.

Sebastian sonrió.

—Pero... Sé que ahora viene algún tipo de pero.

—Pues la verdad es que no. —Posy estaba tan sorprendida como él—. Es un agradecimiento completamente sincero y genuino y, ya que estoy lanzada, también debería darte las gracias por los servicios de Pippa.

—¿Y ahora no vas a añadir para terminar unos cuantos comentarios hirientes sobre mi vida sexual o mis fracasos como ser humano?

Posy se lo pensó un momento y luego negó con la cabeza.

—No, hoy no. Pero no te acostumbres. Estoy convencida de que harás algo muy pronto por lo que no me quedará más remedio que echarte los perros.

—Ya cuento con ello. —Sebastian movió con cautela el cubo con una patadita de su reluciente zapato de piel—. ¿Se puede saber para qué estás limpiando las estanterías? ¿Qué sentido tiene, si las vas a pintar en cualquier caso?

—Las tengo que limpiar primero para quitarles la porquería y la roña de décadas antes de pintarlas.

—No querría hacer nada que echara a perder nuestra *entente cordiale*, pero no creía yo que lo de la limpieza fuera lo tuyo, Morland —se aventuró a decir Sebastian cauteloso, lo cual era toda una novedad. Posy dudaba de que hubiera dicho nada con cautela en su vida.

Ella hizo una mueca.

—Pues de eso nada, se me da muy bien lo de la limpieza, por lo menos en lo que a mi persona respecta. La practico con regularidad. A diario y en ocasiones hasta dos veces al día, pero si hablamos de las tareas de la casa, ahí ya sabes cuál es mi posición...

—¿Y no pueden los pintores hacerte la limpieza también? —preguntó Sebastian.

—No hay presupuesto para pintores —dijo Posy. Sebastian tenía muchos defectos pero, desde luego, no se le podía acusar de no ser generoso, y Posy lo vio arquear las cejas, entreabrir los labios y llevarse la mano al bolsillo interior de la chaqueta donde llevaba la cartera. Ella le quitó la idea de la cabeza—: No me importa hacerlo yo misma. Me va a dar tanta satisfacción, cuando termine, saber que me lo he trabajado, que me he arremangado y lo he hecho, que he sudado y me he roto uñas y me he fastidiado las lumbares de modo irreparable para hacer mis sueños realidad. —Hizo una mueca—. Estoy empezando a entender a qué se refiere la gente cuando dice que el trabajo en sí es ya la recompensa.

Sebastian cada vez parecía más perplejo.

—¿Y por qué no te está ayudando tu *novio*? —preguntó con cierto desdén—. No me parece muy propio de un caballero dejarte a ti todo el trabajo duro.

—¿Entonces, tú le haces todo el trabajo duro a Yasmin? —quiso saber Posy aunque, pensándolo bien, en el caso de Yasmin, hasta mover un dedo se consideraba trabajo duro seguramente.

—Pareces tener mucho interés en mi novia —dijo Sebastian.

—Tú has sido el que ha empezado mencionando a mi novio primero —contraatacó Posy, y ya estaban otra vez lanzándose miradas asesinas, que en realidad resultaba más natural entre ellos que tratarse con calma y serenidad.

Fue un alivio cuando Sam entró en tromba por la puerta con el pescado con patatas fritas y se sorprendió de que Sebastian todavía siguiera por allí ocupando espacio.

—Ya me marchaba —dijo Thorndyke, no sin antes insistir—. En serio, espero que tú y tus cubos tengáis una velada maravillosa, Morland. Y a ti te veo mañana, Morland júnior.

Y entonces, tras quedarse allí de pie durante unos diez segundos muy incómodos sin decir nada, finalmente se marchó.

Seducida por un canalla

E l compromiso entre el conde Jens de Uppsala y una hermosa debutante que no llevaba en sociedad más que un puñado de semanas se anunciaba en The Times esa mañana.

Posy Morland sintió una puñalada de remordimiento mientras daba sorbitos de té, intentando paladear cada gota de la aromática bebida, ya que no les quedaba dinero para comprar más. La hermosa debutante poseía una nada despreciable fortuna y el conde Jens, por su parte, tenía grandes propiedades en Uppsala que habían caído en lamentable estado de abandono.

Una renta de diez mil libras al año era suficiente para comprar el corazón de hasta el más firme de los hombres, pensó Posy mientras se colocaba bien la pañoleta de encaje que le rozaba en las marcas del cuello, marcas que le había hecho Sebastian Thorndyke al devorar brutalmente su delicado cuello.

Posy dejó la taza sobre la mesa con mano temblorosa (nota bene: contar cuántas veces has usado ya la palabra «temblar») al recordar aquella noche en el Almack's, al pensar en cómo Thorndyke la había perseguido hasta acorralarla en una habitación apartada y entonces, cuando ella había intentado escapar, la había tomado en sus brazos como si fuera tan ligera como un puñado de plumas y la había lanzado sobre los almohadones de un canapé.

—No debéis —se había resistido Posy con voz titubeante, pero él había negado con la cabeza.

—Al contrario: debo, pues no tendré paz en mi cabeza hasta que no lo haga —dijo él mientras recorría el tembloroso, trémulo y vibrante cuerpo de Posy—. ¡Ah,

cómo me atormentáis, me intrigáis y os apoderáis de todo mi ser, provocándome
un torbellino incesante de pensamientos sobre cómo haceros mía!

Y entonces él la había besado, con más ternura de la que ella hubiera
creído posible, y ella había debido de estar poseída igual que él, porque le ha-
bía devuelto los besos, sus lenguas habían entablado un duelo por el dominio
de aquel beso para finalmente avenirse a danzar juntas, y durante todo ese
tiempo las manos de Sebastian se habían dedicado a desabrochar las cintas
del corpiño del vestido de Posy.

Ella no emitió el más leve sonido de queja cuando Thorndyke liberó sus
temblorosos y agitados senos a la luz de la luna ante su mirada hambrienta.

—¡Maldita seáis por ser tan bella! —susurró él con voz aterciopelada an-
tes de bajar la cabeza para deleitarse lamiendo uno de los suculentos pezones
(¡Joder!, ¿qué coño estoy diciendo?)

Para cuando terminó, Posy estaba completamente desconcertada. La piel le
resplandecía por las sensuales atenciones recibidas y experimentaba una desazón
dolorosa y dulce a la vez, ya que Sebastian había derramado sobre sus pechos
henchidos toda su devoción, pero no había llegado a dar los pasos necesarios para
saciarlos a ambos, dejando a Posy en un estado de ruina indecible.

Desgraciadamente, así era, la había echado a perder para cualquier otro
hombre, pensó ella al tiempo que se incorporaba y trataba de cubrir sus desca-
rados senos con la fina camisola que Sebastian había desabrochado durante
el apasionado encuentro.

Con las mejillas completamente encendidas, Posy se sentía absolutamente
incapaz de mirarlo ahora que otros fuegos se habían apagado en otras partes
de su cuerpo. Pero entonces Thorndyke le había sujetado la barbilla entre los
dedos para que pudiera ver el brillo acerado de su mirada cuando le había
recordado con crueldad:

—Cinco guineas menos de deuda, señorita Morland, ya solo os quedan
cuarenta y cinco por devolver.

Ah, sí, incluso sin las marcas de su posesión mancillando su piel blanca
como el alabastro, Posy lo habría recordado todo demasiado bien.

Posó la taza de té y, hundiendo el rostro entre las manos, se deshizo en un
mar de lágrimas.

Al día siguiente, el jabón y la estopa también tuvieron gran protagonismo, así que fue todo un alivio cuando Pippa apareció en un momento en que Posy estaba metida hasta el cuello de agua jabonosa y mugre.

—¿Teníamos una reunión? —preguntó Posy al ver a Pippa aparecer de repente en la última sala de la izquierda, que tanto Verity como Nina habían puesto todo su empeño en eludir durante todo el día, no fuera a ser que Posy les pidiera que cogieran una esponja y se pusieran a ayudar un poco.

Pippa se sentó en el taburete de escalón.

—No, no, no teníamos ninguna reunión.

Posy estaba frotando una mancha particularmente rebelde que había en una esquina de una de las estanterías de abajo, donde el polvo se había solidificado formando una película negra de porquería.

—He estado persiguiendo a los de las bolsas de tela y los de las tazas, y si no entregan el lunes que viene me harán una rebaja del 10%.

—No he venido por eso. Y, por cierto... ¡qué barbaridad, estáis todos *obsesionados* con las bolsas de tela! —Pippa no había sacado ningún dispositivo electrónico de los suyos, sino que estaba mirando fijamente a la nuca de Posy, que lo notó sin necesidad de darse la vuelta porque, de repente, se le erizó hasta el último pelo de la cabeza de un modo inquietante.

—¿Me puedes mirar por favor, Posy? Te voy a hacer una pregunta, y quiero que seas sincera conmigo.

Aquello no era precisamente un gran incentivo para que Posy dejara la esponja y se diera la vuelta para mirar a la cara a Pippa.

—¿Y no me puedes preguntar sin más, sin necesidad de la participación del público?

—¡Posy Morland, date la vuelta ahora mismo! —se impacientó Pippa, y Posy se giró inmediatamente, porque era un tono de voz que no invitaba ni a la más ínfima réplica. Posy se hizo una nota mental para intentar colar la expresión «no invitaba a la más ínfima réplica» en su siguiente entrega de *Seducida por un canalla*. (Aunque no iba a escribir más, pero si lo hacía...)—. ¡Y haz el favor de prestarme atención!

—¡Te estoy prestando atención! —dijo Posy. Pippa tenía una expresión en el rostro que parecía indicar que se le había acabado el suministro de frases positivas e inspiradoras y estaba a punto de ponerse a blasfemar como un camionero en vez de tanto mensaje positivo—. ¿Cuál es el problema?

—Una cosa tengo clara, y es que vas a hacer un relanzamiento de la tienda. Pero, sinceramente, ¿de verdad le vas a poner de nombre La Daga Ensangrentada y te vas a especializar en novela policiaca?

Ya no era solo hasta el último pelo de la cabeza de Posy lo que se había erizado, sino hasta el último folículo piloso de todo su cuerpo.

—Eeeeh... ¿Por qué crees que no?

Responder a una pregunta con otra pregunta era una técnica evasiva de libro. Posy lo sabía. Y Pippa también, porque entornó los ojos y aspiró con fuerza y se empezó a dar vueltas a un mechón de pelo increíblemente sedoso e increíblemente brillante con un dedo que lucía una manicura impecable.

—Por un montón de razones —respondió Pippa—: siempre que alguien le pide a Sam el diseño final de la página web, se pone rojo como un tomate y dice que lo tienes tú. Y luego, tú misma le dijiste a Mattie que el nombre de la tienda no se había decidido del todo, cuando se había acordado hacía semanas. Cuando te envío enlaces a festivales de novela policiaca como fuente de inspiración para organizar eventos con autores, nunca me contestas. Y hace un momento, cuando le he preguntado a

Nina si teníamos suficientes existencias como para dedicar una sala entera a la novela negra escandinava, me ha contestado, y cito texturalmente: «¡Joder, eso me gustaría saber a mí!»

—Bueno, ya sabes cómo es Nina —se apresuró a quitarle importancia Posy con un hilo de voz—. Siempre bromeando.

—Nadie en esta tienda, incluida tú, parece tener el menor interés en la novela policiaca, y Sebastian me ha contado que vendisteis todas las existencias de novela policiaca en las superrebajas del sábado.

—Bueno, sí... Ya le expliqué que eran ediciones viejas y, en cualquier caso, no sabe nada de...

—Posy, tengo un máster en comunicación no verbal y tú has estado parpadeando con frecuencia, tocándote el pelo y desviando la mirada a un lado todo el rato que hemos estado hablando, todos ellos indicios típicos de que me estás mintiendo. Así que dime: ¿sí o no vas a convertir Marcapáginas en una librería especializada en novela policiaca dentro de tres semanas?

Posy saco los dedos de entre sus cabellos, donde los había hundido hacía un instante en un gesto elocuente, y pasó a concentrarse en sus pies.

—No —admitió. No se sentía bien por estar contando la verdad al fin. Más bien se sentía como si acabara de abrir la caja de los truenos—. Vamos a reabrir con el nombre de Felices Para Siempre, una librería especializada en todo lo que tenga que ver con novela romántica.

—Ya veo —comentó Pippa entrecruzando los dedos de ambas manos para luego apoyar la barbilla sobre ellos—. Bueno, en realidad no lo veo... ¿Por qué no me lo explicas, aunque solo sean los titulares?

Ahí fue donde Posy abrió la compuerta y lo soltó todo en un torrente descontrolado de palabras, y por fin sí que sintió un gran alivio al confesar todos sus crímenes, incluso a pesar de que el rostro de Pippa permanecía impasible y era imposible saber lo que estaría pasando por su cabeza.

—Se suponía que Sebastian se debería haber aburrido de todo el asunto a estas alturas —acabó Posy con tono petulante, porque, verdaderamente, era todo culpa de Sebastian—. Siento mucho haberte metido en este lío y haberme aprovechado de tus conocimientos en gestión de proyectos con engaños, pero es que se me fue de las manos.

—Se lo tengo que decir a Sebastian —sentenció Pippa.

—¡Ay, por favor, no lo hagas! —no le importó suplicar a Posy. Muy al contrario, le resultaba de lo más cómodo suplicar—. Tengo tanto con lo que lidiar sin tener que encargarme también de él...

—Dame una buena razón para no decírselo.

—Mmm..., eeeh... Pueees... ¿por solidaridad entre mujeres?

Pippa respiró hondo.

—El que me paga a final de mes es él.

—Sí, ya lo sé, pero de algún modo has conseguido dominar el arte de decirle que no y que te escuche. Cuando cualquier otra persona le dice que no, es como si no lo oyera. De verdad que intenté decírselo... —Posy lo pensó un instante— en varias ocasiones, aunque la última vez estábamos discutiendo y él se marchó a la carrera muy enfadado antes de que me diera tiempo de llegar a la parte importante.

Así que no quedaba otra que llevar a Pippa a la oficina y enseñarle las muestras de color, el calendario con todos los eventos con autores programados provisionalmente en lápiz, los diseños que Posy había aprobado hacía semanas, las cajas de material de papelería, los puntos de libro y las bolsas que habían llegado el viernes. Todo eso mientras Verity la contemplaba aterrada.

—¿Va todo bien? —se atrevió a decir al fin cuando ya no pudo soportar más la tensión entre Posy y Pippa.

—No lo sé —casi gimoteó Posy—. ¿Estás muy enfadada conmigo, Pippa? De verdad que no quería hacerte perder el tiempo, y desde luego no ha sido una pérdida de tiempo, porque tu programa de tareas revisado ha sido una auténtica bendición del cielo, y la distribución que tú has sugerido para la tienda tiene mucho más sentido que la que planteaba yo. Lo único es que vamos a vender un tipo de libro completamente diferente, pero eso no es tan terrible, ¿verdad? Siguen siendo libros y material de papelería y bolsas de tela, solo que, en vez de girar todo en torno a crímenes y esas cosas, se trata más bien de una celebración del amor. Y eso es algo bueno. El amor. Lo único que necesitamos es amor, *all you need is love*. El amor está por todas partes.

—Se lo tienes que contar a Sebastian —afirmó Pippa contundentemente antes de que Posy siguiera soltándole títulos de canciones—. O se lo cuentas tú o se lo cuento yo.

Por supuesto que Posy tenía que contarle a Sebastian lo que había hecho, catalogar la profundidad de su engaño, confesar sus pecados, reconocer todas y cada una de sus atrevidas y descaradas mentiras. ¿Qué era lo peor que podía pasar? Pues que le cobrara los servicios de Pippa y todo el trabajo de la web, pero tampoco era para tanto si se consideraba en términos relativos. O tal vez, como albacea de la herencia de Lavinia, podía quitarle la tienda antes de que transcurriera el periodo de dos años. ¿Habría alguna cláusula en alguno de los documentos o cartas de los muchos que había firmado Posy en la que se establecía que Sebastian pasaría a tener pleno control de Marcapáginas en caso de que Posy fuera culpable de algún serio subterfugio? No podía ser, seguro que no.

Eso sí, Sebastian se iba a enfadar mucho. Diría cosas horribles, que a fin de cuentas era algo que Posy podía encarar porque llevaba toda una vida lidiando con que Sebastian dijera cosas horribles, pero si dejaba de ir a la tienda, si cortaba el contacto de repente, Sam lo acusaría mucho, y eso Posy ya no lo encajaría tan fácilmente.

Sam y sir Walter Scott tenían razón en lo de la tela de araña.

—Está bien, se lo diré —accedió Posy por fin— pero me tienes que dejar que escoja el momento adecuado.

—No hay tiempo. —Pippa estaba empezando a sonar bastante estresada—. Como dice Paulo Coelho: «Un día te despertarás y ya no habrá tiempo para hacer las cosas que siempre has querido hacer. Hazlas ahora».

—Oye, de verdad que tienes una cita para absolutamente todas las ocasiones —comentó Posy—, ¿cómo lo haces para acordarte de todas?

—No tengo una cita para absolutamente todas las ocasiones, pero sí es verdad que me parecen una herramienta potente de motivación —insistió Pippa para, acto seguido, taladrar a Posy una vez más con una de sus penetrantes miradas, que era otra de sus potentes herramientas de motivación—. No puedes seguir aprovechándote de la bondad de Sebastian de este modo.

Verity puso los ojos tan en blanco que Posy casi temió que le estuviera dando un ataque de algo.

—¿Desde cuándo es Sebastian bondadoso? —dijo.

—Es completamente imposible decirle algo que no quiera oír —añadió Posy.

—Pues a mí me resulta de lo más sencillo —discrepó Pippa sin compadecerse lo más mínimo—, y creo que lo mismo diría el resto de la gente en la oficina. Lo único es que tú debes estar segura de lo tuyo, eso sí. No se le puede dar margen para zafarse. Hay que decirle las cosas. Darle tiempo para procesar. Seguir adelante. Decir. Procesar. Seguir. DPS.

—DPS —repitieron en voz alta Verity y Posy.

—Te doy hasta el lunes para que le apliques el método del DPS o si no se lo digo yo, pero sería mucho mejor que viniera de ti. ¿De acuerdo?

—Sí, pero... —Pippa ya había salido de la habitación y Posy tuvo que seguirla en dirección a la sala principal de la tienda—. ¡Pippa, espera!

—No puedo, te acabo de hacer un DPS a ti.

Pippa ya estaba abriendo la puerta.

—Por favor, es sobre tu amiga Mattie —chilló Posy desde el otro lado de la tienda, para gran consternación del hombre de mediana edad con anorak y gorro de lana con pompón que ojeaba los pocos títulos de autoayuda que les quedaban en las estanterías. Pippa paró en seco y se dio la vuelta—. Me ha escrito un correo electrónico prácticamente todos los días durante las últimas dos semanas. Todavía no he tomado una decisión sobre el salón de té...

—¡Posy, por favor te lo pido, deja ya de largarme todas estas confesiones! ¿Qué quieres decir con que todavía no has tomado una decisión? —quiso saber Pippa, y ahora sí que sonaba a que estaba enfadada de verdad.

—Pues tendrás que tomar una decisión muy pronto —apostilló Verity, igual que un coro de tragedia griega—, y la decisión tiene que ser que sí. El salón de té, ahora mismo, es un espacio muerto que no reporta ningún ingreso estando vacío. Tenemos que empezar a ganar dinero en vez de únicamente gastarlo.

Posy tenía la sensación de que, por mucho que trabajara, nunca lograba reducir el nivel de estrés. Más bien parecía aumentar con cada día que pasaba, y ahora estaba llegando a un punto en que podía sentir ese peso creciente arrastrándola hacia abajo, aplastando todos sus órganos vitales hasta el punto de que le costara respirar.

—Está bien, está bien —accedió Posy alzando las manos como signo de rendición para evitar que le llovieran más críticas—, pensaré muy seriamente qué voy a hacer con el salón de té.

Pippa lanzó un profundo suspiro, como si las muy serias consideraciones de Posy no fueran suficiente.

—Como decía Walt Disney: «La manera de iniciar algo es dejar de hablar y empezar a hacer».

Cuando Pippa empezó con las citas, Posy supo que le había ganado la partida.

—Está bien, está bien, ¡de acuerdo!, haré algo con el salón de té. ¿Crees que a Mattie le parecerá que los bizcochos y las tartas van mejor con la novela romántica que con la policiaca? ¿Podrías tantear un poco a ver cómo le suena, por favor?

—Supongo que sí que podría —accedió Pippa—. Organizaré otra reunión.

—¡Ah! Y, ya de paso, ¿le puedes pedir que traiga algunos bizcochos para probar? —intervino Nina desde lo alto de la escalera con ruedas.

—¡Basta ya! —Pippa abrió la puerta con gran impulso—. ¡Os estoy haciendo un DPS a todos!

Seducida por un canalla

Vino a ella, tal y como Posy sabía que haría, en mitad de la noche. El sueño la había estado eludiendo durante las últimas horas, así que el repiqueteo de las piedras en el cristal de la ventana no la despertó.

Una vez más, las piedrecitas rebotaron en el cristal y, temiendo que Thorndyke (no podía ser otro) pudiera acabar rompiendo el vidrio o despertando a toda la casa, Posy se levantó de la cama para asomarse por la ventana.

—Caballero, tened la bondad de explicar qué estáis haciendo —lo interrogó en voz baja apretando los dientes, pero Thorndyke ya estaba subiendo por el manzano que crecía cerca de la casa, tanto que sus ramas casi tocaban las ventanas, pues Posy había tenido que prescindir del jardinero desde el día de san Miguel, a finales de septiembre—. ¿Es que os habéis vuelto loco?

—¡Emboscada nocturna, señorita Morland! —respondió Thorndyke con voz firme pese a estar en pleno ascenso—. Tenéis un aspecto encantador, por cierto. Estáis adorable, toda despeinada.

Posy estaba convencida de que su aspecto no era ni encantador ni adorable, luciendo su voluminoso camisón de batista hasta los pies y con el pelo recogido en una trenza floja.

—¡Debéis de haber perdido completamente el juicio si creéis que os voy a dejar entrar! —le dijo con tono firme, pues esa misma tarde le había relatado todo lo ocurrido a su amiga Verity en confianza y esta, pese a ser hija de párroco, no la había condenado ni tampoco juzgado, pero sí que le había advertido de que tenía que ser firme con Thorndyke.

—No permitas que ningún hombre ponga precio a tu reputación ni a tu corazón —le había dicho Verity—. Aunque sospecho que lo que en verdad quiere conseguir no son las cincuenta guineas sino tu amor, que vale mucho más.

No obstante, Posy se resistía a creer que Thorndyke pudiera amarla. Para amar hacía falta un corazón puro, y el de Thorndyke era tan negro como los escasos trozos de carbón que ella se podía permitir quemar para calentarse un poco cada noche.

—¡Me dejaréis entrar, Posy! —insistió él—. En vuestra alcoba, y en el dulce y tentador espacio entre vuestras suaves piernas. Así que ahora, ¡por lo que más queráis, señora, apartaos de la ventana!

—¡No haré tal cosa! —se negó ella sacando la cabeza por la ventana para que la oyera sin tener que chillar como una verdulera (nota bene: ¿Las verduleras verdaderamente chillan? Investigar)—. No podéis jugar así conmigo, con mi afecto. Carezco de los medios económicos para hacer frente a la deuda de mi familia y me niego a seguir rebajándome por más tiempo. ¡Que el Señor se apiade de mí! Si es lo que queréis, adelante, echadnos a mí y a mi hermano Samuel de nuestra casa, pero prefiero dar con los huesos en la cárcel por no poder pagar mis deudas que acabar en vuestros brazos. Y ahora dejadme en paz, os lo ruego.

Pero, en el momento en que alargaba el brazo para cerrar la ventana, Thorndyke se inclinó hacia ella y le robó un beso.

Posy sintió que ~~temblaba~~ de pies a cabeza (¡No! ¡No empecemos otra vez!), que se estremecía violentamente, y él aprovechó el momento de confusión para saltar del árbol al alfeizar.

—¿Es que queréis que me abra la cabeza, señorita Morland? —le preguntó con voz ronca—. ¿Acaso eso os complacería?

—No tengo el menor deseo de cargar con la muerte de ningún hombre, ni siquiera la vuestra, sobre mi conciencia —respondió Posy mientras se hacía a un lado para que él pudiera saltar con gran agilidad al interior de su alcoba. Se quedó allí de pie, esbelto y fuerte y escandalosamente viril, enfundado en sus ajustados pantalones de montar de gamuza y la casaca perfectamente cortada de fina tela—. Pero, sabed, señor, que nunca seré vuestra. Me niego a serviros de fulana, ni siquiera por quinientas guineas.

—¡Cuánta tontería! —se burló él asiendo un puñado de tela del camisón para atraerla bruscamente hacia él—. Flaco servicio nos hacéis tanto a vos como a mí cuando salen de vuestra hermosa boca palabras tan duras como estas.

—Debéis dejarme en paz, mi señor —insistió ella, un tanto desesperada, pues notaba a través de la fina tela del camisón el calor que despedía el cuerpo de Thorndyke, que además le había posado una posesiva mano en la cadera.

—¿Por qué habría de dejaros en paz cuando yo vivo atormentado? —respondió Thorndyke con una desesperación similar a la de ella, y Posy fue incapaz de mover un dedo para detenerlo ni de articular ni una palabra de protesta cuando él le rasgó el camisón de arriba abajo como si fuera de papel y se lo arrancó para dejarla allí de pie, desnuda e increíblemente bella en su vulnerabilidad—. Yace conmigo, dulce Posy, yace conmigo y déjame amarte. Deja que te muestre que, pese a mi exterior cruel y desconsiderado, puedo ser amable..., indulgente..., manejable..., tuyo.

Fue sellando cada promesa con un beso, estrechando con fuerza las curvas del bello cuerpo femenino contra la mole granítica del suyo, y cuando Posy hundió los dedos en sus rizados cabellos negros como la noche la tomó en sus brazos para llevarla hasta el lecho.

Posy se planteó mandarle a Sebastian un correo electrónico, o darle a Sam una nota para él escrita en el nuevo papel membretado de Felices Para Siempre.

Pero lo más seguro era que Sebastian borrara el correo electrónico directamente al ver que era de ella y luego negara haberlo recibido jamás y, habida cuenta de la habilidad de Sam para perder tarjetas Oyster, la agenda de los deberes y las llaves con monótona regularidad, no se le podía confiar la tarea de correo con la menor garantía de éxito.

Posy tendría que esperar hasta la próxima ocasión en que Sebastian se presentara en la tienda y entonces hacerle un DPS que durara hasta mediados de la semana siguiente. No le quedaba más remedio que confiar en que tuviera más éxito que el que había cosechado en sus intentos con el Sebastian de ficción. ¡Por Dios! Ese no la dejaría ni decir dos frases seguidas y ya la tendría tendida en la mesa de las novedades.

«¡Yo sí que tengo algo que decir, señorita Morland!», diría Sebastian. Nada más pensarlo, Posy se sonrojó y, ¡por Dios!, sus manos temblaban cuando atacó esponja en mano otra estantería llena de mugre. Cuando todo aquello terminara y la tienda estuviese perfectamente limpia y pintada, no quería volver a ver un cubo de agua jabonosa ni una estopa en toda su vida.

La salvó el bizcocho o, más concretamente, la llegada de Mattie con varios *tupperwares* de un tamaño satisfactoriamente grande, llenos de bizcochos y tartas para probar.

—Se me ocurrió que sería buena idea pasarme por aquí —explicó Mattie dejando los *tupper* sobre una de las estanterías vacías—. Pippa me comentó que andarías por la tienda, y la chica guapa del pelo azul me ha dicho que estabas aquí atrás.

—Esa es Nina —le explicó Posy—, luego te tengo que presentar a todo el mundo como es debido. —Se mordisqueó una uña de borde irregular—. Pero he pensado que deberíamos sentarnos a hablar en serio del salón de té, tú y yo; aunque, si te soy completamente sincera, todavía no lo tengo del todo claro... Es que tengo tantas otras cosas de que ocuparme... Pero Pippa me ha insistido un montón en que tengo que tomar una decisión, ¡y que la debo tomar ahora mismo!

Mattie asintió.

—¡Te entiendo! Adoro a Pips, pero ¿te imaginas lo que es salir a cenar con ella? Tienes que decidir lo que vas a pedir a los cinco minutos escasos de que te traigan la carta. —Hoy Mattie llevaba un peto flojo con un *top* de manga larga negro y unos tenis sucios, pero aun así se las ingeniaba para tener un encantador aspecto de muchachito—. Solo te diré que tengo mucho interés en quedarme con el salón de té, por si eso te ayuda en el proceso de toma de decisión. El espacio, bueno, lo que vi el otro día por lo menos, me pareció perfecto, aunque lo que no me cuadra mucho es lo de La Daga Ensangrentada. No sé yo si a los aficionados a leer sobre asesinos en serie les gusta mucho el bizcocho.

—A mí me parece que la gente a la que le gusten Agatha Christie y Dorothy L. Sayers seguramente también les vaya el bizcocho —dijo Posy, si bien no era una cuestión que hubiera pensado mucho—. Además, ¿acaso el bizcocho no le gusta a todo el mundo? En lo que al bizcocho respecta, yo creo que somos todos bastante parecidos.

—Pero esto no va a ser una librería especializada en novela policiaca, ¿a qué no? —preguntó Mattie directamente.

—¡Por supuesto que no!

A esas alturas del día, el agua con jabón ya estaba negra y la verdad es que Posy agradeció la distracción y llevó a Mattie a dar una vuelta por la tienda mientras le explicaba el aspecto que tendría en un par de semanas cuando estuviese recién pintada de gris, tuviera una mejor distribución, expositores *vintage* y la señalización en bonitas letras cursivas de color rosa.

Luego se fueron a la oficina y Verity hizo té mientras Mattie sacaba de los *tupper* su legendario bizcocho de mandarina, dos tipos diferentes de *brownies:* caramelo con sal y nueces pecanas, y chocolate blanco con fruta de la pasión. También había traído bollitos tipo *scone* de Gruyère y cebolla roja, relámpagos rellenos de queso y cebollino, una tarta *crumble* de tres pisos de manzana y frambuesa, cuatro tipos distintos de galletas de mantequilla y...

—¿Cuándo podrías estar abriendo el café? —preguntó Nina con un bocado de galleta de mantequilla y lavanda en la boca. Se suponía que Nina debía estar atendiendo en la tienda, pero se pasaba por la oficina constantemente para probar las deliciosas creaciones de Mattie—. ¿Mañana puede ser?

—Yo creo que mañana va a ser mucho pedir —comentó Posy, y Mattie estuvo de acuerdo.

—¿Tienes tiempo para que le eche un vistazo como es debido al salón de té? —preguntó.

Posy la acompañó atravesando la tienda hasta la puerta de doble hoja de entrada al salón, la abrió con llave y dejó que Mattie explorara sola a sus anchas mientras ella volvía a la tienda justo a tiempo de oír que se cerraba la puerta por la que acababa de salir, con apresurados pasitos cortos, nada menos que Piers Brocklehurst.

No había ni rastro de Nina, pero Posy siguió las voces que se oían en algún lugar de la tienda hasta la puerta de atrás. Estaba a punto de salir al patio trasero y exigir que Nina le explicara qué hacía Piers en la tienda y pedirle explicaciones sobre si no se suponía que ya lo había dejado, cuando oyó decir a Verity:

—¿Crees que deberías decírselo a Posy?

Nina emitió un sonido quejumbroso.

—No la quiero preocupar con una cosa más, que ahora mismo bastante tiene con lo que tiene, pero la verdad es que es muy retorcido, ¿no crees?

—¿Preguntar si sabes algo malo, algún secreto inconfesable de Posy? No se puede ser más retorcido —se indignó Verity mientras Nina asentía con la cabeza. ¿Pero qué demonios era todo aquello?—. En cualquier caso, Posy no tiene secretos inconfesables. Salvo que limpia poco en el piso de arriba, y en realidad eso no es ningún secreto. Lleva una vida intachable.

—Y, además, tampoco le interesaban los secretos jugosos; no hacía más que preguntarme si no tendría deudas con el fisco, si cumpliría todas las normas de higiene y seguridad laboral... No le debería haber dicho cuando rompí con él que Posy opinaba que no hacíamos buena pareja. Pero es que era más fácil que decirle que daba como repelús. Igual lo mejor es que me lo tire y punto —musitó Nina—, ya me entiendes, me sacrifico por el equipo, me lo tiro y ya está.

Posy estaba horrorizada. Tanto, que ni sabía con qué horrorizarse primero: si a cuenta de Piers, que parecía decidido a vengarse de la manera más dañina posible por haberle entorpecido el plan con Nina (no podía ser que no le hubiera pasado algo parecido antes con alguna amiga de una de sus incautas víctimas), o con la propia Nina, quien, a pesar de saber de sobra que Piers era una criatura vil y odiosa, por lo visto estaba pensando en acostarse con él.

—No te lo tires —le aconsejó Verity a Nina antes de que Posy tuviera tiempo de irrumpir en la conversación y dar su propia opinión al respecto—, pero vamos a no decir nada por el momento, y la próxima vez que aparezca ese hombre horrible me gustaría poder decir que ya me encargo yo de él, pero no soy capaz, Nina, sencillamente, no soy capaz. Igual podemos mandar a Tom a lidiar con él.

Se hizo un silencio momentáneo y luego se echaron a reír las dos ante la idea de Tom irrumpiendo en escena para defender a Nina. Pero Posy no se reía. Esto era lo último que le hacía falta, otro foco de estrés que añadir a la lista. Así que, en vez de aparecer como un huracán, pistolas en mano, para declarar que ella se enfrentaría a Piers, optó por retirarse a la soledad de su cuchitril de lectura, aunque no consiguió calmarse demasiado con eso. Luego, Nina apareció por allí y, al ver los pies de Posy asomando por la entrada al rincón de lectura, le preguntó que qué estaba haciendo, y ahí fue cuando Posy se dio cuenta de que tenía a Mattie sola en el salón de té desde hacía un buen rato.

Cuando volvió al salón de té se encontró a Mattie de rodillas en la cocina con la cabeza metida en el horno.

Por un instante, Posy se temió lo peor, pero luego se acordó de que el horno llevaba años desconectado, y además Mattie sacó la cabeza para apuntar algo en un cuaderno que llevaba.

—Este sitio es genial —comentó, aunque con el ceño ligeramente fruncido—. ¿Hay algún motivo concreto por el que cerrasteis el salón de té? ¿Tenía un problema de afluencia? Me he fijado que hay un ultramarinos muy exquisito a la vuelta de la esquina. ¿Le hacía mucho la competencia al salón de té?

—No, qué va, el salón de té estaba siempre abarrotado, no solo venía la gente que pasaba por la tienda, sino que también estaba de bote en bote a la hora de la comida. Stefan —el dueño del ultramarinos— no da comidas, dice que es demasiado lío, aunque sí que vende sándwiches a la hora de la comida, pero de tipo escandinavo. Ya sabes, mucho pan de centeno. Y hace unos bollos de canela increíbles —explicó Posy, que notaba el bombear de la sangre en la cabeza y que le picaban los ojos al empezar a formarse las lágrimas, y eso que de momento solo había hablado del maravilloso Stefan.

¿Sería capaz algún día de llegar a la etapa final del duelo, la fase de aceptación, cuando fuera capaz de decir sin darle excesiva importancia: «mis padres fallecieron hace siete años y, claro está, los sigo echando de menos, pero el tiempo lo cura todo»?

No era cierto. El tiempo no curaba. El tiempo hacía que su ausencia le doliera todavía más y acrecentaba la determinación de Posy de aferrarse a su dolor, porque si empezaba a sentirse mejor, a extrañarlos un poco menos, entonces los recuerdos que tenía de sus padres —el sonido de la risa de su madre y el aroma de su perfume que olía a madreselva, la sensación del brazo de su padre rodeándole los hombros, los botones de su chaleco clavándosele en la mejilla...—, todo eso se iría difuminando, dispersando, desapareciendo hasta que no quedara nada.

—¿Y entonces por qué cerrasteis, si iba tan bien? —preguntó Mattie—. Es un poco raro. Da la sensación de que se cerró de un día para otro. Hay un libro de cocina abierto en la encimera, cubiertos en el escurreplatos, y he mirado en los armarios y...

—Mi madre... —Posy no era capaz de pronunciar las palabras. Tomó aire con fuerza. Exhaló—. Mi padre llevaba la tienda, y mi madre..., ella se encargaba del salón de té. Se m..., hubo un accidente en la autopista y... luego Lavinia, la dueña de la tienda, pasó a encargarse de la parte de la librería. —Posy tragó saliva—. Creo que su intención era volver a abrir el salón de té en algún momento, pero fue todo tan repentino y doloroso... En fin, al final no se hizo.

Mattie se quedó donde estaba, apoyada en la encimera. No intentó abrazar a Posy, lo cual fue en realidad un alivio, porque Posy estaba segura de que se habría echado a llorar en sus brazos, cosa nada profesional por su parte.

—Lo siento mucho —dijo Mattie suavemente—. Yo perdí a mi padre cuando tenía doce años. No se va haciendo más fácil con el tiempo, ¿a que no?

—La verdad es que no.

—Ahora lo comprendo, que te resulte demasiado raro que alguien se apropie de su espacio. Lo entiendo —comentó Mattie caminando de vuelta hacia la entrada para poder echar otro vistazo panorámico al salón de té.

Sería raro ver a Mattie donde Posy solo podía ver a su madre, pero, mientras se lo pensaba, se preguntó si verdaderamente sería *demasiado* raro.

—Sé que ha llegado el momento de pasar página, pero una cosa es saberlo y otra hacerlo —reconoció Posy—. Aunque, por otro lado, es una tontería tener el salón de té cerrado acumulando polvo cuando podría ser un sitio genial para que la gente venga a sentarse tranquilamente a tomar bizcocho y hablar de libros. —Si lo pensaba desde ese punto de vista, resucitar el salón de té sonaba a muy buena idea en realidad—. Claro que, si te quisieras hacer cargo, seguramente tendrías que aguantar que a veces me dieran ramalazos sobreprotectores y que hablara un montón de cómo solíamos hacer las cosas en los viejos tiempos. ¿Crees que podrías soportarlo?

—Seguramente intentaría curarte a base de bizcocho. Eso es lo que suelo hacer con la gente que está triste. —Mattie volvió a mirar a su alrededor—. Seguramente es el sitio más bonito que he visto. ¡Es tan agradable y luminoso, pero también acogedor al mismo tiempo! Ahora bien, hay que hacer un montón de cosas: no hemos hablado del alquiler ni de las licencias, y sería imposible que estuviera lista para abrir coincidiendo con el relanzamiento de la tienda, pero, si la idea te parece bien en principio, entonces me encantaría hacerme cargo de tu salón de té —declaró Mattie alzando un tanto el tono de voz de la emoción, porque, claramente, para ella era un gran paso también.

—Creo..., creo que nunca me va a parecer el momento adecuado de dar el paso, pero tengo la sensación de que tú eres la persona adecuada. No sé si me explico... —Posy sonrió—. El hecho es que creo que a mi madre le habría parecido bien, y también que te estaría rogando que le dieras tu receta de los bollos salados tipo *scone*. ¿Qué te parece si cerramos el trato con un apretón de manos?

Justo antes de que lo hicieran, Mattie hizo una pausa, y a Posy la sorprendió darse cuenta de que, de hecho, temía que Mattie se echara atrás, y eso que había pensado que sería ella la que tendría tentaciones de echarse atrás.

—Bueno, pero que quede bien bien claro que lo de que no hago magdalenas tipo *cupcake* va completamente en serio —volvió Mattie a la carga.

—Lo acepto, no me va la vida en ello —mintió Posy, que tenía intención de hacer cuanto pudiera para que Mattie cambiase de idea.

—En sentido estricto, tampoco hago finales del tipo Felices Para Siempre, pero de eso mejor ni hablamos —concluyó Mattie.

Sellaron el trato con un apretón de manos. Y luego el apretón de manos se convirtió en un breve pero sincero abrazo, y Posy tuvo la sensación de que, además de una inquilina para el salón de té, había encontrado una amiga.

La calidez luminosa de una potencial nueva amistad y el subidón de las considerables cantidades de bizcocho que había comido le duraron el resto de la mañana y le dieron a Posy la motivación y la energía que necesitaba para terminar con el agua jabonosa y la estopa.

Y luego ya no quedaba más que abrir la primera lata de pintura. Tenía la sensación de que era un gran paso, de estar dejando atrás el punto de no retorno, y Posy no las tenía todas consigo de ser capaz de pintar nada sin salirse y sin ponerlo todo perdido después de todo el azúcar que había tomado, y además todavía se notaba algo temblorosa después de batallar con tantas emociones profundas.

Posy volvió a la sala principal en busca de Nina, que era de las que siempre te animaban con un discurso tipo «¡A por todas, chica!» pero, antes de que encontrara a Nina, sonó la campanilla de la puerta por la que entró Sebastian con el teléfono en la oreja. Inmediata y desvergonzadamente, el ardiente rubor que a estas alturas ya se había convertido en algo familiar recorrió el cuerpo de Posy de pies a cabeza, tiñéndole la piel y haciéndola sentir un tanto aturdida al recordar cómo el Sebastian de ficción de la noche anterior había entrado por la ventana para hacer con ella lo que había querido.

—¡Por Dios, Brocklehurst! ¿Por qué demonios seguimos todavía hablando de esto? —dijo Sebastian bruscamente. Parecía que esa tarde Piers había decidido desplegar sus malvadas maniobras en un escenario amplio de operaciones—. Ya te he dicho que son edificios protegidos y, además, aunque no lo fueran, tengo cero interés en hacer negocios contigo. ¡Qué digo cero: negativo!

Posy giró sobre sus talones rápidamente: Sebastian estaba ocupado con otro asunto, lo que le daba tiempo para ir a encerrarse en el salón de té, y así cuando viniera a buscarla podría gritarle lo que tenía que decirle desde el otro lado de la puerta.

Era un plan, un buen plan.

—¡Ay, deja ya de gimotear, Brocklehurst! La gente que se pasa el día gimoteando no gusta a nadie. ¡Hasta luego! ¡Y no tan rápido, Morland! ¿Dónde crees que vas? —le preguntó Sebastian antes de que tuviera tiempo de dar un paso, con lo cual no le dejó a Posy más opción que darse la vuelta con una amplia y falsa sonrisa en los labios.

—¡Sebastian, no te había visto entrar! —le respondió Posy. Él se había traído a Gallito Joven y Viejo Gruñón de refuerzo, lo cual era una buena noticia porque así Posy tendría testigos—. La vedad es que me alegro de que estés aquí, porque tenemos que hablar de un asunto.

—¿En serio? —Sebastian no sonaba muy interesado que digamos. Se dedicó a recorrer con la mirada la sala principal, donde buena parte de las estanterías estaban ahora vacías, hasta que su ojos se toparon con Nina, que había salido de la oficina para colocarse detrás del mostrador a ignorar de la manera más descarada posible a Gallito Joven, que claramente no había usado la nefanda aplicación de Sebastian para ponerse en contacto con ella. «Chica de los tatuajes, estás estupenda, como siempre.»

Nina se pasó las manos por la delantera del vestido rojo entallado de estilo años cincuenta que llevaba puesto como quien se sacude las migas y por fin alzó la mirada esbozando una sonrisa de satisfacción.

—Sí, es una pena que haya gente que no lo pille —contestó ella lanzándole otra mirada de «Te desafío a un duelo al amanecer» a Gallito Joven, quien de repente sintió la necesidad de esconderse detrás de su más viejo y más fornido compañero.

—Bueno, ¿vamos a algún sitio donde podamos hablar? —sugirió Posy, porque no tenía el menor sentido prolongar la agonía—. La oficina, ¿tal vez?

—¿Es algo del salón de té y esa amiga de Pippa que no hace magdalenas tipo *cupcake*? Espero que la hayas mandado a volar —sentenció Sebastian al mismo tiempo que ajustaba sus facciones para sonreír maliciosamente con labios convertidos en una fina línea, aletas de la nariz batientes y ojos entornados, y aun así seguir estando guapo—, porque no se puede tener un salón de té sin *cupcakes*, aunque yo personalmente prefiero la repostería con un poco más de carácter.

—Pues yo nunca le hago ascos a un buen trozo de bizcocho Dundee —intervino Viejo Gruñón.

Posy le dirigió una vaga sonrisa, para luego volver a concentrarse en el tema que les ocupaba.

—Si nos olvidamos del veto a los *cupcakes*, Mattie es la candidata perfecta para encargarse del salón de té —le dijo a Sebastian muy satisfecha, pese a haberse prometido a sí misma que no adoptaría una actitud de confrontación—. Ya hemos acordado que se queda con un apretón de manos.

—En serio, Morland, es que no te puedo dejar sola ni un minuto sin que tomes una decisión precipitada. Tendrás que desacordarlo con otro apretón de manos.

—De eso nada —objetó Posy, pero Sebastian ya había desaparecido camino de las salas del fondo que Posy había estado preparando para pintar, así que ella, haciendo un gesto a Gallito Joven y Viejo Gruñón para que la siguieran, se encaminó a paso decidido en esa dirección también mientras le reprochaba a Thorndyke—. Me encantaría que fueras capaz de quedarte quieto durante el tiempo suficiente como para mantener una conversación.

—No he llegado hasta donde estoy quedándome quieto. —Sebastian se agachó para investigar las latas de pintura que había apiladas contra una pared—. Deberías haberme dicho que ibas a comprar pintura. No voy a cargarte a ti con todos los gastos. Y, por cierto, ¿para qué demonios has comprado pintura rosa? ¿Y dónde está el rojo? ¿Y el negro? No puedes pintar de rosa en una librería que se llame La Daga Ensangrentada.

—Dice el que lamenta que no haya *cupcakes* en el salón de té —reaccionó Posy, cortante—. En cualquier caso, el rosa es solo un color de base.

Solo que no lo era, era el color para las notas de contraste, y la idea era usarlo puntual pero eficazmente.

—No es buena idea usar el rosa de color de base —desaconsejó Viejo Gruñón.

—Quedará hecho un desastre como le metas el rosa de base —se sumó Gallito Joven.

Posy se volvió para taladrar a ambos con la mirada.

—Bueno, a ver, Sebastian, te tengo que contar una cosa. —Podía hacerlo. *Tenía* que hacerlo. Aunque igual era mejor que se lo dijera Pippa, que seguro que tendría a mano unas cuantas citas inspiradoras para apaciguar el dolor de Sebastian. No, incluso si era Pippa la que perpetraba, Sebastian iría a buscar a Posy para chillarle, así que, total, para eso podía prescindir de la intermediaria—. A ver, el motivo por el que he comprado latas de pintura rosa es porque se trata de mi librería y también de mi salón de té; igual tendría que haber sido un poco más firme en este punto desde el principio, pero no va a haber librería especializada en novela policiaca. En cambio, lo que sí va a haber es una librería para lectores de novela romántica...

—¡Ay Dios! —gimió Sebastian dejándose caer al suelo sin pararse a considerar siquiera las consecuencias para su carísimo traje—. Otra vez eso, no. Que alguien me pegue un tiro ahora mismo, por favor.

—Si es lo que quieres, se puede organizar sin problema —respondió Posy de pie junto a él con los brazos en jarras, contemplándolo desde las alturas mientras consideraba la posibilidad de ponerle un pie en el pecho para mantenerlo así, tirado boca arriba y a su merced, pero seguramente eso era llevar las cosas demasiado lejos y con ello no lograría nada bueno, salvo, seguramente, más capítulos tórridos de *Seducida por un canalla*—. Debería haber dejado de seguirte la corriente mucho antes, pero, en cualquier caso, voy a seguir adelante con Felices Para Siempre, que es el nombre de mi tienda, te guste o no. Por eso he vendido todas las novelas policiacas...

—Te das cuenta de que te lo estoy viendo todo por debajo de la falda, ¿verdad, Morland? Y, si bien es una panorámica encantadora, pese a esas medias de lana matapasiones que llevas, me ha parecido que era mejor decírtelo antes de que dieras un paso más.

Sebastian entrelazó las manos por detrás de la cabeza para improvisarse una almohada, como si tuviera intención de pasarse un rato allí tumbado.

Posy, por su parte, se apartó de un salto como si la hubieran salpicado con agua hirviendo.

—¡Maleducado, muy maleducado, como siempre! —se indignó ella agitando las manos en el aire con gran frustración—. Hablar contigo es como darse cabezazos contra un muro.

—Pues entonces cállate —sugirió él fingiendo ganas de ayudar—. Y espero que no te portes igual de mal con Greg y Dave mientras estén por aquí trabajando como locos para ti.

—¿Quiénes son Greg y Dave? —preguntó Posy.

Viejo Gruñón dio un paso al frente:

—Greg —se presentó a la vez que tiraba de su compañero—. Y él es Dave. Veo que lo ha limpiado todo usted misma.

—Sí —admitió Posy, que no estaba muy segura de qué estaba pasando—. Eeeh, ¿por qué?

—Bueno, eso significa que podemos empezar directamente a lijar la madera. Mejor hacer eso antes de meternos con las paredes. Si no, se monta un lío tremendo —dijo Greg compungido—, porque se llena todo de polvo por todas partes. No tendrá plásticos por ahí, ¿verdad?

—Pues no, no me había dado cuenta de que los iba a necesitar —dijo Posy, y luego cerró los ojos y negó con la cabeza en un esfuerzo por despejársela—. ¿A qué se refiere cuando dice que van a lijarlo todo *ustedes dos* y que van a pintarlo todo *ustedes dos*?

—¡Ay, Morland, no te pongas rollo con este tema! —intervino Sebastian arrastrando las palabras, todavía tumbado boca arriba en el suelo—. Es una pena que no hayas hecho tu arrebato de limpieza estopa en mano extensivo al techo. ¿Sabías que tienes unas telarañas imponentes?

—¿En serio? —Efectivamente. Las telarañas colgaban grácilmente de las luces del techo y la parte de arriba de las estanterías, donde Posy no se había molestado en limpiar porque había considerado que nadie repararía ni se interesaría en si había limpiado o no la parte de arriba de las estanterías antes de pintarlas. Y entonces cayó en que las telarañas no eran el tema que tenían que tratar—. Y, Sebastian, me voy a encargar yo de pintar y todo lo demás. No tengo presupuesto para pagar a nadie para que me lo haga.

—¡Olvídate de los presupuestos! Greg y Dave son mis encargados de mantenimiento en la oficina, pero, como todas las instalaciones funcionan de maravilla por allí, te los cedo una semana. Para ellos es mucho más emocionante pintar *cosas* que cambiar las bombillas que se funden o arreglar el típico grifo que gotea.

—¿Y ellos no opinan? —preguntó ella volviéndose hacia Greg y Dave, que estaban inspeccionando los materiales de pintura que había comprado y murmurando comentarios como si la compra de Posy hubiera sido altamente deficiente—. Igual no les apetece tener que andar quitando telarañas.

—A mí, lo mismo me da —dijo Greg—, y por lo menos aquí no está la música puesta a grito pelado. Allí a veces no me oigo ni mis pensamientos.

—Pues entonces, no se hable más —sentenció Sebastian—. Y no hace falta que me des las gracias, Morland. De nada.

—No es que no sepa apreciar lo oferta, pero no puedo aceptar más ayuda de ti hasta no estar completamente convencida de que has entendido que voy a seguir adelante con mis planes de convertir la tienda en una librería especializada en novela romántica. Llevo *semanas* mintiéndote, Sebastian.

Posy bajó la mirada hacia él con fascinación compungida para ver cómo reaccionaba, pero Sebastian, que seguía tumbado plácidamente con los ojos cerrados, se limitó a fingir un ronquido.

—Que alguien me despierte cuando Morland haya acabado de despotricar —dijo.

—Esa no es manera de hablar de la señorita —lo regañó Greg mientras Dave lanzaba una risita que le valió una mirada dolida de Posy, que se hizo el firme propósito de asegurarse de que Nina jamás quedaría con él a solas—. No si está tratando de decirle algo.

—Es que la sola mención de la palabra «romanticismo» o cualquiera de sus derivados, me empuja inmediatamente a un estado catatónico —se defendió Sebastian.

—Pues, para estar catatónico, hablas por los codos —replicó Posy tajante, y Dave soltó otra risita, así que igual no era tan mal tío después de todo—. No habrá La Daga Ensangrentada jamás, Sebastian y ahora que lo sabes no me importa si retiras la oferta de los servicios de Greg y Dave. Puedo pintar yo perfectamente.

—No digas ridiculeces —le rebatió Sebastian mientras se ponía de pie de repente con un único y grácil movimiento fluido que sembró el caos en las rodillas de Posy—. A ver, lo primero, nos deshacemos de toda esa pintura gris. ¡Y el rosa! ¿En qué estabas pensando, Morland?

Posy apretó los puños, la mandíbula, incluso los glúteos, y echó la cabeza hacia atrás para rogar a los cielos que se produjera una intervención divina.

—¡Señor, dame fuerzas!

—¿Qué tendrá que ver el Señor con todo esto? Vamos, abreviemos un poco que de verdad que me tengo que ir a la carrera. —Sebastian siempre iba a la carrera: un minuto estaba allí de pie con una sonrisa altanera en los labios, y el siguiente estaba volviendo hacia la tienda a grandes zancadas—. ¡Venga gente, que no tengo todo el día!

Posy se vio obligada una vez más a emprender una carrera de pasitos cortos para alcanzarlo.

—¡Sebastian, por favor, para un momento y escúchame!

Sebastian se dio la vuelta de repente y le clavó una mirada preocupada que no cuadraba mucho en un rostro cuyo diseño era mucho más adecuado para la burla.

—Sí, ya lo sé, te han entrado los siete males, tienes tentaciones de echarte atrás y esas cosas..., pero ya verás cómo todo sale bien. Abriremos La Daga Ensangrentada, que va a ir como un tiro, el dinero entrará a mansalva y entonces tendrás oportunidad de mostrarme tu eterna gratitud. Me lo apunto con lápiz en la agenda de aquí a tres meses. ¡Ah, y por cierto! Sam lo está haciendo muy bien. Me sorprende que ni hayas preguntado cómo le está yendo. Todo el mundo lo adora en la oficina y está haciendo un trabajo fantástico con la web, prácticamente sin necesidad de supervisión.

—¿En serio? Y también está comiendo bien todos los días, espero... No solo KitKats japoneses, sino también verduras...

—¡Lo que me recuerda...! ¡Toma, píllalo! —Sebastian se sacó algo del bolsillo y se lo tiró a Posy, que intentó cogerlo al vuelo pero fracasó en el intento, con lo que el KitKat de caramelo con una pizca de sal aterrizó a sus pies—. ¡Qué típico! —se burló Sebastian que se había puesto ya a dar vueltas por la habitación a grandes zancadas—. Pintura negra, montones de pintura negra con toques de rojo para producir un efecto dramático. —Lanzó una mirada torva a las estanterías—. Es una pena que haya tantos libros atravesados por todas partes, cuesta encontrar un sitio para el mural.

Posy casi ni se atrevía a preguntar.

—¿El mural?

—¡El mural! —le confirmó Sebastian, que luego se volvió hacia Dave para preguntar—: ¿Dónde está el mural?

—Aquí mismo, jefe —respondió Gallito Joven, que llevaba a cuestas un portacarteles cilíndrico que abrió con un movimiento florido de muñeca para sacar algo que procedió a desenrollar con cuidado.

Posy tuvo que hacer esfuerzos para identificar qué era. Una especie de plantilla de algo, o...

—¡Una daga ensangrentada! —anunció Sebastian con fruición—. Estaba pensando que igual el mejor sitio es la pared que queda detrás del mostrador, ¿qué te parece, Morland? Dime cómo lo ves, que se supone que estamos en esto juntos, ¿no? O tal vez en el suelo, justo a la entrada... ¿Qué opinas? Obviamente, primero pintaríamos los tablones del suelo de negro, claro. Es un incordio pero no hay más remedio. Así, en cuanto entrara la gente por la puerta vería un cuchillo chorreando sangre.

—No —murmuró Posy para sí—. No, no, ¡joder, que no!

—¿Qué has dicho, Morland? —preguntó Sebastian mientras cogía el cartel de la daga de manos de Gallito Joven y lo tiraba al suelo para ver el efecto—. Seguramente hay que hacerlo un poco más grande. Lo tendremos que ampliar. ¿Tienes una fotocopiadora?

—¡Por encima de mi cadáver!

—No hace falta que grites. —Sebastian parecía bastante dolido—. Era una pregunta de lo más inofensiva. —Miró alrededor a todos los presentes, incluida una muchacha que había estado curioseando la caja de las rebajas pero luego había decidido que Sebastian era mucho más entretenido de lejos—. ¿Puede alguien por favor ir a hacer una fotocopia ampliada de esto?

—¡No! ¡No va a ir nadie a hacerte una fotocopia —chilló Posy; tanto, que notó que su garganta se resentía del esfuerzo cruel que le estaba exigiendo. Llegó derrapando en unos cuantos pasos hasta donde estaba Sebastian arrodillado, le arrebató el cartel de la daga limpiamente de las manos y lo rompió en dos. Hizo un sonido horrible. Pero Posy estaba lanzada y de las dos partes hizo cuatro y luego ocho, que volaron por los aires hasta aterrizar en el suelo cuando las lanzó lejos de ella con gesto de repulsión—. ¡No habrá Daga Ensangrentada, joder, nunca la ha habido! En menos de tres semanas vamos a abrir una librería especializada en novela romántica que se llama Felices Para Siempre y no puedes hacer nada para impedirlo, Sebastian. ¿Me estás oyendo? ¿*De verdad* me está oyendo, Sebastian?

Tenía que estar oyéndola, porque para entonces Posy estaba gritando fuerte, lo que no dejaba de ser gracioso si se tenía en cuenta lo mucho que había temido aquel momento. Había ensayado una centena de discursos apasionados pero rezumantes de pánico en los que argumentaba en favor de sus acciones de la manera más firme posible, pero nunca se había imaginado a sí misma convertida en una arpía desquiciada por culpa de sus esfuerzos por hacerse entender. Y ya se estaba arrepintiendo. No de haberle dicho la verdad a Sebastian, se lo tenía que decir, sino de los gritos, de haber roto el cartel en pedazos... Y estaba prácticamente segura de que también había dado varias patadas enfáticas al suelo con un pie.

La única potencial cliente que había por allí había huido, Nina la estaba mirando con ojos de terror, Verity había salido de la oficina con una mueca de total incredulidad dibujada en el rostro y Greg y Dave paseaban la mirada por las paredes, el suelo, sus propios zapatos..., cualquier sitio menos posarla en Posy y Sebastian, quien por su parte estaba realizando una imitación de lo más convincente de un personaje de dibujos animados al que le habían dado con un yunque en la cabeza.

Sebastian se apresuró a ponerse de pie, abandonando cualquier intento de hacerlo con movimientos elegantes.

—Morland —balbució muy afectado, para luego cruzarse de brazos y bajar la cabeza hasta tal punto que se le hundió la barbilla en el pecho—. Morland, ¿me estás diciendo que... durante todo este tiempo..., que tú...? No puedo creer que me hayas traicionado de este modo.

Posy estaba recuperando la cordura y la ira iba poco a poco dando paso a la vergüenza, que la iba invadiendo a medida que se calmaba. Sí, efectivamente: al final había tenido que ser cruel para ser buena, y con aquellos gritos furibundos había logrado por fin penetrar en el interior del cráneo granítico de Sebastian, algo que no había conseguido razonando... Pero nunca hubiera imaginado que él iba a mostrarse tan dolido.

—Me parece que «traicionado» es un término un poco fuerte, Sebastian —comentó Posy con cautela.

Él alzó hacia ella unos ojos de mirada atribulada.

—Es la única palabra para describir cómo me siento.

Y entonces todo empezó a encajar de repente en la cabeza de Posy al recordar cómo un Sebastian más joven se había salido absolutamente siempre con la suya, mimado por las diversas niñeras que habían estado a cargo de su cuidado, por Lavinia, por Mariana, incluso por la versión más joven de ella misma. Eran la mirada lastimera, las manos crispadas de dedos entrelazados como en una plegaria, el mohín, lo que hacían que lo perdonaras, que le dejaras salirse con la suya una y otra vez.

Pero ella ya no era esa muchachita. Y, además, no habrían estado teniendo aquella conversación horrible e incómoda si no hubiera sido por la mala costumbre que tenía Sebastian de irrumpir en escena haciendo su santa voluntad cuando y como le daba la gana, sin tener en cuenta jamás los sentimientos de nadie que no fuera él mismo.

—Intenté decírtelo, en más de una ocasión —se defendió Posy en un tono no tan conciliador como antes—. Pero, como de costumbre, tú solo oyes lo que te interesa oír.

—No lo intentaste con demasiado empeño —le soltó Sebastian. A esas alturas de la conversación, ella se hubiera esperado que Thorndyke estuviera gritando con grandes aspavientos y agitando en alto libros cogidos de las estanterías como símbolos de la *traición* de la que era víctima, pero no había hecho nada de eso, sino que se había quedado allí de pie mirándola como si Posy hubiera confesado que se entretenía pegando patadas a cachorritos indefensos para pasar el rato—. Entonces, ¿qué hay de nuestra librería especializada en novela policiaca?

Posy miró con impotencia a Nina y Verity, que no le ofrecieron más ayuda que encogerse de hombros al unísono.

—Era *tu* librería especializada en novela policiaca, tu loca idea. Yo no quería saber nada del tema.

—Eso no es verdad —se indignó Sebastian entonces con voz más cortante que nunca—. Tú estabas de acuerdo.

—No, en absoluto —replicó Posy, cuya voz también sonaba cada vez más cortante—. Yo me limité a decir: «Ya, bueno, lo que sea», que no es lo mismo que estar de acuerdo, sino más bien: «Por lo que más quieras, ¡cállate ya!»

—Todas estas semanas te has estado aprovechando de mi naturaleza bondadosa. ¡Morland me has engañado completamente! ¡Pero si hasta hicimos una sesión de lluvia de ideas! —Posy apretó los párpados un instante y hasta tuvo ganas de taparse los oídos, porque Sebastian rugió la última palabra más que pronunciarla—. ¿Y todos tus empleados estaban al tanto de lo que pasaba? ¿Sam también? ¿Y Pippa? ¿Soy la última persona de todo Londres en enterarse?

—No la última, y Sam y el resto no han sido más que cómplices a la fuerza...

—Muy a la fuerza —pio Nina desde el patio de butacas.

Posy la atravesó con la mirada —¿*En serio, Nina?*— y luego se volvió a centrarla en Sebastian: el mohín había dado paso a la mirada furibunda. Posy pensó que nunca había visto a Sebastian enfadado, y que tampoco tenía mayor interés en verlo ahora.

—Pippa no lo sabía, pero lo sospechaba, y al final me arrancó la confesión. Y dijo que lo que nos hacía falta era un DPS: te he *dicho* lo que estaba pasando en realidad y tú lo estás *procesando*, así que, ahora, ¿podemos *seguir?* —sugirió Posy con tono esperanzado—. Y, para que conste: de verdad que me siento muy mal con todo esto. En serio. Lo siento mucho.

—Pues tienes una manera muy rara de demostrar que lo sientes.

Cada palabra de Sebastian era como una esquirla de hielo.

—Lo siento mucho. —Era verdad, nunca había sido la intención de Posy vivir en medio de tanto subterfugio y, pese a que sí se había esperado que él se enfadara, nunca se le habría pasado por la cabeza que podía llegar a herir sus sentimientos. Su ego, su orgullo..., eso sí, pero no la capa suave y maleable que había debajo—. Por favor, Sebastian, piénsalo con calma. Se veía con bastante claridad desde un principio que lo que íbamos a abrir era una librería de novela romántica, pero tú no querías escuchar. Sé que hice mal, pero solo fingí estar avanzando con tus planes porque necesitaba desesperadamente un gestor para el proyecto y no nos habríamos podido pagar uno, así que...

—¡No, no, NO! —se enfureció él entonces, girando trescientos sesenta grados para apuñalar el aire con un dedo índice acusador—. ¡Esta vez has ido demasiado lejos, Posy! Me has tomado por un idiota, un auténtico idiota. Y Lavinia fue todavía más idiota por dejarte la tienda a ti.

—¡No metas a Lavinia en esto! —Ahora era Posy la que chillaba y apuntaba con el dedo a Sebastian—. ¡Ni te atrevas a hablar así de Lavinia!

—Bueno, no tienes ni la menor idea de cómo llevar un negocio con éxito. En serio, ¿sabes lo ridículos que son esos planes tuyos para la tienda? ¿Por qué crees que los ignoré por completo? ¡Romanticismo! Da risa. ¿Cuándo vas a empezar a vivir en el mundo real, Posy? ¡Ya va siendo hora de que despiertes! —Ahora Sebastian *estaba* verdaderamente enfadado, y era horrible. Peor que horrible. No estaba gritando; ni siquiera estaba haciendo aspavientos, de hecho tenía las manos hundidas en los bolsillos del pantalón, pero sí que estaba haciendo lo que mejor se le daba: decir cosas que hacían daño con voz cortante. Y lo que estaba diciendo hacía todavía más daño porque se acercaba peligrosamente a la verdad, porque se hacía eco de todas las dudas que asaltaban a Posy constantemente—. Esta es la última vez que trato de ayudarte.

—¿*Ayudarme?* ¿A eso llamas tú ayudarme? ¡Tú está mal de la cabeza! —rugió Posy, presa de la más absoluta frustración—. Nada de todo esto habría ocurrido jamás si me hubieras escuchado, pero no, el todopoderoso Sebastian Thorndyke cree que sabe más que nadie de todo y que tiene todo el derecho a llevarse por delante todo lo que se interponga en su camino: mis sentimientos, mis planes, mi tienda. ¡La tienda es *mía*, no tuya! ¿Cuándo te vas a enterar?

Posy sonó igual que un niño engreído; eso fue tal vez por lo que Sebastian se burló:

—No será tu tienda por mucho más tiempo —vaticinó con tono desagradable—. Yo soy el albacea de la propiedad. Tengo poder de veto...

—No lo tienes. —Posy pisaba terreno resbaladizo: había firmado tantos documentos... El abogado de Lavinia le había preguntado si quería que los revisara su propio abogado, pero Posy estaba segura de que la dulce Lavinia nunca habría querido perjudicarla en nada. Aun así, había hecho diligentes esfuerzos por leerse todo lo que firmaba, pero había tantos formularios, tantas cláusulas, y ella se había saltado el desayuno y ya era casi la hora de comer para cuando había llegado a las últimas páginas que, al final, había abandonado todo intento de ser diligente—. Es un farol.

—No es ningún farol —respondió Sebastian con frialdad—, si creo que el futuro de la tienda puede estar en peligro, entonces puedo intervenir y tomar el control.

—¡No sabes *nada* de ser librero! Y no se parece ni por lo más remoto a esas aplicaciones horteras a las que te dedicas. ¡Tú no tienes ni idea de si la tienda está en peligro! No tienes la preparación para emitir ese juicio

—protestó Posy con vehemencia, pero sintiendo que unos dedos helados tocaban arpegios arriba y abajo por su espalda.

—Y tú tampoco —contraatacó Sebastian.

Se quedaron los dos allí de pie en medio de la tienda, que ahora estaba vacía porque Nina y Verity habían ido a refugiarse a la oficina de la parte de atrás, y Greg y Dave, por su parte, al último rincón de la última, sala donde mantenían una conversación a media voz sobre pinturas de base.

Aparte del murmullo de esa conversación, reinaba un silencio tal que Posy podía oír perfectamente el latido de su propio corazón y la airada respiración entrecortada de Sebastian mientras se miraban fijamente, en un cara a cara tan extremo que prácticamente estaban enfrentados nariz con nariz.

—No puedes hacerme esto, Sebastian. Sé razonable por una vez en tu vida —dijo Posy, y resultó ser otra acción precipitada que añadir a la lista, porque los ojos de él lanzaron un destello que no se parecía en nada al de los momentos en que estaban enfrascados en sus habituales batallas dialécticas y discutiéndoselo todo mutuamente. Este era un brillo más cruel, más frío, totalmente desprovisto de humor.

Él retrocedió un paso para separarse:

—Tendrás noticias de mi abogado —dijo antes de marcharse de la tienda.

Seducida por un canalla

Thorndyke permaneció en el lecho de Posy hasta el amanecer. Le había arrebatado su virtud, su dignidad, todo cuanto poseía, y lo que él le había ofrecido por su parte era la transformación de pasar de solterona ansiosa a mujer en un estado perfecto de feminidad y dispuesta a ofrecerse una y otra vez, y otra vez.

Ahora yacían allí, el uno al lado del otro, el maravilloso cuerpo de Thorndyke, se diría que esculpido por la mano del mismo Miguel Ángel, junto al de Posy, cuando se empezaron a oír los primeros ruidos que indicaban que la casa iba despertando.

—He de marcharme ya, señorita Morland —anunció él con voz aterciopelada y ronca teñida todavía de retazos de la pasión vivida—. Confío en que mis atenciones os hayan... complacido.

Posy sonrió, aunque en vedad pocos motivos había para sonreír: ella, una mujer soltera cuyos frágiles hombros soportaban ya grandes responsabilidades, había recibido en su lecho al calavera más irredento de toda la ciudad... Porque el hecho era que lo había recibido en su lecho, no solo con sus labios y sus traicioneros brazos y piernas, sino también con suspiros apasionados y sus roncos gemidos de éxtasis, que no había hecho sino alentarlo. Su reputación había sido hasta ese momento lo único valioso que le quedaba, pues verdaderamente no poseía ya nada material que tuviera valor, y ahora había perdido esa última y preciosa posesión.

Y, sin embargo, estaba sonriendo.

—¿Desde cuándo, caballero, os preocupa lo más mínimo lo que me complazca a mí?

—Touché, *señorita Morland* —replicó *Thorndyke con sus bellos ojos negros todavía pesados y adormilados* (nota bene: ¿Los ojos pueden estar pesados? ¿Y adormilados? ¿No tendría más bien cara de estar agotado?), *pero habéis de saber que no soy el tipo de granuja que piensa únicamente en su propio placer. Confío en haber estado a la altura. No os he... decepcionado, ¿verdad?*

Ciertamente, esa noche, mientras la instruía en el arte de hacer el amor, Thorndyke había sido el más tierno y atento de los hombres. No obstante, ahora, a medida que el sol se iba colando por la rendija de las cortinas que ella se había apresurado a cerrar la noche anterior, cuando Thorndyke había comenzado a desnudarse, la magia que habían experimentado a la tenue luz de las velas se estaba convirtiendo en un mero recuerdo pasajero.

—Por una vez, vuestro comportamiento no ha sido tan decepcionante como acostumbra a ser, pero toda la buena sociedad de Londres sabe perfectamente que obtenéis el placer allá donde surja y luego centráis inmediatamente la atención en pastos más verdes —musitó Posy con tristeza, pues sabía perfectamente que hubiera sido una locura esperar nada más de Thorndyke y, ciertamente, mucho menos su corazón.

—Ahora bien, la pregunta es si vuestros encantos valen cincuenta guineas —dijo él clavándole una mirada que de repente se había vuelto dura y fría como los diamantes que Posy estaba convencida de que él poseía en abundancia—. Yo creo que no.

—¡Caballero! ¿A qué os referís? —Posy buscó inmediatamente la sábana para tapar la piel que Thorndyke había venerado la noche anterior durante horas, pero él la sujetó por las muñecas—. ¿Acaso no he sido para vos nada más que un mero divertimento?

—En efecto, y ya no me divertís gran cosa —respondió él con una risa cruel—. Había apostado diez guineas con sir Piers Brocklehurst a que sería capaz de seduciros. ¡Ay, vamos, vamos, no arruguéis la frente de ese modo! No soy un completo monstruo tampoco, os descontaré esas diez guineas de vuestra deuda. —Apartó a Posy con brusquedad y se levantó de la cama mientras ella se acurrucaba entre las revueltas sábanas de lino que habían sido testigos mudos de su ruina—. Tal vez Piers estaría dispuesto a pagar el resto a cambio

de vuestros favores, aunque me temo que no porque le gustan las flores recién cortadas.

—¿Cómo me podéis hacer esto después de lo que hemos compartido, después de la intimidad y las promesas?

—Yo no os he prometido nada, señorita Morland —se burló Thorndyke mientras se vestía con parsimonia, como si estuviera totalmente cómodo con la situación—. La única promesa aquí es la que me hice a mí mismo hace años: que no permitiría a ninguna mujer tratarme jamás como lo hacéis vos, con desdén, con condenada altanería, como si fuera yo el desgraciado que no tiene donde caerse muerto y no al revés. Si fuerais un hombre, ya os habría retado a un duelo por culpa de vuestra insolencia y falta de respeto. Pero no sois un hombre, así que me he vengado como he podido.

—¡Sois un canalla y un sinvergüenza! ¡Si yo fuera un hombre os aplastaría la cabeza con mis propias manos! —exclamó ella, indignada; se incorporó hasta quedar de rodillas en la cama y, apartando la mirada de la cruel mueca burlona que dibujaban los labios de Thorndyke, la posó en un vaso que había en la mesita de noche; lo agarró y se lo tiró a la cara.

Thorndyke cazó el vaso al vuelo con una mano.

—¿Es eso todo lo que se os ocurre? ¡Verdaderamente, sois un ser patético! —la insultó entre risas—. En fin, ahora debo marcharme, retirarme a climas más saludables.

—¡Marchaos! —gritó Posy—. ¡Sí, que el diablo os lleve!

Thorndyke hizo una pausa en la tarea de anudarse el pañuelo de cuello. ¡Y cómo hubiera deseado Posy que ese pañuelo se transformara en un garrote!

—Me temo que sois vos la que está a punto de familiarizarse con el diablo y el mismo infierno, que será la cárcel donde acabaréis cuando no podáis pagar vuestras deudas. —Hizo una reverencia con aire de burla—. Y ahora debo dejaros, señora —se despidió, para acto seguido saltar por la ventana en el mismo momento que la pequeña Sophie llamaba a la puerta.

17

El día después de su espectacular pelea, Posy había medio esperado que Sebastian apareciera por la tienda haciendo como si nada hubiera pasado.

«¡Venga ya, Morland, como si de verdad fuera a mandarte a todos mis picapleitos a que te hagan la vida imposible!» —se burlaría él arrastrando las palabras.

Posy incluso habría agradecido tener que aguantar a Sebastian dando la lata durante horas hablando de La Daga Ensangrentada en vez de su silencio atronador de ahora. Su ausencia era palpable. Últimamente se había dejado ver con muchísima frecuencia por allí, casi todos los días, de hecho, y ahora había desaparecido. Seguramente estaba reuniendo a un ejército de abogados para que maquinaran la forma de arrebatarle el negocio y ponerlos a ella y a Sam de patitas en la calle. No servía de nada pensar demasiado en eso.

A Sam, no obstante, no parecía afectarle en absoluto la incertidumbre que se cernía sobre el futuro de los hermanos. Nina le había contado la pelea con pelos y señales a Sophie cuando esta se había pasado por la tienda a cobrar su sueldo del mes. Sophie se lo había contado a Sam, que estaba más preocupado con que Sebastian diera por zanjado su periodo de prácticas en la empresa que por lo que pudiera pasar con la tienda.

—Sebastian está de un humor de perros —informó Sam al día siguiente—. Se ha encerrado en su despacho y, si sale, todo le parece mal, desde cómo sabe el café hasta la última aplicación que estén desarrollando. Ya te dije que no estaba bien mentirle —añadió con tono piadoso, lo cual resultaba verdaderamente irónico viniendo de Sam, que mentía con regularidad sobre los deberes del colegio, pero, a pesar de eso, Posy sabía que tenía razón.

Posy le envió un correo electrónico a Pippa: «He intentado aplicarle el método DPS a Sebastian pero todo ha salido mal, terriblemente mal. Sebastian esta disgustado y, además, furioso. Yo estoy disgustada y furiosa, pero también siento mucho haber dejado que las cosas se desmandaran hasta este extremo. Sé que te he puesto en una posición incómoda, pero ¿podrías tratar de explicarle mi punto de vista?»

No sirvió de nada. Posy recibió una respuesta automática que la informaba de que Pippa estaba en Vancouver asistiendo a una conferencia de inmersión total en la que participaban *think tanks* de todo el mundo, para hablar sobre el futuro de los *think tanks*.

En cualquier caso, Posy tampoco tenía mucho tiempo para preocuparse de la situación con Sebastian, porque ella, por su lado, también andaba liada con su propia inmersión total: los días se le pasaban en reuniones con representantes comerciales, publicistas, especialistas en *marketing* y editores. Debería haber sido todo muy emocionante, porque Posy nunca había sido el tipo de persona que tiene reuniones a todas horas hasta ese momento, pero no era emocionante. Nada de todo aquello lo era. En particular la reunión que había tenido con el asesor empresarial del banco, que había contemplado con cierta dosis de cinismo las proyecciones de flujos de caja que tan meticulosamente había preparado Verity, les había dicho que, tal y como iban las cosas, el negocio no sobreviviría más de seis meses e, inmediatamente, había preguntado si querían ampliar el límite de descubierto.

Ya estaban a mediados de abril. El cielo de Bloosmbury era de un glorioso azul oscuro huevo de pato y los árboles que jalonaban calles y plazas estaban cuajados de flores blancas y rosas, pero Posy veía el mundo gris y lúgubre, igual que en los días que habían seguido a la muerte de Lavinia.

Tenía la misma sensación de que algo malo iba a pasar, una amenaza soterrada, sentía que todos sus esfuerzos estaban destinados a fracasar. Sam acababa de volver de Gales, donde lo había mandado a pasar la mayor parte de las vacaciones de Semana Santa en casa de sus abuelos, para que los volviera locos a ellos también empezando todas y cada una de sus frases con las palabras «Bueno, sí, Sebastian dice...». Posy creyó que si no tenía que cocinar y ocuparse de Sam avanzaría mucho más con todo lo que tenía que hacer, pero en realidad no había hecho más que la mitad.

Posy intentaba por todos los medios ignorar la nueva voz persistente que desde su interior le repetía todo el rato que era completamente imposible que la nueva librería Felices Para Siempre estuviera lista para la inauguración programada para dentro de poco más de dos semanas. Y entonces ya solo eran dos semanas. Y luego una semana y seis días. La cuenta atrás era imparable, el tiempo corría, y había tanto que hacer y Posy ni siquiera había empezado a pintar todavía.

Recordando la conversación que le había oído a Greg y Dave, Posy había hecho unas cuantas búsquedas muy útiles en Google que le habían confirmado que, efectivamente, había que pintar con una pintura de base primero. Nunca había sido plenamente consciente de la gran cantidad de estanterías que tenía la tienda hasta ese momento, mucho menos de la ingente cantidad de pintura de base que haría falta para pintarlas todas. Y, luego, encima tenía que esperar a que se secaran antes de poder pintar de gris encima. Y, cómo no, no se le había ocurrido comprar una pintura de base de las que secan rápido. Sebastian tenía razón, era una mujer patética, incapaz de hacer nada bien.

Y, como colofón, estaba el tema de los expositores *vintage* que había comprado en eBay a pesar de que Verity había dicho que no se los podían permitir. Ahora resultaba que andaban desaparecidos en algún lugar de la autopista M1 camino de Londres.

Y todavía faltaba pintar la tienda por fuera también para que el cartelista pudiera hacer el nuevo nombre, y había cajas y cajas de libros apiladas hasta donde alcanzaba la vista, llenas de ejemplares esperando a ser ordenados en las estanterías, que permanecían vacías mientras se secaba la pintura de base.

Nina y Verity ayudaban todo lo que podían. La crisis era de tales proporciones que hasta Verity accedió a responder al teléfono, y Nina renunció a ir al trabajo con sus habituales vestidos entallados de estilo años cincuenta y se presentó en vaqueros y camiseta («como la gente normal», se lamentaba amargamente) para ayudar a pintar una vez que Posy abrió por fin la primera lata de pintura gris.

—No sé para qué nos molestamos —se lamentó Posy en el momento en que ella y Nina empezaban a pintar las estanterías de la última sala de la derecha—. Me refiero a que Sebastian puede presentarse aquí cualquier día con una orden de desalojo y todo habrá sido en vano.

—No va a hacer eso —dijo Nina, aunque no sonaba demasiado convencida—. ¿Para qué iba a querer Sebastian una librería?

—No vamos a estar listos para el día de la inauguración. —Sonaba mucho peor cuando lo decía en voz alta que cuando era el primer pensamiento que le venía a la cabeza nada más despertarse y lo último que la preocupaba cada noche antes de caer en un sueño agitado e intranquilo.— No veo cómo vamos a conseguir hacer todo lo que hay que hacer. Ya vamos con una semana de retraso.

—¡Ay, ya verás, todo saldrá bien! Trabajaremos hasta tarde. Me puedo quedar a dormir en tu sofá si hace falta y, además, ¿quién necesita dormir? —Nina enarboló el rodillo en alto, salpicando todo de pintura gris—. ¡Dormir es de perdedores!

Al día siguiente, la entrevista que había concedido Posy a la *Revista del Librero* llegó a los quioscos.

Aquello hizo que todo pareciera mucho más real. Mucho más aterrador. Habían alcanzado el punto de no retorno muchas semanas atrás y ahora iban directos rumbo a la colisión con el fracaso, así que ver sus planes, sus sueños, publicados blanco sobre negro hizo que Posy se sintiera como si fuera volando por el hiperespacio sin tener ningún lugar donde agarrarse.

LA ICÓNICA LIBRERÍA LONDINENSE RECIBE UN NUEVO IMPULSO DE AMOR

Un nuevo aire de romanticismo se respira en la librería Marcapáginas de Bloomsbury, una de las favoritas de los grandes bibliófilos de la capital.

A partir del 7 de mayo, el establecimiento fundado por Agatha Drysdale, sufragista y anfitriona de veladas literarias allá por 1912, reabrirá como Felices Para Siempre, «la librería donde comprar todas las novelas románticas que quieras», según palabras de Posy Morland, que ha heredado la tienda tras la muerte de la hija de Agatha, Lavinia Thorndyke, la carismática anterior propietaria de Marcapáginas, en febrero de este año.

Amante de las novelas ambientadas en el periodo de la Regencia de principios del XIX y, en particular, de las de Georgette Heyer, Posy ha supervisado una profunda transformación de la librería, convirtiendo su legendario interior cavernoso en un espacio más luminoso en el que los lectores encontrarán con mucha más facilidad la dosis de romanticismo que buscan, ya sea Jane Austen o Jackie Collins, novela juvenil o erótica. Felices Para Siempre tendrá además una mayor presencia *online* y ofrecerá también toda una serie de productos exclusivos que incluyen bolsas de tela, artículos de papelería y una colección especial de velas perfumadas. Con motivo del relanzamiento se celebrará un Festival del Romanticismo que durará una semana e incluirá eventos con autoras, un té con blogueras y una fiesta de inauguración. El salón de té contiguo a la librería, que lleva años cerrado, también reabrirá sus puertas antes de que acabe el verano.

«En mi opinión, todas las grandes manifestaciones literarias y artísticas se inspiran en el amor. Y cuando se pasa por momentos difíciles no hay mejor cura que leer una novela que te garantice un final tipo felices para siempre declara Posy, que también explica: Aunque la tienda cambiará de nombre, de dueño y de producto hasta cierto punto, sigo considerándola un negocio familiar. Por eso estoy tan contenta de que Sebastian, el nieto de Lavinia (Sebastian Thorndyke, el emprendedor del mundo digital y creador de HookApp) participe en el proyecto de la tienda. Su contribución ha sido fundamental a la hora de desarrollar el negocio *online* junto a mi hermano menor, Sam. Con Felices Para Siempre perdurará el espíritu de Marcapáginas: buscar la mejor versión de uno mismo en las páginas de nuestros libros favoritos.»

Era un artículo muy positivo, aunque Posy hubiera preferido que al final hubieran decidido no publicarlo, y también hubiera deseado que le ahorraran su foto sonriendo a cámara sin enseñar los dientes y luciendo una camiseta de Felices Para Siempre como las que insistía en que llevara todo el personal, incluso Nina, que estaba de lo más molesta con todo el asunto y el efecto que iba a tener en su estética de chica *pin-up* de la década de 1950.

En cuanto se publicó el artículo en Internet, Posy empezó a recibir lo que pronto se convirtió en una avalancha de correos electrónicos y llamadas de editores, blogueras, amigos de otras librerías e incluso grandes figuras del mundillo literario que Posy solo conocía de verlas de lejos en eventos del sector. Ni una sola persona le echó en cara haber profanado la memoria de Marcapáginas con sus tórridas novelas románticas. «Sé que Lavinia estaría muy orgullosa de ti, querida —le había escrito en un correo electrónico una vieja amiga de Lavinia y *gran dama* del sector editorial—. Estoy deseando pasarme por Felices Para Siempre a comprarle a mi nieta su primera novela de Georgette Heyers.»

Eso habría debido alentar a Posy, debería haber canalizado la energía de la Pippa que ella también llevaba dentro y haberle recordado que los que se rinden nunca ganan y los que ganan nunca se rinden. Se lo debía al espíritu de Marcapáginas y a la memoria de Lavinia y sus padres el seguir adelante. Pero no era el caso.

Era demasiado tarde para eso, y más bien el momento de tomar contacto con la realidad. Posy salió de la oficina, fue hasta la puerta de la tienda y, con manos entumecidas y gélidas, cerró con llave y dio la vuelta el cartel para mostrar el lado de «CERRADO».

Tom estaba detrás del mostrador.

—Son solo las cuatro y media —dijo—, aunque la verdad es que no hay mucho movimiento y casi no tenemos libros para vender porque lo nuevo sigue todo en las cajas. ¿Quieres que agarre un rodillo y me ponga a pintar?

Posy negó con la cabeza, y hasta ese leve movimiento hizo que se le saltaran unas cuantas lágrimas que había estado tratando de contener. Giró levemente la cabeza para que Tom no la viera llorar.

—No, no. Reunión en los sofás en cinco minutos.

En realidad tardaron menos de un minuto en congregarse con idéntica expresión de gravedad en el rostro, que fue lo que tardó Posy también en secarse disimuladamente las lágrimas de las mejillas.

—¿Qué pasa, jefa? —preguntó Nina—. Si quieres que me quede trabajando hasta tarde no hay problema. Había quedado con un tío para tomar algo pero me puedo escaquear fácilmente, no me importa en absoluto quedarme, en serio.

Posy volvió a negar con la cabeza, y esta vez estaba decidida a no dejar que brotaran las lágrimas.

—No, no hace falta que os quedéis a trabajar hasta tarde ninguno porque, incluso aunque lo hicierais, nunca vamos a llegar a tiempo para el relanzamiento. No vamos a ser capaces... *Yo* no voy a ser capaz. —Posy notaba el latido acompasado en la garganta, la sien y el corazón, y el picor en los ojos porque, una vez más, las lágrimas no andaban lejos. Al cabo de un par de minutos siguió diciendo—: No va a haber lanzamiento el lunes. —Y en la última palabra se le quebró la voz.

—Pero tiene que haberlo —musitó Verity con voz entrecortada—. Tenemos planificada toda una semana de eventos, y hemos estirado nuestras finanzas más allá de lo matemáticamente posible...

—Lo sé, pero es viernes por la tarde. Incluso si trabajamos sin parar durante todo el fin de semana, no tendremos la tienda lista. No solo hay que pintar, tampoco hemos empezado con la parte de fuera, y ya hemos tenido que aplazar el rotulado del nombre de la tienda en dos ocasiones. No tenemos hecho el inventario de las existencias ni, por supuesto, las hemos colocado en las estanterías. Los expositores siguen desaparecidos en combate... Todo es un desastre, un completo caos. Y, ya como guinda del pastel, Sebastian Thorndyke podría presentarse aquí en cualquier momento y quedarse con la tienda.

—Respecto a eso, podrías consultar a un abogado —sugirió Tom como si Posy no hubiera pensado ya en eso, que lo había hecho, pero ningún abogado que ella pudiera pagar lograría siquiera hacer sombra a la legión de especialistas legales que Sebastian debía de tener a su servicio.

—Podríamos tener lista la sala principal y luego ir haciendo el resto poco a poco —añadió Nina con un hilo de voz, porque todos sabían que era una solución a medias para un problema bien gordo.

—Siento mucho haberos fallado a todos. Soy una jefa terrible. Nunca debí aceptar hacerme cargo de la tienda.

Posy no llegó a decir nada más, no tanto porque de repente estuviera hecha un mar de lágrimas y no pudiera ni hablar sino porque, inmediatamente, todos la rodearon en un gran abrazo de grupo: estaba aplastada contra los pechos de Nina (y, por cierto, la tenía que estar calando con las lágrimas que ahora brotaban libremente de sus ojos), con la cabeza apoyada en el hombro de Tom mientras Verity, que no era nada partidaria de los abrazos de grupo, le daba palmaditas en la espalda al tiempo que la consolaba:

—Tranquila, tranquila.

Al cabo de un rato se marcharon todos. Posy insistió. No había nada que hacer y Sam andaba por Camden con una pandilla del cole y no volvería hasta que no se le acabara el dinero y le entrara hambre, así que Posy se quedó sola en la tienda ahora desierta.

Marcapáginas. Siempre había sido el lugar donde era feliz. Su refugio. Pero todo eso había cambiado. Ahora, hasta su familiar y delicioso aroma a libros había sido sustituido por el ligeramente tóxico olor penetrante a pintura fresca. Las estanterías estaban vacías, y hasta el último rincón cubierto de cajas de libros y artículos de papelería.

Siempre destruyes las cosas que amas. Posy había leído esa frase en alguna parte, y era totalmente cierta en su caso: tratando de convertir Marcapáginas en algo nuevo había destruido su espíritu, esa sensación única y especial que siempre había poseído y que hacía que, en cuanto entraba en la librería, Posy se sintiera en casa.

Y no era eso lo único que se había perdido. Posy no podía creerse lo mucho que podía llegar a echarse de menos a alguien que, por otro lado, era un verdadero dolor. No podía creer que hasta ahora no hubiera caído en la cuenta de que lo echaba de menos...

Posy casi dio un salto al oír que alguien llamaba a la puerta con los nudillos. Atisbó que era un hombre alto y el corazón estuvo a punto de salírsele por la boca de la impresión, pero luego volvió inmediatamente a su sitio.

No era más que Piers Brocklehurst, la última persona a quien le apetecía ver en esos momentos. O, por lo menos, una de las cinco que menos le apetecía ver.

Le abrió la puerta.

—Nina no está —lo informó a modo de saludo—. Aunque creía que te había dejado.

Piers sonrió taimadamente. Claro que todo lo hacía taimadamente.

—No he venido a ver a Nina, esto es más una visita de negocios.

Posy había estado contemplando sus mocasines de Gucci. Los hombres que llevaban zapatos sin calcetines le daban repelús. Pero aquellas palabras la sacaron de sus ensoñaciones. Alzó el rostro, preocupada, y lo miró a la cara.

—Creía que tú y Sebastian habíais dejado el asunto zanjado.

La sonrisa de Piers se convirtió en algo tan siniestro que debería haber ido acompañada de una advertencia para padres.

—Bueno, yo no lo describiría así exactamente. De hecho, estoy aquí por Sebastian.

Aquello iba de mal en peor hasta alcanzar proporciones catastróficas.

—¿Te ha enviado Sebastian? ¿En serio? Me cuesta trabajo creerlo.

Posy se temía una carta de los abogados de Sebastian pidiéndole que abandonara el local o, peor incluso, un puñado de forzudos que aparecieran a desalojarlos a ella y a Sam con efecto inmediato, para proceder a cambiar las cerraduras y clausurar el local con tablones de madera.

Había albergado cierta esperanza de que el mismo Sebastian aparecería por allí en persona y que podría intentar razonar con él, por más que Sebastian y el concepto de razonar no hicieran demasiadas buenas migas. Obviamente, este era el motivo por el que había enviado a Piers en su lugar a hacerle el trabajo sucio.

—¡Ese hombre es de lo que no hay! —exclamó Posy—. ¡Es que ni tan siquiera es capaz de dar las malas noticias en persona!

La expresión por lo general de autosuficiencia del rostro de Piers adoptó un aire desconcertado durante un instante, pero luego se encogió de hombros.

—Thorndyke siempre ha sido un tipo altamente sospechoso.

—Esperaba más de él —reconoció Posy, porque había tenido la convicción profunda, la corazonada, de que Sebastian cedería y vería que sus métodos prepotentes habían sido un error. ¡No podía haber estado más equivocada!

—Oye, ya sé que la situación es terriblemente incómoda, ¿pero te importa que entre a medir unas cosas? —Piers ya había entrado y dejado a Posy atrás camino del interior de la tienda—. No te preocupes, ni te enterarás de que estoy.

Y entonces, mientras Posy estaba todavía parpadeando y tratando de procesar la información, él ya había llegado más allá del mostrador en dirección a la oficina.

—¡Oye, oye! —lo recriminó con poca energía... Y luego decidió que para qué, que lo mejor era dejar que Piers hiciera sus mediciones y que, en cualquier caso, ¿qué más daría lo ancho o lo largo que fuera nada, si se proponían derribarlo todo?

Claro que, ¿no se suponía que era un edificio protegido? ¿Y por qué estaba ella permitiendo que pasara aquello? Perder su casa y su medio de vida, y el lugar que relacionaba con sus mejores recuerdos de sus padres y de Lavinia...

Lavinia no lo habría permitido jamás, pensó Posy, mirando la foto de ella y Perry que había en la mesa central. Y los padres de Posy tampoco. Y si ella lo permitía, si se quedaba de brazos cruzados y dejaba que Sebastian la pisoteara, estaría fallándoles a todos ellos. Estaría mancillando su recuerdo. ¡Dios, qué avergonzados estarían si la vieran ahora! ¡Qué decepcionados de que Posy se dejara derrotar por un mero detalle como unas estanterías sin pintar!

Llevaba tanto tiempo presa del desánimo que se le hacía raro sentirse de ningún otro modo, pero ahora notaba otra sensación, un fuego en su interior que la hizo apretar en un puño los dedos de las manos y hasta de los pies.

Todavía había tiempo para el relanzamiento del lunes. Si Posy y el resto del personal trabajaban como locos todo el fin de semana podían tener terminada la sala principal y tal vez incluso las salas de la derecha y, simplemente, tapar con una cortina la parte de la izquierda que conducía al salón de té.

No sería la gran apertura que se había imaginado en un principio, pero valdría. Y, en lo que al puñetero Sebastian Thorndyke respectaba, no se iba a quedar con su tienda. Posy negó con la cabeza con aire decidido. Haría otra entrevista para la *Revista del Librero* denunciándolo. Conseguiría que todos los círculos literarios de Londres se unieran a su causa. Lanzaría una petición, publicaría el proyecto en la web de Kickstarter para buscar fondos, montaría una campaña para que la tienda siguiera en manos de la mujer que amaba aquel negocio más que nada.

Y, si al final ocurría lo peor, seguiría el ejemplo de la propietaria original, la honorable Agatha, y se encadenaría a la puerta principal en el más puro estilo sufragista.

Pero antes había que tener la tienda lista para el relanzamiento del lunes.

—¿Piers?

En cuanto oyó que lo llamaba, asomó la cabeza por el arco de la derecha.

—¿Qué pasa? —preguntó él frunciendo el ceño—. Se te ve muy acalorada. ¿Qué ocurre, que te has llevado una gran sorpresa? Bueno..., con el tiempo ya vas a ver cómo es Thorndyke en realidad.

Posy habría jurado que sabía cómo era Thorndyke, que bajo la bravuconería y la arrogancia en el fondo no era tan malo, tan solo muy muy pero que muy irritante. ¿Y acaso no había dicho Nina que Piers era malvado más que malo? Al rememorar la breve descripción que había hecho Nina del personaje con el que había salido un par de veces, de repente la sonrisa de Piers le pareció a Posy mucho más maléfica, como de serpiente, y de pronto el pelo repeinado hacia atrás y los ojos inexpresivos le dieron un aspecto de villano de dibujos animados. Posy sintió un escalofrío de miedo. Y ahí fue cuando se acordó de aquella otra tontería que nunca había acabado de investigar, sobre Piers preguntando a ver si había algún secreto inconfesable sobre ella...

Ignoró el escalofrío. Igual Verity no era capaz de lidiar con Piers, pero ella sí.

—Tienes que marcharte ya —le anunció con firmeza—. Me da exactamente igual lo que diga Sebastian, no pienso rendirme. Como si me tengo que dejar la vida en ello, pero Marcapáginas va a reabrir el lunes por la mañana como Felices Para Siempre.

—Sin ánimo de ofender, no tiene pinta de que vayas a estar preparada para abrir como nada el lunes por la mañana —replicó él suavemente.

Posy alzó una mano para señalar a su alrededor describiendo un semicírculo con ella.

—¡Buf! ¡Claro que lo estaremos! —anunció poniéndose en jarras—. Y ahora, si no te importa, no quiero ser maleducada pero tengo mucho que hacer, así que me temo que te voy a tener que echar. —Posy confió en que su sonrisa suavizaría un tanto sus palabras, aunque realmente le daba igual si era el caso o no.

Posy fue hacia la puerta y Piers hizo lo mismo.

—Te entiendo, de verdad que sí —le dijo él—, y haces bien en no arrugarte ante Thorndyke. Ya era hora de que alguien se atreviera.

—¡Lo sé! —exclamó Posy muy sorprendida porque nunca se hubiera podido imaginar a Piers de aliado, pero en cualquier caso lo siguió hasta verlo cruzar el umbral de la puerta para asegurarse de que se marchaba—. ¡Es un abusón, siempre aparece como si tal cosa dando órdenes y nunca escucha a nadie! ¿Quién se cree que es?

—¡Y qué me dices de esos trajes de mariquita que lleva! —se burló Piers—. Yo no sé qué ven las mujeres en él...

—¡No esta mujer, eso te lo aseguro!

—¿Sabes? Tú tienes clase, Posy, no como Nina, que es todo culo pero no tiene la menor clase —dijo Piers. Con lo bien que se habían estado llevando.

Posy taladró a Piers con su mirada más acerada.

—Ese comentario es horrible, sea quien sea la mujer de la que hablas, y mucho más si se trata de una de mis mejo...

—¿Qué hay aquí abajo? —preguntó él, que no la estaba escuchando, lo que provocó un ligero estremecimiento en Posy porque le hizo recordar a la otra persona que no la escuchaba jamás a la vez que señalaba la trampilla cerrada con una puerta de doble hoja ajada por los elementos que se encontraba delante de la tienda, justo al lado de los ventanales saledizos—. ¿Por aquí se baja a un sótano o algo así?

—¿Qué? —Posy miró a su izquierda y entonces cayó en la cuenta—. No es más que la carbonera. ¡No, por favor, no abras la trampilla! Ahí abajo no hay nada. ¡Por favor, Piers, te estoy diciendo que no la abras! ¿Qué problema tenéis los hombres, que nunca escucháis lo que se os dice?

Piers había abierto la trampilla y estaba mirando hacia el abismo de total oscuridad que era el interior de la carbonera.

—Ahí abajo hay algo —dijo.

Un escalofrío recorrió a Posy de pies a cabeza.

—Sí, arañas. Cierra esa trampilla por favor.

—¿Qué es eso que hay en la esquina? —insistió él—. ¿No ves algo que brilla?

Desoyendo lo que le dictaba su buen juicio, Posy se acercó a la trampilla para mirar hacia el interior con ojos entornados.

—Será un expositor viejo. Venga, cierra de una... ¡Aaaaaaah!

Un empujón por sorpresa y Posy se encontró volando por los aires con los brazos extendidos en dirección a la negrura. Aterrizó sobre manos y rodillas, sin aliento, con polvo entre los dedos, en las uñas, en la garganta, así que tosió frenéticamente. Las telarañas le rozaban la cara y el pelo desde todas las direcciones. Giró sobre sí misma rápidamente para tratar de ponerse de pie, pero antes de que le diera tiempo a preguntar a Piers a qué demonios estaba jugando, Posy pudo verlo fugazmente regodearse con expresión de triunfo en el rostro en el preciso instante en que le cerraba las puertas de la trampilla en la cara.

—¡Déjame salir! —exigió Posy desde dentro, con sus palabras reverberando en el interior de la carbonera—. ¡No tiene ninguna gracia, Piers!

No hubo respuesta.

La última vez que había estado encerrada en aquella carbonera, que solo se abría desde fuera, Posy era lo suficientemente bajita como para poder ponerse de pie en el interior, cosa que ya no podía hacer ahora. Como mucho, podía estar agachada. Y, verdaderamente, aquello era un agujero que no llegaba a la categoría de sótano ni de estancia de ningún tipo. Se trataba, sencillamente, de un pequeño espacio subterráneo para almacenar carbón y, en los últimos tiempos, cajas de porquerías con las que Posy no sabía qué hacer.

El aire era frío y húmedo, y tampoco es que hubiera mucho aire en cualquier caso. Posy se sentó con las piernas extendidas y separadas delante de ella. No veía absolutamente nada, pero el escozor de palmas de las manos y rodillas le indicaba que se las había arañado. Se le habían roto los vaqueros, y era muy probable que solo tuviera aire para unos cuantos minutos allí dentro.

Y entonces notó que algo le reptaba por la mano que tenía apoyada en el suelo. Algo resbaloso que le recordó a una araña. Aguzó el oído y le pareció oír claramente el ruido de unas garras arañando algo. Garras de rata. Fue en ese momento cuando se puso a chillar, un grito débil y desprovisto totalmente de energía, porque se había quedado sin aliento cuando Piers la había empujado a su perdición.

Porque, ¡ay, Dios!, si no se quedaba sin aire, se la comerían las arañas y las ratas allí abajo y encontrarían su cuerpo ensangrentado y mordisqueado al cabo de unos días. Tal vez las ratas se emplearan tan a fondo con ella que tendría que ser identificada por la dentadura. Apretó los párpados con tal fuerza que hasta vio estrellitas, seguidas de impactantes imágenes del espectáculo dantesco que presenciarían quienes abrieran la trampilla.

El espeluznante descubrimiento. El personal forense extrayendo toda una serie de huesos que las ratas habían dejado limpios y eran cuanto quedaba de Posy Morland. Sam, al que sujetaban Pants y la pequeña Sophie, intentando acercarse a estrechar en sus brazos los restos de su amada hermana. Nina y Verity, sosteniéndose la una en brazos de la otra mientras sollozaban desconsoladas. Tom, completamente destrozado, meciendo el cuerpo adelante y atrás presa de la impotencia. Sebastian, vestido de riguroso negro y con gesto adusto e implacable, alzando la vista al cielo para jurar que vengaría la muerte de Posy.

Las estrellitas desaparecieron en el momento en que Posy negó con la cabeza, incrédula. ¿Qué mosca le había picado? Escribir *Seducida por un canalla* la había echado a perder por completo. Se había vuelto completamente melodramática. Nadie, y mucho menos Sebastian, iba a vengar su muerte.

Porque Posy iba a salir de aquella con vida. Ese no era el día en que iba a morir comida por las ratas; o por culpa de la falta de oxígeno. Para empezar, tenía demasiadas cosas que hacer.

A esas alturas, sus ojos se habían acostumbrado a la oscuridad y podía distinguir las formas. Avistó un pequeño taburete que había desterrado a la carbonera tras el penúltimo estirón de Sam. Tenía las patas metálicas. Serviría.

Tratando de calmarse, y confiando en no tener que enfrentarse cara a cara con una rata, Posy se puso de pie y se irguió todo lo que pudo y fue con paso renqueante hasta el rincón más apartado donde había visto el taburete, lo cogió y volvió hacia la trampilla. No se oía ni un ruido fuera, ni tan siquiera el eco de la risa burlona de Piers.

—¡Déjame salir! —Lo intentó una vez más, pero o Piers se había largado, o le estaba haciendo Dios sabía qué a la tienda. Tom le había contado muy animadamente una historia de un promotor inmobiliario que había prendido fuego a un *pub* en Oxford clasificado como edificio protegido para seguir con sus planes de construir un bloque de apartamentos en aquel solar, algo para lo que el ayuntamiento le había denegado el permiso—. ¡Déjame salir ahora mismo!

¡Toda aquella madera! ¡Todos aquellos libros! ¡La tienda ardería en cuestión de minutos y no quedaría nada!

Posy aspiró profundamente ignorando el dolor de manos y rodillas y, haciendo acopio de todas sus fuerzas, dio un buen golpe a la trampilla con el taburete.

La desafiante trampilla seguía cerrada a cal y canto por muy fuerte que Posy le estuviera atizando con el taburete en sucesivos intentos, así que al final tuvo que parar para recobrar el aliento y la sensibilidad en los brazos. Justo estaba estirando sus doloridas extremidades cuando de repente se abrió la trampilla violentamente. Posy parpadeó rápidamente y la luz hizo que se le saltaran las lágrimas, pero alcanzó a ver el familiar rostro que la miraba desde arriba.

—¡Morland, gracias a Dios! ¿Estás bien?

18

—¡Sebastian! —exclamó Posy con voz entrecortada— ¿Pero tú que haces aquí?

—¿A ti qué te parece que estoy haciendo? —replicó él bruscamente mientras le tendía una mano con gesto imperioso—. ¡Venga, que no tengo todo el día!

Posy podría haberse ahorrado que, de todas las personas sobre la faz de la Tierra, fuera Sebastian precisamente quien la rescatara. De hecho, habría sido perfectamente capaz de rescatarse ella sola, pero le dio la mano y dejó que la sacara del agujero de la carbonera al fresco aire del mundo exterior con un nada halagador gruñido provocado por el esfuerzo, como si hubiera estado tirando de una especie de *heffalump*, el elefante imaginario de los cuentos de *Winnie the Pooh*.

—¿Cómo has podido? —exigió saber ella en cuanto estuvo de vuelta sobre el bendito suelo adoquinado de Rochester Mews—. ¿Cómo has podido mandar a ese hombre horrible a hacerte el trabajo sucio?

—¡Yo no he mandado a nadie a hacer nada!

—Entonces, ¿qué hacía Piers aquí?

Se oyó un fuerte ruido dentro de la tienda, y ambos se volvieron justo a tiempo de ver un tsunami de pintura gris impactando sobre los ventanales como si un mar enfurecido se hubiera ensañado con ellos, para luego empezar a gotear inexorablemente por los cristales de modo que el interior de la tienda desapareció de su vista.

—¿Pero qué demonios ha sido eso?

—¡Qué demonios!

Posy cerró los ojos porque no podía mirar, era demasiado. Y luego los abrió de nuevo y no, aquello no era una horrible pesadilla que pareciera real. Estaba pasando de verdad. Se llevó las manos a la cara, horrorizada.

—¡Mi tienda! ¡Me la ha destrozado! ¿Pero por qué iba a hacer algo así?

—¡Tengo una idea bastante aproximada de por qué! —declaró Sebastian con el rostro desencajado y de un tono gris bastante parecido al de la pintura que caía por los cristales hasta formar un charco en el suelo de madera de la tienda bajo los ventanales—. No te preocupes, Morland, ¡lo voy a matar!

Dicho lo cual, Sebastian corrió hacia el interior de la librería, cruzando el umbral a grandes zancadas mientras Posy se quedaba allí de pie mirando desconcertada. Había dicho que le había destrozado la tienda, y eso sin saber la mitad de la mitad, porque no eran solo los ventanales. La pintura lo cubría todo menos lo que se suponía que debía cubrir: pintura por el suelo, pintura por el mostrador, pintura por encima de las cajas de libros, pintura derramada sobre la mesa central y el retrato de Lavinia y Perry, y esto último, de todas las cosas terribles que estaban pasando, fue lo que llevó a Posy al borde de las lágrimas.

Lo único que no estaba cubierto de pintura era Sebastian, cuando volvió hasta donde estaba Posy arrastrando a un lloriqueante Piers que no hacía más que blasfemar entre dientes.

—He pillado a este gilipollas intentando escaparse por la puerta de atrás —informó Sebastian con voz entrecortada mientras forcejeaba con el infractor, que intentaba por todos los medios zafarse de la llave de cabeza con que lo tenía sujeto—, muy en consonancia con el cobarde despreciable que es.

Piers gritó algo, pero el brazo de Sebastian apretándole la tráquea hizo que resultara ininteligible.

—¡Mira lo que has hecho! —Posy no alcanzaba a gritar, así que lo dijo con voz débil y rota por la emoción—. Pero ¿qué te he hecho yo?

—¡Suéltame, Thorndyke! —chilló Piers consiguiendo por fin soltarse para quedarse allí de pie, jadeante, sudoroso y despreciable—. Nada personal, Posy, aunque de hecho sí que es personal, porque le dijiste a Nina que me diera puerta después de haber quedado con ella dos veces, lo que me había costado dos comidas en sitios muy caros sin obtener ni una triste mamada a cambio.

—¡Eres asqueroso!

Piers hizo ademán de acicalarse, como si fuera un cumplido.

—Y en cuanto a ti, Thorndyke, no has cambiado nada, sigues siendo el mismo soplón despreciable que me delató y casi consigue que me echen de Eton. Yo quería olvidar el pasado, actuar con madurez colocándome por encima de las viejas rencillas...

—Tú no sabes lo que es actuar con madurez. No te sorprenderá saber que Brocklehurst solía torturar a los niños de cursos inferiores, y además les hacía novatadas sin tregua —le dijo Sebastian a Posy mientras cerraba los puños y volvía a aprisionar a Piers con una llave de cabeza.

—No tengo ni idea de qué es eso exactamente —dijo ella alzando la mirada, lo que le permitió comprobar que también había pintura en el techo—. Pero yo creía que vosotros dos habíais enterrado el hacha de guerra y que os ibais a asociar para tirar abajo Rochester Mews y construir un complejo de apartamentos para gente rica.

—¡Nunca jamás tuve intención de hacer eso! —se enfureció Sebastian, mostrando muy a las claras que la mera insinuación lo ofendía—. Yo solo estaba considerando opciones para el antiguo patio de caballerizas, y cuando Piers se puso en contacto me picó la curiosidad de ver si habría cambiado, cosa que, evidentemente, no ha sucedido.

—¡Venga ya! Si hasta te hice un plan y te dije a quién había que untar en el ayuntamiento —se defendió Piers, que apretó los puños y le lanzó a Sebastian una mirada de odio tan virulenta que Posy sintió una punzada tremenda en su interior, como si Brocklehurst le hubiera dado una puñalada—. Ya tenía a un miembro de la familia real saudí dispuesto a firmar en la línea de puntos de la última página del contrato de compraventa de un ático de cinco millones de libras. ¿Tienes la menor idea de todos los culos que hay que lamer para conseguir eso? ¿Y entonces vas tú y das marcha atrás escudándote en no sé qué historia de que las antiguas caballerizas son edificio protegido? No eres más que un gilipollas pretencioso defendiendo los derechos de una gente que es demasiado floja como para solucionarse sus propios problemas —concluyó Piers, sacando pecho de manera tan exagerada que Posy temió que se le soltaran los horrendos tirantes rojos que llevaba—. ¿Es que no has oído hablar de la supervivencia del más fuerte? No sé por qué tienes tanto interés en defender a Posy como si fueras una especie de caballero andante amariconado a lomos de su blanco corcel. Hasta tú, Thorndyke, podrías aspirar a algo mejor.

Sebastian se detuvo a considerarlo durante más tiempo del que era necesario, porque ella, obviamente, no había sufrido ya suficiente por un día. Aunque no era cuestión de que Posy necesitara que la defendiesen, y tampoco se consideraba a sí misma como una mujer del tipo que le gustaba a Sebastian, pero aun así.

—Eso depende de a qué te refieras con «algo mejor» —respondió Sebastian—. Pero es mi Posy y la has encerrado en la carbonera, algo que me hace pensar en hace veinte años. Y además le has destrozado la tienda, que Posy quiere con todas sus fuerzas, así que ahora te voy a destrozar yo a ti.

—¡Ja! Estoy deseando verte intent... —Piers no terminó la frase, porque Sebastian se abalanzó sobre él, embistiéndolo como un toro enfurecido con tal fuerza que los dos salieron trastabillando por la puerta.

Acabaron rodando por el suelo adoquinado en un amasijo de brazos y piernas durante un rato, y luego se pusieron otra vez de pie.

—¡*En garde*! —gritó Piers, y los dos se abalanzaron sobre el contrario blandiendo el puño al final del brazo estirado.

Como se trataba de un par de niños ricos, su única noción de lo que era pelear venía de las clases de esgrima en Eton. Posy puso los ojos en blanco mientras Piers y Sebastian bailaban el uno alrededor del otro avanzando de vez en cuando en un intento de llegar hasta el adversario y darle una estocada figurada, para luego retroceder de nuevo. Parecía altamente improbable que fueran a hacerse el menor daño, lo cual era una pena, porque Piers verdaderamente se merecía una buena tunda.

—¡Patético! —murmuró ella—. Esto no va a ninguna parte.

Y entonces Piers se las ingenió para maniobrar de modo que tenía a Sebastian contra los ventanales de la tienda y estaba perfectamente posicionado para liarse a puñetazos, mientras Sebastian le chillaba frases inconexas y trataba de quitárselo de encima.

Cuando Piers agarró a Sebastian de las solapas, los gritos de este se hicieron más inteligibles:

—¡El traje no! ¡Ni se te ocurra tocarme el traje!

Posy ya había tenido más que suficiente, y además no respondía de lo que les haría si le rompían los ventanales, así que entró rápidamente en la tienda y, bordeando la mancha de pintura del suelo, fue a la oficina a buscar el voluminoso *Tesauro de Roget* que Verity tenía siempre a mano para consultarlo cuando escribía cartas de reclamación.

Luego volvió corriendo fuera, donde Piers seguía teniendo a Sebastian acorralado contra los ventanales de la tienda y se disponía a darle un puñetazo. ¡No, el bello rostro de Sebastian, no! Posy le atizó con el libro a Piers entre los omóplatos con todas sus fuerzas. Que eran muchas fuerzas. No en vano se ganaba la vida moviendo cajas de libros de acá para allá entre otras cosas.

A Posy le gustó la sensación, así que le dio otra vez.

—¡Esto, por mi tienda! —chilló mientras Piers huía de ella como podía, quedando libre así Sebastian—. ¡Y esto, por intentar darle un puñetazo a mi Sebastian, y esto, por haber tocado el traje de Sebastian con tus mugrientas manos, y esto por..., esto por Nina, y esto, por mi tienda otra vez, y esto por...

—¡Para, para! ¡Quítame a esta puta loca de encima, Thorndyke! —gritó Piers, que para esas alturas estaba encorvado y con los brazos en alto protegiéndose la cara y la cabeza.

—¡Y esto, por llamarme puta loca! —exclamó Posy propinándole a Piers otro golpe en la espalda con el libraco.

Por fin, Sebastian le puso la mano en el brazo con cautela.

—¡Vengo en son de paz, Morland! —avisó antes que todo, porque se veía claramente que Posy estaba fuera de sí y una sola palabra equivocada, una sola mirada torcida, podía fácilmente desatar su ira, y acabar él también siendo víctima del *Tesauro*—. Siento mucho interrumpir, de verdad, pero seguramente deberías parar.

Posy propinó otro golpe a su víctima —«y esto, por encerrarme en la carbonera»— y entonces se detuvo, con la respiración agitada y cubierta de salpicaduras de pintura. Además, a juzgar por el calor que notaba en las mejillas, como si hubiera asomado la cabeza dentro de un horno, se imaginaba que debía de estar más roja de lo que lo había estado jamás.

Piers retrocedió un paso, con la respiración entrecortada él también. Se puso derecho con una mueca de dolor. Su rostro estaba arrebolado como el de ella; la atravesó con una mirada asesina.

—Te voy a poner una denuncia por agresión —la amenazó.

—¡Tú mismo! —Posy se puso en jarras— ¡Y yo a ti te voy a denunciar por asalto a la propiedad privada!

—Pues yo, por agresión y lesiones graves incluso, que es mucho más contundente que asalto a la propiedad privada —insistió Piers, que estaba ya sacando el móvil del bolsillo de sus ridículos pantalones rojos de niño pijo.

Posy estaba asustada. Muy asustada.

—Seguramente lo es —intervino Sebastian sacudiéndose las solapas del traje. Posy no sabía cómo era posible que no le hubiera caído ni una gota de pintura en el traje a Sebastian, que tenía su habitual aspecto impecable—. Pero en el tiempo que tardas tú en llamar a la policía, yo puedo hacer que te vacíen las cuentas y le manden un correo electrónico a tu madre con cualquier imagen poco edificante que tengas guardada en el disco duro de tu ordenador. Tengo un amigo que es *hacker*, ¿sabes? Vive en Bombay. Un tío encantador, pero de los que no quieres tener en contra. Y, por cierto, ¿qué tal está tu madre? ¿Sigue viviendo en Cheam?

Piers se detuvo y al final se volvió a meter el móvil en el bolsillo del pantalón.

—¡Cabrón! —escupió las palabras, pero ya estaba empezando a alejarse con paso torpe y pesado—. ¡Zorra!

A Posy casi le da un ataque por tener que dejar que fuera Piers quien dijera la última palabra, pero todo lo que le entraban ganas de decirle implicaba blasfemar y unas cuantas sugerencias sobre lo que podía hacer con varias partes de su cuerpo, así que optó por callarse y observar cómo Piers se alejaba, echando a correr en cuanto dobló la esquina.

—Ni que decir que me habría podido ocupar de Brocklehurst perfectamente solo, Morland, ¡pero quién iba a imaginarse que tenías esa vena violenta! Desde luego nunca volveré a hacer nada que pueda desatar tu ira.

—¿Me lo puedes poner por escrito, por favor?

—Nunca firmo nada si no es en presencia de mi abogado.

Ahora que Piers se había ido, Posy tenía que ocuparse solo de Sebastian.

Solo de Sebastian. Posy echaba de menos los viejos tiempos en que Sebastian era una presencia extremadamente molesta pero bastante frecuente. Desde la muerte de Lavinia siempre estaba por allí, siempre impidiendo que ella pudiera retomar su rutina de antes. Incluso durante su reciente ausencia había seguido siendo protagonista a través de su equivalente imaginario de *Seducida por un canalla*, lo que en definitiva quería decir que Posy pensaba todo el tiempo en él, en ellos dos en toda clase de posturas comprometidas, en corpiños desgarrados, labios devorados... Se alegró de que ya estuviera suficientemente oscuro como para que el inevitable rubor de sus mejillas pasase desapercibido. Pero no estaba lo suficientemente oscuro como para que pasara desapercibido el nivel de destrozos en Marcapáginas.

—No sé ni por dónde empezar —dijo, más bien para sí misma, porque Sebastian, cosa rara en él, estaba muy callado, tal vez porque estaba concentrado en su móvil—. Igual esta es la manera que tiene el universo de decirme que lo deje. —Lanzó un suspiro—. Tú ganas. Quédate con la tienda.

Se hizo un silencio denso entre ellos hasta que por fin Sebastian alzó la cabeza y miró a su alrededor.

—Muy astuta, Morland, maniobrando para endosarme a mí todo este lío, pero no te va a funcionar. ¿Tienes papel de cocina?

Como de costumbre, a Posy le costaba entender dónde iba aquella conversación.

—¿Cómo? —se extrañó.

—Papel de cocina, bayetas absorbentes, ese tipo de cosas. Mira, lo he buscado en Google —le mostró él poco menos que metiéndole el teléfono por la cara—. Aquí dice que es fundamental que limpiemos la pintura todo lo que podamos antes de que se seque. Venga, Morland, que el tiempo pasa.

Verdaderamente. Posy no tuvo tiempo ni para reírse cuando lo vio enfundado en el mono que se había empeñado en ponerse Nina para no mancharse los vaqueros ni las camisetas mientras pintaba. A Sebastian le quedaba corto, tanto que sobresalían unos diez centímetros de pierna por debajo.

En vez de reírse, trajo lo que tenía a mano y se puso manos a la obra. Era increíble lo que podía conseguirse con agua tibia, jabón de lavavajillas y prácticamente todas las toallas que tenía Posy.

Hubo bajas, por supuesto: los libros que estaban en la mesa central de exposición. Y parecía que había habido un cortocircuito en una de las luces y una caja de libros nuevos había quedado completamente inservible, pero era solo una caja de libros. Podría haber sido infinitamente peor. Ya tenían el suelo y los sofás cubiertos con plásticos para evitar que se repitieran malas experiencias pasadas mientras se pintaba, como cuando Posy había venido de una de las salas del fondo a la sala central a responder una duda de un cliente, dejando un reguero de pintura a su paso.

Trabajaron sin descanso durante una hora, con Posy preparándose todo el tiempo para los inevitables comentarios sarcásticos de Sebastian sobre cómo ella nunca hacía nada a derechas, los reproches de que era idiota por haber dejado que Piers la empujara a la carbonera... Pero nada. Solo el más absoluto e intenso de los silencios.

Así que, al fin, fue ella quien preguntó:

—¿De verdad están protegidos los edificios de Rochester Mews?

—¡Claro que no! Pero le tenía que decir algo a Brocklehurst para que me dejara en paz. —A Sebastian le entró de repente un gran interés por la mancha de pintura que estaba tratando de limpiar del mostrador—. Y para disipar tus miedos de que fuera a convertir Rochester Mews en un aparcamiento o algo así. Estás siempre dispuesta a pensar lo peor de mí.

—Sí, puede..., pero no *siempre* pienso lo peor de ti.

Él no se dejaba convencer. Era muy desconcertante. Mientras estaba acabando de limpiar la pintura de las estanterías que, gracias a Dios, estaban vacías, Posy miró de reojo a Sebastian, quien a su vez se ocupaba en ese momento del retrato de Lavinia y Perry. Tenía un aspecto bastante desmadejado, con el pelo revuelto, pero había que tener en cuenta que se había estado peleando, y en esos momentos llevaba puesto un mono blanco de bricolaje de B&Q que sin lugar a dudas desmerecía mucho su aspecto en lo que al atuendo se refería.

—Creo que ya hemos terminado —dijo Posy por fin—. Es irónico, ¿no te parece? Que hayamos tenido que limpiar la pintura de las estanterías que precisamente hay que pintar.

Sebastian no respondió, una reacción sin precedentes en él. Pero fue la expresión de su rostro lo que preocupó a Posy. Estaba arrugando la frente y tenía los labios fruncidos en un gran mohín, eso si no estaba abriendo y cerrando la boca como si tratase de articular palabra sin conseguirlo.

—¿Estás bien? —le preguntó Posy, preocupada—. ¿Te traigo algo, agua, un té? ¿Te quieres sentar un poco?

—No estoy bien —respondió él dejando que su espalda resbalara hacia abajo por la estantería más cercana hasta que su trasero dio con el ahora limpio suelo—. No estoy nada bien.

No le podía estar pasando nada demasiado grave si era capaz de ponerse todo melodramático, pensó Posy mientras se instalaba en el brazo del sofá que había justo enfrente de donde había aterrizado él en el suelo.

—A ver, ¿qué te pasa?

—Creo que ya sabes la respuesta. —Sebastian cruzó los brazos y bajó la cabeza hasta el punto de que la barbilla le tocaba el pecho—. Estoy muy confundido, Morland.

—¿En serio? Pues fíjate que yo diría que eres la persona menos confundida que he conocido. —Ahora era el turno de que Posy arrugara la frente—. ¡Pero si eres de los que toman decisiones, resolutivo, un hombre de acción! Nunca jamás te aplicaría el calificativo de confundido.

Él alzó la vista para mirarla con aire atribulado.

—Es la única palabra que se me ocurre para describir cómo me siento después de leer tu entrevista para la *Revista del Librero* y...

—¿Pero tú lees la *Revista del Librero*? —preguntó Posy, incrédula—. ¿Y para qué ibas a leer tú eso?

—Ya te conté que me había suscrito —respondió Sebastian apretándose con el índice y el pulgar la nariz a la altura del entrecejo—. A veces pienso que no escuchas ni una palabra de lo que digo, Morland. Es muy desalentador.

Posy puso los ojos en blanco.

—Exactamente lo mismo me pasa a mí. —Posy respiró hondo y se movió para arrodillarse delante de Sebastian—. No quiero discutir más contigo. Me refiero a discutir de verdad, a pasarnos días sin dirigirnos la palabra. Ha sido horrible y no quiero que vuelva a ocurrir jamás. Pero de verdad que intenté decirte en más de una ocasión que mi intención era abrir una librería especializada en novela romántica. Lo dije bien claro. Pero siento haberte mentido y haber hecho como si continuara adelante con tus planes para La Daga Ensangrentada para poder aprovecharme de tener una gestora de proyectos. Tienes que creerme cuando digo que lo siento, porque no puedo soportar este silencio horrible entre nosotros.

—Yo tampoco puedo soportarlo. Y puede que *tal vez* haya reaccionado en exceso una vez confesaste por fin, pero nunca sospeché que durante todo ese tiempo estuvieras... —Sebastian negó con la cabeza al ver que una vez más no encontraba las palabras—, estuvieras...

—¿Mintiendo como una bellaca? —le apuntó Posy.

—Conspirando como Maquiavelo. —En la comisura de los labios de Sebastian se esbozó una sonrisa—. Que fueras tan falsa, con tanta doble cara, tan artera. He de reconocer que te subestimé, Morland. Pero tú me tienes que reconocer a mí que La Daga Ensangrentada era una idea magnífica —rezongó él.

Estaba claro que no pensaba olvidarse de aquello en el futuro próximo.

—Odio las novelas policiacas, Sebastian. Las odio. —Posy se sorprendió a sí misma tomándole la mano para entrelazar sus dedos con los suyos, como para dulcificar un poco las palabras de crítica, y Sebastian, claramente, estaba desconcertado. Sin duda, el gesto lo había pillado por sorpresa porque la dejó hacer, pero la miró con desconfianza, como si no se fiara de sus intenciones—. Siempre empiezan con un asesinato, un cadáver, algún acontecimiento horrible, y a mí ya me han pasado suficientes cosas horribles como para querer leer sobre el asunto en mi tiempo libre. ¿Lo comprendes?

—Sí —reconoció él echándose hacia delante, y por un instante sus frentes se tocaron y dio la sensación de que respiraban al mismo ritmo perfecto. Posy habría sido incapaz de decir cuánto tiempo estuvieron así. Y entonces Sebastian rompió el hechizo—. Pero novelas románticas, Morland, ¡si esos libros son un horror! —farfulló, pero sin soltarle la mano, al contrario: estaba acariciando con el pulgar el reverso de la mano de Posy a un ritmo cadencioso, algo que, curiosamente, la reconfortaba—. Les dan a las mujeres esperanzas de que algún día van a encontrar a un caballero andante con su brillante armadura y la realidad es que eso no existe. Es un ideal imposible, y lo único que conseguirás si insistes en buscar un hombre que es como el ideal de tus novelas románticas es llevarte una decepción.

—Ya sé que la vida real no es como una novela romántica —admitió Posy mientras la mano de Sebastian estrechaba la suya con más fuerza—. ¡Ay, Dios, claro que lo sé! Pero eso no me impide querer seguir creyendo que es posible. Tal vez sea la razón por la que me gusta tanto leer sobre dos personas que superando todo tipo de obstáculos, la mayoría construidos por ellos mismos, consiguen finalmente ser Felices Para Siempre. Sé que debería salir y quedar con hombres reales, pero desde que murieron mis padres estoy como atascada.

De repente le corrían las lágrimas por las mejillas. Sebastian metió la mano en el interior del mono de trabajo para sacar el pañuelo de su chaqueta y, con una delicadeza de la que Posy no le hubiera creído capaz, le secó los ojos.

—Y ahora suénate la nariz —le ordenó.

—No quiero llenarte el pañuelo de mocos —objetó ella. Y sí, Sebastian tenía razón: la vida no se parecía lo más mínimo a las novelas románticas—. Además, seguro que tengo un montón de hollín en la nariz, por las horas que me he pasado en la carbonera.

—Prefiero que me arruines el pañuelo a que te quedes ahí sentada con los mocos colgando —dijo Sebastian—. Una escena nada apetecible, Morland. Ya te dije en una ocasión que no estás nada favorecida cuando lloras, así que te sugiero que pares ahora mismo. Y, por cierto, no te has pasado horas en la carbonera. Justo estaba llegando yo al patio cuando vi cómo Brocklehurst te empujaba dentro. No has debido de estar encerrada más de un minuto. De hecho, igual ni ha llegado.

—Han sido horas —protestó Posy—. He mirado a la muerte a los ojos. Fijo que eso lleva más de un minuto.

Estaban de vuelta en terreno conocido: Posy taladró con la mirada a Sebastian, que no daba la menor señal de ir a retractarse y luego le arrebató el pañuelo de las manos y se sonó la nariz con gran estruendo y profusión, haciendo esfuerzos por ignorar la mirada horrorizada de él al contemplar las manchas de moco negro en su hasta hacía un segundo impecable pañuelo de bolsillo.

—Gracias —dijo Posy. Verdaderamente, era el hombre más irritante del planeta, pero tenía muchas más facetas—. ¿Sabes? Llevaba tiempo como atascada, pero estos últimos meses he notado que por fin me estoy desbloqueando y empezando a avanzar. Y el hecho es que tú has tenido mucho que ver con eso.

—¿Yo?

—¡Por supuesto! —declaró Posy señalando a la tienda con un amplio movimiento del brazo—. Puede que no creas en Felices Para Siempre...

—Ya solo el nombre me da arcadas...

—¡Ay, venga Sebastian, déjalo ya! No podría haber hecho todo esto sin ti —dijo Posy, pero él se encogió de hombros, como si el voto de confianza que le estaba dando no le afectara—. Si no hubieras estado azuzando e importunando todo el rato, nunca me habría puesto en marcha. Habría seguido haciendo listas y poniéndome de los nervios cada vez que Verity me informaba de que estábamos sin blanca. —Posy se movió para sentarse al lado de Sebastian, porque al cabo de un buen rato arrodillada sobre el suelo de madera estaba empezando a estar incómoda—. Tengo la sensación de haber andado por ahí sonámbula durante años, pero tú..., tú has sido como un despertador con muy malos modales: «¡Morland, despierta, que eres una vaga y una guarra!»

—Yo no sueno así —objetó Sebastian disimulando su desagrado—, y además, *nunca* te he llamado guarra.

—Me has llamado dejada —le recordó Posy—, que es lo mismo.

—Estoy seguro de que no. Lo único que he dicho es que careces por completo de capacidad para las tareas domésticas. Deberías pensar en contratar a alguien que te limpie la casa, Morland. Tiene que ser malo para ti y para Sam vivir con tanto polvo, fijo que se os está acumulando en los pulmones. ¿Por qué te ríes? No era mi intención sonar gracioso. —Sebastian le dio un suave codazo—. Estoy hablando completamente en serio.

—Me río porque por fin he entendido cómo funcionas —respondió Posy.

—Eso también lo dudo. Soy todo un enigma, un rompecabezas, un misterio, una paradoja...

—Una cosa está clara: te gusta oírte hablar. Pero tienes razón: eres una paradoja. Haces los comentarios más maliciosos posibles, Sebastian, eres el más maleducado del mundo, ofendes a todo el mundo sin parar, pero he descubierto que todo eso da igual cuando lo que *haces*, con tus acciones, es amable y considerado.

—Si entras en modo cliché y empiezas con el rollo de que hechos son amores y no buenas razones, te juro que me levanto y me voy, o me echo a llorar, todavía no he decidido cuál de las dos —protestó Sebastian, pero, efectivamente, sus *hechos* y no sus razones hablaban con toda elocuencia de él, y no se levantó y se fue, así que Posy decidió que había llegado el momento de tomarse un trago.

Fue en busca de la botella de emergencia de Pinot Grigio que tenían en la nevera de la oficina. Sebastian tomó un trago cuando le pasó la botella, sin ni tan siquiera quejarse de tener que beber a morro. Aunque sí que le fue imposible reprimir unos cuantos comentarios sobre la calidad de cualquier vino en botella de tapón de rosca.

Con la confianza reforzada por unos cuantos tragos de Pinot Grigio, Posy dijo por fin:

—Desde que murió Lavinia, a excepción de cuando estabas ocupado insultando lo que fuera, desde mi color de pelo hasta mis gustos literarios, la verdad es que has estado siempre a mi lado apoyándome. Me has ayudado, me has prestado cosas, has colegueado con mi hermano sobre temas de tíos y de tecnología, algo que yo no puedo hacer, y le has renovado el armario por completo, aunque todavía estoy un poco cabreada con ese asunto. Incluso toda la historia con el sofá de Lavinia era una muestra más de Sebastian intentando ser amable.

—Yo no soy amable, soy el hombre más maleducado de todo Londres —dijo Sebastian poniéndose a la defensiva—. Pero, cuando supe que vivías en constante peligro de ensartarte algún órgano interno con un muelle suelto cada vez que te sentabas en tu viejo sofá, no pude permitir que pasara ni un minuto más sin hacer algo al respecto.

—Lo cual nos lleva a todo el lío que se ha montado con la tienda —continuó diciendo Posy—. Me doy cuenta de que estabas intentando ayudar, que pensaste que una librería especializada en novela policiaca sería mejor negocio que especializarse en novela romántica... Pero Sebastian, algo sí que sé, y es que un negocio no funciona salvo si le pones toda la pasión, y a mí lo que me apasiona es la novela romántica. Conozco el mercado y conozco a los lectores. Y si al final sale todo horriblemente mal (bueno, ya *ha salido* todo horriblemente mal), por lo menos siempre me quedará el consuelo de que creía en lo que estaba haciendo. He muerto con las botas puestas.

—No ha salido todo horriblemente mal —dijo Sebastian cogiendo la botella que le tendía ella—. Nunca permitiré que eso ocurra, incluso si tengo que comprar yo mismo hasta el último ejemplar de novela cursi, almibarada y sentimentalona que vendas en la tienda.

—Ya estás otra vez —señaló Posy—: maleducado y encantador, todo en una frase. No sé cómo lo haces.

—Son años de práctica. —Sebastian enmudeció un instante—. Pero en cualquier caso no soy encantador, soy grosero. Vil. Horrible. Seductor de vírgenes y mujeres felizmente casadas. Artífice de la debacle moral de la sociedad: eso último, citando a la revista *Spectator*.

—¡Ay, cállate ya, si no quieres que mi próximo proyecto sea reposicionarte como el hombre más encantador de todo Londres! —lo regañó Posy.

—No te ablandes ahora, Morland —replicó Sebastian arrastrando un tanto las palabras. Posy notaba los ojos humedecidos. Aquel hombre era insoportable, pero le gustaba. Y, después de unos cuantos tragos más de Pinot Grigio, todavía le gustaba más. De hecho, creía que nunca le gustaría más de lo que le gustaba en ese momento. Fue un alivio que Sebastian cambiara el aire que se respiraba al ponerse de pie y, tendiéndole la mano, decir:

—Bueno, venga, enséñame cómo ha quedado tu tienda.

Posy dejó que Sebastian la levantara del suelo tirando de su brazo (por más que él hizo una mueca de dolor por el esfuerzo, aunque insistió en que eran las secuelas de la pelea con Piers) y le hizo la visita guiada completa.

Para entonces ya había oscurecido, así que encendió el resto de luces y llevó a Sebastian a las salas del fondo a la derecha para que viera cómo quedaban las estanterías pintadas de gris y no bañadas en pintura gris de manera malintencionada, y los nombres de las secciones en rosa flor de trébol. También le mostró las cajas y cajas y más cajas de libros esperando a ocupar su puesto en las estanterías, y las fotografías de sus expositores *vintage* que andaban perdidos en algún punto de la M1, y los artículos que irían en ellas: velas, tarjetas, cuadernos, tazas. Le enseñó los puntos de libro que regalarían con cada libro vendido, y las bolsas de tela y las camisetas. Posy le enseñó la estantería diminuta que dedicarían a la novela policiaca, que estaría ocupada por las obras de Dorothy L. Sayers, con sus legendarios personajes Peter Wimsey y Harriet Vine, un puñado de títulos de Margery Allingham y Ngaio Mars, y unos cuantos títulos selectos más. Le enseñó la mesa de exposición que siempre estaría dedicada a los libros favoritos de Lavinia, y por fin Posy llevó a Sebastian hasta las puertas del café, que habían vaciado de trastos para poder pintar allí también.

Sebastian casi no había abierto la boca durante todo el recorrido y había dejado hablar a Posy, aunque no se había podido resistir a tomarle el pelo sobre su obsesión con las bolsas de tela. Y entonces miró a su alrededor en la tienda en completo silencio y dijo:

—No está mal, no está nada mal, Morland. Desearía poder atribuirme más mérito, pero la verdad es que todo esto es gracias a ti. Es tu visión, que seguramente es la que dicta por qué has comprado esos expositores viejos tan cursis en vez de unos nuevos, pero desde luego tiene su encanto.

Viniendo de Sebastian, aquello era un gran cumplido. Posy no sabía qué hacer con él. Así que lo esquivó:

—Bueno, la cuestión es que no vamos a llegar a tiempo para abrir el lunes. Es imposible y lo he aceptado aunque no me guste lo más mínimo. Si me pongo a ello sin parar y me olvido de dormir en todo el fin de semana, puedo tener terminada la sala principal y las de la derecha, pintadas y con los libros en las estanterías. El resto tendrá que esperar.

Sebastian asintió con la cabeza y, por suerte, no hizo ningún comentario sobre cómo Posy se desmoronaba si no estaba él cerca para ayudarla. Le habría tenido que atizar con la botella de vino en la cabeza si llega a hacerlo, justo ahora que habían acordado una tregua.

Sebastian se asomó por la puerta de doble hoja de cristal que conducía al salón de té.

—¿Y aquí qué vas a hacer?

Posy hizo una mueca.

—Mattie confía en poder abrir antes de que terminen las vacaciones escolares, pero primero tenemos que poner la cocina en plena forma...

—No he vuelto a entrar desde que... Bueno, desde la última vez que estuvo abierto. —Sebastian no la había vuelto a tocar desde que había tirado de ella para levantarla del suelo, pero ahora le volvió a coger la mano—. Sigo medio esperando que Angharad, tu madre, aparezca de repente por la puerta de la cocina con una bandeja de galletas de avena.

Los dos miraron por encima del mostrador en dirección a la cocina, pero esta permaneció cerrada.

—Lo mismo me pasa a mí —reconoció Posy con un suspiro—, pero por mucho que lo desee no va a ocurrir.

Sebastian le apretó los dedos.

—Bueno, ya lo has dicho tú antes, no se puede dormir eternamente. Lavinia siempre me dijo que, sencillamente, necesitabas más tiempo. Ahora ya ha pasado suficiente tiempo, Morland, tienes que despertar.

—Últimamente me siento como si estuviera totalmente despierta.

—Ni siquiera te he dicho por qué he venido hoy —dijo Sebastian con voz ronca, como si estuviese pillando un resfriado o, más probablemente, hubiera inhalado demasiada pintura—. Es por la entrevista en la *Revista del Librero*. Pese a que en ese momento no nos hablábamos, me diste las gracias y dijiste que éramos como familia. Supongo que me ves como un hermano mayor muy dominante.

—Dominante, desde luego que sí —respondió Posy alegrándose de estar en una parte de la sala que quedaba en penumbra, de modo que él no pudiera ver el inevitable rubor que teñía sus mejillas. Para ella, Sebastian era lo más alejado de un hermano que se podía imaginar. No se escriben historietas subidas de tono ambientadas en la época de la Regencia poniendo de protagonista al hombre que consideras tu hermano honorífico. Había cosas que estaban mal, y luego cosas que estaban mal mal remal y mal otra vez.

Posy hizo acopio de valor para levantar la vista hacia él, y Sebastian a su vez bajó la vista hacia Posy. Volvía a estar callado, lo cual la ponía de los nervios, y verdaderamente a ella no se le ocurría absolutamente nada que decir. Todavía estaban cogidos de la mano y la situación estaba empezando a resultar un poco rara. No rara, más bien tensa, incluso cargada. De pronto, Posy era increíblemente consciente de su mano cuando nunca antes le había prestado la mayor atención, allí al final del brazo. Ahora, en cambio, estaba aterrorizada de pensar que se le empezase a poner la palma fría y sudorosa o que empezara a tener en ella un tic involuntario, así que estaba a punto de soltarse cuando fue Sebastian el que le soltó la mano de repente.

Y entonces le cogió la barbilla entre los dedos, y cuando a Posy empezaba ya a latirle el corazón a paso acelerado, igual que una heroína de una novela ambientada en la época de la Regencia a la que nunca antes hubiera tocado un hombre, él apretó los labios contra su frente y dijo:

—Esto es ridículo.

Posy sintió de repente una timidez inexplicable.

—Sí que lo es, ¿verdad? —le dio la razón—. No tenía ni idea de que tú..., de que yo... De verdad, es muy ridículo. Incluso absurdo.

Sebastian le despeinó el pelo en un gesto muy de hermano mayor y muy de anticlímax además, y luego se apresuró a dar un paso a un lado.

—Me refiero a que, ahora que hemos hecho las paces y somos como hermanos y todo ese rollo, me parece ridículo que te quedes con una página web a medio terminar y una tienda a medio terminar. Claro, yo venga a pedirle a Sam el material gráfico para la web... Ahora entiendo por qué se ponía tan tenso y siempre me salía con evasivas. —Miró a Posy con aire de reprobación—. No me puedo creer que hayas arrastrado a Sam a participar en tus subterfugios.

La tensión se había disipado. Aunque parecía que la tensión solo la había sentido una de las partes, y no había ninguna razón en absoluto para que Posy se llevara una decepción. Era Sebastian, y no era precisamente de los que se enamoran, no era su estilo. Más bien era de los de «tíratelas y déjalas». Y, en cualquier caso, ¡era Sebastian! Y ella era Posy, y eran como agua y aceite, como las rayas y los lunares, y un montón de cosas más que no casan bien. Y, además, Sebastian era muy grosero. Y ahora estaba chasqueándole los dedos en la cara.

—¡Morland, no te me vayas, no te duermas otra vez!

—¡Para, que me vas a sacar un ojo! —protestó ella—. Y, que conste que Sam estaba horrorizado con todos mis subterfugios, como tú los llamas, tuve que hacerle chantaje emocional extremo para que no me delatara.

—Menos mal, me llevaría un verdadero disgusto si Sam hubiera conspirado en mi contra también —dijo Sebastian. Luego dando una palmada añadió—: Bueno, ¿entonces, ese material gráfico? ¿Me lo vas a dar por fin en algún momento antes de que llegue la próxima Edad del Hielo?

—Lo tengo en un bicho USB de esos —respondió Posy—. Voy arriba a buscarlo.

—¡Pues venga, vete a por él! —le metió prisa Sebastian—. Teniendo en cuenta el estado de tu piso, ¿crees que con diez minutos tendrás suficiente para encontrarlo?

—Sé perfectamente dónde lo tengo —contestó Posy, pero eso era solo porque Sam se había plantado y había insistido en que todos los lápices de memoria, los cables USB y todas las cosas informáticas tenían que tener su propio cajón.

—Si no has vuelto en media hora, enviaré un equipo de búsqueda y rescate —le advirtió Sebastian.

Mientras subía las escaleras, Posy iba todavía preguntándose cómo habían pasado tan rápidamente de algo a absolutamente nada.

Tras revolver frenéticamente en el cajón de los aparatejos informáticos un rato, le llevó el lápiz de memoria a Sebastian, que se lo guardó y se marchó con un displicente «¡No te vuelvas a dormir ahora, Morland!»

Dormir era lo último en lo que pensaba Posy en esos momentos. Ni siquiera le entraba en la cabeza acurrucarse a dormir después de que Sebastian hubiera despertado en ella todo tipo de sentimientos. Unos sentimientos que deseaba con todas sus fuerzas experimentar por alguien como Jens, con quien la probabilidad de que fueran correspondidos era muy alta. Así que tendría que aplacarlos de algún modo, como si estuviera apagando las ascuas de una fogata, echándoles tierra encima con el pie para evitar que siguieran ardiendo lentamente. Era mucho más seguro así.

Además, dormir no era una opción mientras Sam anduviese trotando por Camden Town, que estaba lleno de drogatas, pandilleros y todo tipo de depravados. Hasta que no volviera a casa sano y salvo y con la cartera, Posy tendría que quedarse despierta esperándolo.

Tuvo tentaciones de encender el ordenador y escribir en un tris un capítulo más de *Seducida por un canalla*, pero esa noche había sido prueba, y bien evidente además, de que no saldría nada bueno de todo aquello. Podía darle a la Posy de ficción el final que se merecía, pero la Posy de la vida real sabía de sobra que podía haber todo un mundo de dolor y sufrimiento aguardando al héroe y la heroína después de que se besaran, se prometieran amor eterno y se alejaran juntos hacia una puesta de sol dibujada sobre el horizonte.

Así que, mientras subía las escaleras de vuelta al piso, Posy abandonó toda esperanza de encontrar consuelo en las páginas de un libro. Esa noche era imposible que esa receta que, por lo general, suponía la mágica cura de todos sus males surtiera efecto. En vez de eso, fue a por la llave que había colgada de un gancho en la cocina y entró en la habitación de sus padres.

Posy no había mentido cuando le contó a Sebastian que iba a aquel cuarto a menudo. Pero nunca se quedaba más de lo necesario para pasar la aspiradora y recolocar en su sitio cosas que ya estaban en su sitio porque no había nadie que las desordenara. Posy nunca se quedaba por allí sin hacer nada en particular.

La habitación estaba exactamente como sus padres la habían dejado para que, si volvían, pudieran encajar perfectamente de vuelta como si nunca se hubieran ausentado. Los cepillos de su madre, su maquillaje, las fotos de la familia, todo seguía tal cual sobre la mesa del tocador; el libro que estaba leyendo su padre usando una vieja postal como marcapáginas estaba todavía en la mesita de noche.

Hacía mucho tiempo que Posy había apagado el radiador y, pese a que había hecho buena temperatura ese día, el aire era frío y olía a cerrado en la habitación. Ya no podía oler el dulce perfume de madreselva de su madre y el anticuado aroma con un ligero toque a talco del fijador que usaba su padre.

Posy paseó la mirada por la habitación durante un buen rato, luego respiró hondo, echó los hombros hacia atrás y se puso por objetivo hacer lo que nunca se había atrevido a hacer antes.

En la estantería de arriba del armario había un montón de cajas de zapatos llenas de fotos y felicitaciones de cumpleaños y Navidad, informes escolares de notas, cartas de agradecimiento... Y también estaban guardados allí los viejos cuadernos de papel rayado en los que su padre escribía sus poemas: cientos de hojas de papel y tarjetas, miles y miles de palabras que componían dos vidas.

Posy las había escondido allí arriba, fuera de la vista, y no las había vuelto a mirar, intentando no pensar en ellas; en cambio esa noche, cuando Sam volvió a casa cinco minutos antes de su hora, se la encontró sentada con las piernas cruzadas en el suelo del cuarto de sus padres, rodeada de recuerdos y sollozando con tal violencia que le temblaban los hombros.

—¡Posy! Pero ¿qué estás haciendo aquí? —Ella casi ni lo oyó en un primer momento, pero luego el pánico que teñía la voz del muchacho, el tono más agudo de lo habitual por culpa de la tensión, que hacía que sonara como si tuviera muchos menos años que sus quince, lograron abrirse paso a través de la amargura de ella, que intentó contener las lágrimas, pasándose una mano temblorosa por las húmedas mejillas con gesto furioso—. Por favor, no llores.

Sam era su hermano pequeño. Posy lo cuidaba. Había hecho de su salud y su felicidad su prioridad absoluta. Pero esa noche fue Sam el que se arrodilló a su lado y la estrechó en sus brazos, meciéndola suavemente mientras le acariciaba el pelo.

Se hubiera dicho que pasó una eternidad hasta que sus sollozos se fueron transformando poco a poco en suspiros entrecortados. Sam cambió de postura para sentarse al lado de Posy y pasarle el brazo por los hombros.

—¿Ya estás mejor? —le preguntó con cara de preocupación.

Posy resolló y luego asintió con la cabeza.

—Sí, sí. ¡No sabes cuánto siento que me hayas visto así!

—No pasa nada, no me importa —la tranquilizó Sam, dubitativo—. Pero... ¿es que ha pasado algo? —preguntó al mismo tiempo que posaba la mirada sobre la botella medio vacía de Pinot Grigio—. ¿Estás borracha? —añadió en tono más acusador.

—¡De eso nada! Sebastian ha estado aquí hace un rato y él también ha bebido. Yo solo me habré tomado una copa. Dos, como mucho.

Posy se sentía más calmada, como si la buena llantina que se había pegado hubiese sido justo lo que le hacía falta para limpiar todas las telas de araña.

—¿Y ha dicho algo que te ha disgustado? —insistió Sam—. Porque tú nunca entras aquí...

—Bueno, sí que entro...

—Solo para aspirar el polvo, que además se te da fatal, así que no te lleva más de cinco minutos. Y, además, hoy has sacado todo esto. —Sam rozó muy suavemente el borde de una fotografía y enseguida apartó la mano como si se la hubieran quemado—. Nunca sacas estas cosas. —Volvió a tocar la foto—. ¿De cuándo es?

Posy cogió la foto para verla mejor.

—Es el baile de verano de su último año en Oxford, así que tiene que ser de..., mmmh..., a ver que eche la cuenta..., de 1986. —Parecían tan jóvenes, no mucho mayores que Sam: su padre con un traje de segunda mano y sombrero bajo de ala corta, y su madre con un traje de noche de los años cincuenta con estampado de amapolas—. Tenían veintiún años los dos. Se llevaban solo un mes, ¿lo sabías? Mamá era de noviembre y papá de diciembre. —De repente, un recuerdo lejano vino flotando a la mente de Posy y ella lo cazó al vuelo con ambas manos—. Todos los años, durante un mes, papá le tomaba el pelo a mamá diciéndole que era mucho mayor que él y ella se enfadaba y le decía: «¡Ian, por Dios, que no es más que un puñetero mes!» —Posy lanzó a Sam una mirada de ojos entornados a través de las pestañas—. ¿Crees que podrías ir a Oxford? No te quiero presionar, pero sería chulo pensar que estabas siguiendo sus pasos.

Sam se mordió el labio. Por más que un rato antes se hubieran cambiado los papeles temporalmente, ahora él volvía a parecer muy joven e inseguro cuando tomó la foto de manos de Posy.

—A veces me preocupa estar olvidándome de cómo eran físicamente —comentó en voz baja—, porque no tenemos fotos de ellos por la casa. A ver, que ya sé por qué no las tenemos, porque te disgustarías, pero a veces me cuesta recordarlos.

Volvieron a cambiar de posición, y ahora era Posy la que le había pasado el brazo a Sam por encima de los hombros. Le apartó el pelo de la cara suavemente y le dio un beso en la mejilla. Era evidente que el muchacho estaba un poco desconcertado, como a la deriva, porque la dejó hacer sin protestar.

—Lo siento mucho —dijo ella—, es que me dolía demasiado... Esta es la primera vez que echo un vistazo a estas cosas desde que las guardé. Pensé que si no había nada alrededor que me los recordara no los echaría tanto de menos, que, simplemente, podría fingir que no se habían marchado en realidad, pero nunca me paré a pensar cómo te haría sentir a ti. ¿Me odias por esto?

—Claro que no —declaró él con rotundidad—. Además, he encontrado en YouTube unos vídeos de papá leyendo sus poemas, y hay uno en el que medio se ve a mamá de pie a un lado del escenario, aunque tampoco me gusta verlos mucho porque me pone triste y me hace sentir raro, y entonces entiendo por qué no te gusta hablar de ellos.

Eso no estaba bien.

—¿Que no me gusta hablar de ellos? —preguntó Posy frunciendo el ceño—. Yo creo que sí.

—No, Pose, no, no te gusta.

—Qué extraño, porque pienso en ellos todo el tiempo. —Posy se inclinó para darle otro beso en la mejilla a Sam—. Perdóname, Sam, he intentado hacerlo lo mejor que he sabido, pero he tenido que ir improvisando por el camino. ¿Sabes? Si quieres hablar de mamá y papá, si tienes preguntas, cosas que quieras saber, de verdad, no te lo calles.

Sam apoyó la cabeza en el hombro de Posy.

—Vale, pero tienes que prometer que no te disgustarás. No me gusta que llores. Me refiero a cuando lloras de verdad. Que llores cuando son esos días del mes, eso me da igual.

Se rieron porque, la última vez que Posy había estado en «esos días del mes», se había echado a llorar porque el horno había empezado a echar humo y se había disparado la alarma de incendios del techo y le había tenido que dar unos cuantos golpes con la escoba hasta que se había parado. Posy revolvió lentamente entre las fotos que había esparcido por el suelo delante de ella.

—He llevado dentro todo esto durante demasiado tiempo y no nos hace bien en absoluto a ninguno de los dos, ¿a que no? Deberíamos dedicar un domingo por la tarde a ver todas las fotos, escoger entre los dos las que más nos gusten y ponerlas en marcos. Y si en cualquier momento quieres mirar todas estas cosas, ya sabes dónde está la llave. —En cuanto se oyó, Posy cayó en la cuenta de lo ridículo de la situación—. Es más, no hay por qué cerrar la puerta con llave, es una soberana tontería.

—¿Y qué hay de todas sus cosas? La ropa y todo eso. —Sam se apartó el flequillo de los ojos—. ¿No crees que va siendo hora de que nos miremos lo que hay y veamos qué hacemos con todo eso?

Posy esperó a que una punzada de dolor la atravesara, pero solamente sintió un ligero dolor sordo. Si podía soportar a una extraña —Mattie— en el salón de té, sin duda podría sobrellevar también organizar el contenido de una habitación cuyos ocupantes hacía mucho que ya no estaban ni volverían para ponerse su ropa ni terminar de leer los libros que tenían a medias. Sebastian llevaba razón cuando le dijo que había convertido la habitación de sus padres en un santuario. Lo había hecho porque le daba mucho miedo olvidarlos, pero el hecho era que si los tenía siempre presentes, si llenaba el piso con sus fotos y le contaba a Sam todas las historias sobre sus padres, siempre los tendría cerca.

—Esta habitación es inmensa —comentó Posy mirando a su alrededor.

Parecía más grande y más vacía ahora que la contemplaba como es debido en vez de centrarse únicamente en las dos personas que solían ocuparla.

—Cierto, pero no creo que tardemos tanto en organizar las cosas de papá y mamá —respondió Sam.

—Es más grande que nuestras habitaciones —concluyó Posy haciendo una mueca de dolor al levantarse. Se le había entumecido el cuerpo por llevar tanto tiempo sentada—. En tu cuarto apenas tienes espacio para una cama individual y un armario. Y no deberías tener que hacer los deberes todo encorvado en un diminuto hueco libre en el suelo.

—De verdad que no me importa —contestó Sam—. Además, a veces bajo y uso la oficina.

Posy había tomado una decisión, y no había nada de triste ni doloroso en la idea que se le acababa de ocurrir, sino que tenía todo el sentido del mundo.

—Deberías mudarte a este cuarto —sugirió—. Podrías tener una mesa en condiciones junto a la ventana, y te compraremos una cama nueva también, porque cualquier día de estos te van a empezar a colgar los pies fuera de la tuya. Y también tendrás espacio para muchas estanterías. Y puedes invitar a tus amigos a quedarse en vez de ser tú siempre el que va a su casa. ¿Qué te parece la idea?

—Pero si te vas a poner triste y no vas a querer entrar a darme las buenas noches, también puedo quedarme donde estoy. —Sam miró a su alrededor—. Pero, desde luego, esta es mucho más grande. ¿Podría pintar las paredes de negro?

Todo tenía un límite.

—No, no puedes —respondió horrorizada—, ¡es que no podrías ser más *emo* aunque lo intentaras! Y no te creas que hago esto por pura bondad. Tu habitación de ahora me vendrá muy bien para guardar los libros que tengo atravesados por todas partes. Hasta puede que la convierta en un rinconcito de lectura.

—Lo que me sorprende es que no quieras convertir esta habitación en un rinconcito de lectura gigantesco —gruñó Sam—, y me acabes dejando en la calle porque te quieras apropiar también de mi habitación de ahora para guardar más libros todavía.

Posy se llevó un dedo a la barbilla.

—¡Pues no es mala idea! ¿Cuándo podrías marcharte?

Sam lanzó una risotada y puso los ojos en blanco, y cuando Posy le tiró de la manga para que se levantara y lo castigó aprisionándolo en un fuerte abrazo, él intentó zafarse.

—Te quiero mucho —le dijo ella con orgullo—. ¡Es que te quiero tanto! Siempre intentaré hacer lo mejor para ti, aunque a veces me equivoque de medio a medio.

—¿Y ahora quién es la que se está poniendo en plan *emo(tiva)*? —murmuró Sam pero, durante un instante, le devolvió el abrazo y murmuró con el mismo punto de orgullo que su hermana—: Yo también te quiero, Pose. No sé qué habría sido mi vida si tú hubieras decidido que no querías cargar con la responsabilidad de tener que ocuparte de mí. Y soy muy consciente de que puedo resultar más molesto que un dolor de muelas, pero de verdad que aprecio todo lo que haces por mí. ¡Y ahora déjame, no me sobes más!

Puede que fuese el vino o la llantina que se acababa de pegar, o tal vez que por fin estaba reconciliándose con su pena, o quizá, sencillamente, estaba agotada de tanto pintar y preocuparse, pero Posy durmió como un troco esa noche.

Posy no sabía bien qué era lo que la había despertado, pero le pareció oír claramente ruidos que venían de la tienda, y cuando bajó trastabillando a ver qué pasaba, se encontró con la gran sorpresa de que había un montón de gente por allí.

No podía ser. No era la hora de abrir. Todavía era de noche, y ella iba en pijama y...

—¿Mamá? ¿Papá?

Estaban sus padres, mucho más jóvenes de lo que Posy los recordaba, y llevaban puesta la ropa que habían llevado a aquel baile de verano en Oxford de hacía tanto tiempo.

—¡Ay, Posy, por fin te encontramos! —Eran Lavinia y Perry, más jóvenes también, que habían cobrado vida desde la fotografía que había sobre la mesa central.

Los acompañaba otra mujer vestida a la antigua, con polisón y una banda colgada de un hombro en diagonal en la que podía leerse el mensaje «Derecho al voto para las mujeres».

—¿Agatha? —preguntó Posy con voz entrecortada.

—Para ti, la Honorable Agatha Cavanagh —informó Agatha a Posy con tono glacial—. ¿Se puede saber qué has estado haciendo con mi maravillosa tienda?

—¡Sí, Posy! ¿Qué has estado haciendo? ¡Menudo lío has armado! —exclamó Lavinia, y Perry asintió con la cabeza, y entonces Posy cayó en la cuenta de que todos los visitantes del sueño iban cubiertos de pintura gris—. ¡Pero qué equivocada estaba contigo!

—Empezaste tan bien, pero realmente lo de ser adulta se te da fatal —intervino su padre—. Ya es todo un milagro que te las hayas ingeniado para mantener a Sam con vida por lo menos.

Su madre lanzó un suspiro.

—Que es más de lo que puede decirse de Marcapáginas. Siempre te enseñé que, si merecía la pena hacer algo, merecía la pena hacerlo bien, y en cambio tú vas a reabrir una tienda que está a medio terminar. Bueno, ni eso, ni siquiera a medio terminar.

Era genial verlos a todos de nuevo, tan reales que Posy tenía ganas de correr a abrazarlos, salvo a Agatha que imponía mucho, pero todos la estaban mirando con tanto desdén, con tal cara de decepción, tal consternación.

—Bueno, sí, ya sé que la tienda ha conocido tiempos mejores, pero...

—Deberías haberle dejado la tienda a Sebastian, Lavinia —resopló Perry—. ¡Él tenía unos planes tan buenos para la tienda! Y además es de los que hacen, no de los que titubean. Tú, en cambio, eres de titubear y mucho, Posy.

—Ya lo sé, ya lo sé —reconoció Posy—, pero he estado intentando corregirme.

—No puedo permitir que mi tienda esté en semejante estado de caos, y encima vendiendo exclusivamente el tipo de literatura más superficial que hay —protestó Agatha clavándole a Posy una esquina de un cartel de «Derecho al voto para las Mujeres» que se había materializado en sus manos de repente—. ¡Si Marcapáginas pasa a ser Felices Para Siempre será pasando por encima de mi cadáver!

—Sin ánimo de ofender, Agatha, pero ya estás muerta. —Posy se retorció las manos, presa del nerviosismo—. Lo siento, lo siento muchísimo. Me he esforzado tanto..., pero todo ha salido mal.

—¡Posy, Posy, Posy!

Los cinco se le estaban acercando a la vez y ella tenía ganas de echarse a llorar. Quería que sus padres la miraran con amor y la abrazaran y le dijeran que todo iba a salir bien. Quería que Lavinia y Perry estuvieran orgullosos de ella y que Agatha se sintiera satisfecha de que su legado continuaba, pero en lugar de eso todos coreaban su nombre, como si la estuvieran acorralando, tridente en mano y con la hoguera preparada.

—¿Qué?

Las figuras se le acercaban cada vez más, hasta que Posy se dio cuenta de que no eran sus fantasmas, sino un completamente real y nada fantasmal Sebastian. ¡Cinco Sebastians!

—¡Despierta, Morland, que ya llevo un buen rato esperando a que te despiertes!

—¡Estoy despierta, completamente despierta!

—¡No, de eso nada! ¡Posy! ¡Posy! ¡Despierta! ¡Tienes que despertar! —Unas manos la agarraban y la apartaban de los cinco exasperados Sebastians; abrió los ojos y se encontró con un exasperado Sam, tirando de los cobertores para destaparla—. ¡Por fin! ¡Y luego me dices a mí que duermo como un tronco!

Posy se incorporó inmediatamente para sentarse en la cama. Debía de haber estado durmiendo con la boca abierta, porque tenía la sensación de que durante la noche se le hubiera metido algo allí dentro y, una vez allí, ese algo hubiese expirado. Y, al hilo de ese tema...

—¡He tenido un sueño horrible!

—¿Qué importa eso? —Sam le tiró del brazo—. Tienes que bajar ahora mismo. No te lo vas a creer.

Posy hizo un gesto con la mano, como si Sam fuera una mosca a la que quisiera apartar de un manotazo.

—¿Creerme qué? —Miró de reojo el reloj—. ¡¿Ya son las ocho?! ¡Me quería levantar superpronto a pintar!

Apartó los cobertores bruscamente y salió de la cama con paso vacilante, pero, antes de que pudiera llegar al baño, Sam la había agarrado firmemente por la muñeca y la estaba arrastrando al piso de abajo.

—¡No hay tiempo de ir al baño! —exclamó con voz aguda—. ¡Hay gente abajo que ha venido a verte!

El corazón de Posy dio un vuelco mientras bajaba las escaleras. ¿Y si Sebastian había cambiado de idea? ¿Y si tenía a los cobradores en la puerta?

Hizo acopio de valor en el último peldaño. Se oía el ruido de mucha gente allí fuera. ¿Pero cuántas personas hacían falta para echar a la calle a una mujer y su hermano adolescente?

—¡Ay, Dios! —murmuró.

—¡Venga, Posy! —gruñó Sam tirando de ella para que bajara el peldaño de una vez y doblara la esquina de la oficina para salir a la tienda—. ¡Mira, mira toda la gente que ha venido!

A través de los ventanales (y Posy vio un manchurrón de pintura gris que se le había escapado la noche anterior) se divisaba un nutrido grupo de personas en el patio que la estaban mirando. Cuando Posy se acercó a abrir la puerta, con piernas todavía más vacilantes que recién levantada de la cama, todos dieron un paso hacia ella.

—¡Ten! —la apremió Sam poniéndole en la mano la llave de la tienda para que abriera por fin con movimientos torpes de dedos temblorosos.

—Pero ¿qué demonios...? —preguntó al ver al principio de la fila a Viejo Gruñón y Gallito Joven y otros tres hombres enfundados en monos salpicados de pintura que traían una escalera, un par de cubos, una caja llena de rodillos y brochas y unos cuantos útiles más.

—Nos manda el jefe —le explicó Greg—. ¿Por dónde quiere que empecemos?

—No tengo ni idea —dijo Posy mientras seguía entrando un reguero de gente por la puerta—. ¿Qué está pasando?

—Que no eres la única que puede convocar al personal a una reunión de emergencia —le respondió Nina, que entraba a saltitos—. De hecho, tuvimos una ayer por la noche en el Campanadas de Medianoche.

—Yo diría que fue más bien un consejo de guerra —intervino Verity atravesando la puerta con sus padres y dos de sus cuatro hermanas que habían venido a pasar el puente a Londres—. Pippa siempre está diciendo eso de que la unión hace la fuerza, así que hemos llamado a los clientes habituales, hemos pedido algún que otro favor...

—Aunque Verity se negó a hacer ni una sola llamada —dijo Tom con voz de reproche mientras entraba acompañado de unos cuantos jóvenes—. Estos son mis alumnos del curso de poesía de la época de la Primera Guerra Mundial que doy en la uni. Harían cualquier cosa por un punto más en la nota.

Y seguía entrando gente: los padres de algunos de los niños a los que Posy hacía el apoyo de lectura, Pants con Yvonne y Gary. El maravilloso Stefan, el del ultramarinos. Los camareros australianos del Campanadas de Medianoche. Y, al final del pelotón, Posy divisó a Mattie completamente oculta tras una bamboleante torre de *tupperwares*, y Pippa, que tenía un iPad en una mano y en la otra una tablilla con sujetapapeles.

—¡No me lo puedo creer! —dijo Posy respirando hondo. Moviendo tan solo un poco los pies con pasitos cortos, fue haciendo un giro completo de trescientos sesenta grados para procesar la escena completa de lo que estaba pasando, de toda aquella gente: amigos, colegas, vecinos, incluso completos desconocidos. Le costaba trabajo no echarse a llorar, pero, en vez de eso, Posy se contentó con quedarse allí abriendo y cerrando la boca, porque se había quedado sin palabras—. Me he estado sintiendo tan fracasada..., ¡y ahora esto!

Pippa le pasó un brazo por los hombros.

—Como dijo en una ocasión Maya Angelou: «Puede que nos tengamos que enfrentar a muchas derrotas, pero no por eso debemos sentirnos derrotados». Igual hemos perdido unas cuantas batallas, Posy, pero vamos a ganar la guerra. —Le sonrió, encantadora—. ¿Te importa si organizo un poco a la gente, reparto el trabajo y esas cosas? Me he tomado la libertad de preparar por encima un par de hojas con una lista de tareas mientras venía de camino.

Posy asintió con un leve movimiento de cabeza.

—Adelante, organiza todo lo que quieras.

Daba la impresión de que todo el mundo tuviera algo que hacer excepto Posy. Tom y Nina se llevaron con ellos a los alumnos de él para empezar a colocar libros en las estanterías que ya estaban pintadas. Al otro lado del arco que daba a la parte derecha había gente pintando las salas más pequeñas de esa ala. Greg ya se había llevado a Posy a un aparte para felicitarla por «el excelente trabajo que había hecho lijando y dando la capa de base».

Fue increíble. Asombroso. Milagroso. Pero tal vez el momento más increíble, asombroso y milagroso fue cuando Verity oyó la tensa conversación que estaba teniendo Posy por teléfono con los de la compañía de transporte y le arrebató el teléfono de las manos.

—Escúcheme bien —rugió Verity en un tono que hizo que su padre, pastor protestante, apretara manos y labios en una oración silenciosa—. Si esos expositores no están aquí a las tres de la tarde me voy a presentar en sus oficinas y les voy a montar un pollo tal, que les va a faltar tiempo para empezar a mover su desgraciado culo. ¿Queda claro? ¿Sí? Perfecto, porque de verdad que no les va a gustar nada que me presente ahí.

Los expositores *vintage* aparecieron a las tres en punto, justo cuando Posy terminaba de dar las instrucciones al rotulista y se disponía a salir en misión humanitaria a buscar más café, té, leche y galletas, aunque Giorgio y Toni, los de Como Pez en el Agua, habían traído *fish & chips* para todo el mundo a la hora de comer.

Camino a Sainsbury's, a Posy le vinieron tres pensamientos a la cabeza. El primero, que, para cuando acabara el día, Marcapáginas se habría transformado en Felices Para Siempre. Toda la tienda, todas las salas. En un solo día. De hecho, iban tan bien de tiempo que Greg y Mattie se habían ido al salón de té y estaban hablando del estado en que podría estar el suelo original debajo del agrietado linóleo. Nada de aperturas a medias el lunes por la mañana.

Su segundo pensamiento fue que el único que faltaba era Sebastian. Y no pasaba nada. De verdad. Sebastian había mandado a Pippa y a Greg con Dave y un nutrido grupo de manitas y se había pasado una hora limpiando pintura derramada la noche anterior. No obstante, Posy había sido muy consciente de su ausencia durante todo el día: cada cierto tiempo, había estado dejando lo que tenía entre manos un instante para mirar alrededor en busca de un hombre alto y esbelto, con traje y con el cabello increíblemente oscuro, y llevándose una pequeña decepción al comprobar en todas y cada una de esas ocasiones que no estaba.

Y el tercer pensamiento le vino a la mente al pasar por delante de un par de señoras y oír cómo una le siseaba a la otra: «¿Pero qué lleva puesto esa chica? ¿Y qué son esos zurullos?» Todavía iba en pijama.

Para cuando dieron las cinco de la tarde ya habían terminado. Los últimos voluntarios que quedaban se iban marchando, con las más profundas y sinceras palabras de agradecimiento de Posy resonando aún en sus oídos y una invitación a la fiesta oficial de inauguración que se celebraría el sábado siguiente por la noche.

Posy *aún* llevaba puesto el pijama cuando ella y Tom colocaron los sofás de vuelta en su sitio y Nina y Verity encendieron el gran ventilador industrial para que se secaran esa noche las últimas estanterías que habían pintado.

—¡Bueno, gente —anunció Posy—, ya es hora de que os vayáis a casa! ¡Y es una orden!

—¿Tomamos algo en el *pub*? —preguntó Nina esperanzada, como siempre hacía a esa hora un sábado por la tarde.

Posy negó con la cabeza.

—Estoy tan cansada que creo que no podría recorrer los pocos metros que hay hasta el Campanadas de Medianoche.

—La verdad es que tienes pinta de estar agotada —confirmó Verity—. Métete en la cama pronto. Mañana ya no hay gran cosa que hacer, así que te puedes levantar tarde. Ojalá yo pudiera también —añadió muy compungida, porque sus deberes familiares estaban empezando a pesarle y se quejaba de que sus hermanas y sus padres hablaban todo el rato sin parar—. En cuanto uno cierra el pico toma el relevo otro, y es que ya no me oigo ni los pensamientos —se lamentó con un suspiro cerrando los ojos—. Pero, bueno, es solo un día más de cotorreo incesante. Un día lo puedo aguantar. Son solo veinticuatro horas, y unas cuantas estaré dormida.

—Si quieres nos podemos ver para comer mañana —sugirió Posy mientras la despedía a la puerta—. Me puedo acercar con Sam al *pub* de Islington donde hacen ese asado tan rico los domingos. Ponme un mensaje.

Nina se quedó cinco minutos más intentando convencerla de que se tomaran algo con un poco de alcohol, pero Posy no cedió y por fin pudo cerrar la puerta y subir a casa.

Se había imaginado un fin de semana muy diferente, uno que habría pasado prácticamente entero cubierta de pintura gris hasta las cejas, pintando sin parar, con paradas regulares para echar unas lágrimas. Así que era toda una novedad no tener planes para esa noche, pero sí un montón de opciones: una montaña de novelas nuevas que todavía tenía sin empezar, tres episodios de *Llama a la comadrona*, lo que quedaba de la botella de Pinot Grigio y unas trufas en la nevera, regalo de una clienta agradecida porque Posy le había localizado un ejemplar *vintage* de una novela de Florence Lawford que la mujer llevaba años buscando.

No eran los planes más emocionantes del mundo precisamente, pero Posy había pasado noches de sábado mucho peores. Media hora más tarde estaba delante del portátil abriendo un documento nuevo de Word, porque resultaba que, verdaderamente, necesitaba un final feliz diferente al que había tenido ese día.

Seducida por un canalla

P ese a todo lo que él había hecho, las humillaciones, la vergüenza, la veja-
ción que había sufrido en sus manos, aun así Posy suspiraba por lord
Thorndyke, anhelaba sentir su tacto, deseaba ver su sonrisa, y no dejaba de
preguntarse si se habría imaginado la ternura que creía haber percibido en él.

Pero Posy no iba a ir a buscarlo. Él la rechazaría, la echaría fuera sin
miramientos. Y ella se negaba a mendigar su amor o sentirse en deuda con él.
Posy podía no tener grandes cosas en términos materiales —desde luego, parecía seguro que tendría que vender su casa para pagar a los acreedores y evitar
que ella y Samuel acabaran dando con sus huesos en la cárcel; pero todavía le
quedaba su orgullo.

Y, al final, fue Sebastian quien vino a ella una noche de tormenta en que
el viento aullaba y la lluvia golpeaba con furia los cristales. Ya no quedaba
ningún criado, ni tan siquiera la pequeña Sophie, así que cuando Posy oyó
que llamaban a la puerta tuvo que ir ella misma a abrir, aunque temía que
fuera otro cobrador.

Tras forcejear un tanto con la pesada llave, presa de los nervios y el miedo
que le atenazaba el corazón, abrió la puerta por fin y se encontró con Thorndyke allí de pie: tenía las ropas empapadas, las gotas de lluvia resbalándole
por los rizados cabellos negros y una expresión salvaje de desesperación en los
ojos. Antes de que tuviera tiempo de darle con la puerta en las narices, él se lo
impidió adelantando un pie hasta el umbral.

—¡No, esperad! ¡Por lo menos oíd lo que tengo que deciros! —dijo él con
voz grave.

—Estoy convencida, caballero, de que no puede haber absolutamente nada que podáis decir que me interese oír.

—Seguramente así es, pero yo he de deciros que os amo. ¡Cómo os amo! El amor que siento me consume, me duele, me lleva a la gloria, así que vengo a suplicaros que me liberéis de este tormento. Si no podéis corresponderme con vuestro amor, y soy muy consciente de que no os he dado motivo alguno para ello, me marcharé, abandonaré Londres, me retiraré a mis posesiones en el campo y no volveréis a verme a vuestra puerta, aunque mi corazón siempre os pertenecerá.

Posy se llevó una mano al pecho, sintiendo que le temblaba el corazón. (nota bene: seguro que no pasa nada por meter otro «temblar» después de tanto tiempo sin usar la palabra.)

—¡Caballero!, ¿acaso os encontráis indispuesto? —le preguntó ella, porque no le cabía en la cabeza otra razón por la que pudiera estar diciendo esas cosas salvo si tenía un ataque de fiebres.

—¿Pero es que acaso no habéis oído lo que os he dicho? Mi amor por vos me quema, me abrasa y me consume hasta un punto en que ya no sé ni quién soy. Desde luego no un hombre digno de vuestro amor, eso lo sé, pero ¿podríais vos amarme tan siquiera un poco?

—Jamás... —empezó a decir ella, aunque lo hacía más por costumbre que porque fuera la respuesta que le dictaba el corazón.

¿Sería capaz de vivir sin la presencia en su vida de aquel hombre insoportable? Una cosa era segura: sería una existencia muy aburrida y banal. Con él era con quien había aprendido a cantar su cuerpo, y sin él volvería a guardar silencio de nuevo.

—Tal vez podría amaros, señor —dijo ella—, tal vez podría amaros y mucho. Tal vez, mi corazón ya es vuestro para que hagáis con él lo que os...

¡No! ¡No! ¡No! ¡¡¡¡NONONONONONONONONONO!!!!

¡Basta! ¡Ya basta! —se regañó Posy a sí misma duramente mientras comenzaba a borrar cada línea, cada palabra que había escrito.

No era real, no era más que desear en vano, algo que había empezado a escribir para contar con un espacio seguro donde descargar toda su frustración con Sebastian sin tener que recurrir a infligirle algún tipo de daño físico al personaje en cuestión. Pero en algún momento, ignoraba cuándo exactamente, se había convertido en una historia de amor. Una historia de proporciones excesivas, con un lenguaje recargado también excesivo, pero una historia de amor en cualquier caso.

Sebastian no se merecía ser el blanco de sus excesivamente hormonadas fantasías de época; no cuando, desde que Lavinia había muerto, lo único que había hecho él era tratar de ayudarla. De acuerdo, ayudarla y también ser muy grosero, pero se trataba de Sebastian y ella lo había hecho protagonista de la artificiosa novela porno ambientada en el periodo de la Regencia que había escrito. ¡Es que ni le había cambiado el nombre!

Y, en cualquier caso, ¿por qué había dado la historia un giro tan alarmante? ¿Acaso sentía algo por él? Claro que sí. Hasta donde se acordaba, siempre había sentido algo por él, toda una gama de sentimientos de la A a la Z, pasando por la I de irritación y la M de mariposas en el estómago, que era la mejor manera de describir la sensación trepidante que le producía intercambiar insultos con Sebastian, algo parecido a una volea larga en una final de Wimbledon.

Y luego, la noche anterior, había habido un momento cargado de una tensión que nunca antes se había producido entre ellos dos. Y también se habían cogido de la mano —mucho cogerse de la mano había habido—, y había habido aquel momento en que él le había sujetado la barbilla entre los dedos y se había inclinado hacia ella y Posy había pensado que iba a besarla. Su corazón había dado un brinco extraño, recordaba ella ahora. ¿Qué habría hecho si la hubiera besado?

No tuvo que pensarlo mucho: le habría devuelto el beso, y entonces él la habría apartado bruscamente y habría hecho algún comentario hiriente, porque todo habría sido una broma cruel. En el mejor de los casos, él sentiría pena por ella, la consideraría como una hermana pequeña que lo sacaba de quicio; en el peor de los casos, ella no podía ni tan siquiera pensar en competir con la legión de mujeres que revoloteaban en torno a Sebastian. No en un momento en el que su vida era un caos, un monumental lío, y tenía que fingir que era una adulta. Pese a todo lo que había logrado en las últimas semanas, todavía se sentía atrapada en la chica de veintiún años que había perdido a sus padres de repente una noche de verano, como si no hubiera avanzado nada desde entonces a nivel emocional.

¿Por qué iba cualquier hombre, y mucho menos Sebastian, a querer tener nada que ver con alguien así?

Así que había llegado el momento de parar todo aquello. De poner punto y final. Borrar. Borrar. Borrar.

Posy abrió el cajón del escritorio donde tenían todos los cachivaches informáticos y rebuscó frenéticamente el lápiz de memoria. No tendría un momento de paz hasta que no hubiera destruido todas las pruebas. Pero el problema era que todos los lápices de memoria parecían iguales —habían comprado un paquete con un montón de ellos la última vez que habían estado en Costco—, así que, para cuando encontró el que buscaba y lo metió en el puerto USB del ordenador, Posy estaba sudando y... sí, le temblaban las manos.

No había ni rastro de *Seducida por un canalla* en el lápiz de memoria, sino varios archivos de InDesign con los diseños gráficos que había hecho el tatuador de Nina para Felices Para Siempre, lo que en principio no quería decir nada porque Sam había copiado los archivos en varios lápices USB para enviarlos a la gente del material de papelería, los de las bolsas de tela y la imprenta. De verdad que no quería decir nada. Así que no había motivo alguno para que Posy, de repente, sintiera como si se le hubiera olvidado respirar.

—¡Joder, joder, joder, no..., no..., jooooder! —musitó entre dientes, y luego ya no dijo nada mientras comprobaba qué había en todas y cada una de las memorias USB que tenían en aquel cajón.

Seducida por un canalla no estaba en ninguna, así que Posy puso el piso patas arriba, abriendo todos los cajones, rebuscando en todas las teteras de porcelana y las latas antiguas de té y galletas donde guardaba botones, llaves viejas, ganchos del pelo..., de todo menos lápices de memoria USB.

Posy creyó que se iba a echar a llorar. Y luego pensó que seguramente iba a vomitar, porque había una razón perfectamente plausible para explicar por qué no encontraba la memoria USB que contenía todas sus enfermizas y tórridas fantasías sobre Sebastian.

Se la había dado a Sebastian, precisamente.

Posy fue directa a la nevera, sacó la botella de Pinot Grigio, se sirvió lo que quedaba en una taza y se bebió la mitad de un trago. Se suponía que lo que había que beber cuando estabas en estado de choque era coñac, pero ella no había bebido coñac en su vida, así que tendría que apañarse con el Pinot Grigio.

Hizo un último intento desesperado e infructuoso en busca del lápiz de memoria y, finalmente, se sentó en las escaleras a considerar si debía llamar a Sebastian. Era sábado. Seguramente, él ni siquiera había tenido tiempo de echar un vistazo a lo que contenía el lápiz de memoria que le había dado y Posy podía pasarse por su piso en Clerkenwell, cambiárselo por uno donde efectivamente estuvieran los diseños y salir de allí inmediatamente.

Como si no hubiera pasado nada. Asunto zanjado.

Se sacó el móvil del bolsillo trasero del pantalón y buscó en la lista de contactos hasta llegar al número de Sebastian. Se lo quedó mirando.

Pero ¿y si, por el contrario, sí había abierto el lápiz de memoria y le había picado la curiosidad de ver qué contendría el documento? Sebastian era tremendamente curioso, con todo... ¿Qué podía pasar entonces?

¡Dios! No quería ni pensarlo.

Posy dio otro trago entusiasta al vino y se sujetó la cabeza entre las manos. Tardó un rato en oír el sonido: estaban llamando a la puerta. Tal vez —ojalá— era Nina, que ya se había tomado unas cuantas copas en el Campanadas de Medianoche y volvía a por refuerzos. Nina sabría qué hacer.

Posy bajó a trompicones las escaleras hasta la tienda, pero la figura que se dibujaba a través del cristal al otro lado de la puerta no era la de Nina. No era Nina en absoluto.

20

Cuando abrió la puerta, a pesar de que una parte de ella, una gran parte, quería volver corriendo al piso de arriba, meterse en la cama y esconderse entera bajo los cobertores, a Posy le temblaban las manos de verdad, como nunca antes le habían temblado.

—¡Ay, Sebastian, hola! —saludó una vez hubo abierto la puerta. Le dio repelús el tono chillón de su propia voz—. ¿Qué pasa?

Sebastian iba vestido completamente de negro, y en sus ojos había un brillo intenso cuando entró en la tienda y, cerrado la puerta a sus espaldas le dio una vuelta a la llave.

Posy se reclinó hacia atrás ligeramente contra la mesa central y se agarró al borde con manos sudorosas.

—Es un poco tarde para visitas, ¿no? —preguntó.

Sebastian seguía sin decir nada, pero se quedó de pie frente a ella observándola pensativo con la cabeza ligeramente ladeada. No parecía enfadado, ni tampoco daba la impresión de que estuviera a punto de echarse a reír ni de empezar a burlarse de Posy de todas las formas imaginables a cuenta de su ridícula novela romántica de época.

Así que tal vez, efectivamente, no la había leído y aquello sí que era una visita sin más.

—Me alegro de que te hayas pasado por aquí —dijo Posy un poco a la desesperada—, porque resulta que ayer por la noche te di una memoria USB que no era. Tengo la buena arriba. Ni te molestes en mirar lo que hay en la que te di porque no contiene nada importante, nada importante en absoluto. Nada que pudiera interesarte, pero es...

—¡Emboscada nocturna, señorita Morland! —dijo Sebastian en el momento en que echaba a andar hacia Posy, que, presa de alarma, lo miraba con ojos como platos—. Tenéis un aspecto encantador. Estáis adorable, toda despeinada.

¡Ay, no! ¡No! ¡No! ¡No! ¡¡¡¡NONONONONONONONONONO!!!!

Posy intentó soltar una carcajada despreocupada, pero se acabó atragantando mientras su corazón latía con una fuerza implacable como si de un corredor de maratón a punto de terminar la carrera se tratara.

—¿Has estado bebiendo? —le soltó ella. Sebastian seguía avanzando—. Creo que deberías irte, Sebastian. Es tarde y estoy muy cansada. Además, es sábado por la noche, debes de haber quedado con algún bellezón.

Sebastian siguió avanzando hacia ella, y tomándose su tiempo además.

—El hecho es que las muchachas de las tabernas, las cortesanas y las esposas de otros hombres siempre acaban por cansarme. —Se debía haber aprendido de memoria hasta la última palabra que había escrito Posy, porque, como en el relato, a continuación posó un dedo en los labios de ella, que lo miraba completamente horrorizada mientras hacía esfuerzos por no desmayarse. No por tener a Sebastian cerca, sino porque, incluso a pesar de que había un ventilador industrial en una esquina, barriendo rítmicamente la estancia a derecha e izquierda para que se secara más rápido la pintura, de pronto hacía un calor insoportable en la tienda. Posy estaba ardiendo. ¡Ay, Dios, Sebastian olía tan bien!—. Pero apostaría algo a que de vos no me cansaré.

Posy dio un paso a un lado, alzando una mano para mantener a Sebastian a cierta distancia porque ahora estaba sonriendo y con una sonrisa tan diabólica como la de su versión de novela.

—Por favor, Sebastian, tienes que marcharte —insistió ella, pero, justo en el momento en que se giraba para huir, él le agarró el brazo y la atrajo hacia sí, lo suficientemente cerca como para poder inclinarse hacia ella y...

¿le había besado la mejilla? Efectivamente. Había sido un mero roce de sus labios, y Posy no habría podido moverse aunque hubiera querido.

Y el hecho era que quería, de verdad que quería moverse, pero sus piernas no parecían captar el mensaje.

—Por supuesto, señorita Morland, obligadme a seguiros. La caza no hace sino acrecentar mi deseo —le susurró Sebastian al oído, para luego besar la ardiente mejilla arrebolada de Posy otra vez, porque había leído su horrible novela y, al darse cuenta de que ella había acabado sintiendo algo por él, le había parecido muy gracioso y había pensado que podía presentarse allí para burlarse de ella.

—¡No hagas eso! —Posy intentó zafarse, pero él la tenía sujeta por la cintura—. ¡No tiene ninguna gracia! De hecho lo estoy pasando muy mal. Por favor, no me hagas esto.

Sebastian dejó caer las manos a ambos lados del cuerpo. Y Posy quería que dijera algo, que le tomara el pelo para que ella a su vez pudiera contraatacar con unos cuantos dardos de los suyos, así era como funcionaban ellos dos. Pero entonces Sebastian tomó su mano y se la llevó a los labios para besarle la palma, mientras que ella se quedaba allí de pie, con aire desconfiado y receloso.

Sebastian arrugó la frente, tal vez porque a Posy le estaban sudando las manos mucho, pero mucho mucho, lo que podría haber sido la explicación de por qué acto seguido le besó la comisura de los labios.

—Al contrario: debo, pues no tendré paz en mi cabeza hasta que no lo haga —dijo él, para después volver a besarla suavemente—. ¡Ah, cómo me atormentáis, me intrigáis y os apoderáis de todo mi ser, provocándome un torbellino incesante de pensamientos sobre cómo haceros mía!

—¡Bueno, ya está bien! ¡Basta ya! —exclamó Posy, porque ya bastaba. Sin tener el menor miramiento con el traje de Sebastian, lo empujó para que se apartara—. No debería haber escrito lo que escribí. De hecho, no lo escribí yo, me lo estaba leyendo para hacerle un favor a una amiga, que es la que lo ha escrito, y me pareció gracioso cambiar los nombres. Estuvo mal, lo sé, lo sé, pero...

—¿Por qué habría de dejaros en paz cuando yo vivo atormentado?
—Lo peor era que sonaba completamente convincente, que era lo más cruel de todo; aunque tal vez fuera la manera en la que se le estaba acercando con el aire amenazador y acechante de una pantera acorralando a su presa y un brillo de depredador en la mirada.

—A lo largo de todos estos años, me has hecho algunas cosas horribles —le dijo Posy hecha una furia, poniéndose en jarras—, pero creo que esto es incluso peor que cuando me encerraste en la carbonera. ¡Desde luego, *eres* un auténtico canalla!

—¡Ay, Morland, cállate ya de una vez! —protestó Sebastian abandonando el personaje de repente—. Estoy genuina y sinceramente intentando seducirte, ¡así que déjate seducir de una puñetera vez!

Parecía tan sorprendido por sus propias palabras como lo estaba Posy, quien, sin embargo, de pronto le rodeó el cuello con los brazos porque acababa de darse cuenta de que, en realidad, le gustaría que Sebastian la sedujera. Le gustaría mucho.

—¡Bueno, pues hazlo entonces! —exclamó ella—. ¡Sedúceme de una puñetera vez!

La sedujo. Para ser más exactos, la besó y ella le devolvió el beso. Cuando no estaba diciendo cosas hirientes, la boca de Sebastian era maravillosa, tierna y exigente a la vez, juguetona y voraz a un mismo tiempo, y Posy no quería dejar de besarlo jamás, ni siquiera cuando empezaron a avanzar dando tumbos por la tienda en dirección a las escaleras, todavía entrelazados en un apasionado abrazo.

Hubo una pausa cuando, tendidos en las escaleras sobre los incómodos peldaños que se les clavaban por todas partes, intentaron recuperar un poco el aliento mientras Sebastian desabrochaba la blusa de estampado de florecitas de Posy con dedos temblorosos.

—Estoy temblando —informó Sebastian con sonrisa tímida—. Me estremezco, siento intensos escalofríos, pero sobre todo estoy temblando.

—¡Cállate ya! —lo riñó—. ¡No quiero oírte citar ni una palabra más de *Seducida por un canalla*!

—Pues entonces mejor me besas otra vez para evitarlo —respondió Sebastian, y Posy hizo lo que se le pedía, aunque, cuando por fin llegaron a su cama y se quitaron apresuradamente la ropa el uno al otro hasta quedar por fin piel con piel, él inclinó la cabeza para besarle la peca que tenía Posy justo encima del ombligo y habló de nuevo:

—Contradiciendo la creencia popular sobre mi persona, el hecho es que soy capaz de aceptar un no por respuesta, así que te lo voy a preguntar muy amablemente, Morland: ¿me das permiso para entrar en la suave y tentadora oscuridad de tu sedosa entrepierna?

—Eres un ser malvado, muy malvado —fingió ofenderse mientras su cuerpo hacía un movimiento sinuoso bajo el de Sebastian que hizo que este apretara la mandíbula—. Pero visto que, en cualquier caso, ya has recorrido la mitad del camino, supongo que sí.

—Ha sido fantástico —dijo Sebastian después—, verdaderamente fantástico. Lo que te faltaba de experiencia lo has compensado con creces con entusiasmo, Morland.

Posy se sentía como flotando en una nube de euforia, aunque no estaba flotando sino echada en la cama en brazos de Sebastian, que le acariciaba el pelo teniendo que retroceder de vez en cuando al encontrarse con un nudo que impedía a sus dedos seguir avanzando.

—En cambio, a ti no te ha faltado ni experiencia ni entusiasmo —le respondió ella, y luego no supo qué más decir. Hacía tiempo, pero que mucho mucho tiempo que no tenía compañía masculina de ese tipo y no estaba segura de si debían entrar en una larga sesión de análisis posterior, que inevitablemente acabaría en un tenso debate sobre qué pasaba después, que a su vez desembocaría en una discusión que únicamente se zanjaría cuando Sebastian se marchara a grandes zancadas o ella lo echase, y Posy no quería que pasara nada de eso. Además, para empezar, no podía moverse.

Ahora bien, se iba a complicar todo, claro, por no hablar de que sería una situación incómoda, porque compartían un pasado complicado e incómodo y, ¡ay, Dios!, acababa de acostarse con Sebastian y ahora había pasado a ser un nombre más de la larga lista de mujeres con las que Sebastian había estado y que luego había dejado por otra modelo que le había resultado más novedosa y rutilante.

Posy ya no se sentía eufórica sino atenazada por el pánico, pero, antes de que le diera tiempo a obligar a sus algodonosos brazos y piernas a tensarse, Sebastian le acarició un punto detrás de la oreja con la punta de la nariz y la estrechó aún con más fuerza en sus brazos.

—Morland, siento ser un aguafiestas, pero estoy muerto de sed. ¿Sería mucho pedir que me hicieras una de esas tazas de té imposibles de beber que preparas tú?

—Si es imposible de beber, ¿para qué me voy a molestar? —contraatacó Posy. Misteriosamente, las pullas y la crítica totalmente injustificada a sus más que probadas habilidades para hacer té no estaban arruinando el momento, ni tan solo cuando Posy agarró la bata y se la puso bajo los cobertores, porque, pese a que acababan de hacer el amor, todavía no estaba preparada para andar por ahí desnuda delante de él como si tal cosa. Intercambiar insultos y lanzarse dardos era lo que hacían Sebastian y ella y, precisamente porque todavía lo estaban haciendo después de *haberlo hecho,* Posy se estaba empezando a sentir algo más cómoda con la situación.

Así que, por eso, y porque era una ocasión especial, usó las bolsas de té buenas, las de la marca Clipper, leche fresca entera, e incluso se molestó en colocar artísticamente en un plato unas cuantas galletas de avena para acompañar. Luego lo puso todo en una bandeja y volvió al dormitorio donde se encontró a un Sebastian de lo más relajado, echado cómodamente sobre sus sábanas de flores de Marks & Spencer con aire de estar de lo más a gusto en aquel entorno.

—Has tardado demasiado —se quejó Thorndyke y, justo cuando Posy estaba a punto de comentar que hasta él tenía que esperar a que hirviera el agua, Sebastian hizo un mohín y añadió—: Te he echado de menos terriblemente.

—Si solo han sido cinco minutos —protestó Posy mientras le tendía una taza. Sus dedos se rozaron, haciendo que se desencadenara una pequeña explosión en las terminaciones nerviosas de ella, que sintió que la recorría un cosquilleo desde la punta de los dedos de los pies hasta la coronilla, y hasta tuvo la sensación de que se le electrizaba el cabello. A decir verdad, lo tenía como electrizado, cuando menos revuelto y enmarañado después de tanta pasión, pues hasta había habido un momento en que se recordaba cabeza abajo y con medio cuerpo fuera de la cama.

—Nunca he conocido a nadie que se ruborice tanto como tú —comentó Sebastian mientras Posy se quitaba rápidamente la bata para volver a la cama—. Y supongo que es un rasgo que me da todavía más ternura ahora que sé que te ruborizas entera. Literalmente, de pies a cabeza.

Sebastian no se ruborizaba porque Sebastian era inmune al sentimiento de vergüenza, pero sus cabellos también estaban en un estado de salvaje abandono, y en realidad era una tontería sentir vergüenza de repente, teniendo en cuenta que se conocían desde hacía muchos años y ahora estaban en la cama juntos.

En cualquier caso, todo aquello quedaba fuera del campo de operaciones habitual de Posy, mientras que Sebastian debía de estar muy acostumbrado a las conversaciones superficiales postcoitales y a estar plácidamente en cama ajena mientras mantenía esas conversaciones. Y esas otras mujeres... Ninguna duraba mucho, y ella y Sebastian no eran amigos..., y ahora Posy ya no sabía ni lo que eran...

—Estás pensando a gritos, Morland —dijo Sebastian mientras dejaba la taza sobre la mesita de noche y le besaba un hombro—. Tan alto que me estás dando dolor de cabeza.

—Cuando no nos hablábamos... fue horrible —respondió Posy sin pensar—. Cuando dejaste de venir... Así que si esto significa que va a pasar otra vez, porque el hecho es que tu historial con las mujeres es terrible en lo que a las relaciones largas respecta, entonces tal vez sea mejor que aclaremos todo ahora mismo y acordemos que esto ha sido un momento de locura y que lo mejor será...

—Casarse —la interrumpió él con suavidad—. Sobre todo ahora que me he aprovechado de ti. ¿No es así como funciona la cosa en esas novelas románticas horribles que lees?

—No son horribles —dijo Posy—. Bueno, la que he escrito yo sí, pero ¿acaso no me he aprovechado yo de ti tamb...? ¡Un momento! ¡Rebobinemos! ¿Me acabas de pedir matrimonio?

—Por enésima vez, Morland, de verdad que te tengo que preguntar si alguna vez te dignas a escuchar lo que te digo. ¿Sabes? La verdad es que no me disgustaba mi papel de héroe romántico —decidió Sebastian mientras Posy trataba de incorporarse y sentarse—. Y, por favor, deja de moverte todo el rato. Eso sí, deberías saber que carezco de la fuerza en el tren superior que haría falta para levantarte del suelo sin desmontar del caballo. Es más, no sé montar. Bueno, eso es lo de menos; en cualquier caso, tendremos que casarnos.

Era el incentivo que necesitaba Posy para librarse con éxito de los brazos de Sebastian de modo que pudiese mirarlo directamente a los ojos. No parecía estar hablando en broma. Parecía completamente serio.

—¿Y por qué demonios íbamos a hacer tal cosa? —preguntó ella.

Sebastian se incorporó, se forró la espalda con un par de almohadones para apoyarse en el cabecero y, cruzando los brazos sobre el pecho, lanzó un suspiro de resignación, como si no entendiera por qué Posy estaba tan espesa, y respondió:

—Bueno, Lavinia te adoraba. Claro que a mí también me adoraba, de modo que no tenía un ojo particularmente bueno para juzgar el carácter de las personas. Anoche traté de explicarte todo esto.

—¿Ah, sí? —Posy arrugó la frente—. Pues no me acuerdo para nada.

—Una vez más, tengo que echarte en cara que nunca me escuchas cuando te hablo, ¿a que no? —Sebastian negó con la cabeza con aire compungido—. Estuvimos hablando de que llevabas mucho tiempo como dormida y de que Lavinia siempre me decía que todavía no estabas preparada para despertar. Deja que te haga una pregunta: ¿por qué crees que me dejó a mí el resto del complejo de edificios del patio y a ti la tienda?

—En su carta decía que quería que fuéramos amigos —recordó Posy con una sonrisa—, y también que te diera un tirón de orejas de vez en cuando. —Y entonces se puso seria. Siempre que salía el tema de Sebastian, Lavinia solía negar con la cabeza con aire exasperado, pero también con ternura, y decía cosas como: «El muchacho es imposible, con un corazón de oro, eso sí, pero lo esconde tan bien que cuesta encontrarlo». Claro que...—. También es cierto que en un par de ocasiones dijo que lo que necesitabas era el amor de una buena mujer.

—No eres la única a la que Lavinia escribió una carta —dijo Sebastian, y sacó medio cuerpo de debajo del edredón para buscar a tientas sus pantalones por el suelo. Volvió de la expedición con su cartera en la mano. La abrió y sacó un sobre de papel color crema—. Mira.

A Posy todavía le dolía un poco ver la letra de Lavinia en la característica tinta azul, como cuando se encontraba una lista de su puño y letra en algún cajón de la oficina o una hoja de inventario escrita a mano por ella, porque de repente eso la hacía tomar de nuevo conciencia bruscamente de la pérdida de Lavinia.

Querido Sebastian:

Mi muy querido muchacho. Qué difícil es decir adiós. Por favor, nunca dudes de lo mucho que te quiero. Y, precisamente porque te quiero, solo quiero verte feliz y sé que solo hay una cosa que te hará feliz.

Posy.

Todavía no está preparada, Sebastian. Todavía sigue profundamente dormida. Sigue perdida. Pero conozco el modo de hacer que se vuelva a encontrar a sí misma, y cuando se haya encontrado a sí misma, te encontrará a ti.

Esa no es la única razón por la que le dejo Marcapáginas a Posy, pero sí es una de las razones. Es su hogar y yo les prometí a ella y a Sam cuando sus padres murieron que siempre sería su hogar. Ahora bien, soy plenamente consciente de que el negocio está en una situación pésima y tiene que ser Posy la que solucione la situación. Tengo toda la confianza del mundo en que encontrará la manera de cambiar la suerte de la librería e insuflarle nueva vida. Posy necesita ver con sus propios ojos que es fuerte y perfectamente capaz de valerse por sí misma, y cuando lo logre podrá enfrentarse a cualquier cosa. Incluso a ti, mi querido muchacho.

Evidentemente, te dejo a ti el resto de Rochester Mews, que es una forma astuta de acercaros. Ayúdala, por supuesto, pero no seas abusón con ella. Si las cosas empeoran, si al final el negocio se va a pique, entonces te pido por favor que la orientes y la apoyes en todo, pero dale el tiempo y el espacio que necesita.

Al final os acabaréis encontrando, y con que seáis una fracción de lo felices que fuimos Perry y yo, ya os esperan años increíbles de estar juntos.

Cuento con ello. Cuento contigo. No me decepciones, Sebastian.

Puede que no siga por aquí mucho tiempo más, pero siempre te querré.

Lavinia xxx

A Posy no le resultó nada fácil leer las últimas líneas, porque las lágrimas le nublaban la vista, le rodaban por las mejillas y también se deslizaban por la punta de su nariz y su barbilla, porque Sebastian había estado en lo cierto la noche anterior cuando le había dicho que llorando no estaba nada favorecida.

—Te quería de verdad, Sebastian —dijo Posy, porque eso quedaba claro, incluso si no le encontraba demasiado sentido a nada más de lo que había escrito Lavinia.

—A ti también te quería. Siempre decía que si tuviera que apostar dinero lo apostaría a que tú y yo acabaríamos juntos —murmuró Sebastian suavemente—. Yo solo estoy cumpliendo la última voluntad de Lavinia, Morland.

—¿Estás seguro? —preguntó Posy—. Porque otra última voluntad de Lavinia era que no fueras abusón conmigo, y en cambio esa la has ignorado completamente.

Sebastian fingió que se le iba por mal sitio el sorbo de té que acababa de dar y dijo:

—No ha sido abusar, sino un claro ejemplo de cómo amar sin sentimentalismos. Además, casi siempre que trataba de irrumpir en escena y salvar la situación, ya te las habías ingeniado para hacerlo tú sin mi ayuda. Te has convertido en toda una mujer, Morland —concluyó él lanzándole una mirada de reojo con una ceja ligeramente arqueada que provocó reacciones en partes de la anatomía de Posy que, estaba convencida, todavía estaban recuperándose—. Justo tal y como Lavinia vaticinó.

—Ese no es un motivo ni medianamente aceptable para casarse. ¡Casarse! —Posy se tapó la cabeza con el edredón para no tener que mirar a Sebastian, que parecía haber heredado la expresión exasperada y a la vez llena de ternura de Lavinia.

—Es un motivo excelente para casarse. Pero también tengo otras razones. ¿Te gustaría oírlas? —preguntó él con tono solícito.

—No —respondió ella bajo el edredón.

—Lo siento, Morland, no oigo bien lo que dices. ¿Has dicho que sí? Bueno, para empezar, eres genial con Sam, así que lo razonable sería asumir que serás buena madre, aunque seguramente no deberíamos tener hijos inmediatamente, por lo menos no hasta que Sam se marche a la universidad; para entonces tú qué tendrás... ¿qué? ¿Treinta y uno? Y ahí sí que nos pondremos en marcha. Estaba pensando que dos o cuatro hijos. Nada de números impares, que si no siempre hay uno que se puede sentir excluido. Y, desde luego, ni hablar de un hijo único, yo soy hijo único y mira qué resultado he dado...

Posy bajó el edredón para sentarse y darle un suave puñetazo en el brazo. No le dio nada fuerte, pero él montó un gran número haciendo caras y frotándose el punto exacto del golpe como si le doliera muchísimo aunque casi no le hubiera rozado.

—¿De verdad estás hablando del número de hijos imaginarios que vamos a tener?

—Pero es que tenemos que tener hijos, ¡si no va a ser un verdadero desperdicio de esas caderas tuyas de matrona! Y, por cierto, que conste en acta también que tienes unas tetas fantásticas. —Y, como las tenía justo ahí delante, Sebastian no pudo resistir la tentación de frotar levemente con el pulgar uno de los sonrosados pezones, lo cual suponía una distracción, una tremenda distracción para Posy—. ¿No estarás todavía saliendo con el conde Jens de Uppsala?

—No vas a dejar nunca de citarme pasajes de esa novela horrible, ¿verdad?

—Nunca, me la sé entera de memoria. Y no es horrible. Es un primer borrador. Todavía es una versión sin pulir y hay que trabajarla. De hecho, me ha parecido apasionante. Y además me gusta mucho el personaje de lord Sebastian Thorndyke, ¡tan dinámico y audaz siempre! —rememoró Sebastian con aire distraído en el momento en que pasaba al otro pezón, lo que al final le valió que Posy le apartara la mano con un leve manotazo y tirara del edredón para cubrirse los pechos—. Entonces, ¿sigues saliendo con él o no?

—Hemos decidido, o más bien Jens ha decidido, que era mejor que fuéramos amigos. —Aquella conversación no llevaba a ninguna parte. No podía llevar a ninguna parte. Y desde luego no se iban a casar, pero... ¿Tú sales todavía con Yasmin?

—No he vuelto a ver a Yasmin desde la gran jornada de rebajas. Me mandó un mensaje de texto diciéndome que era demasiado para ella. —Sebastian cambió de postura hasta quedar tendido boca arriba sobre los cobertores con la cabeza apoyada en el regazo de Posy—. Ahora te toca a ti acariciarme el pelo, Morland. —Esperó hasta que Posy obedeció órdenes, y entonces dejó escapar un suspiro—. Ya ves, las mujeres no se me dan muy bien.

Los dedos de Posy cesaron por un instante de hundirse y enredarse en los ensortijados cabellos negros.

—Sebastian, has salido con *miles* de mujeres.

—No pares, y no miles. En todo caso, cientos. No, ni tan siquiera cien. Sé cómo conseguir a una mujer, pero luego no tengo ni idea de qué hacer con ella —declaró Sebastian hablando muy bajito—. Me pasé la infancia recibiendo halagos de mis abuelos y toda una sucesión de niñeras mientras cada padrastro me odiaba más que el anterior, así que me pasaportaban a un internado para chicos donde pasaba el rato alegremente con otros *freaks* informáticos como yo y me hartaba de jugar a los videojuegos hasta que se me nublaba la vista. Luego cumplí los dieciocho y me fui a la universidad, y de repente había un montón de tías que me perseguían sin que yo tuviera que hacer el menor esfuerzo, así que nunca me molesté en hacer el menor esfuerzo. Y no creas que estoy del todo convencido de que haya sido la mejor estrategia de juego.

—Mira, Sebastian, por más que me dé rabia reconocerlo, tienes belleza y tienes riquezas, y Lavinia tenía razón: además, tienes buen corazón cuando te molestas en mostrarlo. ¡Así que, claro que les interesabas a las chicas! —dijo Posy.

—Belleza... —repitió Sebastian—. No es muy masculino que digamos. —Alzó un brazo—. Soy enjuto y larguirucho. Doy gracias a Dios por los trajes bien cortados. Deberías verme en camiseta y vaqueros, parece que me he tirado un año en huelga de hambre.

—A mí siempre me pareciste guapo..., sí..., bello —reconoció Posy—, hasta que me encerraste en la carbonera.

—Olvídate ya de eso, Morland —sugirió él—. Como te iba diciendo, se me dan fatal las mujeres. Por ejemplo: cuando de verdad me gusta una, en vez de informar de mis intenciones, acabo insultándola. Soy un caso perdido.

—¡Sebastian, tú insultas a todo el mundo! —señaló Posy.

—La verdad es que no. Reconozco que no tengo tacto, pero cuando estoy contigo se me traban las palabras y, hasta cuando estoy intentando ser amable, al final acaba todo fatal. Pero me voy a esforzar más en el futuro, lo prometo. Y ahora, volviendo a nuestros planes de boda...

El corazón de Posy se había espabilado un tanto, como si tal vez pudiera atreverse a soñar otra vez, pero entonces cerró los ojos.

—¡No habrá boda! ¡Pero si ni siquiera hemos quedado ni una sola vez!

—¿Y qué sentido tendría? Quedar, las citas, todo eso es un rollo. Nos conocemos desde siempre, así que, si lo piensas, es como si nos hubiéramos saltado la parte de quedar y hubiésemos pasado directamente a la de llevar años casados.

—Sebastian, discutimos constantemente.

—Las típicas pullas del cortejo. Tus padres también discutían. Me acuerdo una vez que Angharad no le dirigió la palabra a Ian en tres días porque estaba haciendo un pastel y él vendió el libro de cocina que estaba usando cuando todavía no había mezclado los ingredientes secos —rememoró Sebastian. Posy no se acordaba en absoluto de esa anécdota, pero tomó buena nota en ese momento para contársela después a Sam. ¡Sam! No se podía ni empezar a imaginar lo que diría Sam de aquella nueva situación—. Y a Lavinia y a Perry no había nada que les gustara más que una buena bronca. Una vez él me contó que el primer año de casados se lo habían pasado en una larga pelea continua, y que una vez ella hasta le lanzó un pollo asado entero a la cabeza. No me importa si quieres lanzarme pollos asados a la cabeza.

—Interesante, viniendo del hombre que no me deja ni tocarle las solapas del traje —se burló Posy mientras enrollaba en su índice un mechón de ondulados cabellos negros—. Me encanta tocarte el pelo, eso sí, pero no es una razón de suficiente peso como para casarse, ni de lejos, así que vamos a hablar de otra cosa si te parece.

—No me apetece mucho un compromiso largo. Oye, por cierto, ¿qué te parecen las bodas grandes? Conociéndote, fijo que quieres un aparatoso vestido lleno de perifollos, historiados centros de mesa con flores, un primer baile coreografiado y demás, pero yo creo que nos podíamos casar en el Registro de Euston una mañana de estas y para la hora de cenar ya estaríamos en París. Sam podría venir con nosotros si quisiera. Oye, y ahora que lo pienso, ¿dónde está Sam?

—En casa de Pants. Se quejaba de que el olor a pintura le daba dolor de cabeza.

—Seguramente deberíamos ir pensando en vestirnos y acercarnos hasta casa de Pants para que pueda pedirle a Sam formalmente la mano de su hermana. ¿Tú crees que si consiguiéramos una licencia especial nos podríamos casar el lunes? ¿Dónde tengo el teléfono? Lo voy a mirar en Google.

Posy acabó por gritar:

—¡No me pienso casar! ¿Pero tú estás loco? ¿Por qué demonios me iba a casar contigo?

—Porque estoy enamorado de ti, Morland. No pierdas el hilo, ¿quieres? Estoy loco por ti desde hace ya un tiempo, es solo que he tardado un poco en darme cuenta. Por eso me he pasado estas últimas semanas intentando demostrarte lo mucho que me importas, y ahora que ya lo he hecho, nos podemos pasar los próximos sesenta años discutiendo y reconciliándonos con un sexo fantástico. Va a ser genial.

—Ssshhhhhh. Basta. —Posy posó un dedo sobre los labios de Sebastian para que se callara—. No nos vamos a casar. Puede que sienta algo por ti, un enamoramiento de esos intensos tipo adolescente, pero no estoy enamorada de ti.

Sebastian le besó la punta de los dedos y luego le apartó la mano de su boca.

—¿Ah, no? —No parecía que la declaración de Posy hubiera hecho mella en él en absoluto—. Creo que acabarás dándote cuenta de que sí. Y pensar que me preocupaba que me vieras como el hermano mayor que nunca has tenido o algo así... Hasta me dijiste que así era ayer por la noche...

—Fuiste tú el que insistió en que para mí eras una especie de hermano mayor muy dominante —le corrigió Posy—. Pero yo solo te di la razón en lo de dominante.

—Pues es una pena que no fueras un poco más clara en tus respuestas, podríamos haber cerrado el trato ayer por la noche —respondió él con brusquedad, pero luego sonrió—. Claro que supongo que no me queda más remedio que perdonártelo, teniendo en cuenta que todo este tiempo has estado escribiendo una novela *romántica* en la que tú y yo somos la enamorada pareja protagonista y que siempre estás dando la lata con los finales tipo Felices Para Siempre, así que me apuesto lo que quieras a que tienes uno para la señorita Morland y lord Thorndyke.

—Pues sí, pero no son reales... —Y entonces Posy se acordó de lo que había estado escribiendo hacía una hora: un final tipo felices para siempre. Su corazón y sus dedos iban muy por delante de su cabeza—. Tal vez podría amarte, pero eso no significa que me vaya a casar contigo.

—Nos vamos a casar.

—No, no nos vamos a casar.

—Me vas a permitir que exprese mi desacuerdo, Morland.

No había manera. Cuando se le metía una idea en la cabeza, Sebastian no atendía a razones. Así que Posy respondió con la frase que había usado la última vez que se había encontrado en una situación similar:

—Ya, bueno, lo que sea.

Posy se había imaginado aquel día tantas veces que no se podía creer que hubiera llegado por fin.

Estaba rodeada de toda la gente que amaba: Sam, sus abuelos, tías, tíos y primos de Gales, Nina, Verity, Tom y, sí, Sebastian, porque resultó que, efectivamente, lo amaba a él también. Por fin, Posy tenía su final tipo Felices Para Siempre.

Había mucha más gente por allí: Pants, la pequeña Sophie, sus respectivos padres, la mayoría de los comerciantes de la calle Rochester, unos cuantos buenos clientes.

Posy no podía dejar de sonreír, por más que le doliera ya la cara de tanto estirar los anquilosados músculos faciales. No creía haber sido jamás tan feliz como lo era en ese momento, ese día, y de repente no pudo soportarlo más y tuvo que refugiarse en un rincón tranquilo a intentar dar un sentido a todo aquello. Nadie debería tener permiso para ser así de feliz. No parecía justo, sencillamente.

—¿Qué haces agazapada en una esquina? Sebastian está de los nervios, cree que has salido por patas. —Nina se había plantado de pronto justo delante de ella, agachándose para poder ver bien el rincón donde Posy había ido a esconderse de todo el ajetreo—. Aunque no pasaría nada, nadie te echaría la culpa si salieras por patas.

—Estoy un poco abrumada, es solo eso —admitió Posy—. Todo ha ido demasiado rápido, todo ha cambiado y no me ha dado tiempo a digerirlo totalmente.

—Sé el cambio que quieres ver en el mundo. —Pippa apartó a Nina con un hábil golpe de hombro— Venga, que ya es hora de cortar la tarta. Y luego, los discursos. Habrás preparado un discurso, espero...

Posy no había preparado nada. Iba a improvisar. Se proponía, sencillamente, decir lo que le dictara el corazón, que en esos momentos le latía con fuerza contra el esternón.

—En realidad no, pero no pasa nada. «Las palabras estaban de camino, y cuando llegaron, Liesel las sujetó entre las manos como si fueran nubes y las escurrió como si estuvieran empapadas de lluvia» —citó Posy, y Pippa frunció el ceño.

—¿De quién es esa frase? ¿De Steve Jobs?

—No, no es de Steve Jobs —se rio Posy; dejó que Pippa la levantara del suelo y la sacara de su escondite, y luego se fue alisando la falda del traje blanco que se había puesto mientras Nina la hacía cruzar la sala medio a rastras sin dejar que se parara a hablar con nadie, a pesar de que las felicitaciones y los vítores perseguían a Posy como una estela que dejara a su paso.

Nina no aflojó la marcha hasta que llegaron a la mesa central que había en mitad de la sala, donde Sam y Sebastian la estaban esperando.

—¡Por fin! —exclamó Sebastian, pese a que Posy no se había ausentado más de diez minutos—. Te voy a tener que implantar un dispositivo de seguimiento, un chip o algo.

—Me parece que eso no es legal —intervino Sam. Se quedó pensativo un momento—. Y tampoco es muy propio que lo diga un marido.

—¿No, verdad? Y yo tengo toda la intención de ser el mejor marido posible —declaró Sebastian con grandilocuencia—. A ver, por ejemplo, no me he quejado ni una sola vez del caos del piso de arriba, ¿a que no?

Posy puso los ojos en blanco.

—Eso es solo porque has mandado a tu limpiador un día que sabías que yo no iba a estar y, además, no sé por qué sigues insistiendo con lo de...

—Damas y caballeros, un momento de atención por favor. —Nina dio unas palmadas para atraer la atención de todos los presentes antes de que Posy tuviera tiempo de poner en su sitio a Sebastian sobre un par de cosas—. Estamos a punto de cortar la tarta y estoy segura de que a Posy le gustaría decir unas palabras. Y seguramente Sebastian estaría encantado de decir muchas más palabras también.

—Eso es verdad —murmuró Sam, ganándose por ello un golpecito en un lado de la cabeza a manos de Sebastian.

—Cierra el pico, Morland júnior —lo recriminó Sebastian—. ¡Y pensar que eras mi Morland favorito!

Alguien le había dado a Posy una pala para cortar la tarta que utilizó para clavársela a Sebastian en las costillas, hasta que él hizo el gesto de cerrarse con cremallera los labios. Ojalá...

Posy se volvió hacia todos los invitados con una sonrisa nerviosa en los labios, pero esa sonrisa se dulcificó cuando miró más allá de las caras que le sonreían hacia la tienda. Su tienda se veía preciosa con aquel bonito y elegante tono gris con rosa flor de trébol, que hasta Tom reconoció que no era *demasiado* rosa.

Diseminadas por toda la tienda pero nunca demasiado cerca de los libros, pues Posy había insistido mucho al respecto, brillaban las luces titilantes de un buen número de velas. Las velas especialmente confeccionadas para Felices Para Siempre que Posy había encargado perfumaban el aire con aroma a madreselva en recuerdo de su madre y rosas en recuerdo de Lavinia y, de algún modo, Elaine, la artesana que hacía las velas, se las había ingeniado para captar también el ligero toque de olor a moho de los libros viejos.

En los expositores *vintage* que ahora ocupaban toda una pared de la sala principal había tazas, artículos de papelería, camisetas, las bolsas de tela que tanto le gustaban a Posy y hasta collares y anillos con citas literarias famosas esmaltadas, y toda clase de regalos con tema literario.

Y luego estaban los libros.

Las estanterías estaban rebosantes de libros, todos y cada uno esperando a que alguien los comprara para poder emprender juntos una aventura y enamorarse profundamente. Tal vez las palabras impresas en la página fueran las que el lector llevaba mucho tiempo oyendo en lo más profundo de su alma pero que nunca había podido decir en voz alta. Cada libro era una promesa para su lector de que, por muchas pruebas y vicisitudes que encontrara en la vida, todavía había finales del tipo Felices Para Siempre.

Incluso si era un final en un libro, aun así contaba como un «felices para siempre».

—¡Que hable! ¡Que hable! ¡Que hable!

Posy volvió de su ensimismamiento con un sobresalto para encontrarse con que los ojos de todos los presentes estaban puestos en ella, que estaba allí plantada, con la boca abierta y enarbolando una pala de servir tarta como si fuera un arma letal. Y entonces sintió unos dedos cálidos deslizarse por los suyos cuando Sebastian le cogió la mano.

—Tómate tu tiempo, Morland —murmuró.

Posy respiró hondo. Estaba entre amigos, así que no tenía motivo para estar asustada. Sencillamente, tenía que hablar con el corazón, porque el corazón nunca la dejaría en la estacada.

—No me voy a extender mucho porque prefiero centrarme en cortar la tarta y en que nos la comamos —comenzó a decir Posy con una voz sorprendentemente aguda—. Quiero daros las gracias a todos por venir, porque todos habéis contribuido a que mi Felices Para Siempre se haga realidad, pero quisiera dar especialmente las gracias a mis compañeros, que son increíbles. Tengo la suerte de trabajar a diario con mis mejores amigos: Nina, Verity, Tom y la pequeña Sophie. Gracias a todos por lo mucho que os habéis esforzado. —Posy tuvo que hacer una pausa, porque la gente estaba aplaudiendo y, además, necesitaba coger aire. Y entonces se volvió hacia Sam, que movió los labios para pronunciar un no silencioso mientras negaba con la cabeza—. Tengo que dar las gracias también a mi muy inteligente hermano pequeño por haber hecho la página web y acceder a acompañarme en este viaje, y a Pippa por enseñarme cómo aplicar el método DPS, pero sobre todo quiero agradecerles a mis padres que me enseñaran que si amas los libros nunca estarás solo, y a Lavinia por creer en mí y dejarme su tienda, y, por último...

—¿Puedes ir acabando Morland? —le dijo Sebastian al oído justo en el momento en que se disponía a darle las gracias por haberla despertado del sueño en que llevaba sumida los últimos siete años—. Resulta que las mujeres inteligentes y con éxito me ponen, y voy a tener que besarte muy pronto.

Sebastian le había hecho perder el hilo, y ahora en lo único que podía pensar era en besar a Sebastian. Durante toda esa semana, Posy había pensado bastante en besar a Sebastian cuando no estaba, de hecho, besando a Sebastian, que a eso también había dedicado mucho tiempo.

—Y quisiera también dar las gracias a Sebastian, pero el cumplido se le subiría a la cabeza. —Posy le apretó la mano y él se la apretó de vuelta hasta que a ella le hizo falta soltarse para cortar la preciosa tarta de bizcocho de terciopelo rojo que había hecho Mattie, incluido un glaseado en el que podía leerse una cita de Jane Austen: «Bien mirado, ¡creo que no hay nada tan divertido como leer!»

Posy había hecho su trabajo, pero, antes de que le diera tiempo a empezar a repartir porciones de tarta, Sebastian le pasó un brazo por encima de los hombros.

—Yo también quiero decir unas palabras —anunció con soltura, aunque al tenerlo tan cerca Posy podía notar los fuertes latidos de su corazón en su propio costado—. Esta tienda lleva en mi familia cien años y quisiera darle las gracias a Morland por haberle insuflado nueva vida. Yo quería convertirla en una librería especializada en novela policiaca y todavía sigo creyendo que hubiera habido un antes y un después, pero últimamente también me he dado cuenta de que el romanticismo no es tan malo a fin de cuentas. Y creo que es muy apropiado que Felices Para Siempre sea un negocio familiar especializado en novela romántica, porque Morland y yo vamos a casarnos...

—¡Ay, por Dios! De eso nada —objetó Posy—, yo nunca he dicho que nos vayamos a casar.

—Dijiste «ya, bueno, lo que sea»... Se lo he preguntado a mi abogado y dice que puede contar como asentimiento verbal —informó Sebastian a Posy.

—No tienes testigos y, de todos modos, cualquier juez desestimaría los argumentos de tu abogado basándose en que tú no estás bien de la cabeza.

—¡Qué ridiculez! Los dos sabemos que ya estaríamos casados si no fuera porque hay que respetar un plazo de veintiocho días de preaviso. —Sebastian levantó la cabeza para mirar a la pequeña muchedumbre congregada—. Y, por cierto, estáis todos invitados.

—Tal vez en algún momento, en un futuro, *podría* ser que nos casáramos, pero nadie en su sano juicio se casa con alguien con el que ni siquiera ha quedado para salir ni una sola vez —respondió Posy, que hubiera deseado con todas sus fuerzas no estar teniendo aquella conversación *otra vez*, y sobre todo no delante de toda aquella gente, que la seguía mirando a uno y otra como si fuera un partido de tenis, con cara de encontrar aquello mucho más entretenido que otro discurso.

Aunque también cabía la posibilidad de que, sencillamente, estuvieran esperando a la tarta.

—Nos vamos a casar, Morland, y no puedes hacer nada al respecto salvo aparecer en la fecha señalada con un vestido bonito y un ramo de flores en la mano.

—*No* nos vamos a casar —insistió Posy alzando la voz esta vez para beneficio de los que estaban al fondo de la sala y quizá no la habían oído la primera vez.

Sebastian permaneció en silencio el tiempo que le llevó a Posy cortar la primera porción de tarta, pero se reactivó de nuevo en el momento en que ella la servía en un plato de papel.

—No nos van a entregar la licencia hasta dentro de tres semanas, así que tengo tiempo a invitarte a salir un par de veces por lo menos —decidió él—. Y *entonces* ya sí nos podremos casar, ¿no?

—Me lo pensaré —contestó Posy, y antes de que él pudiera decir nada más le metió un trozo de tarta en la boca—. Pero es poco probable. Y ahora, calla y come un poco de tarta.

Con Sebastian momentáneamente neutralizado, Posy alzó su copa y pidió a todos que se unieran a ella en un brindis: «¡Por Felices Para Siempre y cuantos naveguen en ella!»

Con el eco de las palabras «Felices Para Siempre» recorriendo la sala, Posy negó con la cabeza. ¿Casarse con Sebastian? ¿En serio? Era lo más ridículo que había escuchado jamás.

22

Lector, me casé con él.

Agradecimientos

Quiero dar las gracias a Rebeca Ritchie por ser una agente fantástica, y también a Karolina Sutton, Lucy Morris, Melissa Pimental y toda la gente de Curtis Brown. Y, cómo no, a Martha Ashby, que sabe un par de cosas sobre novela romántica, y a Kimberley Young, Charlotte Brabbin y al equipo de Harper Collins.

Mi más sincero agradecimiento va también para Eileen Coulter por haberme escuchado con gran paciencia dictarle prácticamente todo el libro mientras vagabundeábamos por los caminos y vericuetos del norte de Londres.

ECOSISTEMA DIGITAL